叶之秋

著

勘破西游 ②

降妖伏魔一场戏

中国发展出版社
CHINA DEVELOPMENT PRESS

图书在版编目（CIP）数据

勘破西游 2/叶之秋著．—北京：中国发展出版社，
2016.9（2020.4 重印）
ISBN 978-7-5177-0551-2

Ⅰ.①勘…　Ⅱ.①叶…　Ⅲ.①《西游记》研究
Ⅳ.①I207.419

中国版本图书馆 CIP 数据核字（2016）第 163486 号

书　　　　名：勘破西游 2
著作责任者：叶之秋
联 系 地 址：北京市西城区裕民东路 3 号 9 层　100029
标 准 书 号：ISBN 978-7-5177-0551-2
经 销 者：各地新华书店
印 刷 者：河北鑫兆源印刷有限公司
开　　　　本：710mm×1000mm　1/16
印　　　　张：19.5
字　　　　数：308 千字
版　　　　次：2016 年 9 月第 1 版
印　　　　次：2020 年 4 月第 4 次印刷
定　　　　价：39.80 元

联 系 电 话：(010) 68990642　68990692
购 书 热 线：(010) 68990682　68990686
网 络 订 购：http://zgfzcbs.tmall.com//
网 购 电 话：(010) 68990639　88333349
本 社 网 址：http://www.develpress.com.cn
电 子 邮 件：fazhanreader@163.com

声　明

　　本书内容与现实宗教无关。本书所解读的是《西游记》神话世界中所描绘的虚构神魔世界。

序 言
降妖伏魔一场戏

《西游记》中有一句话流传极广，叫做"跳出三界外，不在五行中"。这句话本是说孙悟空修成仙道，已经超脱世间拘束，可以自由生活。若我们把这句话用在品读西游上，也将得到一种全新的阅读感受。

取经路上，豺狼虎豹众多，妖魔鬼怪重重，唐僧师徒一路斩妖除魔，历尽艰辛，方才到达灵山，取得真经：这是许多读者心中的西游之路。

唐僧性情坚定，孙悟空疾恶如仇，猪八戒好色懒惰，沙和尚老实沉稳；玉帝胆小懦弱，如来法力无边，观音仁慈博爱：这是许多读者心中的西游人物。

只是，这些就是一切？这些就是真相？

大闹天宫的真实原因是什么？如来为何要发动传经行动？玉帝为何要大力支持取经行动？取经路上各路妖魔为何抓到唐僧就是不吃？

若我们的目光仅仅专注在单个人物，单个事件上，就难免看不到全局，看不清真相。唯有跳出框架，摆脱束缚，以统观全书的眼光来看待西游中的种种事件以及事件中的纷繁人物，才能勘破迷局，找到真相。

我们要明白，八十一难皆是局。

平顶山金角、银角下界，金兜洞青牛精下界，是太上老君布的局；波月洞黄袍怪抓走百花羞，凤仙郡三年大旱，是玉皇大帝布的局；通天河鲤鱼精吃童男童女，赛太岁抓走金圣宫，是观音菩萨布的局；至于乌鸡国真国王被推入井中淹死三年，狮驼岭三魔为祸人间，是如来佛祖布的局。

西天路上还有许多强大仙妖，诸如地仙之祖镇元大仙、纵横西天的大力牛魔王、狂妄狠毒的黄眉老佛，在他们背后一样有神秘高人在布局。

取经看似是佛派发起的一项传法行动，其实是对于人间界利益的重新划分，牵涉的势力很多，甚至还与天界高层有关。为了让取经行动能够顺利完成，如来佛祖早在五百年前就已经开始布局。在如来佛祖基本协调好三界高层之间的利益纠葛后，观音菩萨出面，具体安排八十一难。

虽然说在取经团队落实取经行动时，难免会发生一些意外，比如真假美猴王事件，但是，大体来说，多数劫难都在观音菩萨的安排之中。

正因如此，取经路上常常出现惊人相似的一幕：

每每孙悟空挥起金箍棒时，就有高层仙人出面，高喊："大圣（或悟空）住手！"

为何这些高层仙人来的时间不早不晚，就在那关键一秒准时出现？只因一切都是安排好的。妖魔也好，菩萨也好，大家都在按剧本演戏。

没错，八十一难皆是局，导致的直接后果就是，降妖伏魔一场戏！

唐僧身边有三十九位护法神。这些护法神不是吃干饭的，他们最主要的工作就是向观音菩萨汇报最新取经动态，以方便观音菩萨协调各方势力，让大家都能在规定的时间、规定的地点准时出现。

平顶山上老君告诉孙悟空金角、银角下凡的原因："此乃海上菩萨问我借了三次，送他在此托化妖魔，看你师徒可有真心往西去也。"

孙悟空一听这话顿时暴走，痛骂观音菩萨。其实，孙悟空不当家不知道当家人的苦楚。观音菩萨作为取经行动的负责人，最希望的就是取经行动在规定的时间（五千零四十天，一天不可多，一天不可少）顺利完成。为了达成这一目标，观音菩萨就必须排除掉一切不可控的因素。

如何才能最大限度地掌控事情的发展？最佳的办法当然是把降魔者和妖魔都变成自己的人马。

故此我们可以看到取经路上，但凡实力强大、能够威胁到取经团队的妖魔，无一不有仙界高层的背景，而这些仙界高层早就和观音菩萨代表的佛派达成配合取经活动的默契。

什么才是《西游记》的真相？八十一难皆是局，降妖伏魔一场戏！

文史作家叶之秋以全网唯一的观点，颠覆性解读《西游记》。西游世界大大小小的迷局，在作者笔下一一解开，观点奇葩却又推理严谨，让人脑洞大开，拍案叫绝！

看完此书，相信您对《西游记》乃至人生、社会，都将会有一个全新的理解！

叶之秋

二〇一六年八月写于秋雨轩

目　录

001 孙悟空是猴精还是石妖

《西游记》的主角是孙悟空。关于孙悟空的来历，大家都清楚吗？

估计一百个人得有九十九个会说：清楚。

事情真的是这样吗？

我提一个问题，大家看看能不能回答。

书中反复提到，孙悟空是石猴，那么，孙悟空的本质到底是石，还是猴？

我想，多数人会说，孙悟空自然是猴。

最有力的证据，是如来佛祖的混世四猴说：

"又有四猴混世，不入十类之种。第一是灵明石猴，通变化，识天时，知地利，移星换斗。第二是赤尻马猴，晓阴阳，会人事，善出入，避死延生。第三是通臂猿猴，拿日月，缩千山，辨休咎，乾坤摩弄。第四是六耳猕猴，善聆音，能察理，知前后，万物皆明。"

多数人想当然地会认为孙悟空是第一种，即灵明石猴。

其实，真相并非如此。

首先，如来佛祖并没有说孙悟空就是灵明石猴。虽然不说并不等于不是，但是我们也不能毫无理由就对号入座。

其次，混世四猴说本身就是如来为帮助孙悟空圆谎，掩饰真假美猴王真相而编造的一个谎言。因为是谎言，所以漏洞百出。

比如说六耳猕猴。如来佛祖认为，这种猴子善于聆听，观察入微，遇到事情总能做出准确的判断。这种观点，可以解释六耳猕猴为何能够知道孙悟空和唐僧的种种矛盾，并在适当的时间出现，打伤唐僧，抢走行李等等，但是根本无法解释六耳猕猴为何会拥有与孙悟空一样的神通，一样的金箍棒。

要知道当年孙悟空可是拜三界奇人菩提老祖为师，学艺十多年，更偷蟠桃、吃金丹，炼成金刚不坏之体。孙悟空的种种遭遇是三界之中几乎不可能复制的奇迹。凭啥天上掉下个六耳猕猴就能和孙悟空一模一样？

至于赤尻马猴、通臂猿猴，他们在花果山群猴中就有四个。他们的水平很渣，连混世魔王也打不过。在人间，这两种猴也很常见，凭啥把他们和灵明石猴、六耳猕猴并列呢？

最合理的解释就是，混世四猴只是如来匆忙编造的谎言。

有读者或许会说，孙悟空自称"美猴王"，猪八戒叫孙悟空"猴哥""猴子"，原著也多次用"猴精"代指孙悟空。比如原文就说：

长老得性命全亏孙大圣，取真经只靠美猴精。

确实，若简单看，可以叫孙悟空为猴精，但若严格推敲，孙悟空的本质不应该是猴，而应该是石。

看原文：

"那座山正当顶上，有一块仙石。其石有三丈六尺五寸高，有二丈四尺围圆。三丈六尺五寸高，按周天三百六十五度；二丈四尺围圆，按政历二十四气。上有九窍八孔，按九宫八卦。四面更无树木遮阴，左右倒有芝兰相衬。盖自开辟以来，每受天真地秀，日精月华，感之既久，遂有灵通之意。内育仙胞。一日迸裂，产一石卵，似圆球样大。因见风，化作一个石猴。"

花果山乃鸿蒙初开就形成的人间第一山，这山顶的石头，自然就是从开天辟地之初就已经形成。不过，那石头之所以能够通灵，是因为受日月精华许多年，更重要的，是一位神秘仙人为山顶大石开出了九窍。

西游世界并非只有人类可以修仙，太白金星曾经说："三界中，凡有九窍者，皆可修仙。"

山自然不可能自动长出九窍。正因为拥有了九窍，石头开始能够呼吸，吐纳天地灵气。

最终，仙石灵气充盈，从量变进化到质变，裂开后出现了一个石卵——此时依然是石。

看原文——"因见风，（石卵）化作一个石猴。"

也就是说，从仙石中出现的依然是一个石头。在出现到这个世界之后，石头观看四周，然后才化身为猴。

就如同外星人到达地球，看到地球人的长相后，也变成地球人模样一般。这种地球人，本质依然是外星人。

同理，仙石孕育的石卵，本可以幻化为万物，只是，它最终选择了猴子这个形态。

因此，孙悟空的本质，并非是猴，而是石。

这样，就可以解释许多问题。

比如说，孙悟空为何修习天仙诀一点就通，一学就会。因为人家本就是大地灵气所化。

比如说，孙悟空在花果山当美猴王三百年，没有一个嫡亲的猴子猴孙。他本质不是猴，是不同种类啊，自然不能生。

比如说，取经路上遭遇无数美女妖精，孙悟空从来不动心。俗话说铁石心肠，那就是说孙悟空了。

第二个问题：既然石卵可以幻化为万物，为何偏偏化为猴子呢？

首先是因为猴妖辅佐唐僧的传说流传很广，吴承恩沿袭传统。

据《山海经》记载，尧舜禹时期有一种猴状的神兽，叫做巫支祁，是上古十大神兽之一。巫支祁神通广大，法力无边，尤其擅长水系法术。大禹因为治水，和巫支祁大战，最终将其降伏，用铁链锁在淮水边的龟山脚下。

——在《西游记》中这神兽也有出场，淮水边有一大圣国师王菩萨，曾经降伏水猿大圣。这淮水边的水猿大圣，就暗指巫支祁。

据《大唐西域记》记载，唐僧偷偷溜出长安，前往天竺取经。半道上遇上一个恶人石磐陀。后来，在唐僧德行的感化下，石磐陀拜唐僧为师，保护唐僧西行。

后人很难想象一个凡人能够横穿大漠，走遍万水千山前往西天，于是，人们将神通广大的猴妖巫支祁与诚心礼佛的石磐陀两件事情融合起来，创造出一个猴妖辅佐唐僧取经的故事。

其次，石化为猴符合剧情需要，寓意深远。

石与猴这两种事物，都有极为丰富的内涵。

石具有两种性质：其一，存在久远。其二，毫无灵智。

在吴承恩看来，他笔下的故事，绝非一个佛派取经的故事，更非荒诞的神魔小说，而是历史的缩影。古人写作，大都如治史一般虔诚、认真。

大闹天宫也好，妖魔吃人也好，看起来是仙妖乱斗，其实都是现实社会的写照。

这也是曹雪芹《红楼梦》中以石记述传奇，写石幻化入世，并以《石头记》命名的重要原因。

看似愚顽如石，其实其中蕴含大智慧。看似是烟火一瞬的一家一姓的故事，其实道尽了世态炎凉，古今悲欢。

猴也具有两种特性：其一，聪明伶俐。其二，似人非人。

猴子很聪明，很擅长模仿。有一个成语，叫做"沐猴而冠"。本意就是说，猕猴带着人类的帽子。只是，猴子虽然擅长模仿人，却终究不是人，永远都带有兽性。

孙悟空就是这么一只猴。他在《西游记》中的故事，可以简单归纳为大闹天宫和西天取经两个部分，换言之，写的是从美猴王到孙行者的经历。其实，也可以看成是从猴到人的转变。大闹天宫是兽性大发，群魔乱舞。灵山成佛，是摈除兽性，成为真正的人。

那么，孙悟空是如何从一个石猴晋级成为美猴王的呢？他从外到内，发生了哪些变化？

002 从石猴到美猴王有何变化

整部西游，其实就是孙悟空从猴到佛的经过。猴与佛之间，存在着犹如鸿沟般的差距。孙悟空是如何实现人生跨越的？

我们可以将孙悟空的前半生简单归纳为四个阶段：

一是从石猴到美猴王；

二是从美猴王到齐天大圣；

三是从齐天大圣到孙行者；

四是从孙行者到斗战胜佛。

今天我们就来讲讲，孙悟空为何能从石猴华丽转身为美猴王。

在一般情况下，猴王应当是群猴中最为勇悍、最擅长打架的一个。

自古以来，猴群、狼群、狗群等等群居禽兽，都有王者。成为王的最重要因素，就是够强、够狠。在动物世界，没有什么仁义道德，没有什么礼法规范，一切以拳头说话。它们之间流行的，是弱肉强食、适者生存的丛林原则。

可是，石猴（孙悟空）虽然是天地灵气所化，但除了诞生时天显异象外，看起来和其他的猴子没有什么不同。

靠打架，石猴是无法成为猴王的。

那么，一个战力平平的猴子，如何突破动物世界规范的局限，成为猴中之王呢？

其一，石猴拥有敢为天下先的霸气。

千百年来，群猴都知道山涧下泉水清澈，洗澡好舒服。千百年来，大家也都知道泉水来自一个大瀑布。可是，千百年来，从来没有一个人敢跳入瀑布中，查看泉水的真正源头。

有猴提议说："那一个有本事的，钻进去寻个源头出来不伤身体者，我等即拜他为王。"

此话一出，群猴沉默。

无论是猴也好，还是人也好，最恐惧的，不是鬼怪，而是未知。

瀑布后可能是石壁，骤然跳入很可能撞墙而死。瀑布后还可能是妖怪洞穴，一旦激怒潜伏妖怪，必然死无葬身之地……

因为未知，所以有一切可能。恐惧也就由此产生。

就在此时，石猴跳出来，应声高叫："我进去，我进去！"说完，他毫不犹豫，跳入瀑布中！

这一跳，看似容易，其实非常艰难。

在中国历代帝王中，秦始皇口碑不佳。此君有大过，更有大功。他前无古人地开创了一个中央集权制大帝国，并且对帝国制度的建设影响了两千年。之后的历代帝王再优秀，也不过是在秦始皇的基础上，缝缝补补。

秦国一统天下并非秦始皇个人功劳，但他敢为天下先的勇气和智慧，成功开创多项第一，使得他足以称为"千古一帝"！

石猴能在群猴沉默、畏惧中第一个说"我进去"，敢为天下先，最终他也成为"千古一猴"。

其二，石猴拥有顾虑长远、看破迷局的智慧。

群猴在水帘洞中享乐天真，无忧无虑，好不快活。有一天，石猴忽然落泪，群猴忙问原因，石猴说："我虽在欢喜之时，却有一点儿远虑，故此烦恼。"群猴一听，纷纷笑石猴贪心不足。猴王却说："今日虽不归人王法律，不惧禽兽威服，将来年老血衰，暗中有阎王老子管着，一旦身亡，可不枉生世界之中，不得久注天人之内？"

在群猴看来，自由自在活完一生，已经是最大的快乐。绝大多数人，在年老时都会选择接受死亡，很少想到当神仙，求长生。只因长生太遥远，遥远到似乎很荒唐。

很多事情，在我们看来很正常，可是，换个角度就会发现结果完全不同。比如，古人一直认为天圆地方，否则，人如何能在大地上生存。可是大地周围都是海洋，于是古人又提出，应当是有神龟在驮着陆地，维持平衡。这些在我们现在看来很荒诞的事情，古人却信之不移。

一个真正的王者，必须拥有顾虑长远、看破迷局的智慧。

三国时期的曹操多被后人视为奸雄。其实，但凡伟人，几人不奸？何况，曹操的奸是为了实现他的雄。曹操能一统中原，最重要的是施行"奉天子以令不臣"的策略。一些读者或许会说，这是荀彧、荀攸、毛玠等谋士所提，功劳归他们。其实，谋士即便有良谋，还需要君主能采纳。袁绍的谋士沮授，也曾经提出类似观点，却被袁绍否定。归根到底，是曹操敏锐地发现了汉献帝的真正价值，见他人所未见，想他人所未想。

石猴能在眼前的享乐中看到未来的苦楚，可谓见识过人，考虑长远，非常难得。是以通臂猿猴慨叹为"道心开发"，为之喝彩！

其三，拥有坚韧不拔、持之以恒的毅力。

石猴离开花果山，踏上修仙路，一去就是二十多年。

遇上菩提老祖之前，孙悟空曾经在南赡部洲四处寻访仙人，可是，八九年过去，一个仙人也没有遇到。

在花果山，石猴过的是称王称霸、衣食无忧、群猴敬仰、前呼后拥的生活。在南赡部洲，石猴则穿州过府，朝餐夜宿，受尽了人类的嘲讽，饱尝旅途的艰辛。并且，这种苦难、艰辛的日子不是一天，而是八九年。我想，绝大多数猴（人）面对如此差别，都会放弃目标，回转家园。

可是，孙悟空没有。他既然选择了求仙，就一定要寻得长生不老之术。

其实，南赡部洲群仙汇聚，为何孙悟空却一个也未见，只因老君一路施法屏蔽。一方面老君为了引导石猴前往西牛贺洲，另一方面也是为了观察、考验石猴的性情。

老君要选择的传人，必须是一个强者，一个具有坚韧不拔、持之以恒的毅力的强者。

石猴很幸运，他通过了考核，在西牛贺洲见到了菩提祖师。

天赋对于一个人很重要。有的人，先天优势确实很强，但是，生而知之的神童方仲永，只因自身不努力，不拼搏，最终也只能"泯然众人矣"。

不是因为孙悟空是天生石猴，然后就成了齐天大圣，成了斗战胜佛，而是因为石猴历经磨难，通过考核，方才成为孙悟空，成为孙行者，成为佛。

美猴王能够成为孙悟空，得到了许多人的帮助，比如花果山上的通臂猿猴、三星洞中的菩提祖师。除了这些重要人物之外，还有一个龙套人物，看似微不足道，其实一言一行别有意味，对孙悟空的得道有着不可忽视的作用。这个神秘人，就是在西牛贺洲指点孙悟空寻仙的那个樵夫。

003 指点悟空的樵夫究竟是何方高人

一直觉得，西牛贺洲山林中那个指点孙悟空寻仙的樵夫是个高人。

樵夫高在何处？

他已经明悟了人生大道，甚至在不经意间，樵夫已经踏上了仙途。

人生在世，最难摆脱的是什么？

是对于功名利禄的渴求。

古今有多少人为了名利，尔虞我诈，巧取豪夺，有说不尽的帝王将相风云录，道不完的王侯公卿富贵梦，可是，一朝梦断，魂归离恨天，还能剩下什么？

所谓功名，所谓钱财，都是身外之物，如流水而来，似浮云而去。

樵夫呢？

"登崖过岭，持斧断枯藤。收来成一担，行歌市上，易米三升。更无些子争竞，时价平平。不会机谋巧算，没荣辱，恬淡延生。"

樵夫的生活很平静，平静到如水一般。每天，他上山砍柴，从不多砍，永远一担。担到集市上，换三斤米，足够母子两人一天吃，一切就OK。

樵夫的生活中，没有买卖的争执，更没有权谋机心。

古时候有许多樵夫，那寻常樵夫会想啥呢？——今天我要多砍一担，就可以多存三斤米，三五年下来，便可以攒点钱，摆个小摊做买卖，以后就不用天天砍柴那么辛苦了。我日日辛苦，每天攒钱，再过三五年，租个小店面。再过三五年……

可在指点孙悟空的这樵夫看来，即便最后过上骏马高阁、鸡鸭鱼肉的富贵生活那又如何？那时候身心俱疲，人生已老！还不如现今，除了最基本的生活，无欲无求，逍遥快活。

看穿世情，明白本心，樵夫已经领悟了欲求之道。

人生在世，最难舍弃的是什么？

是对家人、儿女的牵绊。

不过，那是对俗人，对老百姓而言。对于一个修仙者来说，家人、儿女的牵绊几乎可以忽略不计。

为什么呢？

仙人寿元悠长，动辄有数百上千年，甚至数万年乃至永生不死，寿与天齐。于是，仙人注定了要和家人分离，家人只是仙途中的匆匆过客。

一想到可以长生，多少人毫不犹豫舍弃家人；一句天道无情，多少人挥剑斩情丝，舍弃亲情、爱情、友情，乃至一切的情。

多少人只是因有望长生，有望成仙，就已经冷漠无情，抛妻弃子？

樵夫呢？

三界奇人菩提老祖是他的邻居，且对樵夫极为看好，以至于亲自为其度曲《满庭芳》。可以说，只要樵夫开口，菩提老祖必定收他为徒。

可是，樵夫近水楼台不爱月，向阳花木不恋春。

樵夫告诉孙悟空："我一生命苦，自幼蒙父母养育至八九岁，才知人事，不幸父丧，母亲居孀。再无兄弟姊妹，只我一人，没奈何，早晚侍奉。如今母老，一发不敢抛离。却又田园荒芜，衣食不足，只得斫两束柴薪，挑向市廛之间，货几文钱，籴几升米，自炊自造，安排些茶饭，供养老母，所以不能修行。"

其实，并非樵夫不能修行，而是他在尽孝和修仙两者之间，选取了尽孝，舍弃了修仙。

修仙是为自己，尽孝是为母亲。在己与人之间，在索取和付出之间，樵夫选择了他人，选择了付出。

在人生价值的选择中，樵夫已经领悟了取舍之道。

孙悟空听了樵夫的叙述，也颇为感动，不过，他希望樵夫陪他同去寻访仙人，并且说："老兄，你便同我去去，若还得了好处，决不忘你指引之恩。"樵夫把菩提老祖的洞府所在详细告诉孙悟空，然后说：

"你这汉子，甚不通变。我方才这般与你说了，你还不省？假若我与你去了，却不误了我的生意？老母何人奉养？我要斫柴，你自去，自去。"

樵夫为何不陪孙悟空同去？

樵夫说：老母何人奉养？意思是陪了孙悟空去，母亲就要没饭吃了，就会受饿了。这句话看似有理，其实纯粹是借口。

后文提到，三星洞距离樵夫说话的地方不过七八里路。以两人的脚程，就算山路再难走，顶多一个小时。耽搁一个小时砍柴，很可能会耽搁一小时卖柴，耽搁樵夫老母一个小时吃饭。但是，耽搁一个小时吃饭，老母亲就会饿死吗？樵夫是一个大孝子，本应当是一个大好人，其母也必定通情达理。若是因为帮人而耽搁吃饭，老母未必会责怪樵夫，甚至可能会赞赏樵夫。

总之，这都是樵夫的借口，根本原因是樵夫不想去三星洞门口。

为什么？

并非樵夫冷漠，若是冷漠，他就不会详细指点孙悟空。

樵夫明白，既然已经选择了尽孝，就等于放弃了仙途。既然自己做出了这个选择，就不要拖泥带水，三心二意。陪同孙悟空前去三星洞，这不就等于想要修仙？孙悟空说："若还得了好处，决不忘你指引之恩。"樵夫连拜菩提为师都可以放弃，还会在乎小小石猴的一点回报？

既然做出了选择，那就坚定不移地走下去。

没有彷徨，没有犹豫，樵夫已经领悟了信念之道。

在我看来，修仙即是修心。什么是仙？不像凡人一样日日忧愁、夜夜烦恼就是仙。

但凡是人，就有欲求，一有欲求，就有贪念。想念而不得，于是生烦恼。

如何才能没有烦恼？就要斩断欲求。之后菩提老祖为石猴取名"悟空"，不就是要让猴哥看透一切，不要有牵绊吗？

只是，即便太上，也只能忘情。

何谓忘情？

只因有情，所以需要忘情。樵夫舍弃口腹之欲，舍弃名利之心，却不愿意斩断最初的母子深情。

在我看来，菩提老祖自创《满庭芳》歌曲传授樵夫，就如随手创造"筋斗云"赐给孙悟空一样，都是他依据不同弟子的性情，开创的不同修仙大法。

换言之，樵夫每诵念一遍《满庭芳》就等于是在修仙。

我想，其母归天，樵夫尽孝完毕之日，就是樵夫成仙得道之时。

樵夫能得道，多亏菩提老祖因材施教。对于菩提老祖是谁，一直争议很大。下面，我换个角度，再来谈谈这个话题。

004 菩提老祖为何做佛祖打扮

虽然《西游记》中也有不少神秘人物，比如乌巢禅师，比如九头虫，但最神秘的，毫无疑问，是菩提祖师。

菩提祖师究竟是谁？这个问题困扰了许多读者。

这个问题确实非常重要，因为菩提的真身是谁，会直接影响到整部《西游记》的解读。

在诸多解读中，有三种观点影响最大：如来说，老君说，菩提即菩提说。

我的理解是老君说。

菩提老祖是太上老君，这个观点并非我首创。不过，将《西游记》全书定位为老君的千年布局，说大闹天宫、西天取经是老君反天计划的重要步骤，从权谋论完整解构西游，我算独一份。

如果菩提是如来，无法解释太上老君为何轻易让孙悟空偷盗五葫芦金丹，并且，八卦炉不但没炼化孙悟空，反倒让猴哥得到了火眼金睛。

如果菩提就是菩提，并不是别人，那么无法解释菩提为何忽然出现，又忽然消失。莫非他一生只为等待孙悟空一人？

并且，如来亲口说："我西牛贺洲者，不贪不杀，养气潜灵，虽无上真，人人固寿。"若菩提是西牛贺洲的本土仙人，以如来西方佛老的身份，怎么可能不知道？

唯有菩提是老君，老君教化了孙悟空，并一路保驾护航，促成大闹天宫，促成西天取经，才可以解释一系列的疑问。

许多读者问我，取经明明是如来佛派在壮大，老君一直在做赔本买卖。其实，事情和表面完全不一样。

佛派的势力确实壮大了，并且可以想象，在未来会持续壮大。可是，如来的势力呢？不但没有扩大，反而面临被分裂的危险。

真正壮大的是观音势力，她收编了红孩儿和黑熊精，并且对唐僧师徒有知遇之恩，五圣成真，观音是最大受益人。而观音势力壮大，必然寻求独立。何况她本就号称"七佛之师"，拥有七位佛级弟子。一旦观音和老君或者弥勒联手，加上燃灯古佛派的出击，如来岌岌可危。

关于老君是菩提的观点，有一个貌似"致命"的缺陷。

在平顶山孙悟空见九尾狐狸时说："我为人做了一场好汉，止拜了三个人：西天拜佛祖，南海拜观音，两界山师父救了我，我拜了他四拜。"

事实上，孙悟空在说此话的时候还没有去灵山拜见如来呢。孙悟空第一次上灵山拜见如来，是在五十二回对付青牛精时。

那么，如何理解这"西天拜佛祖"呢？

首先，孙悟空说的是西天拜佛祖，而不是西天拜如来。

在《西游记》中，佛祖并非如来的专有名词。在书中，享受用"佛祖"二字代替本名的，有三位——如来、弥勒、接引。在《西游记》中，其实每一位佛都可以叫做佛祖。原文说：

（唐僧辞行时）逢一位佛祖，拜两拜；见一尊菩萨，拜两拜。

（五圣成真时）诸众佛祖、菩萨、圣僧、罗汉、揭谛……一切得道的师仙，始初俱来听讲，至此各归方位。

其次，菩提在教孙悟空的十来年间，一直是佛祖打扮。看原文：

"大觉金仙没垢姿，西方妙相祖菩提。不生不灭三三行，全气全神万万慈。

空寂自然随变化，真如本性任为之。与天同寿庄严体，历劫明心大法师。"

许多读者只看到"大觉金仙"四个字，就想当然地认为，菩提老祖是仙人，即道家打扮。其实不然。"大觉金仙"这个词，第一次出现是在北宋徽宗年代。徽宗崇奉道教，下面的人更大力推进以道融佛，认为佛也是道的一个分支。当时，佛被改头换面，叫做"大觉金仙"。

也就是说，孙悟空拜师时所见到的菩提老祖，是一个和尚打扮，并且是佛祖打扮。

那么，菩提老祖为何要做佛祖打扮？若菩提是老君，老君此举有何深意呢？

首先，老君有化身万千，佛也是其中之一。

"空寂自然随变化，真如本性任为之"一句说的是，菩提祖师道法无边，可以任意变化，随意为之。这其中，自然就包括了长相。他可以是道士打扮，也可以是和尚打扮。

"与天同寿庄严体，历劫明心大法师"一句说的是，菩提老祖乃是与天同寿，历经劫难明白本心的大法师。在《西游记》中，和尚、道士都可以称为法师。"与天同寿"一词，则有两种解读。其一，修为高深，到了天仙境界，就可以与天同寿——因为，西游世界的天地每隔十二万九千年就会崩坏、重生一次。其二，就用本意，寿命与天相等。在西游世界，达到天仙境界的仙人很多，宽泛来说，都与天同寿，但是严格来说，真正与天同寿的，唯有一人——太上老君！

在南山大王故事中，孙悟空曾经说："李老君乃开天辟地之祖。"

我多次在解读中提到，老君乃是先天地而生，有读者疑惑说，不知道出自何处，其实，就源自此处。

《西游记》第一回也提到了盘古："感盘古开辟，三皇治世，五帝定伦，世界之间，遂分为四大部洲。"为何一部书中有两个开天辟地的人呢？

《西游记》中明确写到，女娲乃老君化身。盘古，其实也是如此！

西游世界是先有老君，老君诞生之后，随即开天辟地。盘古也好，女娲也好，都是老君的别名。

其次，老君精通三教，以佛身传授道法，正是表现。

原文说菩提老祖："说一会道，讲一会禅，三家配合本如然。"在《西游记》中没有一处表明，如来精通道法。老君则不然。老君号称道祖，不但是道派之祖，更"化胡为佛"，开创佛派，其实是真正的第一任佛祖。

菩提老祖以和尚打扮，传授道派功法，正显得人家高明。也由此可以推出，菩提绝非如来。

最后，老君如此做，是为孙悟空转投佛派打下基础。

菩提传授孙悟空的功法，并非三清门下的正统功法。在《西游记》中，三清正统修成的仙人，叫做大罗仙，旁门修成的仙人叫做太乙仙。孙悟空就是太乙金仙，即以旁门法术修成的天仙（佛）。

菩提所传主要功法是天仙诀，这功法是西游唯一，不同于八戒、沙僧。估计是菩提祖师（太上老君）融合佛道，独创的一门功法。正因为功法极为特殊，孙悟空三年就修成天仙，并且没有引发天地异象，也就没有引起天庭的注意。

后来，十殿阎罗为何派人拘捕孙悟空？就是因为他们没有从天庭接到孙悟空已经修成仙人的报告。（《西游记》中，十殿阎罗管凡人生死，南北斗管仙人生死）

之后，孙悟空以一个道派仙人修习佛门功法《多心经》，不但毫无抵触，并且很快就领悟了佛法真谛，甚至还能时常指点唐僧。这和他早年修习的特殊功法，必然有所关联。

其实，老君如此做，还有一个非常重要的目的，就是迷惑孙悟空，避免身份过早被猜到。关于这点，我们后文再说。

005　菩提老祖究竟教了孙悟空什么

有人说，菩提老祖只教孙悟空造反的本领，却不教孙悟空做人的道理，明显居心不良。事情真的是这样吗？

绝非如此！

菩提老祖不但传授孙悟空三界第一奇功上品天仙诀，传授独门神通地煞七十二变，量身打造筋斗云这等天尊级飞行法术，更对孙悟空如何做人、如何处事谆谆教诲，耳提面命。可以说，菩提老祖对孙悟空来说，不但是严师，而且是慈母。菩提老祖对孙悟空的影响，在三界之中没有第二人！

尊菩提老祖为三界第一师，毫不为过。

初见菩提，孙悟空倒身下拜，磕头无数。为求长生，辗转飘零了八九年的孙悟空如今终于见到了仙人，让他如何不激动？

菩提老祖很亲切，询问孙悟空："你是那方人氏？且说个乡贯姓名明白，再拜。"

有读者或许会有疑问，不是说菩提是老君，而老君是制造孙悟空的人吗？那此处菩提为何还要询问，一副根本不认识孙悟空的样子？

原因很简单，老君在演戏。老君图谋的计划将完全改变三界格局，必须小心谨慎。

孙悟空如实禀告："弟子乃东胜神洲傲来国花果山水帘洞人氏。"

奇怪的事情发生了，菩提老祖大喝："赶出去！他本是个撒诈捣虚之徒，那里修什么道果！"

孙悟空急忙磕头，说："弟子是老实之言，决无虚诈。"老祖目光严厉，询问说："你既老实，怎么说东胜神洲？那去处到我这里，隔两重大海，一座南赡部洲，如何就得到此？"孙悟空再次叩头，说："弟子漂洋过海，登界游方，有十数个年头，方才访到此处。"

听完，菩提老祖换上温和语气说："既是逐渐行来的也罢。"之后，浑如无事一般，询问孙悟空的姓名。

菩提老祖为何忽然生气，又忽然不生气呢？

孙悟空乃是石猴，天性顽劣，且称霸水帘洞三百年，前呼后拥，受群猴尊崇。可是，修仙要吃万般苦，受千种罪，历经磨难，方可达成。

菩提老祖就是要挫一挫孙悟空的威风，压一压孙悟空的傲气。并且，菩提老祖通过此举，告诉孙悟空，你既入我门下，此后就必须老老实实，绝不可有半点虚诈。

老实做人，绝不虚诈，是菩提言传身教，告诉孙悟空做人、修仙的第一要义。

之后，菩提老祖询问孙悟空姓名，听闻他无名无姓后，亲自为孙悟空取名。

菩提老祖对孙悟空期望极高，"孙悟空"三字含义深沉。

菩提老祖看孙悟空的身形模样，首先想到了"猢狲"二字。若做人姓名，自然要去掉兽旁。于是，有"胡""孙"两个姓可以选择。那为什么选择"孙"而放弃"胡"呢？

老祖说，胡，就是古月，古者老也，月者阴也。老阴不能化育。简单来说，就是年纪大的女人不能生育。菩提老祖认为，这个姓不适合修仙者。而孙，乃是一个子，加上一个系（繁体字孙的写法）。所谓系，就是细。细子就是婴儿。修仙者正需要有寻求赤子之心，因此，"孙"这个姓很适合修仙者。

那为何用"悟"的排行呢？

菩提老祖说，他门下弟子都是按照"广大智慧真如性海颖悟圆觉"十二字排行，算到孙悟空这一代，当用"悟"字。

菩提老祖关于排行的话，八成是假的。看西游世界，没有一个仙人是按照这个排行命名——别提如来哦，人家那个如来的"如"，不是排行。也就是说，樵夫虽然说菩提老祖有许多弟子，但事实却是，菩提老祖除了教出了孙悟空，在三界之中，没有其他弟子游走。

菩提老祖给孙悟空取名用"悟"字，最主要的目的，是为了取名"悟空"。

正如原文所说："鸿蒙初辟原无姓，打破顽空须悟空。"一个修仙者，就需要参透万物，明悟一切。

唯有"悟空"，才能超脱凡尘！菩提老祖以取名的方式，告诉孙悟空做人、修仙的第二要义。

菩提老祖把孙悟空收入门墙后七年，啥也没有亲自教，只是让孙悟空和众位师兄学习言语礼貌，练字读书，空闲时扫地种菜，养花砍柴。

菩提为何不直接教孙悟空本领？

孙悟空有心修道不假，但他本是石猴，身上妖性未除。此前，孙悟空虽然在南赡部洲待了八九年，但是当时他不过是四处飘荡，并没有真正融入社会。作为一个兽类，要想修仙，首先就要类人，甚至成为人。

并且，孙悟空生性急躁，可修仙却不可能一蹴而就。菩提老祖花了七年的时间等待孙悟空，用种种平淡甚至无聊的工作去消磨孙悟空的妖性，让他能够沉静下来。

然后，菩提老祖登坛说法，孙悟空听得入迷，不觉手舞足蹈。看到时机已到，菩提老祖就询问孙悟空想学什么。

菩提老祖告诉悟空，道可以分为三百六十个支派，每一派都可以修成正果。之后，祖师就分别询问孙悟空，学不学"术"，学不学"流"，学不学"静"，学不学"动"……孙悟空每一次都问，这种法门能不能长生？不能长生就不学！

最终，菩提老祖假装生气，走下讲坛，打了孙悟空三下，倒背手走出去，将中门关上了。

大家都认为孙悟空惹怒了老师，唯独孙悟空却看破迷局，知道菩提老祖是让自己在半夜三更，从后门进入，传其道法。

为何孙悟空明确提出要学长生之术，菩提老祖下一个询问的，偏偏还是不能长生的左道旁门呢？

那些左道旁门虽然不能获得长生，却可以轻易学成，比如扶乩请神，比如呼风唤雨，比如炼丹养气等等，一旦学成，便可以得人间富贵，受世人尊崇。在缥缈的长生和现实的富贵面前，许多人会选择富贵。

菩提老祖就是要试一试孙悟空的道心是不是坚定。

正因如此，当孙悟空半夜走入时，听到菩提老祖口中吟诵一首诗：

"难，难，难！道最玄，莫把金丹作等闲。不遇至人传妙诀，空言口困舌头干！"

一个学生能得遇名师是一种幸福，一个老师能得教好学生同样是一种快乐。老君虽然可以创造出孙悟空，可是，却并不能操控万物。孙悟空一出生，便有了自主意识，老君也只能进行暗中引导。见孙悟空如此聪颖，且道心坚定，菩提（老君）也是非常开心的。

摒除诱惑，坚持本心，是菩提祖师告诉孙悟空做人、修仙的第三要义。

菩提祖师对孙悟空的指引非常重要。不过，孙悟空能在短短十年修成天仙，和他修行的上品天仙诀以及孙悟空本人的努力，也有着必然的联系。

那么，这神秘的天仙诀究竟啥样？

006 修仙功法的秘密

小说也好，影视作品也好，从来大都不会正面提到修仙口诀。为什么？一部作品，要让读者接受，有一个重要原则，就是可信度要高。若是读者看了之后，觉得你在胡扯，那他多半不会看下去了。修仙口诀自然不是真的，否则，作者早就成仙去了，哪里还会辛苦码字？

可《西游记》剑走偏锋，竟然全文刊出菩提老祖传给孙悟空的《长生诀》。孙悟空照此修炼，短短三年，就脱去凡胎，成就天仙。

下面请您与我一起来近距离观摩下这个《长生诀》，若您能有所触动，保不齐您也有仙缘哦。

"显密圆通真妙诀，惜修生命无他说。

都来总是精气神，谨固牢藏休漏泄。

休漏泄，体中藏，汝受吾传道自昌。

口诀记来多有益，屏除邪欲得清凉。

得清凉，光皎洁，好向丹台赏明月。

月藏玉兔日藏乌，自有龟蛇相盘结。

相盘结，性命坚，却能火里种金莲。

攒簇五行颠倒用，功完随作佛和仙。"

这个口诀相当深奥，大体是讲修炼的种种窍门。有人指出，"休泄漏，体中藏"一句，菩提老祖莫非是说，修仙者不能有性生活？或者如古代房中术所说的，行房时要交而不射？

当然不是这个意思。

精是生命的形态，气是生命的动力，神是生命的主宰。精气神，是一个生命体的三大支柱。有精气而无神，就会生不如死；有神而无精气，就会病入膏肓。唯有精气神旺盛，才能生活康健。

修仙者对精气神的掌控自然比凡人要高。要想保持精气神旺盛，就必须摈除杂念。这个杂念，就是各种欲望。无论是古代的神魔小说，还是当代的修仙小说，都讲究心神守一，灵台清明，否则，修炼很可能就会被心魔所噬，进而走火入魔。

达到摈除一切杂念、一切邪欲的时候，自然心灵清明，就如同夜空中皓月当空一般，天地清明，皎洁一片。

以上几行，按照修仙小说的观念，就是从凝气期达到了筑基期，算是正式踏入修仙者行列了。

道家认为，修行之途万千，唯有修炼金丹是唯一正道。这个"月藏玉兔日藏乌，自有龟蛇相盘结"，不正是体内孕育金丹的象征吗？而要修成金丹，就要凝练五行，也就是诗句中所说的龟蛇相互盘结。

所谓"火里种金莲"，大概讲的是修仙本就是逆天而行，要想成就金丹，必须在死中求生，就如同在火海中孕育金莲。

最终，修仙者达到阴阳凝结，五行合一的境界，此后，是成佛还是成仙，就可以自由选择了。

在中国的许多神话故事中，一些人看了《道德经》就参悟成仙，可我们身边有不少人也看了《道德经》，不要说修成仙，就连一点仙气都没有。这是怎么一回事呢？

按照修仙小说的观念，那是我们没有仙根，再苦读也是枉然。

我觉得，所谓仙，只是古人对超越名利、超越世俗者的美称罢了。就比如佛，就是智慧者的意思。

回到小说中，孙悟空就是依据这个口诀，仅仅三年，就修成了天仙。

但是修成了天仙，仅仅是长寿而已。没有神通，在三界也只是个任人欺凌的活靶子。菩提祖师还传了孙悟空什么神通呢？

孙悟空自觉大道已成，就得意洋洋。菩提祖师告诉他，别高兴太早。即便是仙人，每隔五百年也有一场天劫。

第一个五百年是雷劫，这个雷劫平凡一些，但也是天雷，非同寻常。

第二个五百年是火劫。这火劫可厉害了。这火，不是凡火，而是"阴火"。我们经常会用到一个词"无名火起"，这个无名火，和阴火或许就差不多。你欢喜也好，恐惧也罢，只要心中有了波动，这阴火就会从你脚底涌泉穴往上冲，直接到头顶涌泉穴。即便是仙人，瞬间也会灰飞烟灭。

再过五百年，是风劫。这风叫做"赑风"。这种风，和人间任何一种风都不同，只要被击中，就会从脑门中乘虚而入，瞬间，全身骨肉消散。即便是金刚不坏之体也要融解。

孙悟空大惊，问如何躲避这三灾。菩提祖师就传他地煞七十二变。

孙悟空没花多少时间就学成了七十二变。之后，菩提又传他筋斗云，一个筋斗飞行十万八千里。这个飞行速度，在整个仙界，都算是极快了。

菩提祖师教给孙悟空的这三门功法厉害吗？

看似厉害，其实不厉害。

《长生诀》让孙悟空超脱三界，成为天仙，可以长生。孙悟空的神魂还算强大，可身体远远不行。回到花果山时，混世魔王使的仅是一把普通魔刀，孙悟空就不敢正面招架，只能变出几百只小猴，缠住魔干。

用书中说法，孙悟空是炼成了"不生不灭体"，却不是金刚不坏之体。

七十二变颇为玄妙。取经路上，孙悟空用这变化之术变苍蝇、变蜜蜂、变小妖，办成了不少事情。不过，这地煞七十二变可以瞒过不少仙人，但是并非无往不利。

比如，孙悟空在和二郎神斗法时，变化之术就处处被克制。二郎神"凤目圆睁",往往就看透幻象,发现孙悟空。二郎神为何能看破幻术?是因为有第三只眼吗?这点我们后文再说。

至于筋斗云,是个保命绝招。除了遇上如来、大鹏鸟这等超级的存在,孙悟空即便是打不赢,也可以逃得脱。

孙悟空在遇上如来佛时,如来问孙悟空有何神通。孙悟空得意洋洋地说:"我有七十二般变化,万劫不老长生。会驾筋斗云,一纵十万八千里。"如来听了只是呵呵笑。

孙悟空这三种神通,看似厉害,其实没有一项具有超强的攻击性,反倒有两样是逃命的神通。

有人会说,孙悟空打架不是挺厉害吗?但孙悟空的格斗之术是菩提老祖教的吗?在第二回斗杀混世魔王后,群猴说,他们是被魔王一阵风摄来的。如今回去,路途遥远。孙悟空说:"我如今一窍通,百窍通,我也会弄。"菩提老祖没有传孙悟空格斗之术。孙悟空是在领悟仙道之后,自学成才,学会格斗的。

堪称三界第一仙的菩提老祖,为何不教给孙悟空一些必杀技,反倒交给孙悟空三项都有重大缺陷的神通呢?

因为菩提就是老君,老君秘密训练孙悟空的目的,是让其充当闹事者,进而充当密探。做这种事情的人,保命手段第一。

于是,菩提传长生之术满足孙悟空的愿望,传七十二变逃过绝大多数仙人的法眼,传筋斗云可以逃过绝大多数仙人的追杀。

菩提老祖传授的这三种功法,既可以满足棋子的需求,又不会让棋子太强,以至于失控。

那么,孙悟空修仙结束,回到花果山后,又发生了什么呢?

007 混世魔王竟然是他

在《西游记》中,混世魔王是一个很奇怪的妖怪。

几乎所有的妖王出场都有来历介绍,可是,混世魔王没有。混世魔王是在几年前忽然从天而降，出现到水帘洞群猴的生活中。

几乎所有的妖王出场都有长相介绍，可是，书中除了提到混世魔王头戴乌金盔，身穿皂罗袍，膝下黑铁甲等等衣着打扮外，没有一句提到混世魔王的真正长相。

几乎所有的妖精被打死，都会现出本相，可是，书中混世魔王被杀，仅仅写道："照顶门一下，砍为两段。"魔王被杀死后，本相究竟是什么呢？书中一直未提。

最为关键的是，混世魔王看起来很凶恶，其实根本不算坏。

当孙悟空回到花果山水帘洞，许多猴子纷纷诉苦说："近来被一妖魔在此欺虐，强要占我们水帘洞府，是我等舍死忘生，与他争斗。这些时，被那厮抢了我们家火，捉了许多子侄，教我们昼夜无眠，看守家业。幸得大王来了。大王若再年载不来，我等连山洞尽属他人矣。"

混世魔王究竟对水帘洞群猴做了些什么呢？

一是意图强占水帘洞，被群猴击退。

二是抢走了水帘洞中的许多家伙，抓走了许多小猴。

混世魔王的神通究竟如何？

混世魔王比孙悟空自然不如，但是，他会腾云驾雾，手中更有一柄神刀，即便是孙悟空也不敢正面迎战，只能使用身外化身困住魔王。若魔王全力进攻水帘洞，水帘洞那群不入仙流的猴子能够抵挡住吗？根本挡不住。

后文还提到，混世魔王的洞府中有三五十个被掳走的猴子，还有许多锅碗瓢盆，都是来自水帘洞。从此可见，混世魔王是一度攻占了水帘洞的，只是后来主动撤出了水帘洞。

因混世魔王撤退，群猴往自己脸上贴金，说是舍生忘死，与魔王争斗才保全了水帘洞。

混世魔王为何会撤退？

孙悟空刚刚回到水帘洞前，书中写到："那崖下石坎边，花草中，树木里，若大若小之猴，跳出千千万万，把个美猴王围在当中。"若混世魔王真要害群猴，群猴怎么还能有千千万万？就是那些被掳走的小猴，也并没有受到虐待，对魔王没有一句怨言。

只因，混世魔王根本就没想害水帘洞群猴。

这是为什么呢？

这就要说到混世魔王的来历了。

混世魔王何时出现？书中借群猴之口点出时间"近来"——也就是近几年。到底是几年呢？

被掳走的小猴说："我等因大王修仙去后，这两年被他争吵，把我们都摄将来。"

原来，这混世魔王出现，仅仅是这两年出现的事情！

混世魔王住在哪里呢？原文说：

"笔峰挺立，曲涧深沉。笔峰挺立透空霄，曲涧深沉通地户。两崖花木争奇，几处松篁斗翠。左边龙，熟熟驯驯；右边虎，平平伏伏。每见铁牛耕，常有金钱种。幽禽斯朔声，丹凤朝阳立。石磷磷，波净净，古怪跷蹊真恶狞。世上名山无数多，花开花谢繁还众。争如此景永长存，八节四时浑不动。诚为三界坎源山，滋养五行水脏洞！"

原来，这混世魔王居住地叫做坎源山水脏洞，乃是一处颇有道趣的仙境，若仔细比较，竟然和花果山水帘洞前的景象十分相像。

书中说花果山，叫做"此山乃十洲之祖脉，三岛之来龙"，而水帘洞更是花果山中之福地，灵气充裕，适合修行。

混世魔王本来有自己的山头，有自己的洞府，看情形根本不在水帘洞之下。他也有自己的小妖，为何还要跑到水帘洞去抢夺猴子，为自己惹来大祸呢？

只因为混世魔王就是孙悟空，或者说是孙悟空的凡胎（心魔）所化。

熟悉《西游记》的读者估计都会记得唐僧坐无底船通过凌云渡的景象。从上游飘下来一具男尸，大家一看，都认出是唐僧。唐僧师徒五人，除了唐僧，其他四人都已经脱去了凡胎，成就了仙身。

那么，孙悟空是什么时候脱去凡胎呢？

孙悟空离开花果山，在南赡部洲待了八九年。后来，到西牛贺洲拜在菩提祖师门下，学习知识，了解礼仪，一共花了七年。之后，菩提祖师传孙悟空上品天仙诀；修行三年后，再传七十二变化；又大约一年后，菩提祖师将孙悟空赶走。

换言之，孙悟空大约是在两年前修成了上品天仙诀，脱去了肉体凡胎。

魔王的洞府名叫水脏洞。所谓水脏，其实就是肾，肾代表着欲望、奢求以及因此产生的种种贪婪与执著。

孙悟空的凡胎，因是天生灵物所化，竟然有了自主意识，不过却因远离本体，渐渐陷入魔道，成为贪婪、欲念的化身。

差不多在同时，水帘洞遭受到了混世魔王的袭击。

有没有证据证明我这种猜测呢？大家细品《西游记》第二回的目录"悟彻菩提真妙理　断魔归本合元神"。前一句是说孙悟空领悟了菩提老祖所传仙法，第二句则是说孙悟空斩杀混世魔王乃是回归本源，元神与身体合一。

正因混世魔王是孙悟空的凡胎所化，心魔所化，因此书中对混世魔王没有长相介绍。魔王被斩杀后也没有现出原形，而是化为虚无。

当然，孙悟空斩杀了混世魔王后，并非就代表着体内没有了魔性。无论是为名，还是为利，只要有欲求，就容易产生执念，也就容易陷入魔道。

那么，孙悟空此后有没有陷入魔道呢？

008 傲来国夺兵：魔性一起，贻患无穷

孙悟空的前半生可以分成三个时期：享乐天真的美猴王时代，傲视三界的齐天大圣时代，取经赎罪的孙行者时代。

在这三个时期中，绝大多数读者最喜欢的，是齐天大圣时代。

不过，多数人都没有注意到，齐天大圣时代的孙悟空，其实是最黑化、最残暴的孙悟空。

换言之，那时候的孙悟空，是百分百的妖猴、魔王。

从菩提老祖处学成归来的孙悟空，除了好强一些，喜欢卖弄，还是一个非常善良的猴。回到花果山后，是因为混世魔王欺凌群猴，孙悟空为了保护家人才果断出手，将其斩杀。那么，孙悟空是在什么时候开始魔化，踏上与混世魔王一样狂妄自大、欺凌弱小、追求强力道路的呢？

是从傲来国夺兵事件开始。

在大多数情况下，孙悟空做事很有分寸，也颇有远虑。

在灭了混世魔王后，孙悟空一心要扩充水帘洞实力。他本人有一口夺自混世魔王的大刀，勉强凑合可以使用。小猴子们则砍断竹子、树木做成标枪刀剑，又整治出一些旗帜，号令上下，颇有一番气象。

放眼花果山，水帘洞已经成为一股不可小视的力量。多数妖魔在此时便会自大起来，可是，孙悟空没有。

孙悟空想："我等在此恐作耍成真，或惊动人王，或有禽王、兽王认此犯头，说我们操兵造反，兴师来相杀，汝等都是竹竿木刀，如何对敌？须得锋利剑戟方可。如今奈何？"

孙悟空最开始操练军队，提升战力，不过是为了保护水帘洞不再受人欺凌。可是，人无伤虎意，虎有害人心。别家势力可不会这么看待水帘洞群猴。

首先，花果山上七十二洞妖王就在伺机而动，争夺花果山霸权的战役很快就会打响。其次，花果山归东胜神洲傲来国管辖。数百年来，花果山一直太平无事。一旦人类发现花果山群猴竟然组建了军队，势必惊动官府，派遣兵马，前来征讨。

因此，孙悟空想，应该去弄一批真刀真枪来才行！

孙悟空想得没错，可是因为一时的贪念，却遗留下大祸。

通臂猿猴等四大健将告诉孙悟空："我们这山，向东去有二百里水面，那厢乃傲来国界。那国界中有一王位，满城中军民无数，必有金银铜铁等匠作。大王若去那里，或买或造些兵器，教演我等，守护山场，诚所谓保泰长久之机也。"

通臂猿猴等告诉孙悟空的，是或者购买一些成品兵器，或者付钱让铁匠打造一些兵器，然后带回花果山，让群猴操练。

为什么不直接去抢呢？

通臂猿猴强调：那国界中有一王位，满城中军民无数。也就是说，傲来国是有主的，并且，那位国王的军事势力很强！如果去购买、打造，大家彼此两不相欠，傲来国王就没有理由攻打花果山。

可惜，孙悟空之前答应得挺好，到达傲来国后，看到街头来来往往的都不过是寻常人类，于是他想："这里定有现成的兵器，我待下去买他几件，还不如使个神通觅他几件倒好。"

孙悟空贪念一动，魔性便起。

在大风中，傲来国众人都关门闭户，躲了起来。孙悟空大摇大摆闯入傲来国官署，找到武器库，大开库门，见到里面有无数刀枪剑戟各类兵器。孙悟空大喜，使出身外化身，变出千百个小猴，全部都来搬动刀枪。转眼间，偌大武器库被孙悟空搬了个干净。

之后，孙悟空驾一阵狂风，带着拿着武器的群猴，回到了花果山。

孙悟空把这些武器发放下去，组建起一支足有四万七千猴妖的庞大妖军。花果山上七十二洞妖王全部都被惊呆了，大家都来到水帘洞前，臣服于孙悟空。孙悟空也颇懂管理，让这七十二洞妖王，或者出妖兵参加操练，或者出粮食充做赋税。短短数月间，花果山变成一座铁桶江山。

书中此后许久没有写傲来国反应，一直到五百多年后，孙悟空因三打白骨精，被赶回花果山。

其实，我们完全可以推测，在孙悟空大闹傲来国，盗走武器库兵器后，猴妖造反一事必定轰动傲来国。

傲来国王会怎么做？

必定日夜操练兵马，寻找时机，剿灭花果山猴妖！

孙悟空觉得他的花果山是金城汤池，其实，他的野心越大，引来的祸患也就越大。花果山在美猴王时代，太平了三百多年，在孙悟空齐天大圣时代，安定了一百六十年。可是，在大闹天宫之后五六百年，花果山一直受到各方势力的欺凌！其中就包括来自傲来国官方大军的征讨！

在原著第二十八回写到花果山近五万猴妖的下落：

"自从爷爷去后，这山被二郎菩萨点上火，烧杀了大半。我们蹲在井里，钻在涧内，藏于铁板桥下，得了性命。及至火灭烟消，出来时，又没花果养赡，难以存活，别处又去了一半。我们这一半，捱苦的住在山中。这两年，又被些打猎的抢了一半去也。"

四万七千猴妖，被二郎神烧死了两万多。因为花果山被神火焚烧，被烧之处，寸草不生，生机勃勃的花果山变成了一座死山。一万多猴子不甘心活活饿死，选择逃离。可是能逃到哪里去呢？基本还是被人类弄死。剩下的大半被傲来国狩猎队抢去。最后只剩下一千两百来只猴子。

这一千两百之数，还是包括上了五六百年间群猴繁衍的数目。

孙悟空听闻大怒，他对罪魁祸首二郎神不敢生气，把全部的气都撒在傲来国的猎人身上。孙悟空让猴群准备了许多碎石头，等候猎人到来。

几天后，傲来国如期派出了抓猴大军，上千人骑着马，敲着锣，背着刀枪，架着鹰犬，前来花果山捕猎。这些人武器装备精良，对付一般没有变化神通的猴妖绰绰有余。

孙悟空大怒，吹起一阵神风，把石头刮起，用碎石将上千人马全部打死。之后，孙悟空下令：

"你们去南山下，把那打死的猎户衣服，剥得来家洗净血迹，穿了遮寒；把死人的尸首，都推在那万丈深潭里；把死倒的马，拖将来，剥了皮，做靴穿，将肉腌着，慢慢的食用；把那些弓箭枪刀，与你们操演武艺；将那杂色旗号，收来我用！"

孙悟空重新竖起"齐天大圣"的旗帜，在花果山做起了妖精。

可是，孙悟空不可能永远庇护花果山。他这种暴行，不但无法缓和花果山和傲来国的矛盾，反而会使得花果山越发危险。没过几个月，孙悟空再度离开了花果山。书中虽然没有写后续，但可以推测，傲来国势必把花果山群猴当成国家之死敌，想尽一切办法予以消灭。

若孙悟空不去以暴制暴，而换一种方式，比如他在天竺国地灵县就假扮夜游神，当众显灵，吓得文武百官屁滚尿流。孙悟空完全可以飞到傲来国，稍稍施展神通，比如搞个法天象地，傲来国官民自然再不敢冒犯花果山。若是孙悟空能够以无边神通，施展妙手，帮助傲来国解除一些灾祸，更会成为傲来国崇拜的仙神。到那时候，花果山不但不会被征讨，而且会成为一座圣山。

所谓"种瓜得瓜，种豆得豆"，话很朴素，道理很深。

再回到傲来国夺兵事件，孙悟空抢来兵器之后，潜入东海，半借半抢，从东海龙王手中夺走了金箍棒，其他三海龙王又被迫献上盔甲。

中国人号称是龙的传人，龙在中国人心中一直有着崇高的地位。那么，在西游世界中，龙族的地位如何呢？

009 龙族只是玉帝桌上一道菜吗

在如来佛降伏孙悟空之后，玉帝召开安天大会，请如来佛吃饭。原文说："桌上有龙肝和凤髓，熊掌与猩唇。珍馐百味般般美，异果嘉肴色色新。"原来，强大的龙族竟也有沦为仙佛盘中餐的悲催时刻！

在群仙参加蟠桃会时，不少仙人都是乘着龙，驾着凤，坐着各种神兽前来。

在黑水河故事中，西海龙王介绍他的八个外甥，其中有五个做了水神，老五负责给佛祖敲钟，老六趴在神宫大殿上充作镇脊兽，老七盘旋在玉帝灵霄宝殿前的华表上。

在五圣成真时，白龙马跳入化龙池，退去毛皮，换了头角，恢复为龙身。小白龙的工作是干吗的？"盘绕在山门里擎天华表柱上。"小白龙和他七表哥一样，都是盘旋在华表之上，说得好听叫佛派护法神龙，说得实在些就是门卫，无论日晒雨淋，无论春夏秋冬，都必须盘在华表上，一动不动。

那么，龙族在西游世界的命运是不是很卑贱呢？

不是的。

我们看问题不能管中窥豹，只看到某一面。不能因为某一条龙成为仙佛的盘中餐，就说整个龙族都不行。

地位的高下其实是比较而言。和不同的参照物相比，得出的结论将大不相同。

龙是一个族群的通称。龙族有孱弱到终生不能退去鳞甲、无法化成人形、不入仙流的菜鸟，也有翱翔九天、号令一方的地仙级天庭正神，还有修成佛身的天仙级高手龙尊王佛。

可是，即便是最弱的龙，在普通人类、普通兽类面前，那也是绝对的强者。即便是凶猛如虎狼狮豹，在一条最普通的龙面前，也只能颤抖！

在西游世界，大多数的龙都能够超越绝大多数妖类，可称为妖类中的巅峰强者。

泾河龙王一共有九个儿子，九个儿子无一例外都修炼有成。其中，有八个得了正果，即有了天庭正式编制，成为正神。即便是最小的小鼍龙，那也神通广大，把原来黑水河的水神打得屁滚尿流，和八戒、沙僧交手，也毫无惧色，大战数十回合胜败不分！

他们不但可以变化人形，并且天生具有兴云布雨、驾驭江河的神通。在水系法术的领悟上，三界族群中很少有能够和龙族相比的。

也就是说，龙族不但本身实力足够强大，更有超强的繁殖能力，其优越的血脉传承，可以保证一批又一批的龙进入仙途，甚至取得天庭编制。

人间有无数江河湖海，四海之主都是龙族，各大江河也大都是由龙族充当水神。虽然各地还有一部分人族出身的仙人充当水神，但可以想见，在数百年后的未来，人间水神几乎会成为龙族专属。

并且，这些龙神既不属于人间帝王管辖，也不属于人间的仙人管辖。

在青牛精故事中，原文提到，四海龙王和江河水神，都属于天界九曜星之一的水德星君管辖。九曜星君在三界的排名虽然不如五方五老，但是和五方五老不属于一个权力系统。换言之，五方五老对四海龙王的工作，没有权力指手画脚。他们如果要四海龙王办事，必须是人家龙王卖他们面子，否则只能先向水德星君备案。

泾河龙王被杀事件中，身为五方五老的如来、观音虽然地位高，但无权干涉龙神工作。在冤杀泾河龙王后，观音菩萨出面，一口气为泾河龙王的八个儿子都安排了工作。小儿子小鼍龙，即便年纪没到，也勉强下放到黑水河做了水神。

就算是在仙人当中，龙神的地位也非常特殊。

下雨，是由九天应元普化天尊管辖。他麾下有风云雷雨四部仙人。四部群仙中又以四海龙王为首。为什么呢？

三界仙人所有的收入与消费，都源自下界百姓的香火。兴云布雨的龙神，在民间最受百姓崇拜。人家提交的香火最多，自然应该享受更高一些的待遇。

应该说，龙在西游世界的地位远远超过人类、兽类，超过绝大多数妖类，也超过大部分仙人。

从大局来看，上天是公平的。龙族虽拥有人类修仙者无法比拟的先天优势，但因为是妖兽出身，最终会受到天地法则的局限。西游世界的龙神，几乎都被困在地仙级别。修成天仙的寥寥可数，更无一位达到天尊级别。

事实上，西游世界像玉帝、如来这样天尊级别的仙人少之又少。他们已经站在三界的最巅峰。而我们换一个角度看，龙肝能出现在安天大会的饭桌上，成为玉帝招待如来的一道菜，正说明龙在三界的地位还是比较高的。

综合以上，大家应该清楚龙族在西游世界的地位了吧。能成为玉帝桌上一道菜，不但不能证明龙族地位卑微，反倒证明龙族地位挺高哦。

010 东海龙王凭什么统率人间水族

人间水族众多，诸如四海五湖、八河四渎、三江九派，各自有水神掌管。诸多水神中以四海龙王为首，四海龙王中，又以东海龙王为尊。换言之，东海龙王就是人间水族的统帅，在三界水系仙人中，地位仅次于水德星君，可以当殿面君，秉奏机密。

那么，东海龙王凭什么成为人间水族第一人呢？仅仅是因为他是敖家四兄弟的老大吗？

当然不是！

敖广此人虽然战斗力平平，但会做人，更会做官。他混迹三界之中，即便是高他许多的仙人，也卖他几分情面。狂傲如孙悟空，后来也把敖广当成朋友，向其袒露心迹。

看孙悟空"龙宫借宝"故事，就可以明白东海龙王敖广确实非常人可比。

说是说"龙宫借宝"，其实是"龙宫夺宝"。

有读者疑惑，孙悟空初见东海龙王，两人并未交手，为何东海龙王就心甘情愿献出宝贝呢？实在太窝囊了！

其实，聪明人根本无需交手，就可以看清对方实力。

初见孙悟空，龙王不但主动出宫迎接，还口称"上仙"，非常恭敬。

很明显，东海龙王的职场素养非常不错。孙悟空此次前来，是打定主意抢宝贝的，可看着敖广如此客气，他也不好意思蛮干了。

孙悟空提出要兵器，东海龙王嘴上满口答应，但是在取出兵器的时候，要了一个心机：每次取出的兵器都在前次基础上加码。龙王在以这种方式对孙悟空的实力进行测试。

第一次，东海龙王让鳜都司"取出"一柄大刀。书中没有写其重量，但依据下文推测，极有可能是一千八百斤。孙悟空一眼看出那刀不行，说自己不使刀，直接拒绝。其实，孙悟空耍混世魔王的刀已有好几个月了。

第二次，东海龙王加码，让鲌太尉、鳝力士抬出一柄九股叉，重达三千六百斤。孙悟空随便舞弄了一次，犹如耍麦秆一般，嫌弃太轻。此时，东海龙王有些心惊。

第三次，东海龙王再次加码，让麾下两大武将鲤提督、鲤总兵出马，抬出一柄方天画戟。这兵器重达七千两百斤。放眼东海，根本就没人能够使得动。可孙悟空耍弄了一番，依然嫌轻。

这时候老龙王真正被吓住了。所谓"一力降十会"，东海龙王虽然没有和孙悟空交手，却知道放眼四海水族，没有人拥有孙悟空那份强大无比的力量。

后来，在龙婆的建议下，龙王带孙悟空取走了金箍棒。

金箍棒又叫定海神珍铁，本是一个斗大粗细、两丈多长的黑铁柱。在孙悟空喊了三遍细些后，神珍铁变成了碗口粗，丈二长（约四米）。《西游记》有介绍，孙悟空身高不过四尺（约一米三）。如此矮小的孙悟空，竟然把长达四米、重达一万三千五百斤的金箍棒挥舞如风。东海水族全部看得目瞪口呆。

原文说："唬得老龙王胆战心惊，小龙子魂飞魄散，龟鳖鼋鼍皆缩颈，鱼虾鳌蟹尽藏头。"

在绝对的实力面前，东海龙王立刻转变了态度，由此前的貌似恭敬，变成了彻头彻尾的折服。

谦恭低调、察言观色、见风使舵这些都是混迹职场的基本能力，东海龙王在这些方面完全合格！不过，仅仅有这些还是不够的。

东海龙王之所以能够当上水族老大，还有一些独门秘技。

秘技一：祸水东引。

孙悟空拿了宝贝还不肯走。他说："当时若无此铁，倒也罢了，如今手中既拿着他，身上更无衣服相趁，奈何？你这里若有披挂，索性送我一副，一总奉谢。"——原来，我们的美猴王也是"剁手党"。有了好武器，希望有好衣服，有了好衣服，还要有好鞋子。这下可苦了东海龙王。

不过，东海龙王是很聪明的。他说："烦上仙再转一海，或者有之。"龙王的话语别有深意，他是希望孙悟空到别的海——别的龙宫处去找找。这敖广到底想啥呢？自己被孙悟空打劫也就罢了，竟然还怂恿孙悟空去打劫自己弟弟？

其实，这也好理解。若孙悟空只是打劫了东海龙宫，事后敖广再怎么撒谎敷衍，也会被三位弟弟以及天下水神嘲笑。可若是孙悟空一口气打劫了四海龙王，那众兄弟同样窝囊，成为难兄难弟，反倒会兄弟和睦，齐心对外。

秘技二：虚实相间。

孙悟空表示，自己和其他三海龙王不熟，就吃定敖广了。敖广无奈，主动提出："不须上仙去。我这里有一面铁鼓，一口金钟，凡有紧急事，擂得鼓响，撞得钟鸣，舍弟们就顷刻而至。"

果然，钟一敲响，三位弟弟来了。

东海龙王告诉弟弟："有一个花果山什么天生圣人，早间来认我做邻居，后要求一件兵器，献钢叉嫌小，奉画戟嫌轻，将一块天河定底神珍铁，自己拿出手，丢了些解数。如今坐在宫中，又要索什么披挂。我处无有，故响钟鸣鼓，请贤弟来。你们可有什么披挂，送他一副，打发出门去罢了。"

敖广这番话，既是事实，又隐藏了一些真相。他陈诉了孙悟空坐索宝物这件事情，却把自己主动劝孙悟空找三个弟弟麻烦的事情省略不提。

最会撒谎的人绝不说纯粹的谎言。最让人信服的谎言，是九分真，一分假。唯有九分真，才能保证取信对方；唯有一分假，才能操纵对方，达成目的。

果然，三个弟弟都恼了。南海龙王敖钦道："我兄弟们点起兵，拿他不是！"敖钦脾气最是火暴，立刻就要带兵和孙悟空干仗。西海龙王敖闰劝说："二哥不可与他动手，且只凑副披挂与他，打发他出了门，启表奏上上天，天自诛也。"在四海龙王中，敖闰城府最深，为人最是阴险。他一听大哥介绍，就明白孙悟空实力强大，连大哥都不愿意招惹，他们又何必强出头呢？他们乃是天庭正神——咱是有大哥罩着的！只要把自己被欺负的事情告诉玉帝，玉帝自然会派人处理。北海龙王敖顺人如其名，最是小心谨慎，为人和顺，他立刻说："说的是。"他第一个拿出超级跑鞋藕丝步云履，敖闰也拿出锁子黄金甲，敖钦无奈，也只好拿出凤翅紫金冠。大家把装备都献给孙悟空。孙悟空大喜，一边说着："聒噪！"一边打出东海。

俗话说，朋友是用来坑的，兄弟是用来卖的。不过，像东海龙王这样能做到实施坑蒙拐骗还不带痕迹的，很少。

秘技三：精通侍君之道。

按照律法，孙悟空大闹龙宫有罪，但四海龙王守卫疆土不利，也有无能之讥。可是，在东海龙王敖广一封奏章之下，玉皇大帝丝毫没有责备敖广，而把所有的怒气都加在孙悟空身上。

东海龙王不愧是精通侍君之道的高手，一笔文章写得极好。原文如下：

"水元下界东胜神洲东海小龙臣敖广启奏大天圣主玄穹高上帝君：近因花果山生、水帘洞住妖仙孙悟空者，欺虐小龙，强坐水宅，索兵器，施法施威；要披挂，骋凶骋势。惊伤水族，唬走龟鼍。南海龙战战兢兢，西海龙凄凄惨惨，北海龙缩首归降。臣敖广舒身下拜，献神珍之铁棒，凤翅之金冠，与那锁子甲、步云履，以礼送出。他仍弄武艺，显神通，但云：'聒噪，聒噪！'果然无敌，甚为难制。臣今启奏，伏望圣裁。恳乞天兵，收此妖孽，庶使海岳清宁，下元安泰。奉奏。"

在奏章中，敖广丝毫不提自己的无能软弱，只是再三强调孙悟空如何粗暴蛮横，三大龙王如何恐惧害怕，自己如何以礼相待。

在奏章中，敖广把自己描绘成一个面对强敌没有丝毫畏惧，却为了顾及人间水族安危，委曲求全、宁可受辱的好官能臣。

东海龙王敖广没有擅自兴兵，纠集人马讨伐孙悟空，而是依照程序上表玉帝，足见对天庭的尊重与忠诚。有大天圣主玄穹高上帝君做主，小小孙悟空还能蹦跶几时？

玉帝看过奏章，立刻表态："着龙神回海，朕即遣将擒拿。"对这种既有忠心，又会办事的臣子，玉帝是很爱护的！

以上我们聊了下龙族，这个话题我们暂且搁一搁，等讲到白龙马时再继续。我们下面先来说一说孙悟空从龙宫取走的这根金箍棒。

011 金箍棒的难解之谜

关于金箍棒的使用情况，有许多难解之谜。

其一，孙悟空常用状态下的金箍棒到底有多大？

原文说："悟空撩衣上前，摸了一把，乃是一根铁柱子，约有斗来粗，二丈有余长。"

一丈等于三米，这点大家都知道。不过，"斗大"是多大？现在很多读者都没有见过"斗"。斗，是古代用来量米的工具，犹如一个切掉了顶部的倒金字塔，口大而底小。一斗，就是十升。一般的斗口，差不多有一尺见方，比现在大号的水桶还要大。

原文说："他尽力两手挝过道：'忒粗忒长些，再短细些方可用。'"

孙悟空用两手尽力去抓，可根本抓不过来，于是才说，实在是太粗太长了。

话刚出口，金箍棒立刻细了一圈，短了几尺。孙悟空又说了两次，即一共缩小了三次后，孙悟空耍弄金箍棒，才感觉十分趁手，此后就固定使用这个尺寸了。

那么，这个孙悟空经常使用、变小三次后的金箍棒，到底有多大呢？

原文说："只有丈二长短，碗口粗细。"丈二，也就是四米，比如今一层楼还要高。而古代人吃饭用的碗，多是粗瓷大碗，差不多和现在的汤碗那么大。

孙悟空有多高？在书中借混世魔王之口提到："你身不满四尺，年不过三旬，手内又无兵器，怎么大胆猖狂，要寻我见什么上下？"唐朝一尺大约是三十厘米，明代一尺大约三十一厘米。总之，无论用哪一个标准，孙悟空的身高都仅仅有一米二。

可以想见，孙悟空这么矮，而金箍棒竟然那么长，这一长一矮的对比实在太鲜明！

其二，金箍棒变小后，重量有变化吗？

在金箍棒上有一段文字，叫做"如意金箍棒一万三千五百斤"。也就是说，这金箍棒在标准情况下是重一万三千斤。这一点，是没有疑义的。

但是，孙悟空连续喊了三次变细后，金箍棒变成了丈二长，碗口粗。按长度比例，也就是此前的五分之三模样。那么，金箍棒的重量是不是也按比例变成了八千一百斤呢？

第一种猜测：没变。

金箍棒应当是一种非常神奇的兵器，它变化的只是外形，本质始终如一。因此，无论金箍棒有多大，有多小，都是一万三千斤。

第二种猜测：变了。

金箍棒随着形态的变化而发生变化。在标准的两丈多长状态下是一万三千五百斤，而在孙悟空经常使用的丈二长情况下，就应该变成八千一百斤。

大家觉得哪一种猜测更符合情理呢？

我认为是第二种。

金箍棒是一件通灵神兵，可以随心变化。这个变化，不仅仅是外形变化，自然还应当包括重量变化。比如说，在缩小无数倍、变成绣花针时，其重量也必然发生巨变，变得极轻。如此，孙悟空才能把绣花针放入耳朵中。

虽说孙悟空的力量是很大，比一般仙人都要大，但是，孙悟空的力量也有极限。在平顶山，银角大王移来两座大山，就把孙悟空压得青筋暴露、气喘吁吁。待第三座山压下，孙悟空立刻就七窍流血，受了严重内伤。

其三，使用法天象地、身外化身时，金箍棒重量如何？

孙悟空在地煞七十二变之外，还领悟了法天象地、身外化身等多项强力神通。

孙悟空第一次使用法天象地，就是在得到金箍棒、回到花果山之后。在群猴的吹捧下，孙悟空卖弄之心膨胀。原文说：

"将宝贝擎在手中，使一个法天象地的神通，把腰一躬，叫声：'长！'他就长的高万丈，头如泰山，腰如峻岭，眼如闪电，口似血盆，牙如剑戟。手中那棒，上抵三十三天，下至十八层地狱，把些虎豹狼虫，满山群怪，七十二洞妖王，都唬得磕头礼拜，战兢兢魄散魂飞。"

当金箍棒变成顶天立地模样，是有多重呢？

还是一万三千斤？不对。如果那样的话，金箍棒不成了纸糊的假货了吗？

所谓法天象地神通，是仙法当中一种罕见的激发潜能的秘法，它能够在极短时间让一个人的战斗力增强数倍甚至十数倍。但是，随之而来的是法力的迅速消耗。因此，孙悟空和二郎神斗法时，都施展过法天象地神通，但时间都不长。因为，大家都消耗不起。

在七绝山，八戒关于变大的一段话，也可以作为旁证。当时，七绝山路被千百年的烂柿子堵塞，无法通过，孙悟空就让八戒变化成大猪拱开一条路。八戒开始不肯，后来说：

"我老猪本来有三十六般变化，若说变轻巧华丽飞腾之物，委实不能；若说变山，变树，变石块，变土墩，变赖象、科猪、水牛、骆驼，真个全会。只是身体变得大，肚肠越发大，须是吃得饱了，才好干事。"

大家注意最后一句，八戒的意思是，变成越大的东西，饭量就要加大。其实，加大消耗的不是饭，而是食物带来的能量，即法力。

孙悟空施展法天象地时，短时间消耗巨大能量，换来力量、速度的倍数增长，自然其兵器金箍棒也应当变大、变重——金箍棒本身犹如一件高科技器械，没有能量不能启动，它变大变重的能量来源，是孙悟空的法力。

至于身外化身之术，在最开始的阶段，孙悟空变出的是小猴子，应该只具有他本体极少的力量。后来，孙悟空能变出小行者，能力必然增强一些。再后来，孙悟空变出的是各自挥舞金箍棒的小行者，其实力必然又更强一些。

这一点，就犹如《火影忍者》中鸣人的影分身术，随着等级越高，影分身的实力也越强。

金箍棒呢？它可以和孙悟空一样进行分裂，但是，能够发挥多大的杀伤力，要看孙悟空能够注入多少法力。

在取得金箍棒后，孙悟空被鬼差勾魂，进入幽冥。孙悟空大展神威，搅乱幽冥，以至于惊动了玉皇大帝。

幽冥世界中又潜藏了哪些秘密呢？

012　幽冥世界三大难解之谜

西游世界中的幽冥界，有许多未解之谜。

第一，幽冥世界牌匾变幻，是否代表政权更迭？

在第三回，孙悟空被勾魂，进入幽冥的时候，原文说：

"猴王渐觉酒醒，忽抬头观看，那城上有一铁牌，牌上有三个大字，乃'幽冥界'。"

但是，在六七百年后，唐太宗梦游地府，同样是十殿阎罗居住的城池，所见却并不相同。原文说：

"忽见一座城，城门上挂着一面大牌，上写着'幽冥地府鬼门关'七个大金字。"

为何同一座城的牌匾不相同呢？坊间有人提出一个大胆的推测——幽冥世界发生了夺权行为。

事情真的是这样吗？

不是。

在孙悟空大闹地府时，幽冥世界的教主是地藏王菩萨，十殿阎罗是常务。在第三回，东海龙王进献表章，状告孙悟空之后，原文说："有冥司秦广王赍奉幽冥教主地藏王菩萨表文进上。"此处，就是秦广王捧着地藏王菩萨的表章，求见玉帝。

在唐太宗梦游地府时期，幽冥教主依然是地藏王菩萨，常务依然是十殿阎罗，管理层没有任何人员变动。

那么，为何两处牌匾不同呢？

有两种可能。

第一种，孙悟空来自东胜神洲，走的应当是幽冥城的东门，其上牌匾为"幽冥界"。李世民来自南赡部洲，当从南门入，其上牌匾为"幽冥地府鬼门关"。因城门不同，故牌匾不同。

第二种，孙悟空是被勾死人的拘押而来。勾死人的只是把孙悟空当成寻常角色，走的是幽冥城的小门。而唐太宗是被判官恭恭敬敬迎接来的，走的是幽冥城的大门。故此，牌匾有不同。

第二，如何理解孙悟空名册在"魂"字部。

有一种观点认为，孙悟空是如来佛祖的摩尼珠所化，理由出自孙悟空与王灵官一战时，原文的诗词：

"圆陀陀，光灼灼，亘古常存人怎学？入火不能焚，入水何曾溺？光明一颗摩尼珠，剑戟刀枪伤不着。也能善，也能恶，眼前善恶凭他作。善时成佛与成仙，恶处披毛并带角。无穷变化闹天宫，雷将神兵不可捉。"

文中所说摩尼珠，一方面是说孙悟空与王灵官斗法，三头六臂，旋转飞舞，"好便似纺车儿一般，滴流流，在那垓心里飞舞"，转动不停；一方面确实也可以暗示孙悟空的出生。

但因此说摩尼珠属于如来佛，甚至说是如来佛的舍利子，就有些牵强了。孙悟空是仙石产出的石卵所化，其形体本就如摩尼珠一般。即便孙悟空是由摩尼珠所化，摩尼珠也根本不是舍利子，而是龙神大脑中孕育的一种宝珠。

而这种观点却认为，正因孙悟空是舍利子（摩尼珠、灵珠）所化，故此在生死簿中，只能入"魂"册。

这其实是对原著的一种误读。那么，如何解释孙悟空的名字写在生死簿中的"魂"字册？

原文写孙悟空翻查自己的生死簿，说猴类与众不同，"另有个簿子，悟空亲自检阅，直到那魂字一千三百五十号上，方注着孙悟空名字，乃天产石猴，该寿三百四十二岁，善终。"

孙悟空为何是魂字一千三百五十号？

首先，一千三百五十这个数字对吴承恩很重要，犹如九九八十一、七七四十九一般。像孙悟空的金箍棒，就是一万三千五百斤之数——比一千三百五十之数多一个零而已。

其次，生死簿所有记载，都应当是魂字第几号。

为何这么说？因为所有死者，都必须以魂魄状态才能进入幽冥。

孙悟空是在喝醉酒的状态下，在睡梦中被勾死人的拘走了魂魄。而唐太宗是因为受到惊吓，然后昏迷中以魂魄进入幽冥的。

孙悟空在真假美猴王故事和寇员外故事中，两次进入幽冥。那两次，孙悟空是真身进入。毕竟孙悟空根本不是凡人，更不是死人。

正因为死者都是以魂魄状态进入幽冥，故大家都是写成魂字第几号的。

第三，生死簿中被勾去名字的猴子可以活多久?

生死簿，应当是幽冥界第一红宝书，具有相当大的魔力——只要在上面做一点改动，立刻就可以影响一个人的生死。

比如，崔判官偷偷在生死簿上为唐太宗加了两笔，把一改成了三，唐太宗就真的延长了二十年的寿命。

不过，是这生死簿本身有魔力，还是上天赋予生死簿魔力呢?

我想，是后一种。

生死簿就是一本书，一本很普通的书。

上面的所有记载，是幽冥界通过种种因果报应、加分减分的规则，然后计算出来的数据汇总。

这个规则的制定者，绝不可能是十殿阎罗，也不会是地藏王菩萨。这个规则只能由玉帝等天庭掌权者制定。

所有凡人、凡兽都要遵循这个规则。地藏王菩萨、十殿阎罗、判官、鬼差都是这个规则的执行者。

不过，十殿阎罗虽然不是规则的制定者，但是他可以在规则的范围内，对一个人的生死进行调控。比如，崔判官为唐太宗延寿，就绝不可能是崔判官个人的意思，应当是十殿阎罗的意思。而十殿阎罗又是秉承地藏王菩萨、观音菩萨的意思。

当孙悟空将花果山上有名的猴子在生死簿中划去时，十殿阎罗本来是不认账的，他们上表玉帝，要求严惩孙悟空。若孙悟空被击败，花果山上被划掉名字的猴子还是会被勾魂的。但打败天兵后，孙悟空被请上了天庭，当了将近二百年的神仙。后来虽然由于大闹天宫落得被压五行山的下场，可是，三界——尤其是幽冥界仙人都知道了孙悟空的真正能力。

孙悟空是个大恶人。为了远离祸水，十殿阎罗不得不做出让步，再也没有去勾那些猴子的魂。

但是，那花果山的猴子是不是就不会死了呢？

绝非那么简单。

若是在生死簿上划掉名字就可以永远不死，那所有的仙人都会跑来痛揍十殿阎罗一顿，然后逼迫他们修改生死簿。

生死簿管辖的寿命是有范围的。这个范围是在神仙以下。也就是说，花果山的猴子可以无病无灾活数百年，上千年，但最后还是会死。因为若他们的寿命再长些，其名字就要进入南斗星君掌握的仙人生死簿中了。

另外，花果山的猴子虽然可以活一千年，但是，未必真能活一千年。这些猴子并没有修仙，没有东西吃，还是会饿死的！

所以，花果山那些老猴后来大都死了。当年的四万七千猴兵，只剩下几百（书中说有一千二，可是，这个数目是经过群猴五六百年繁衍后的数目）。

013 促成造反的幕后推手

孙悟空大闹龙宫，搅乱幽冥，竖起了"齐天大圣"的旗子，宣布造反。这一切看似是孙悟空的主观所为，其实，孙悟空本无意造反。每当关键时刻，总有一个神秘的推手在撩拨，在怂恿，在唆使孙悟空造反。孙悟空只是他人运作中的一枚棋子。

这个神秘的幕后推手正是太上老君。只是，老君远在三十三重天外，他是如何保证孙悟空会依照他的计划行走的呢？

因为，他在孙悟空身边安插了不止一个奸细。这些人在孙悟空的每次犹豫徘徊中献言献策，最终将孙悟空推上了天庭的对立面。

孙悟空本无造反之意，可是在这些人的推动下，不知不觉间已经势同骑虎，难以回头了。

花果山中的头号奸细，就是通臂猿猴。

在孙悟空的修仙之路中，通臂猿猴是第一位引导者。可以说，若无通臂猿猴的指引，孙悟空即便有心修道，也求助无门。毕竟，仙凡有别。普通猴子是根本无法接触到修仙界的。

可是，通臂猿猴不但告诉孙悟空有三种人可以长生不老，并且指引孙悟空，仙人就在深山古洞之中。孙悟空没有停留在东胜神洲求仙，而是泛舟南下，远走南赡部洲，渡海来到西牛贺洲，最终寻到古老森林中的斜月三星洞。一切仿佛自然，仔细想来，却都是冥冥中自有安排。

通臂猿猴的指引工作并没有就此停止。

孙悟空修仙荣归，回到花果山，斩杀了混世魔王。孙悟空提出，我等在此操练兵马，若是惊动了人王、兽王，说猴群练兵造反，前来征讨，可群猴只有竹木刀剑，没有法子对敌，不知道到何处才能找到大量兵器，武装群猴。

群猴一听，各个惊恐，不知道如何是好。此时，四老猴来拜——两个赤尻马猴，两个通臂猿猴告诉孙悟空，这事一点儿也不难。距离花果山东方两百多里水路外，有一个傲来国，国中军民无数，必然有铁匠铺。老猴提出，孙悟空若去傲来国，必然可以买到或者制造一些兵器，以保卫花果山。

之后，孙悟空果然前往傲来国，抢来了许多兵器。但因为是抢来的，也从此惹出祸端，积下仇恨。

此处虽然写作四老猴共同谏言，其实，八成是先前那见多识广的通臂猿猴提议的。那老猴很聪明，知道处事当不露痕迹，尽量低调。若处处都是他一个人出风头，难保不会被孙悟空怀疑。

所谓大隐隐于朝，小隐隐于野。隐藏在众人之中，才是最安全的。

群猴有了兵器，欢喜无限，孙悟空本人却有些苦恼。他只有一口从混世魔王处抢来的普通魔刀。

这时候，又是四老猴建议说："大王乃是仙圣，凡兵是不堪用，但不知大王水里可能去得？"孙悟空说自己水火不侵，下水自然没问题。于是，四老猴说出了一个惊人的秘密："大王既有此神通，我们这铁板桥下，水通东海龙宫。大王若肯下去，寻着老龙王，问他要件什么兵器，却不趁心？"

这四老猴能说出这番话，大有问题，不得不让人怀疑他们的真实身份。

身为水帘洞洞主的孙悟空都不知道的秘密，那四老猴凭什么知道？

按照书中所写，那水帘洞前有一重水幕，从外面根本看不出里面有山洞。千百年来，孙悟空是第一个跳入水帘洞之猴。自然，通臂猿猴等四老猴比孙悟空要晚些。

之后，群猴都生活在水帘洞中，一晃两三百年，从没有人提过铁板桥下有秘道的事情。那么，有没有可能，这秘道是在孙悟空前往修仙到返回花果山的这二十年间发现的呢？

没有可能。

因为四老猴询问孙悟空的第一句话是："但不知大王水里可能去得？"换言之，群猴是去不了水里的。即便可以在水下勉强来个狗刨式，但绝不能一直潜水，在水下走数十里、数百里，一直走到东海龙宫。

也就是说，花果山群猴根本不可能靠自己的力量，发现水帘洞铁板桥下通往东海龙宫的秘密通道。

那么，只有一种可能：这消息是别人告诉他们的。

最合理的推测是太上老君告诉了通臂猿猴，通臂猿猴再告诉其他三猴，再共同向孙悟空建议。

当孙悟空上天，当了弼马温后，群猴在四老猴的带领下日夜操练。十来年后，孙悟空返回，群猴拜见。群猴都说："恭喜大王，上界去十数年，想必得意荣归也？"孙悟空疑惑说："我才半月有余，那里有十数年？"群猴道："大王，你在天上不觉时辰。天上一日，就是下界一年哩。"

其实，原文中的"群猴""众猴"都应当是四老猴，或者说，都是通臂猿猴。

再者，在孙悟空偷了蟠桃后，回到花果山，四老猴迎接叩拜说："大圣在天这百十年，实受何职？"孙悟空笑道："我记得才半年光景，怎么就说百十年话？"四健将道："在天一日，即在下方一年也。"

原来，以通臂猿猴为首的四老猴，不但知道何处有仙人，不但知道铁板桥下有秘道，还知道天上一天，地下一年的秘密。要知道，孙悟空修成天仙已经许多年了，并且交往的那可都是神仙。悟空不知道的事，四老猴却知道。这不是很奇怪吗？

当然，作者如此写，也是借助四老猴之口，反复告诉读者，千万不要忘记他为西游世界做出的这个古怪规定。

还有一点很奇怪：当孙悟空离开一百六七十年后，回到花果山的第一眼，看到了什么呢？原文说：

"但见那旌旗闪灼，戈戟光辉，原来是四健将与七十二洞妖王，在那里演习武艺。"

孙悟空是上天享福去了，不是闹事去了。人间的群妖看在孙悟空的面子上，谁也不敢来招惹花果山。可是，花果山群猴在四老猴的带领下，完全没有一点儿骄傲自满。从孙悟空第一次上天，接受天庭封号，一晃都将近两百年过去了，可是花果山群猴依然是警惕性十足，在四老猴的带领下日夜操练。

要知道，横扫中原的八旗兵，在入关后不到三五十年就腐朽不堪。康熙年间平三藩时，大清就只能依靠汉人的绿营兵了。

可是，花果山的猴兵经过近两百年，依然斗志不衰，日夜厉兵秣马，操演武艺。这是因为啥？

因为通臂猿猴早就知道，孙悟空迟早要大闹天宫，花果山迟早要和天庭一战！为了花果山，为了群猴，更为了自己活命，他必须时刻准备着！

通臂猿猴如此苦心经营，训练猴兵，为何花果山最终还是落败？不得不说，统帅孙悟空在其中发挥了很不好的负面作用。

那么，孙悟空如何让铁桶一般的花果山在眨眼间败掉的呢？

014 孙悟空有没有统帅之才

从孙悟空修仙回家到被十万天兵围剿，一共有将近两百年的时间。在这两百年间，孙悟空一直在苦心经营花果山。

花果山鼎盛时期，可谓金城汤池。光全副武装的猴兵猴将就有四万七千之众，更有七十二洞妖王助战。各洞妖兵少则三五百，多则三五千。整个花果山论起妖兵，当也有十万之众。可是，如此数量的妖兵，面临十万天兵，为何一战即溃，再战覆灭，丝毫无反抗之力呢？

主要原因，当然是玉帝第二次围剿时不但派出了托塔李天王、哪吒等神仙，更派出了二十八宿、九曜星君、十二元辰等等多路人马。不过，天庭势力强大仅仅是花果山落败的一个原因。

内部矛盾重重，看似强大，其实孱弱，这才是花果山防御战失败的真正原因。

孙悟空从傲来国得到兵器，武装起一支四万七千之众的猴妖大军后，花果山七十二洞妖王无不恐惧，纷纷来投。从此时开始，孙悟空成为花果山之主。可惜，孙悟空虽也有些小智慧，却过分相信个人武力，在统御部署时一再出现低级错误。花果山群妖人数虽多，不过是一盘散沙而已！

作为花果山之主的孙悟空，究竟犯了哪些错误呢？

原文说："（七十二洞妖王）每年献贡，四时点卯。也有随班操演的，也有随节征粮的。齐齐整整，把一座花果山造得似铁桶金城。各路妖王，又有进金鼓，进彩旗，进盔甲的，纷纷攘攘，日逐家习舞兴师。"

太史公有一句名言，千百年来，被许多人奉为圭臬："天下熙熙，皆为利来；天下攘攘，皆为利往。"用大白话说，所有人那都是"无利不起早"。孙悟空组建猴妖大军，称霸花果山，群猴当然最高兴。他们从花果山平凡一猴，摇身一变，成了花果山万妖当中的贵族阶层。

七十二洞妖王呢？本来大家武艺相仿，割据一方，彼此相安无事。而孙悟空的出现，打破了这个平衡。昔日耀武扬威的七十二洞妖王，转眼间变成了花果山的二等公民。但凡见了猴兵，妖王们都要点头哈腰。孙悟空若是真会为帅，那就应当对花果山万妖一视同仁，论功行赏，以激励群妖，共同御敌。

事实是什么呢？

七十二洞妖王或者出兵，或者出粮，或者献宝。为了讨好孙悟空，他们煞费苦心。可是他们收获了什么呢？收获的，只是可以在花果山继续存活，当义工，当炮灰，当贱民。

孙悟空得到了金箍棒之后，自我感觉实力暴增，开始封赏群妖。最后，两个赤尻马猴被封为马流元帅，两个通臂猿猴被封为崩芭将军。总之，都是猴子，并且是群猴中跟随孙悟空多年的心腹四老猴当了总管。他们负责安营扎寨，赏罚操练，成为孙悟空一猴之下，万猴之上的妖上妖。

作为一个领袖，最为重要的职责，就是用人。我们都知道，用人当唯才是举，处事当公平公正。可惜，真正能做到这点的领袖，少之又少。反而不少领袖任人唯亲，孙悟空即是如此！

光有义务，没有权利；光有付出，没有收获；光有惩处，没有赏赐——孙悟空如此驾驭下属，下属怎么可能会卖力？

孙悟空因嫌弼马温官小，反出天庭后，刚到花果山，就有两个独角鬼王求见。

这独角鬼王来历神秘，去向成谜。他们的出现，看似偶然，其实也是一种必然。

为何这么说？

孙悟空刚回花果山，心中充满了不甘和郁闷。此时，独角鬼王求见。这鬼王虽然是第一次见孙悟空，却深知孙悟空的脾性，每一句话都切中孙悟空之要害。

独角鬼王来见，是整顿衣衫，倒衣下拜，恭敬万分。孙悟空大喜，问鬼王为何前来。鬼王回答："久闻大王招贤，无由得见，今见大王授了天箓，得意荣归，特献赭黄袍一件，与大王称庆。肯不弃鄙贱，收纳小人，亦得效犬马之劳。"

鬼王这话，全是鬼话，可孙悟空听了，很是舒服。

孙悟空刚刚回来，独角鬼王立刻求见，可见他们等候许久。他们本可以在孙悟空不在时，求见四老猴，但若那样，得到的回报也必然小很多。孙悟空因在天庭受到冷遇，独角鬼王就送赭黄袍（帝王才能穿这种袍子）。他们献袍的目的很纯粹，希望孙悟空造反，称王称帝。

鬼王问孙悟空在天上担任什么职务，孙悟空愤愤然说是弼马温。这鬼王说："大王有此神通，如何与他养马？就做个齐天大圣，有何不可？"

大家看看，这鬼王竟然和通臂猿猴一样，又是一个博学多闻的先知型妖怪。早先，孙悟空连弼马温是什么官都不知道，可地上这独角鬼王，一听就明白，并且告诉孙悟空，咱不给他养马，咱要做齐天大圣！

这独角鬼王的一句话，改变了孙悟空的人生！

孙悟空立刻换衣服，摆开班列，接见群妖朝拜。孙悟空一扫郁闷，大喜之下封独角鬼王为前部总督先锋，统率七十二洞妖王兵马。

孙悟空是高兴了，独角鬼王也满意了，可是，七十二洞妖王呢？

大家辛辛苦苦跟随孙悟空，已经做了几十年的苦力，有不少妖王巴望能够脱颖而出，成为其中佼佼者。可是，孙悟空一声令下，一个外来汉，靠着溜须拍马，就成了他们的头头。

民间有一句话："说你行，你就行，不行也行；说不行，就不行，行也不行。"这差不多可以形容七十二洞妖王苦闷的心理吧。

当李天王带领十万天兵前来征讨时，孙悟空还在喝酒。猴兵连续禀告，孙悟空却说："今朝有酒今朝醉，莫管门前是与非。"这种气概，和当年霸王项羽在垓下被围时只知道和虞姬喝酒舞剑相仿。

等到九曜星君都打到水帘洞门口了，孙悟空才大怒发兵。

此时，若孙悟空明白事理，应当亲自出马，统率四老猴率领精锐猴兵迎战。唯有如此，才能大败天兵，才能振奋士气，才能激励花果山十万妖兵。

可是，孙悟空"即命独角鬼王，领帅七十二洞妖王出阵，自己领四健将随后"。

想那独角鬼王不过是靠着溜须拍马当上了总督先锋，七十二洞妖王怎么服气？一战之下，这拨人被九曜星君拦在铁板桥头，连洞口都出不去。

孙悟空没法子，只能亲自出马，击退了九曜星君，终于把兵马拉出了水帘洞，摆开阵势。

托塔天王调出四大天王和二十八宿，率领十万天兵进攻。孙悟空也派出独角鬼王，带着七十二洞妖王迎战，四健将则带着四万七千猴兵，在后面摇旗呐喊。

这一场大战，从上午太阳初升杀到下午太阳落山。原文说："那独角鬼王与七十二洞妖怪，尽被众天神捉拿去了，止走了四健将与那群猴。"

这说明了什么呢？说明孙悟空纯粹把独角鬼王和七十二洞妖王、妖兵当炮灰！

孙悟空如此统兵，怎能不败？

可孙悟空对此竟然毫无察觉。或者说，他根本不觉得这么做有错。

再回到洞中，四健将见了孙悟空，哽哽咽咽大哭三声，又嘻嘻哈哈大笑三声。孙悟空问原因，四健将说：

"今早帅众将与天王交战，把七十二洞妖王与独角鬼王，尽被众神捉了，我等逃生，故此该哭。这见大圣得胜回来，未曾伤损，故此该笑。"

作为猴妖出身的将领，四健将虽然对七十二洞妖王有同情之心（大哭），但毕竟亲疏有别，更关心猴妖的死活（大笑）。他们说这番话，合情合理。

可作为三军统帅、花果山之主的孙悟空不能这么想，这么说。

但是，让人寒心的是，孙悟空不但这么说了，并且说得比四健将还要无情。

他说："胜负乃兵家之常。古人云：杀人一万，自损三千。况捉了去的头目乃是虎豹狼虫、獾獐狐狢之类，我同类者未伤一个，何须烦恼？"

在孙悟空看来，打仗那就要死人，很正常。况且，死的都不是猴子，根本不需烦恼。

但世间事情犹如多米诺骨牌，只要有一块牌被推倒，就会引发无休止的连锁反应。事实证明，孙悟空任人唯亲，赏罚不明，重用溜须拍马之徒的举动，葬送的不仅仅是七十二洞妖王，还有四万七千猴兵以及整个花果山的霸业。

大闹天宫的空当中，孙悟空曾经与人间六大魔王结拜兄弟，大家许诺同生共死。当天兵来临，为何六位义兄一个没来？五百年后，除了牛魔王，其他五大魔王都去哪儿了呢？

015 神秘消失的五大魔王

孙悟空与牛魔王等六魔结拜，共称"七大圣"。从孙悟空和牛魔王的实力来看，这七大圣绝对是人界最强的妖魔。可是，在取经路上，除了牛魔王闪亮登场，其他五大圣竟神秘消失？这是怎么回事？

莫非是吴承恩写漏了？

当然不是，他们消失的答案就潜藏在原著当中。

我们先看看，七大圣是如何走到一起的。

在斩杀混世魔王之后，孙悟空初步认识到兵器的重要性。他的神通远胜混世魔王，可因为人家有一把魔刀，就打得孙悟空很狼狈。回到花果山之后，他就开始武装猴兵猴将。他手头没有武器，只能把竹子、木头做成标枪、大刀。

某日，美猴王忽然静坐处思想道："我等在此恐作耍成真，或惊动人王，或有禽王、兽王认此犯头，说我们操兵造反，兴师来相杀，汝等都是竹竿木刀，如何对敌？须得锋利剑戟方可。如今奈何？"

孙悟空悟性奇高，意识到未来可能存在的危机：如此操练军马，迟早会引起他人注意，开始或是人王、禽王、兽王，等势力大了，当然也就会惊动到仙界之王。

孙悟空行动起来。他先跑到傲来国，抢来了兵器，武装起一支四万七千只猴子的大军。之后，他自己没有趁手的兵器，就跑到龙宫，半借半抢拿来了金箍棒。他知道惹了龙王，把事情搞大了，于是"日逐腾云驾雾，遨游四海，行乐千山。施武艺，遍访英豪；弄神通，广交贤友"。

孙悟空明白，要想干成大业，光靠自己单干是不行的，必须找到好帮手。于是，他在安顿好花果山后，每天都到各处结交大神通的魔王。在这样的情况下，他认识了其他六个弟兄。

也就是说，孙悟空是想借助六大魔王的势力，提高自己的地位，扩大自己的影响，而一旦有事，又可引为强援。

孙悟空是如此想，那其他六大魔王呢？当然也是如此。

也就是说，七大魔王走到一起，本就不是因为情义。大家都因为势力强大，担心会引起天庭的关注才彼此借重，彼此利用。

之后，孙悟空去了天界，受了仙箓，一去就是十多年。后因觉弼马温官小，反出天庭，又因独角鬼王的劝说，自称齐天大圣。天庭派兵征讨时，孙悟空大败巨灵神和哪吒。初次扯旗造反，孙悟空获得大胜。

此时，六个哥哥听到消息，都来祝贺。六位魔王为何此时前来？要知道他们都是一天可游遍四海的大魔头，必然早就知道孙悟空回到人界的消息。因为他们一直在观望！一直等到天兵天将被孙悟空打退，六兄弟才赶来祝贺。

在这样的情况下，孙悟空提议："小弟既称齐天大圣，你们亦可以大圣称之。"在六魔王听来，孙悟空这句话既是炫耀，又是挑衅。我这个老七都敢称齐天大圣，你们敢吗？

之后，是长久的沉默。许久，牛魔王忽然高叫道："贤弟言之有理，我即称做个平天大圣。"然后，其他五兄弟纷纷应和。从此可以看出，其他五大圣即便神通不弱，但都是没有胆色的主。唯独牛魔王，豪气不在孙悟空之下。在七兄弟的名号中，牛魔王的平天大圣也最是霸气。

孙悟空是齐天大圣，与天相等。牛魔王却是平天大圣，把天也要削平。至于其他五大圣，多是对自己神通的夸赞，没有挑战天庭的意味。如复海大圣蛟魔王，自然水下功夫了得；混天大圣鹏魔王，自然飞行速度奇快；移山大圣狮驼王，神力惊人；通风大圣猕猴王，迅捷如风；驱神大圣禺狨王，当是法术精奇，即便神仙也可驱使。

天庭在围剿孙悟空之后，为何没有追杀六大魔王呢？牛魔王在西方路上称霸一方，名气极大，为何没有人称他为"平天大圣"？这个外号可比"大力王"牛逼多了！

只因六大魔王虽在宴会上自封大圣，但回到自己地盘后，并没有一人敢像孙悟空一样扯旗造反！

而且，从二上天庭、受封齐天大圣起，孙悟空就和六大魔王失去了联系。

也难怪，孙悟空这一去将近半年，在人界也就是过了一百六七十年。亲兄弟长期不联系都会疏远，更不要说孙悟空与牛魔王这种酒肉朋友了！

孙悟空偷蟠桃，偷仙丹，反下天庭。在天上也就是小半天工夫，玉帝就派李天王领兵征讨，但在人间却也过了数月。可六大魔王无一人前来。

六大魔王必然怨恨孙悟空，说好的同享富贵呢？上了天庭一百多年，也不知道拉哥哥们一把！

既然不能共富贵，那也别期望共患难！

若孙悟空还能击败天庭兵马，想必那六个魔王还会及时出现前来捧场。

这世间，从来都是锦上添花易，雪中送炭难！

此后，六大魔王掩藏起和孙悟空交往的经历，低调而幸福地生活着。蛟魔王等五大魔王分散在人界的东、南、北、中方位，而孙悟空一路西行，自然遇不上。唯有牛魔王太背，住在西方，且老婆、孩子先后干扰了取经大业，最终只落得被斩首、被降伏的可悲结局。

016 弼马温是个多大的官

孙悟空为何要大闹天宫？起因是玉帝让他当了一个弼马温。很多人都认为，弼马温只是养马的官，玉帝是在歧视孙悟空。

事情真的是这样吗？

孙悟空到东海龙宫强行讨要武器装备，得罪了龙王；到冥界划掉自己以及猴类的名单，得罪了冥王。龙王和冥王斗不过孙悟空，就请求三界至尊玉皇大帝主持公道。

按照常理，这样的罪犯是要受到严惩的。玉帝想的，也是直接派兵灭杀。可最终，他采纳了太白金星的建议，以招安的方式，让孙悟空"籍名在箓"，并授予弼马温之职。

孙悟空一开始非常高兴，工作也很卖力。后来，他和属下们喝酒，高兴地询问弼马温是几品官。属下们说没品。孙悟空问，没品莫非是大到了极点？属下们窃笑说，哪里是极大，是根本不入流。孙悟空听不懂，询问什么叫做不入流。属下们回答，就是最低、最小的官，只配给玉帝看马。

孙悟空一听火起，觉得自己偌大本事，竟然给人当马夫，是可忍孰不可忍！结果，他推倒公案，把御马监砸烂，闯出南天门，下界继续做妖王去了。

在许多人的印象中，孙悟空初上天庭受封弼马温，是受到了玉帝莫大的侮辱。其实不然。

孙悟空此次招安上天，得了两个大好处。

一个叫"籍名在箓"，就是名字写在仙界名册上。简单来说，就是在天庭有了神仙编制。

这可了不得！

孙悟空反下天庭，回到花果山不久，就有两个独角鬼王前来投奔。孙悟空问原因。独角鬼王说："久闻大王招贤，无由得见。今见大王授了天箓，得意荣归，特献赭黄袍一件，与大王称庆。肯不弃鄙贱，收纳小人，亦得效犬马之劳。"

独角鬼王这几句话，有真有假。久闻大王招贤是真，无由得见是假，看后一句就明白了。孙悟空与六大魔王结拜，纵横下界已经多年，独角鬼王为何此前不来投靠，偏偏在孙悟空授了天箓才来投靠？因为授了天箓就是正牌神仙，虽然行动受天庭律法约束，但也受天庭保护。

简单来说，其他妖魔再厉害，那都是草根。孙悟空则是吃公家饭的人。这能一样吗？

后来，二郎神和梅山六圣一起抓到了孙悟空。梅山六圣说，大伙押着妖猴去请功。二郎神说："贤弟，汝等未受天箓，不得面见玉帝。教天甲神兵押着，我同天王等上界回旨。"梅山六圣虽然不算怎么厉害，但总是这次擒拿孙悟空的有功之臣。他们却因为没有神仙编制，连玉帝的面也不能见。

我们再看看孙悟空，他为天庭立下了什么功劳没有？不但没有一分一毫的功劳，反而搞了不少破坏。对这样的孙悟空，玉帝竟还直接授予天箓。可见，玉帝还是看得起孙悟空的。

更为关键的是，这弼马温，不但不是一个小官，反倒是个大官！

我们看原著，玉帝询问有何职务空缺，武曲星官禀奏："天宫里各宫各殿，各方各处，都不少官，只是御马监缺个正堂管事。"从此可知，御马监应当等同一官一殿一方一处，也就是说，是天庭直属部门的正职长官。

我们再看御马监衙门的设置。孙悟空并非光杆司令，还有不少下属——监丞、监副、典簿、力士、大小官员人等。大家看看，这御马监有着一整套人马，弼马温下面还管辖着四个等级的仙人呢。

书中也写得明白：

"这猴王查看了文簿，点明了马数。本监中典簿管征备草料；力士官管刷洗马匹、扎草、饮水、煮料；监丞、监副辅佐催办。弼马昼夜不睡，滋养马匹。日间舞弄犹可，夜间看管殷勤，但是马睡的，赶起来吃草，走的捉将来靠槽。那些天马见了他，泯耳攒蹄，都养得肉肥膘满。不觉的半月有余。"

孙悟空本人根本不必养马，就连手下的监丞、监副、典簿都不需养马。他们都是仙界的官员，只要坐在办公室批改文件即可。真正喂马、做马夫的，是力士。

我们再对照下现实社会中的御马监。

历代以来，为皇帝管理马匹的单位叫做太仆寺。长官太仆，乃是九卿之一。没错，正是三公九卿的九卿之一。宋朝，管理马匹的机构改叫群牧司，长官叫做群牧使，包拯就曾经担任这个职务，王安石和司马光曾担任群牧司判官。宋朝的群牧使，可是仅次于副宰相的高官。

明白了吧，弼马温的官品其实挺大的。也正因为如此，当孙悟空闯出南天门时，守卫南天门的四大天王都没有阻拦。因为这四个仙人虽然号称天王，其实就是天宫的保卫科长，比弼马温官品可小多了。

那为什么御马监的属官都说弼马温官小呢？

要知道御马监本就有监丞、监副、典簿。这些人和四大天王一样，在同样的职务上干了千百年，好不容易熬到一把手出了空缺，大家都想着挨个升官，却没想到上面直接派了一个孙悟空下来。

大家可以想象，这伙人该多么郁闷。于是，御马监的属官们联手欺骗孙悟空，激怒孙悟空。孙悟空自个儿走了，下回总该从御马监内部提拔了吧。这样，御马监监丞升弼马温，监副升监丞、典簿升监副……好多仙人都可以升官！

总之，在受封弼马温的问题上，孙悟空其实是捡了大便宜而不自知。

因为对官制的无知，孙悟空反下天庭。玉帝派出托塔天王李靖下凡征讨。李靖是主帅，自然不会轻易出马。他派出的第一个神仙叫做巨灵神。

巨灵神威名赫赫，可是在孙悟空手中不过走了几个回合就败下阵来。为何这么渣的神仙还能当上天庭"剿匪"部队先锋官呢？

017 巨灵神PK孙悟空

孙悟空竖起"齐天大圣"反旗，引来天庭征讨。第一战是巨灵神大战孙悟空。此战毫无悬念，孙悟空以绝对优势获胜，初战即显露出强大实力。之后，孙悟空战哪吒、战九曜、战二十八宿、战二郎神……孙悟空"齐天大圣"的威名传遍三界。

孙悟空为何能够成就大闹天宫的名声？其中到底有何猫腻？

我们先仔细看看天庭征讨花果山第一战中巨灵神的表现。

在遇上孙悟空之前，巨灵神自信满满，原文也说："巨灵名望传天下。"那么，是不是巨灵神很厉害呢？

巨灵神见到孙悟空，第一句话说："那泼猴！你认得我么？"言下之意，我好厉害的，你应该认得我！

巨灵神为何如此自信？因为他此前多次征战，确实很少败绩。

是巨灵神很厉害吗？根本不是。巨灵神和孙悟空一番交战，书中没有明确说打了几个回合，但应该是在两三个回合之间，极有可能，是两个回合。最开始，巨灵神举起斧头砍去，孙悟空抬金箍棒抵挡。随即，孙悟空举金箍棒砸下，巨灵神以宣花斧迎上，结果——被猴王劈头一棒，慌忙将斧架隔，扢揸的一声，把个斧柄打做两截，急撤身败阵逃生。

那么，巨灵神之败，是不是仅仅因为斧头柄不结实——武器不行呢？不是的。书中说得明白：大圣轻轻轮铁棒，着头一下满身麻。孙悟空只是轻轻举棒打下，巨灵神就已经全身发麻。正因为双臂无力，才导致武器被砸坏。

这一棒，显示出孙悟空和巨灵神之间的巨大差距。

巨灵神的实力如此不济，为何还能建立不少战功，名声传遍天下呢？

一来，此前巨灵神剿灭的都是一些不成气候的寻常妖怪。

比如让巨灵神去打白骨精还是绰绰有余的，打七十二洞妖王估计也能占据上风，还能收取经路上的寅将军，黑熊精的朋友花蛇精等等。总之，那种在孙悟空棒下一个回合都走不了的妖怪，巨灵神都可以收拾——这种级别的妖怪，其实才是西游万妖的主流。

二来，巨灵神代表的是天庭势力。

我们看巨灵神如何介绍自己："我乃高上神霄托塔李天王部下先锋，巨灵天将！今奉玉帝圣旨，到此收降你。你快卸了装束，归顺天恩，免得这满山诸畜遭诛。若道半个不字，教你顷刻化为齑粉！"

巨灵神的口气为何如此牛气？他首先是托塔天王李靖的心腹爱将。李靖虽然在天庭仅是个二三流神仙，但总算是有头有脸，并且家庭背景很强大，因此人脉极广。三界群妖，多半会给李靖一点面子，自然，多少也会给巨灵神一丁点面子。其次，巨灵神乃是奉了玉帝旨意下凡"剿匪"，代表的乃是天庭官方。看巨灵神所说，妖怪见了他若是投降，那可以放过其他亲族。若是顽固不化，那全家遭殃，有灭族之祸。

有天庭作为后盾，也难怪连水平渣渣的巨灵神，口气都如此牛。

巨灵神使用这一招估计很多年了。可以想见，在许多地方，这一招都好使。毕竟三界都是天庭管辖，再牛的妖怪，也不敢公然对抗天庭。可是，巨灵神这次悲催了，这次他偏偏碰上了孙悟空。而孙悟空恰恰是个愣头青。

孙悟空为何能在大闹天宫中大展神威？

多数读者都会说：因为孙悟空厉害呗。

事情真的仅仅是这样吗？

在取经以后的种种事迹表明，孙悟空根本没有那么厉害，天庭仙神也根本不是那么窝囊。孙悟空曾经大败九曜星，可是，九曜星中太阴星君的宠物玉兔精，就可以和孙悟空大战三十个回合不分胜败。孙悟空曾经大败二十八宿，可是，二十八宿中的奎木狼在内丹被吞后，依然和孙悟空大战五六十个回合才被击败。天庭仙神中牛人多得是！

更不要说五方五老、四帝、三清这种级别的高人了，这些天尊分分钟都可以擒拿孙悟空。

那么，孙悟空为何能在大闹天宫中横行无忌，罕有对手呢？

首先，高手和菜鸟都是相对而言的。

看看天庭派来征讨花果山的都是些什么仙人呢？开始是托塔天王李靖的本部兵马，后来是二十八宿、九曜星君。按照天地神人鬼的划分来说，这批天将，那都是地仙中的中下流级别。

其次，天庭仙人大都存在放水嫌疑。

九曜星君、二十八宿等虽然只是天庭寻常仙将，单挑都不是孙悟空的对手，可是所谓"双拳难敌四手"，如果大家齐心合力，一定可以困住孙悟空。可事实却是，人越多，孙悟空打得越漂亮。

于是，最合理的解释，就是大家在放水。

那么，为何有人会放水呢？

因为大闹天宫在表面上看起来是孙悟空在和玉皇大帝讨官、要官，其实是太上老君和玉皇大帝在掰手腕。太上老君要用孙悟空搅乱平静的三界布局，而玉帝也想在浑水中看清孙悟空背后是何种势力，并重新布局，掌握主动权。

最终，玉帝放弃天庭群星，直接派人到下界请来西方佛老如来。如来佛将孙悟空轻松镇压。

综合以上种种，没有哪个高手真正无敌。战争从来都不仅仅在战场上。一位高手的诞生，个人单挑实力仅仅是一个因素，甚至可以说是次要因素。真正左右结果的，是对战双方背后的力量。这个力量，不仅是武力，而且是智慧。

玉帝先后两次派兵征讨花果山，李靖都是主帅，并且都打了败仗。可是，一个奇怪的现象是，败军之将李靖不但没有受到惩罚，而且在以后的五六百年间，但凡人间有妖魔作乱，都是李靖统率兵马前去征讨。李靖俨然成为天庭军界一把手。

这是为什么呢？

018 托塔天王屡战屡败，为何玉帝更信任他

托塔天王本是天上的二流仙人。他虽然是天庭元勋，但是在满天星宿中地位比较低下，排名比较靠后。他麾下只有巨灵神、鱼肚将、药叉将三位不入流神仙以及三五千天兵。别看李靖号称天王，其实，天王在天庭算不得什么。像看守天庭四天门的四大掌管，都叫做天王。

那托塔天王李靖是什么时候开始发迹的呢？

是在孙悟空嫌弼马温官小，反下天庭、自立为齐天大圣之后。玉帝听仙官禀告，大怒说："着两路神元，各归本职，朕遣天兵，擒拿此怪。"玉帝此前同意招安旨意，已经彰显王者宽仁之风。可是，孙悟空竟然不知好歹，嫌弃官小，私自下凡。这可就是给脸不要脸了！

但是，孙悟空来历成谜，对于其背后势力到底是谁，玉帝还没有把握。他下令征讨，也是要借此试探天庭群仙的反应。

眼看群仙沉默，玉帝心中不快。此时，班部中闪上托塔李天王与哪吒三太子，越班奏上道："万岁，微臣不才，请旨降此妖怪。"所谓"越班"，就是走出班列，上前启奏。

在古代，所有官员的班列次序，都有着严格的规定。"越班"禀奏，是非常无礼的举动，很容易招来御史、言官的弹劾。以托塔天王当时的身份，是没有资格直接禀奏的。他们父子之所以如此，有两个原因。

其一，支持玉帝的征讨策略，主动向玉帝表明忠心。

早在龙王与阎王状告孙悟空时，玉皇大帝就表态要派兵征讨。因为孙悟空大闹龙宫、修改生死簿，不但是得罪了龙王、冥界，更扰乱了三界正常秩序。作为三界之主的玉皇大帝，自然要拨乱反正，出兵征讨。

面对叛乱，玉帝的第一反应，是武力镇压。

玉帝的反应正确吗？非常正确。若是对每一个造反者，都予以招安的话，那下界万妖还不人人作乱，以求封赏？唯有武力镇压，以杀戮表明天庭的强大，才能震慑宵小。

可是，玉帝出兵的策略遭到了九曜之首太白金星的反对。

太白金星的官品不高，只是八极之下、十都之上的九曜星君之一，但凡是稍稍了解天庭格局的人都可以知道，太白金星乃是太上老君在天庭的代言人。他出面反对，玉帝不得不给几分面子。

因此，玉帝下诏让孙悟空上天，授予天箓，官拜弼马温。可是，孙悟空竟然不知好歹，再度反叛，那就怪不得玉帝出手狠辣了。

其二，哪吒一派代表佛派势力，请求出征是与孙悟空划清界限。

《封神演义》中，李靖是西昆仑散仙度厄真人弟子；金吒拜元始天尊门下文殊真人为师；木吒，即《西游记》中木叉，拜元始天尊门下普贤真人为师；哪吒是元始天尊门下太乙真人弟子，是太乙真人用莲花重塑其身。

而在《西游记》中，哪吒一家代表的都是佛派势力。李靖的师父是谁，不得而知，但李靖的宝塔是如来佛祖所授。长子金吒，为如来前部护法；次子木叉（《封神演义》作木吒），为观音菩萨大弟子；三子哪吒，自杀后由如来再塑其身。

可以说，托塔天王李靖、哪吒，在天庭神将中，是典型的佛派代表势力。

在天庭对孙悟空的调查了解中，虽然不知道孙悟空的具体师承，却可以查访到他曾经到过西牛贺洲。

——孙悟空在回花果山时，对群猴说："又渡西洋大海，到西牛贺洲地界，访问多时，幸遇一老祖，传了我与天同寿的真功果，不死长生的大法门。"

这对于西方佛派来说，是个非常危险的信号。如来佛祖必须向玉帝表明态度，与孙悟空划清界限。因此，代表佛派势力的李靖、哪吒，主动请求征讨，就是最好的应对策略了。

当托塔天王李靖、哪吒表态请求出征时，玉帝大喜，立刻加封李靖为降魔大元帅，哪吒为三坛海会大神——李靖和哪吒到此时，才真正开始走向天庭高层。

当然，要想获得玉帝的信任，可不是那么容易的。最合理的情况是，李靖和哪吒征讨孙悟空，大获全胜，最好将妖猴的头颅砍下。

可是，李靖第一次统兵大败而回。按照道理，玉帝应该严惩李靖。正如李靖要严惩战败的巨灵神一样——"这厮锉吾锐气，推出斩之"！

让人奇怪的是，玉帝不但没有严惩李靖，反倒更加信任他了。不但是第二次征讨花果山时他依然以李靖为统帅，并且在以后的五六百年间，但凡三界有任何变乱，都以李靖为元帅，发天兵征讨。

玉帝为何要重用一个作战失败的将领呢？

首先，是形势逼人，玉帝不得不如此。

李靖回到天庭，羞愧禀告一切，请求玉帝增兵。玉帝大怒说："这妖猴何敢这般狂妄！着众将即刻诛之。"玉帝的态度非常坚决，希望继续以武力镇压。

可就在此时，太白金星再次阻止——上次李靖请战，太白金星没有发言，因为不好阻止。可如今李靖战败了，太白金星有话说了。

太白金星说："欲加兵与他争斗，想一时不能收伏，反又劳师。不若万岁大舍恩慈，还降招安旨意，就教他做个齐天大圣。只是加他个空衔，有官无禄便了。"

大家看太白金星言语，实在是处处维护孙悟空。孙悟空有何大能？派五方五老任意一人出马，分分钟秒杀孙悟空。金星凭啥说天庭一时不能收服孙悟空呢？

只因为，天庭群星中大都是三清门下大罗仙，其中又以道祖老君门下弟子最多。老君若不发话，玉帝即便派他们出战，他们也会消极怠工，使得妖猴一时不能收伏。

何况，太白金星强调，即便答应孙悟空要求，天庭也不会损失什么。齐天大圣是"有官无禄"——虚有其名，不发工资的。在这种情况下，玉帝不得不同意招安。

但是，招安从来不是玉帝所愿。于是，主战派李靖就成为玉帝在天庭群星中最为信任的将领。

其次，李靖本人虽然不强，但佛派势力能量极大。

李靖本人的实力平平，除了拥有几件法宝外，没有什么特别之处。但是，李靖所代表的佛派势力，能量极大。

佛派虽然是下界新兴宗派，可是数万年来，佛派已经汇聚了四十六位佛、四大菩萨、上百位普通菩萨、十八罗汉、五百罗汉、三千揭谛等等力量。普通罗汉和三千揭谛大致相当于巨灵神和十万天兵的实力。可是佛派的菩萨已经拥有二十八宿、十二元辰的实力。四十六位佛，与六元、七司、八级、九曜、十都相比，毫不逊色。而佛派群仙中，更有如来佛、弥勒佛、燃灯佛、观音菩萨等堪比天尊的强大力量。

因此，重用李靖，乃至重用佛派，正可以起到制衡老君道派的作用。

最后，李靖本身实力有限，正方便玉帝控制。

在第二次征讨花果山时，玉帝让李靖担任统帅，却让地位远高于李靖的九曜星官、十二元辰、二十八宿、东西星斗、南北二神，做李靖的副手。这是玉帝糊涂吗？

玉帝不但不糊涂，反倒精明得很！

大将统兵在外，帝王最担心的是将领威望过高，因为时间一久，就会形成出征军队尾大不掉、不听指挥的局面。玉帝就是要让官阶低、能力差的李靖出任元帅，如此，三军的战斗力虽然差些——果然出现大量放水现象，但是因诸位大将不威服元帅，无法形成合力，军队的最终控制权将牢牢把握在玉帝手中。

以上种种，才是李靖虽屡战屡败，但在玉帝身边却恩宠不衰的主要原因。

说完了李靖，下面说说他家第三个娃——哪吒。

019 哪吒其实超厉害

孙悟空因嫌弼马温官小，反下天庭。玉帝派出托塔李天王、哪吒三太子率领本部兵马前去征讨。先锋官巨灵神挑战速败，之后，哪吒三太子再战，与孙悟空交手三十回合后，被孙悟空使出身外化身，一棒子打伤了胳膊，败回阵去。

哪吒亲口告诉李靖说："父王，弼马温真个有本事！孩儿这般法力，也战他不过，已被他打伤臂膊也。"

可是，一个奇怪的现象是，大闹天宫的孙悟空在取经路上几番闯上天庭求救兵，无论是天师还是星君，不少人对孙悟空的狂傲非常不满，可是对哪吒却真心推崇。同时，在芭蕉洞前，让孙悟空也头疼无奈的牛魔王，在哪吒刀下，却如同待宰的羔羊，完全没有还手之力。哪吒以斩妖剑连续砍掉牛魔王十多个头颅，犹如切菜一般。

为何会出现如此矛盾的现象？哪吒的真正实力如何呢？

要想弄清楚哪吒的真正武力，我们不可以局限于一场战斗。先让我们结合西游整部书，看看在天界，哪吒拥有怎样一个位置。

在金峣山遭遇青牛精时，孙悟空上天求助。原文有一段孙悟空的内心独白，如下：

"天上将不如老孙者多，胜似老孙者少。想我闹天宫时，玉帝遣十万天兵，布天罗地网，更不曾有一将敢与我比手。向后来，调了小圣二郎，方是我的对手。如今那怪物手段又强似老孙，却怎么得能彀取胜？"

在孙悟空看来，天上群仙，除了那些基本不出手、高高在上的存在，剩下都是自己的手下败将——其中，自然包括了哪吒。唯有二郎神，才是孙悟空的对手。

一旁的四大天师之一的许真君，仿佛可以看穿孙悟空的内心，说了两句非常经典的话："此一时，彼一时，大不同也。常言道一物降一物哩，你好违了旨意？"

其一，时势不同。大闹天宫时，因为种种原因，天庭众仙不敢拿出真本事捉拿孙悟空。如今是对付下界妖怪，自然可以毫无顾忌，放手一搏。

其二，万物相生相克。昴日星官啼叫一声后，让如来也头疼的蝎子精就全身颤抖，当场死亡。可若遇上其他妖王，随便是红孩儿或是赛太岁，都可以把昴日星官打得满地找牙。

许真君提醒孙悟空，不要总是用老眼光看人，那是会吃大亏的！

听如此说，孙悟空点名要了托塔李天王和哪吒。孙悟空很固执，基本不听劝。他选择这两位，只是因为孙悟空觉得哪吒的几件兵器比较厉害。

哪吒下界后和青牛精大战，没打几个回合，青牛精就使出了金刚琢，把哪吒的兵器收走了。哪吒手中没有兵器，只能败阵而逃。

孙悟空再次上天，请火德星君下界帮忙。所谓"水火无情"，九曜星中，实力最强的就是水火二星君。火德星君听人禀告，整理衣衫，出门迎接。他说："那哪吒乃三坛海会大神，他出身时，曾降九十六洞妖魔，神通广大，若他不能，小神又怎敢望也？"

火德星君坦言，哪吒曾经降伏九十六洞妖魔，立下赫赫战功，自己远不如哪吒。若哪吒战败，自己怎么会是对手？

也就是说，单论神通，哪吒还在九曜星之上。这份战力，和孙悟空是基本一致的。

我们再看大战牛魔王时哪吒的言行。

孙悟空追杀牛魔王，牛魔王现出本相，变成大白牛。那大白牛高达八百丈，皮糙肉厚，孙悟空的金箍棒根本就打它不动。哪吒到来，首先是宣读旨意，说明自己此次前来，不是为了抢功，而是奉了佛祖和玉帝两重命令——愚父子昨日见佛如来，发檄奏闻玉帝，言唐僧路阻火焰山，孙大圣难伏牛魔王，玉帝传旨，特差我父王领众助力。

大家看如来的檄文，明明白白说孙悟空难以降伏牛魔王。这是事实吗？

是事实。孙悟空神通广大不假，比斗神通略高牛魔王一筹也是事实，但是，孙悟空弄不死牛魔王。降伏和斗败是两回事。

面对如来求助，玉帝没有派出其他更厉害的角色，只是派出了托塔天王和哪吒。这是这么回事呢？

一来，是玉帝相信李靖和哪吒的真实实力。

二来，是李靖和哪吒本就是佛派在天庭的代表。

看到哪吒如此自信，孙悟空很是怀疑，他提醒说："这厮神通不小！又变作这等身躯，却怎奈何？"言下之意，我都打不动，降不了，你又能把他如何？

昔日败将哪吒哈哈大笑说："大圣勿疑，你看我擒他。"随即变成三头六臂，拿出斩妖剑一刀劈下。随即，刀起头落。

看哪吒的回答，充满了自信。他早就知道牛魔王根本不是他的对手！

哪吒能顺利斩杀牛魔王，和照妖镜定住了牛魔王的元神有关。更重要的原因，还在于哪吒的斩妖剑上。

孙悟空的金箍棒本质上只是一个定海的黑铁棒，是一个钝器。可哪吒的斩妖剑，专门斩杀妖魔，锋利无比。估计在西游世界，最锋利的剑就是哪吒这把斩妖剑了！

在连续砍掉牛魔王十来个头颅后，哪吒又把风火轮挂在牛魔王的角上，把牛魔王烧得不停咆哮，摇头摆尾，痛苦不堪。

谁让你牛魔王生了两个角呢？

什么叫做一物降一物？哪吒斩杀牛魔王就是最生动的例子！

那么，神通还在九曜星之上的哪吒，为何与孙悟空交手时三十回合就落败呢？

因为哪吒也在放水！

我们看原文，先了解下两人交战的详情：

"三太子与悟空各骋神威，斗了个三十回合。那太子六般兵，变做千千万万；孙悟空金箍棒，变作万万千千。半空中似雨点流星，不分胜负。原来悟空手疾眼快，正在那混乱之时，他拔下一根毫毛，叫声：'变！'就变做他的本相，手挺着棒，演着哪吒。他的真身却一纵，赶至哪吒脑后，着左膊上一棒打来。哪吒正使法间，听得棒头风响，急躲闪时，不能措手，被他着了一下，负痛逃走，收了法，把六件兵器，依旧归身，败阵而回。"

从文中不分胜败来看，若孙悟空不施展身外化身神通，一直比拼武艺，哪吒不输孙悟空。孙悟空猴精猴精，一看武艺无法取胜，就想阴招。

毫毛变成的孙悟空并不敢与哪吒交手，只是手中拿着棒，"演着"（迷惑）哪吒。

不过，仅仅是被孙悟空一棒子打伤了胳膊，就彻底认输，败归本阵，哪吒的骨气哪儿去了呢？

回到天庭，李天王恳请玉帝增派兵将，剿灭妖猴。玉帝很惊讶："谅一妖猴有多少本事，还要添兵？"哪吒上前说："望万岁赦臣死罪！那妖猴使一条铁棒，先败了巨灵神，又打伤臣臂膊。"人家都是家丑不可外扬，这哪吒三番两次提起自己胳膊受伤。

这是怎么一回事呢？

若我们结合后文老鼠精故事中补充介绍李靖、哪吒父子关系的桥段，就会明白了。

西游故事中，哪吒在出生的第三天就大闹龙宫，闯出大祸。李靖为了保全自身，要杀掉哪吒。哪吒大怒，自己割肉剔骨，还了父母。之后，如来佛祖以莲藕重塑哪吒身体。哪吒复活后一直想着杀掉李靖复仇，李靖则时刻托着黄金宝塔，以防备哪吒。

也就是说，李靖与哪吒名义上是父子，其实就是仇敌。只是，大家都有顾忌，表面上还维持着和气。

在西游故事中，李靖主动请求带兵征讨花果山，玉帝才晋封李靖为降魔大元帅，顺便也封哪吒为三坛海会人神。

李靖主动请战，乃是投玉帝所好，若是成功，必定更得玉帝信任。哪吒却一心要让父亲无法完成任务，受玉帝责罚。于是，在受了棒伤之后急忙忙撤退，从此拒绝出战。

没想到玉帝看问题比哪吒高远得多。李靖虽然没用，但是李靖家族背后的佛派实力可堪大用。因此，李靖虽然两度统兵征讨花果山大败，但越是惨败，玉帝越是信任李靖。甚至在此后的七八百年间，但凡下界有叛乱，都是由李靖率军征讨。在玉帝的扶持下，李靖从一个普通的天神，一跃成为天庭的陆军大元帅。

玉帝耍弄权谋可谓炉火纯青，常常出人意表。在大闹天宫事件中，玉帝还有哪些高明举措呢？

020　孙悟空造反，玉帝为何欲战却和

孙悟空大闹龙宫，搅乱幽冥，虽然没有公开竖起反旗，但行为已经严重扰乱了三界正常秩序。扰乱秩序，就是挑战天规戒律。挑战天规戒律，就是藐视天庭之主玉皇大帝。玉帝要想维护自己至高无上的威权，本应当痛下杀手，他为何不在孙悟空有造反苗头之初，就施展雷霆手段，将孙悟空灭杀呢？

若玉皇大帝御驾亲征，以玉帝的神通，当可一击秒杀孙悟空。即便杀不死孙悟空，也可以轻松将孙悟空擒拿、镇压。

可是，玉帝没有这么做。他不但没有主动出击，反而一再退让，先赐孙悟空仙箓，封弼马温，后来更晋封孙悟空为齐天大圣，官品大之极矣。这是为什么呢？

莫非玉皇大帝是昏庸之君，抑或是脑袋烧糊涂了？

表面的原因，是因为太白金星的劝阻。看原文——

太白金星说："上圣三界中，凡有九窍者，皆可修仙。奈此猴乃天地育成之体，日月孕就之身，他也顶天履地，服露餐霞，今既修成仙道，有降龙伏虎之能，与人何以异哉？臣启陛下，可念生化之慈恩，降一道招安圣旨，把他宣来上界，授他一个大小官职，与他籍名在箓，拘束此间。若受天命，后再升赏；若违天命，就此擒拿。一则不动众劳师，二则收仙有道也。"玉帝闻言甚喜，道："依卿所奏。"

太白金星的禀奏，到底高在何处，让玉帝一听就非常高兴呢？

太白金星讲了两个理由。

其一，不用劳师动众。所谓兵马未动，粮草先行。一旦大军征伐，就需

要海量钱粮。天兵天将们也是要发工资的，西游世界的神仙也是要吃饭的。招安的方法若是可行，就可以节约一大笔开支。所谓"不当家不知柴米贵"，作为一名合格的帝王，自然明白其中的利弊。汉唐时期的和亲，宋朝的岁币，也都是以这种退守的方式，换取和平。

其二，可以体现收仙有道。西游世界，不仅人类可以修仙，所有拥有九窍的族群都可以修仙。虽然说在实际情况中，人类修仙者由于体质原因，在修仙速度上大大快于其他族群，但因为三界之中始终保有这条渠道——即只要修仙有成，达到一定级别，就可以拥有仙箓，所以三界万族才对天庭恭顺有加。若把这条道路堵死，许多族群就会选择背叛。

这就像是隋唐的科举制度。虽然说隋唐时期以科举进入仕途的官员，在全体官员中还只是一小部分，但因为有这条渠道存在，就使得万千普通民众有了希望，有了希望，就少了许多怨念。

深层次的原因，则是因为主张招安的乃是太白金星。

太白金星是九曜星之一。九曜星在天庭官品不是很高，上面还有六元、七司、八极，但是九曜星的权限却很大。比如说，水德星君就统管三界各级水神，火德星君统管三界各级火神。单单这两个星宿管理的神祇，几乎就占据了中下层仙人的很大一部分。

太白金星更是天庭中文官领袖，资格老，威望高，其言语不容小视。而太白金星背后代表的太上老君势力，更让玉帝也畏惧三分。

既然太白金星主张招安，那就意味着天庭有很大一部分仙人主张招安。玉帝若公然驳回，很容易激化矛盾。最合理的做法，就是先同意太白金星的主张，然后静观其变。

这个变数，就是孙悟空。

人性总是不知足的。孙悟空虽然是猴，也逃不脱这个规律。孙悟空初次听闻太白金星下凡，很是欢喜，说："我这两日正思量要上天走走，却就有天使来请。"孙悟空自认在凡间已经闯出了诺大名头，要想再进一步，就只有上天了。可是，他却没有想到，其实龙王也好，冥王也罢，在三界之中只是中下层的小神仙。单凭这点战果，他在天庭是根本吃不开的。

当心中期许和现实获得形成巨大落差时，人就会受不了了。果然，在后来，孙悟空本以为弼马温乃是大到极品的官职，没想到在属下口中，只是一个没有品级的养马的官。孙悟空顿时暴走。反下天庭，再求进步，就成了必然。

应该说，玉帝对这类凡间妖王的心性，看得一清二楚。

更何况，招安有利也有弊，一味的招安，其实弊大于利。最大的弊端，就是会引发野心家的效仿。

其他妖王看到孙悟空大闹龙官、搅乱冥界，不但没有受到惩罚，反倒升上天界，当了仙官，他们会如何想？他们势必以孙悟空为榜样，群起效尤。如此一来，三界秩序何在？玉帝威权何在？

不过，虽然招安有如此多的弊端，玉帝最终还是答应了太白金星的主张，并且是笑意盈盈，貌似很开心地答应了。

一方面，玉帝明白人心不足，孙悟空必然不甘于养马。一旦孙悟空反下天庭，玉帝就有理由正式派出兵马围剿。到那时，就算是太上老君，也不好意思出面劝阻。

另一方面，玉帝手中掌握万仙。虽然天庭时常会冒出一些不同声音，但大局依然掌控在玉帝手中。凭借天庭的势力，小小花果山妖王孙悟空，能掀起什么风浪？

正所谓"朋友来了有好酒，敌人来了有猎枪"，玉皇大帝有足够的信心收拾孙悟空！

只是，在派出十万天兵之后，玉帝才大吃一惊地发现，天庭竟然有那么多的仙人不听招呼。花果山的水，实在太深！

不过，兵来将挡，水来土掩。在困难面前，玉帝自然不会退缩。

一些读者由于受1986年央视版电视剧《西游记》的影响，把玉帝看成一个只知道高喊"快去西天请如来佛祖"的窝囊废。其实，原著中的玉帝不但精通权谋，更是大权在握。即便是降伏了妖猴的如来佛，在面对玉帝使者天蓬（猪八戒）、天佑时，也要谦恭地表示："老僧承大天尊宣命来此，有何法力？还是天尊与众神洪福。敢劳致谢？"

那么，玉皇大帝凭啥超越万仙，成为三界至尊？

021 玉帝凭啥成为三界至尊

通明殿前，孙悟空叫嚣道："皇帝轮流做，今年到我家。只教他搬出去，将天宫让与我，便罢了；若还不让，定要搅攘，永不清平！"

在西游世界中，无论是大鹏鸟，还是牛魔王，顶多是在一方称王称霸，从不敢说要夺玉帝宝座，觊觎天帝权位。就算是太上老君，心中对玉帝恨之极矣，可也得装作恭顺，口称老臣。

我们可以说孙悟空初生牛犊不怕虎，也可以说猴哥无知者无畏，但谁也无法否定，猴哥的胆气堪称三界第一人！

那么，玉帝究竟有何资本，让他可以号令万仙，成为天庭之主呢？

原著中，如来与孙悟空的一番对话，揭露了真相。

如来呵呵冷笑说："他自幼修持，苦历过一千七百五十劫。每劫该十二万九千六百年。你算，他该多少年数，方能享受此无极大道？你那个初世为人的畜生，如何出此大言！"

在如来看来，玉帝能稳坐天庭宝座，一个重要原因，是玉帝寿元悠长。

长到怎样一个地步呢？天地之间每十二万九千六百年就会遭遇一次大劫难，那时节，天崩地裂，沧海桑田。别说是凡间的人类以及那茫茫多的鸟兽虫鱼会死于劫难，就算是那些高高在上、号称与天地同寿的天仙，也大都要在劫难中陨落。真正能够扛过大天劫的，只有天尊以上的高手，以及少部分实力强悍的天仙。天仙之下，唯一能存活的，就是地仙之祖镇元子。

扛过一次大天劫，已经足可自傲，而玉皇大帝呢，却经过了一千七百五十次大劫！

孙悟空闻言，不服气地说："他虽年劫修长，也不应久占在此。"孙悟空毕竟太年轻了，因为学习了地煞七十二变，轻松躲避了神仙三灾，却根本不知道大天劫意味着什么。

比如说，修仙者到了神仙级别，理论上就已经拥有了五千年的寿命。不过，是不是每一个神仙都可以活五千年呢？不是。有人可以活三千年，有人估计一千年就挂了。那些早死的，可能是抗不过雷火风三劫，也可能是被仇家杀死。

玉帝能活两亿多年，其根本原因不是他寿元悠长，而是他法力通天。若没有超强的神通，即便有超越天地的寿命，又怎能扛过大天劫？

可惜，因为身份所限，玉帝一直没有出手，让我们无法正面了解到玉帝的神通。

不过，修仙界实力为尊。没有足够强大的神通支撑，玉帝绝对不可能坐上天庭之主的宝座！

当然，除了神通强大外，蟠桃是玉帝能牢牢掌控皇权的关键。

在第五回中，有一首诗正面描述蟠桃，如下：

"夭夭灼灼，颗颗株株。夭夭灼灼花盈树，颗颗株株果压枝。果压枝头垂锦弹，花盈树上簇胭脂。时开时结千年熟，无夏无冬万载迟。先熟的酡颜醉脸，还生的带蒂青皮。凝烟肌带绿，映日显丹姿。树下奇葩并异卉，四时不谢色齐齐。左右楼台并馆舍，盈空常见罩云霓。不是玄都凡俗种，瑶池王母自栽培。"

在诗中，我们可以发现这样几点玄机。

其一，瑶池王母拥有蟠桃的专利权。

世上的桃子千千万，可是，蕴含强大仙力的，只有瑶池王母亲自栽培的蟠桃树。

孙悟空初次进入蟠桃园，土地神一一介绍。他告诉孙悟空，前排的小蟠桃，吃一颗，可以成仙了道，体健身轻。中排的中桃，吃一颗，可以霞举飞升，长生不老。后排的大桃，吃一颗可以与天地齐寿，日月同庚。西游世界天地寿命是十二万九千六百年，那大桃的效力至少等同这个数。

其二，蟠桃不但效力奇高，并且产量颇丰。

最变态的是，王母娘娘这栽培技术已经非常成熟，已实现了批量化生产。大中小三种类型的桃树，每一种都有一千两百棵。

像那人间的地仙之祖镇元大仙仅仅拥有一棵人参果树，不过结三十个人参果，吃一个人参果不过延寿四万七千年，其效力远远不如大蟠桃。

原文中虽然没有说每棵桃树上结多少个桃子，但从"颗颗株株果压枝"

来看，那是放眼望去到处是桃。这可不像人参果树，好大一棵树，才三十个果子，非得到处找才看得到。

并且，这蟠桃的成熟并非是到了年头就一起成熟，没到时间就一个都不熟。诗中说得明白，是"时开时结千年熟"，就是每个桃子按照它被摘下的日子算起，到固定的年份，又会再次成熟。这就保证了每隔三百六十年举行一次蟠桃会时，每次都有新鲜的桃子成熟。

不过，我们也注意到这蟠桃的所有权属于王母娘娘。为何王母娘娘的蟠桃会成为玉帝掌控万仙的关键呢？

这就要说到王母娘娘与玉皇大帝的关系了。

022 **王母与玉帝是啥关系**

瑶池王母和玉帝是什么关系呢？

在传统神话中，西王母和玉帝没有一毛钱关系。可是，在《西游记》中，王母娘娘和玉帝关系亲密。原文七仙女说："我等奉王母懿旨，到此摘桃设宴。"在《西游记》中，玉帝乃三界至尊，他的命令就是圣旨。王母的命令称为"懿旨"——一般皇后或者太后的命令被称为懿旨——这即证明王母或者是玉帝妻子，或者是玉帝母亲。

那她究竟是玉帝的母亲，还是妻子呢？后文中观音拜见玉帝，原文说："菩萨引众同入里面，与玉帝礼毕，又与老君、王母相见，各坐下。"

若王母是太后身份，观音拜见时，当先叩拜王母，再拜玉帝，再与老君行礼。毕竟中国自古以来就讲究孝道。即便是说正式场合以皇帝为尊，那也应当先拜玉帝，再拜王母，最后见老君。

从观音最后参拜王母看，王母只可能是皇后身份。

西游世界虽然是虚幻的神仙世界，但是其礼仪官制处处有现实的影子。

在西游世界，所有的仙人都在与天争命。虽然他们已经拥有了悠久的寿元，但人人都在盼望着活得更久。于是，取经路上不少妖怪都跑来抓唐僧。虽然说大家都是道听途说，其人肉效力也是一个谜——有的说可以延寿千年，有的则说可以延寿万年，但是即便只能延寿百年、千年，那些苦哈哈的草根妖怪也不愿意放过。

西游世界还有不少女妖，迷恋嫁给唐僧。说到底，还是为了长生。吃块肉，可以延寿千年，而取唐僧元阳，更有机会修成太乙金仙，寿命直接爆表。这是何等丰厚的回报！

为了那缥缈的希望，一波波男妖女妖你方唱罢我登场，前人付出了血的代价，后面的依然兴冲冲奔来。

虚假的唐僧肉都有这等魔力，更不要说蟠桃了——效力那是杠杠的！

于是，三界各种大仙，有身份的，或者是自觉有身份的，无不对玉帝趋之若鹜。每三百六十年一次的蟠桃会，成为三界之中顶级盛会。虽然说每次蟠桃会上，小气的王母只是拿出七篮子蟠桃待客，虽然说能吃到桃子的永远都是极少数，但只要有那么万分之一的希望，大家都会自觉聚拢在玉帝与王母的周围。

三清、四帝、五老级别不用说，每次大会都有蟠桃享受。从六元到十都级别仙人也不错，有可能吃个中桃，也有可能吃个小桃。而十都之下就难说了，也许可以吃个小桃，但更可能轮空。估计千年等一回的事情，在这些仙人中会经常发生。作为天蓬元帅的猪八戒和卷帘大将沙和尚，虽然都吃过蟠桃，但仅仅是吃过，而不是每次开会都有的吃。

玉帝与王母有三千六百棵蟠桃树，为何每次只是拿出七篮子蟠桃待客？

只因为，少，就珍贵；滥，就便宜。

越是难以得手的东西，人们越是会珍惜。虽然蟠桃产量高，效力大，但若是普通天兵天将都能品尝到蟠桃，那玉帝还凭什么统领三界？

至于多余的桃子怎么办？玉帝和王母难道不会吃啊？三清、四帝敞开了供应。越是不需要靠蟠桃延寿的仙人，玉帝越是要分发给他们蟠桃。若是还有多，则全部销毁！

没有吃到桃子的想吃桃子，吃到小桃的想吃大桃，吃到了大桃的想吃更多大桃——正因为仙人们也有欲求，天庭虽然存在一些反对派，玉帝依然牢牢坐在天帝宝座上！

只要玉帝、王母拥有蟠桃，只要他们的栽培技术没有泄露，任何人都很难撼动玉帝的地位。

或许有读者会说：为何玉帝有桃子就可以控制神仙呢？神仙不吃桃子行不行？

这个问题看似简单，其实挺复杂。其中的关键，牵涉到三界之中最大的隐秘。

023　三界之中最大隐秘是什么

神仙和凡人，因为能力的不同，追求的目标也就不同。

人类因为生命短暂，能力低微，追求无非是金钱、名利，满足的大都是口腹之欲。极少数有大情怀的人，则以苍生为念，身虽腐朽，名却长存，实现了另一种意义的长生。

仙人则不同，因为他们寿命很长，能力高强，俗世的金钱、名利唾手可得，这些东西在他们眼中也就视之如敝屣，并不看重。

仙人也有追求权势，追求名利的。不过，获得更大的权势、更多的名利，归根到底还是为了占据足够的资源，以保证自己的长生。

没错，拥有了长生的仙人，最渴望的，依然是长生。

不死的仙人，最害怕的，依然是死亡！

这并不矛盾。

因为，仙人的长生只是相对凡人而言。

凡人一生不过百年，活两三百岁者如观音禅院老院主，已经算是老神仙（老妖精）了。比丘国的国王吃了寿星的火枣，据说也得了长生，其实不过是延寿两三百年而已。

活一千年，对凡人而言，已经是绝对的仙。只是，这种寿命的仙，在真正的仙界，只是垫底的存在。

人们常说"千年的乌龟，万年的王八"。活万年，在人类眼中几乎是极限。可是，在仙人中，地仙就已可活三五万年，而这种仙人还只能算是仙人中的中层。

真正站在巅峰的，是天仙，他们与天地同寿，寿命悠长。

按照常理，仙人们不应当担心自己会死。可是，在仙人之上，还有连至强仙人，如三清、四帝、五老都无法操控的力量——天地规则存在。

天地规则的存在，让无数仙人战栗、恐惧，时刻担心自己的死亡。

天地规则是有生就有死，有舍方有得。如此，才能保持天地的平衡！

修仙，追求长生，超脱轮回，本身就是逆天而行，天地法则必定要通过某种方式去拨乱反正。

于是，要想成为仙人，首先天地会降下三灾，绝大多数神仙和普通妖怪，都会在三灾中成为灰烬，进入轮回。

熬过三灾后，还有更多更难的考验！

人类修成仙人后，多数会被天庭征召上天，名分上拥有了仙箓（仙人编制）之后，可以获得相应的俸禄回报，但是，在得到好处的同时，他们必须承受"天上一日，地上一年"的天地规则。

什么意思？

就是一个神仙虽拥有三五千年寿命，可一旦上天，在天界只能存活十余年！比如那些茫茫多的天兵天将、宫娥彩女，他们在天界的十余年间，若不能获得机缘，从神仙级别突破到地仙级别，就将寿元耗尽而死！

即便是一个天仙，理论上拥有数十万年的寿命，但天地每隔十二万九千年就毁灭重生一次，绝大多数天仙、除了镇元大仙的全部地仙、神仙、人仙、鬼仙乃至生灵万物，都会在这大天劫中消亡。因此，一个天仙，实际也只能存活十二万九千年，换成天界寿命，不过是三百五十八年！

鸟兽虫鱼等其他族群修仙者呢？除了极少数会能被天庭征召，成为仙，绝大多数沦为妖。成为妖，有好处——在人间，可以存活好多年。

但是，凡事有得必有失。

人间修仙资源匮乏，妖怪的修仙级别普遍不高，成就地仙的已经寥寥无几，进阶天仙的更是罕见。这些妖怪，都被天庭定性为邪恶生物。天庭仙人为了进阶，常常下凡来捕杀妖怪，以妖怪为食、以妖怪炼丹、以妖怪为坐骑等等。

在西游世界，蟠桃可不仅仅是桃子，它更是性命！吃了桃子，就可以多活许多年。不吃桃子，很快就会死掉！但蟠桃是玉帝掌控的资源，能有机会吃到蟠桃的仙人毕竟寥寥。

卑微如人仙、鬼仙，高贵如天仙、地仙，所有的仙人都渴望长生——延长寿元，成为所有仙人的至高追求。于是，各种拥有延寿效果的仙草灵药，成为三界最为珍贵的资源。

各大势力也极力收罗各种灵药，充实自己。

比如，如来佛也有延寿灵药。在书中第八回交待，如来佛有一个超强法宝盂兰盆。把各种灵草奇药放入此盆，其效果会得到迅速提升。正因为这个宝盆拥有如此强大的增强效力，如来才以此盆为聚会命名。

而唐僧到达灵山后，忽然成佛，其中一个重要原因，就是吃了佛祖的好东西。

原文说："只见那设供的诸神，铺排斋宴，并皆是仙品、仙肴、仙茶、仙果，珍馐百味，与凡世不同。这番造化了八戒，便宜了沙僧，佛祖处正寿长生，脱胎换骨之馔，尽着他受用。"

估计这些灵药、灵果，都曾经放在盂兰盆中强化，增强了效力。

地仙之祖镇元大仙的人参果更是声名远播，直追王母蟠桃。

多数天仙都不能扛过天劫，区区地仙镇元子为何能安然度过呢？其秘密就在人参果中。

书中交代，吃一枚人参果，可以延寿四万七千年。吃十枚呢？是不是就拥有了四十七万年的寿命？

我想，即便人参果的效力不能完全叠加，但它也必然拥有延寿之外的附加效力——增强肉体强度！

仙草灵药为何能延寿？主要是它们能够改善人体的状态，排除渣滓。这个改善，必然是内外兼备，受到仙草灵药滋润的不单单是神魂，还有肉体。

镇元子虽然受到天资局限，其修为始终困在地仙级别，但是，服食了N枚人参果后，他的神魂、肉体已经强大到极限，等同与天尊。正因为如此，他成为三界唯一渡过大天劫的地仙。

估计，这也是三界仙人极度渴望蟠桃的原因！吃了一定数量的蟠桃，就有可能扛过大天劫！

寿星号称神仙之宗，延寿的灵药也颇多。

他自己栽种了火枣。虽然书中没有明确说火枣延寿多少年，但从寿星随手送给凡人，八戒讨要时寿星说以后送几斤给他来看，这一枚火枣估计只能延寿一两百年。

在安天大会上，寿星送给如来的紫芝瑶草、碧藕金丹，都应该比火枣要珍贵！

寿星毕竟是五方五老之下第一人，海外三岛十洲之主，拥有一些中下品阶的延寿灵草，也是可以理解的。

赤脚大仙在安天大会上献给如来交梨二颗，火枣数枚。这赤脚大仙乃是天仙中的散仙高人，估计也在哪个角落有个洞府，洞府中有梨树、枣树。

其他如元始天尊、灵宝天尊、四帝、五老等等，大都占据某种稀有资源。比如观音，在原著中虽然没有提她有什么延寿仙药，可是，观音的竹子、莲花那都是三界罕有的灵物。未开花的莲花骨朵，竟然就能和金箍棒正面硬拼！

除了以上诸仙，在三界之中拥有延寿灵药的，还有一位。此人就是号称三界第一仙的道祖太上老君。

太上老君是玉帝以及元始天尊、灵宝天尊最大的政敌，双方一直面和心不合。太上老君为何能以一己之力对抗三位大天尊？

因为他拥有等同蟠桃的绝密武器！

024　老君凭什么叫板玉帝

老君是三界第一仙，是公认的道祖。以老君的神通，完全可以胜过玉帝。只因亿万年前太上老君遭遇元始天尊、灵宝天尊背叛，以一敌二才大败，导致实力受损。不过，老君即便实力下降，依然是三界第一人。只是，以三清的实力，不在万不得已的情况下，不会再轻易出手。他们三人的神通，就仿佛是各自拥有一万枚核弹头，一旦开展，那就是天崩地裂，万劫不复。

这种与敌人共同灭亡的法子，是智者不取的。

既然元始天尊、灵宝天尊不出手，老君也不能出手。这应该是亿万年前，三人定下的约定。

不能用神通夺权，那老君凭什么叫板玉帝，实施他的反天计划呢？

老君号称道祖，天下道门弟子多多少少都和他有关系。他也曾亲自下凡，点化度人。比如孙悟空、猪八戒，都应当是他的弟子。只是，资质绝佳者毕竟稀少，能够甘心为自己所用的更少，在玉帝加官晋爵，赏赐蟠桃仙酒的连番诱惑下，还能站稳脚跟的，就更少了！

因此，传功收徒是老君扩张实力的一个方法，但绝非主要方法。

老君还是一个炼器大师，他经常把自己炼制的兵器、法宝送给他人，以笼络人心。

比如孙悟空的金箍棒、猪八戒的九齿钉钯，都是老君出品。金角、银角带到平顶山的红葫芦、玉净瓶、幌金绳，那也是老君炼制。铁扇公主的芭蕉扇是老君的，连观音菩萨也有一件老君的法宝紫金铃。

话说观音怎么会有老君的法宝呢？

在五庄观孙悟空推倒人参果树，到南海处寻求帮助时，观音曾经提到，她和老君搞过一次赌局——把她的杨柳枝放在八卦炉中烘烤，看看烤焦后放入玉净瓶中能否恢复。老君赌不能，观音自然赌能。结果，观音赢了。可能就是在那次，紫金铃作为战利品，被老君送给了观音。

观音和老君是闲得发慌了？打这种赌赛干吗呢？

有两个原因。

观音想借重老君势力提升自身势力，老君也希望借重观音，重新夺回佛派控制权。搞好取经行动，是观音与老君的共同目标。取经行程中，必然经过五庄观。以老君对孙悟空的深刻了解，料定猴子绝不会安分。最糟糕的情况，就是孙悟空不但偷吃人参果，还把人家人参果树给推倒了。

为防万一，老君要试一试观音杨柳枝的复活能力。

这是其一。其二估计和蟠桃有关。

发蟠桃，是玉帝笼络仙界高层的重要手段。孙悟空偷蟠桃，搅乱大会，只是使得一届蟠桃会开不成。要想彻底终结玉帝的蟠桃优势，那就必须把蟠桃树弄死。可蟠桃树又是仙界灵树，彻底弄死了太可惜。老君也想把蟠桃树的控制权掌握在自己手中。

于是，提前和观音做个实验，很有必要。

事实证明，观音菩萨手中的杨柳枝复活能力相当神奇。即便被八卦炉烤焦，也能迅速恢复。

只是，贸然出手是莽夫所为。眼前老君的主要目标是夺回佛派控制权。只有等将佛派掌控在手，实力大增时，老君才会安排推倒所有蟠桃树，给玉帝支持者重重一击。

不过，老君笼络仙人最重要的手段，不是兵器、法宝，而是与蟠桃大会齐名的"丹元大会"！

玉帝的蟠桃有延寿的神奇功效，但是，也有致命的缺点。

蟠桃的主打功能是延寿，对肉身强度的提升不强。像镇元大仙那样能把人参果当饭吃、不断服用以至于肉身超强的仙人，三界仅仅一人。在服用一两枚蟠桃的情况下，延长的主要是仙人的寿元，对服用者的肉身强度乃至法力神通，都没有大的改变。

在面对过强外力时，天仙也会死去。

仙人的死亡，主要有两种。一种是人为被杀，比如取经路上各种被孙悟空打死的妖魔，他们的寿命期限当然还远远未到。

另一种是死于天劫。地仙之下有风火雷三小天劫，地仙之上有毁天灭地大天劫。

《西游记》中没有任何记载证明，吃蟠桃（或唐僧肉）能够躲避天劫。孙悟空就是天仙，寿与天齐。可菩提祖师依然警告他，唯有学习变化之术，才能躲避天劫。

因为学习了地煞七十二变，孙悟空轻松躲过了风火雷三小天劫。本来，孙悟空是无法扛过未来的大天劫的。可是，因为种种原因需要，菩提祖师（太上老君）不得不以特殊方式提升孙悟空肉身强度，使他拥有金刚不坏之体。

这个特殊方式，就是服用太上老君独门秘制的金丹。

太上老君的金丹非常神奇，其最大的神奇之处就在于——恰恰弥补了蟠桃的重大缺陷。

原著中明确提到的太上老君的金丹，一共有三种。

第一种，能强化身体，抗过天劫。

孙悟空从老君丹炉旁偷的五葫芦金丹，就是这种。吃了后，孙悟空被天雷劈砍，神火煅烧，毫发无伤。就算号称三界第一神风的三昧神风，孙悟空除了眼睛里飞了些沙子，全身也浑然无事。

事实证明，老君的这种丹药，确实可以躲避仙人的三种天劫。

估计一般仙人服用一粒，就可以轻松躲避一次天劫。孙悟空吃了整整五葫芦，效力强大至于极点，拥有了金刚不坏之体。可以说孙悟空的身体强度，绝对是天尊之下第一人，可以扛过大天劫。

第二种，迅速强化功法，立刻修成高等级仙人。

沙和尚是靠着无数年的苦修，才成为仙人。猪八戒呢，是因为老师（太上老君）给了一颗九转大还丹，轻轻松松就成为仙人。虽然猪八戒也很努力，但主要是九转大还丹的功效。

也就是说，老君可以凭借一枚九转大还丹，轻轻松松制造出一个神仙，甚至地仙。

那么，为何老君不批量制造猪八戒呢？估计炼制九转大还丹耗费的灵药灵草太多，成功率又不太高，无法批量生产吧。

但是，只要老君能炼制，对于绝大多数低阶神仙来说，就是极大的诱惑。

第三种，仙人死后多年，也可以瞬间复活。

在乌鸡国，孙悟空从井里救出了乌鸡国王。唐僧想要救活国王，孙悟空去了天庭，找到了太上老君。太上老君给了孙悟空一颗九转还魂丹，乌鸡国王服用后，立刻就活了过来。

一般人死了，魂魄会被拘到地府，由阎罗看管。之后，安排转世投胎。若魂魄已经投胎，自然不能还阳。若魂魄还在地府，孙悟空可以去地府讨要魂魄，带回阳间还魂。可是，乌鸡国王已经死了三年，魂魄还被夜游神带走，不在尸体附近。

可是，九转还魂丹服下，乌鸡国王立刻活了过来。这证明了什么？证明老君的仙丹完全可以忽略常规法则，强行将死人唤醒。

而复活死人，只是还魂丹的附带功效，它真正的作用，是复活死去的仙人。

仙人或者死于天劫，或者寿命已尽，或者被他人杀害，无论何种方式，只要服下老君的九转还魂丹，就能立刻复活！

大家看看，老君这三种仙丹，样样都很牛——强化，晋级，不死！

有如此仙丹的老君，当然能叫板玉帝！

孙悟空盗走老君仙丹是因为大闹蟠桃会，大闹蟠桃会是因为没有邀请他参加。在孙悟空看来，一切都是自主行为。其实，他的举动一直被人操控。

终极操控者自然是老君，实际执行者另有其人。

是谁导致孙悟空不能参加蟠桃会，触发又一次的大闹天宫呢？

025　悟空不能参加蟠桃会，挖坑高人竟是他

在不少影视剧中，孙悟空都被描绘成一个敢于反抗强权的斗士，这其实是一种误解。

孙悟空为何要大闹天宫？因为没有被邀请参加蟠桃会！在孙悟空看来，他乃是堂堂齐天大圣，官品达到极点，即便是漏掉哪位仙佛，也不应该漏掉他孙悟空！

事实上，齐天大圣确实是超大的官。玉皇大帝亲口宣布："今宣你做个齐天大圣，官品极矣，但切不可胡为。"在天界做齐天大圣的一百六七十年间，孙悟空就是仗着齐天大圣的头衔，与各路仙佛结交。书中交代：

见三清称个"老"字，逢四帝道个"陛下"。与那九曜星、五方将、二十八宿、四大天王、十二元辰、五方五老、普天星相、河汉群神，俱只以弟兄相待，彼此称呼。

在取经路上，孙悟空称呼太上老君为"老倌"，见玉帝也仅仅是拱手而不下跪，这并非孙悟空傲慢，而是齐天大圣的官衔摆在那里。既然是齐天，那就意味着与天相等，与玉帝相等。老君是道祖不假，可在天庭的官员系统中，

依然是玉帝的下属，见到玉帝要口称老臣。至于孙悟空对五方五老、九曜星、十二元辰等等以兄弟相称，那还算是孙悟空为人比较随便，不爱计较。

有读者提到，此处文中写孙悟空与五方五老兄弟相称，为何后文却仿佛没有见过如来呢？

从后文孙悟空和花果山群猴的谈话可知，这一百六七十年，孙悟空并没有下界，一直都在天庭。五方五老中的某些人可能上过天庭，孙悟空因此得见。如来佛则一直待在下界西方，因此，孙悟空没有机会得见。我的理解是，此处列举的诸多仙佛只是取其大概，以说明孙悟空交游广阔，不可较真。

取经路上，孙悟空但凡介绍经历，必定大谈特谈自己做齐天大圣的这段经历。这些足以说明，咱们的猴哥，其实是个官迷。

孙悟空热衷当官，更多的，是希望证明自己。而没有被邀请参加蟠桃会，等于是玉帝狠狠扇了孙悟空一个耳光，一点没给他留面子。孙悟空怎能不生气？

既然不给我面子，那我何必给你面子？既然你不让我参加蟠桃会，那我就让你的蟠桃会搞不成！

于是，自然而然的，孙悟空大闹蟠桃会，闯出大祸，走向了天庭的对立面。

那么，玉帝是不是真的瞧不起孙悟空，故意不邀请孙悟空参加蟠桃会呢？

玉帝派孙悟空看守蟠桃园，确实另有目的，甚至可以说，暗藏杀机，但是，他万万没有想到，孙悟空会胆大包天，突然出手，搅乱蟠桃会。

这完全打乱了玉帝的部署。

观音菩萨到来，询问玉帝蟠桃会为何没有如期举行。玉帝大倒苦水，其中有这样一句："及至设会，他乃无禄人员，不曾请他，他就设计赚哄赤脚大仙，却自变他相貌入会，将仙肴仙酒尽偷吃了，又偷老君仙丹，又偷御酒若干，去与本山众猴享乐。"

玉帝为何没有邀请孙悟空呢？上面话语中说得明白，"他乃无禄人员"！

什么是"禄"？我们平常都说"高官厚禄"，这"禄"其实就是俸禄，就是工资，就是与官职相应的各种各样的待遇。

玉帝举办的蟠桃会，其实就是天庭高层仙人福利大会。越是高品的仙人，吃的蟠桃越大。得到回报越多。三清、四帝肯定是吃大蟠桃，九曜、十都则可以混个小蟠桃。

可孙悟空是"无禄之人"，是不发工资的，自然就不能参加蟠桃会！

孙悟空既然官拜齐天大圣，有了官职，自然应该享受相应级别的俸禄待遇。为何孙悟空"有官无禄"呢？

这一切，还要从太白金星请求招安孙悟空说起。

在第一次托塔天王、哪吒征讨花果山失败之后，太白金星旧事重提，建议招安。太白金星如此说："那妖猴只知出言，不知大小。欲加兵与他争斗，想一时不能收伏，反又劳师。不若万岁大舍恩慈，还降招安旨意，就教他做个齐天大圣。只是加他个空衔，有官无禄便了。"

玉帝追问什么叫"有官无禄"。太白金星解释说："名是齐天大圣，只不与他事管，不与他俸禄，且养在天壤之间，收他的邪心。"

太白金星的话很是体贴。他首先强调，若是再发兵征讨，一来妖猴神通广大，未必就能收服。万一再失败，天庭颜面何存？二来，只要出兵，就要耗费钱粮，劳师动众。其次，他明确给出了解决方案——降旨招安。招安可以免去征讨的两个弊端，另外，答应孙悟空做"齐天大圣"，是有官无禄，玉帝基本上不损失啥。

因为太白金星如此建议，玉帝才答应招安，答应让孙悟空做齐天大圣。

孙悟空有官无禄这件事情，在天庭高层人人皆知，这也是高层仙人从骨子里依然看不起孙悟空的真正原因。

只是，有官无禄这件事，天知地知，玉帝知，群仙知，孙悟空却不知。

孙悟空不但在天界为官时不知此事，大闹天宫时依然不知，取经路上还是不知。三界仙人瞒得孙悟空好苦。

为何谁也不说破？

因为说破此事就是得罪了玉帝。这不就说明，玉帝老人家是个大骗子吗？

其实，玉帝心中好苦。他也是被人坑了。

那个挖坑的人，就是三界人人都赞扬的老好人——太白金星。

孙悟空对天庭仙人没啥好感，唯独对太白金星很尊重。太白金星对孙悟空有两次举荐之功，取经路上更是多次通风报信。

只是，孙悟空不知道，让他背负弼马温之耻辱，闯出大闹天宫祸事，被压五行山下等等诸多事情的背后，都少不了温和良善的太白金星。

什么是坑人的最高境界？就是坑了你，而你还对他感激涕零！

若非太白金星告诉玉帝，招安孙悟空可以有官无禄，玉帝根本不会封孙悟空为齐天大圣。若非有官无禄，孙悟空也不会被排除在蟠桃会之外——玉帝是按照规矩办事。

太白金星挖下的这个大坑，不但把孙悟空给装进去了，还把玉皇大帝给装进去了。

太白金星为何要挖这个坑？

太白金星乃是老君心腹。老君制造出孙悟空，就是要让他去大闹天宫，打破三界平衡的。太白金星要做的，就是努力促成此事。

大闹蟠桃会后，孙悟空再度反出天庭，玉帝派李靖剿匪无功。此时，观音菩萨赶到天庭，对玉帝说了一番话，顿时改变了玉帝的窘境。

观音菩萨到底说了什么话呢？

026 观音菩萨为何推荐二郎神

《西游记》第六回写的是观音菩萨登场，推荐二郎神，最终孙悟空被抓的事情。这是观音菩萨在全书中第一次亮相。在这一回中，观音虽只是一个穿针引线的配角，可展现出来的智慧绝不容忽视。

观音菩萨在三界的位置很尴尬：一方面她是天庭任命的五方五老之一，地位和如来佛等同；但另一方面她在佛派中虽然是四大菩萨之首，上面却还有四十六位佛。

所以，观音力图改变尴尬局面，在佛派乃至天庭全面提升自己的地位。

而在大闹天宫事件中，观音菩萨三次出手，每次出手都取得了了不起的成绩！

第一次出手，明确表明立场。

作为五方五老之一，观音菩萨早早收到了王母的邀请。按照常理，观音菩萨应该提前来到瑶池，准备赴宴，但她没有这样做。赤脚大仙等人到了很久（被孙悟空蒙骗，聚集在通明殿），后来发觉被骗，愤然举报。玉帝随后点起兵马下界征讨，李靖等人也已去了许久——此时，观音菩萨才登场。

观音菩萨为何姗姗来迟？因为她脚程慢，腾云速度不行？当然不是。观音早就应该收到蟠桃会发生惊变的消息（李靖已经下界攻打花果山一天一夜了）。之所以来得慢，是观音在考虑，此次天庭惊变，自己应不应该来，来了之后态度如何。

大家可以发现，同样作为五方五老的如来佛，就没有上天。在得知蟠桃会开不成后，如来选择了留在灵山，观望局势。

以大家的智慧都明白，孙悟空有几斤几两？他能闹出多大风波？关键是孙悟空背后的人是谁。没有摸清这个底牌，不可贸然出头？

如来乃西方佛老，有资格、有实力作壁上观，但观音不行。她有其诉求，必须借重玉帝力量。

观音到达瑶池蟠桃会现场，"见那里荒荒凉凉，席面残乱；虽有几位天仙，俱不就座，都在那里乱纷纷讲论"。

观音很清醒，她说："既无盛会，又不传杯，汝等可跟贫僧去见玉帝。"

众人一听，大喜。大家都觉得，惊变发生，去玉帝面前不好，不去也不好。如今有人领头，正可顺水推舟。

观音带领群仙来到通明殿，要求觐见玉帝。玉帝听闻，很是高兴。他知道天庭群仙派系分明，己方虽然有元始天尊、灵宝天尊坐镇，但老君派系实力强劲，一直蠢蠢欲动。如今，有观音带领群仙到来，是一个很好的信号。

第二次出手，派木叉降妖，表明忠心。

之后，就是玉帝和观音会面。玉帝不厌其烦地把孙悟空大闹天宫的经历相告，甚至主动展现自身的脆弱一面——朕为此很是烦恼，故调十万天兵，天罗地网收伏。只可惜，托塔天王李靖去了许多时间，完全没有消息。

玉帝看起来是在示弱，其实是借机观察。观音敏锐地发现了玉帝的心机，于是第二次果断出手。

观音立刻叫来木叉说："你可快下天宫，到花果山打探军情如何。如遇相敌，可就相助一功，务必的实回话。"

以观音五方五老的身份，自然不方便自己出面。她让木叉下山，快快打探军情，如实禀告，是解玉帝之惑；吩咐木叉，若有战事，就出手相助，是明确站在玉帝一边。观音这番话一出，玉帝心中甚慰。

而木叉一方面是观音弟子，一方面又是李靖之子，让他出面，以子助父，合情合理。

不过，观音为何强调木叉"务必的实回话"？若战局顺利，自然会如实回禀。若战局不顺利，木叉出手打败孙悟空，自然也会如实回禀。唯独既战局不顺，木叉又战败，木叉才有可能讳言。

我的理解是，观音菩萨借此暗示木叉，此去战孙悟空，许败不许胜！

这是因为，李天王许久未归，就证明天庭出师不利。若木叉战胜，不就证明天庭差而观音强吗？这在当下自然是不合适的。

之后，木叉与孙悟空大战五六十个回合落败。回到军中，木叉向父亲李靖解释说："孩儿战不过，又败阵而来也！"木叉是第一次迎战孙悟空，为何说"又败阵"呢？这只因前次哪吒战孙悟空落败，而现在木叉同样落败。我们可以想象，李靖听了，心中必然一沉。哪吒呢？心中必然一松。

木叉对观音的回禀也大有问题，他说："始领命到花果山，叫开天罗地网门，见了父亲，道师父差命之意。父王道：'昨日与那猴王战了一场，止捉得他虎豹狼虫之类，更未捉他一个猴精。'正讲间，他又索战，是弟子使铁棍与他战经五六十合，不能取胜，败走回营。父亲因此差大力鬼王同弟子上界求助。"

当时花果山的局势，对孙悟空其实相当不利。九曜星君与二十八宿，就已经把水帘洞洞口堵死。孙悟空几番冲杀，仅仅是把九曜杀退，而自己一方，也葬送了七十二洞妖王。天兵天将实际上没有太大的损伤，可是在木叉口中，天兵天将完全是败局已定，毫无擒获孙悟空可能。

听闻此话，观音沉吟不语，随即，向玉帝推荐了二郎神。

第三次出手，推荐二郎神，归功于上。

表面看来，推荐二郎神乃是观音临时想到的建议，其实不然。

二郎神和玉帝的关系很微妙，玉帝和二郎神既有舅甥之亲，血缘关系天下皆知，可是玉帝对二郎神又有拆散父母、拘押母亲之仇。

正因为如此，在修成仙道之后，二郎神才会听调不听宣，成为三界一个尴尬的存在。

依照往日的仇怨，听闻有人大闹天宫，二郎神应该高兴才对。要二郎神去帮玉帝，那不是自讨没趣吗？

可事实是，接到调令，二郎神不但没拒绝，反倒大喜道："天使请回，吾当就去拔刀相助也。"

这是怎么一回事呢？唯一的解释就是，观音菩萨早就做通了二郎神的工作，对二郎神阐明了利害关系。

那么，观音菩萨为何要推荐二郎神呢？

观音的推荐词是这样的："乃陛下令甥显圣二郎真君，见居灌洲灌江口，享受下方香火。他昔日曾力诛六怪，又有梅山兄弟与帐前一千二百草头神，神通广大。"

理由一，二郎神是玉帝外甥。

理由二，二郎神乃显圣二郎真君，有正式仙箓，神通广大，更有梅山六圣相助，麾下一千两百草头神，可谓兵强马壮。

在这两个理由中，观音强调的是哪个？玉帝看重的是哪个？

多数人都会选择理由二。因为二郎神厉害，观音才推荐，玉帝才调遣二郎神抓孙悟空。难道不是这样吗？

二郎神是厉害，可是，天庭就真的没有人比二郎神厉害吗？

大家不要忘记了，排名很靠后的二十八宿奎木狼在丢了金丹的情况下，还能和孙悟空大战五六十回合不分胜败。连九曜星之太阴星君的宠物玉兔精，都可以和孙悟空大战三四十个回合不分胜败。只要大家使出真功夫，许多仙人的实力都不弱于孙悟空，自然也不会弱于二郎神。

更不要说还有四帝、五老，还有不少天尊级别的高手。这些人可都是能够秒杀（抓）孙悟空的存在！

于是，观音推荐、玉帝调遣二郎神的真正理由，其实是因为二郎神是玉帝外甥。

大家都不行，唯有二郎神行。二郎神为什么行？那是因为他是玉帝的外甥。

归根到底，是玉帝行。

这就叫做"功归于上"！

在《西游记》中二郎神名气极大，可是他除了能打，留给我们的印象并不多。二郎神究竟是一个怎样的人呢？在纷乱的三界，他又是如何求存的呢？

027 二郎神为何帮玉帝降伏孙悟空

观音菩萨向玉皇大帝推荐了二郎神。

听闻宣召，原文说："真君大喜道：'天使请回，吾当就去拔刀相助也。'"

玉皇大帝与二郎神仇深似海。孙悟空起兵造玉帝的反，二郎神本当和孙悟空站在同一阵营，至少应该作壁上观，看玉帝的笑话才对。为何接到诏书，二郎神不但"大喜"，并且，当场表态愿意出手相助呢？

要说清楚这个问题，首先要弄清楚二郎神和玉帝的关系。

孙悟空和二郎神初次见面，猴哥笑嘻嘻说："我记得当年玉帝妹子思凡下界，配合杨君，生一男子，曾使斧劈桃山的，是你么？我行要（将要、想要）骂你几声，曾奈无甚冤仇；待要打你一棒，可惜了你的性命。你这郎君小辈，可急急回去，唤你四大天王出来。"

孙悟空为何初见二郎神，就要骂二郎神，打二郎神呢？

我们结合孙悟空前面的话就可以明白。

二郎神的母亲乃是玉帝的妹妹，当年思凡下界——在无数的神话故事中，仿佛思凡、动凡心的永远都是女神仙，典型的红颜祸水论！中国男人自古就爱推卸责任！

玉帝妹妹看中了杨君，于是结为夫妻，生下了三个孩子。大儿子叫做杨大郎；二儿子叫做杨二郎；老三是个女儿，后人叫她三圣母——就是后来《西游记》中沉香他母亲。奇怪的是，在各种神话中，老二威武，老三多情，唯独老大杨大郎仿佛不存在一般，只有一个模糊的背影。

杨二郎天生神力，加上有高人传授功法，修成八九玄功。至于二郎神的师父是谁，在不同版本中有不同解读，我们暂且搁置。长大后，二郎神才听说自己的身世，得知母亲被压在桃山之下。于是，二郎神斧劈华山。

斧劈华山之后，二郎神的母亲结局如何呢？《西游记》中没有记载。不过，民间传说"二郎担山"故事中略有提及。

据说，二郎神救出母亲之后，因母亲常年被压，全身湿气很重，就让母亲在华山晒晒太阳。玉帝得知大怒，派出九个太阳来到华山，当场把二郎神的妈妈、自己的亲妹妹晒成了人干。母亲暴毙，二郎神大怒，抬手就搬起劈开的华山，压住了两个太阳。剩下七个太阳赶紧逃跑。二郎神沿路挑起七座大山就去追赶。最终，二郎神用山压住了六个太阳，剩下最后一个匆忙逃入东海去了。

论私，妹妹思凡下界大损玉帝颜面，丢脸丢大了。论公，妹妹匹配凡人违犯天条，自己作为君王应当为天下表率。因此，《西游记》中虽然没有写明二郎神母亲的结局，但可以料定，以玉帝的行事风格，二郎神母亲不会有什么好下场。

正因如此，二郎神和玉帝之间的仇怨，不但没有因斧劈华山而被化解，反倒更加深重。这就是孙悟空听闻二郎神前来挑战，心中生气，要打骂二郎神的原因。

谁都可以来帮玉帝，二郎神不该帮忙啊。

那么，二郎神为何不顾父母怨仇，主动帮助玉帝降伏反叛大军呢？

这就要和二郎神听调不听宣说起。

什么叫做"听调不听宣"？

所谓"听调"，就是听从朝廷调派，服从朝廷管束。所谓"听宣"，就是听从皇帝命令。整句话连起来，就是说，我承认我是朝廷的臣子，但是，要我去朝廷朝拜皇帝，问候起居，那我不去！

光从字面理解，有些纠结。若举个例子，就非常好理解了。

北洋时代各军阀在表面上，都承认自己是民国的一分子，但是，不管民国大总统诸如黎元洪、徐世昌等人下令如何如何，各地军阀基本上仍我行我素。

在《西游记》中，听调不听宣就是二郎神名义上臣服天庭，其实根本不听从玉帝号令。玉帝只是二郎神名义上的主君，对二郎神辖区内的事务，诸如人事权、财权、军权等等，都无权干涉。

灌江口，就是三界之中，是独属于二郎神的独立小王国。二郎神只是没有公开反叛，其实，日子过得比齐天大圣孙悟空还要逍遥！

那么，二郎神为何能听调不听宣呢？

因为他立下赫赫战功，让人不敢小视！

《西游记》中写到了二郎神一生中的四大业绩："斧劈桃山曾救母，弹打锭罗双凤凰。力诛八怪声名远，义结梅山七圣行。"

第一个故事我们已经介绍了。第二个故事已经不可考。从字面来说，应当是二郎神以神弹打中了锭罗的凤与凰。在古代神话中，凤凰乃是上古真灵，百鸟之王，雄者为凤，雌者为凰——古龙小说中的陆小凤，就是男人的名字。

至于这凤凰是不是如来时代的神鸟，孔雀大明王、金翅大鹏雕的母亲呢？应该不是。这就犹如龙其实是一个庞大的族群一样，三界的凤凰应该也有多只。

但不论如何，能打中万鸟之王凤凰，足见二郎神的弹弓很厉害。在《西游记》六十八回中，孙悟空就曾经与二郎神合作，力斗九头虫。孙悟空近身搏斗，二郎神以金弓银弹远程射击，三两下就让九头虫方寸大乱，最终被细犬一口咬掉了一颗头颅。

第三个故事是降伏八怪。《封神演义》把这个故事进行了改造，变成了梅山七怪作乱，最终，除了老大袁洪被葫芦飞刀干掉，其他六怪都被二郎神杀死。他们死后封神，共称为梅山七圣。

《西游记》的设定与《封神演义》表面相似，其实不同。所谓力诛八怪，是说二郎神大展神威，诛杀了八个妖怪，至于是谁，书中没有明说。

第四个故事是二郎神与梅山六兄弟结拜，共称梅山七圣。在《西游记》中，梅山六圣有名字，原文说："乃康、张、姚、李四太尉，郭申、直健二将军。"

正因为有打伤凤凰之勇武，诛杀八怪之神通，更有梅山六圣、一千二百草头神相助，二郎神俨然成为三界一股不可小视的力量。

当然，与天庭比较起来，二郎神这点力量那就是浮云！

真正让二郎神享有听调不听宣权力的，还是因为他是玉帝的外甥。

可以说，聪明如二郎神，高傲如二郎神，对这一点是非常清楚的。

玉帝为何下达这个命令呢？这不等于削弱自己在三界的威权吗？

是因为妹妹的死，让玉帝心生愧疚？是因为外甥实力强大，可堪利用？

这些或许是原因之一，但都不是主要原因！

以玉帝之权势，若真要灭杀二郎神，可说轻而易举。只是，镇压出轨的妹妹，可以说师出有名。但如果玉帝连外甥二郎神也不放过，三界仙人会怎么看他？

残暴！无情！冷血！甚至——禽兽不如！

在传统中国的礼法概念中，二郎神劈山救母乃是至孝之举，不但无罪，反倒是大善之行。玉帝可以镇压妹妹，但不能株连外甥。俗话说，虎毒不食子！

在进退维谷之时，玉帝下达了听调不听宣的决定。这个决定，让玉帝和二郎神都很满意。听调，是尊重玉帝。听宣，是尊重二郎神。

什么最重要？自然是面子！

不过，二郎神的权力是不是很大呢？

他麾下有梅山六圣——这六圣其实就是巨灵神级别的仙人；他麾下有一千二百草头神——看名字就是一群渣渣。

关键一点，是二郎神的地盘实在有限。他的堂口在三界之中，只有一处，即灌江口！

靠着这一个地方的庙宇，能有多少香火收入？在人间，硬通货是金银。在仙界，硬通货是香火。玉帝给二郎神的，其实是口惠而实不至的一个官职。

并且，这个口惠比起孙悟空还不如。孙悟空是大圣，二郎神只是小圣。

久而久之，二郎神自然对自己的地位不满起来。他要扩张势力，提升地位，但以他和玉帝的糟糕关系，玉帝不找他麻烦就已经烧高香了。

谁都知道二郎神得罪过玉帝，三界哪个仙人敢帮二郎神说情？

就在二郎神苦寻上位、毫无门路的时候，观音菩萨向他伸出了杨柳枝。

观音菩萨为何迟迟才到天庭，为何要让木叉必败？一切都是希望让二郎神出头，由二郎神来击败孙悟空。

因为只有如此，玉帝的颜面才可以保存；因为只有如此，二郎神的梦想才可以实现；因为只有如此，佛派尤其是观音，才能笼络到二郎神这样的强大战力。

在原著第二十八回，花果山群猴告诉孙悟空："自从爷爷去后，这山被二郎菩萨点上火，烧杀了大半。"杨二郎本是天庭神将，猴子为何称呼他为二郎菩萨呢？这其实就是作者在暗示我们，二郎神感念观音引荐之功，已经悄悄加入佛派。这也是后文九头鸟故事中，孙悟空不计前嫌，主动和二郎神结交的重要原因！

介绍了二郎神的出身来历之后，我们来谈谈关于二郎神最热门的两个话题。

028 二郎神究竟有没有第三只眼

在传统神话中，二郎神不但是肉身成圣，拥有八九玄功，更有第三只眼，可以看破万千变化。在阅读《西游记》时，大家想当然的，也认为二郎神具有第三只眼。

其实，不但是《西游记》中的二郎神没有第三只眼，即便是后来的《封神演义》中，二郎神依然没有第二只眼。二郎神的第三只眼到什么时候才出现呢？到清朝时期的各种戏曲中，第三只眼才成为二郎神的经典扮相。

看《西游记》原文，二郎神来到花果山，原作者以孙悟空的视角，写二郎神的外貌，如下：

"仪容清俊貌堂堂，两耳垂肩目有光。头戴三山飞凤帽，身穿一领淡鹅黄。

缕金靴衬盘龙袜，玉带团花八宝妆。腰挎弹弓新月样，手执三尖两刃枪。

斧劈桃山曾救母，弹打䃲罗双凤凰。力诛八怪声名远，义结梅山七圣行。

心高不认天家眷，性傲归神住灌江。赤城昭惠英灵圣，显化无边号二郎。"

整个诗歌一共十六句，前八句写二郎神的外貌，后八句写二郎神的功业。二郎神在民间有天庭第一战神美称，在《西游记》中也是天庭帅哥的典范。其人不但武艺高强，神通广大，外貌也清俊脱俗，仪表堂堂。

诗句中除了对于衣着打扮的描写，对于二郎神本身，只是突出了一个特征——两耳垂肩。这在中国古代相面学中，是典型的大富大贵之相，刘备不就号称大耳贼吗？大家细品这十六句诗，无一句一字提到二郎神有第三只眼。

关于二郎神的眼睛，原著中提到了几次，但是不是第三只眼呢？

孙悟空和二郎神在大战三百回合不分胜败之后，二郎神首先施展法天象地神通，开始斗法。因见本阵猴兵被击败，孙悟空撤退，之后变作麻雀。原文说——

正嚷处，真君到了问："兄弟们，赶到那厢不见了？"众神道："才在这里围住，就不见了。"二郎圆睁凤目观看，见大圣变了麻雀儿，钉在树上。

有人认为，这里的"圆睁凤目"其实就是二郎神施展第三只眼的神通，看破孙悟空的变幻之术。

其实，"凤目"是古代章回小说中对男性武将眼睛的常见描述，比如说《三国演义》中的关羽，就没少"圆睁凤目"。莫非关羽也有第三只眼？

"凤目"一词，在《西游记》中也频繁出现，唐太宗李世民、女儿国国王、朱紫国国王、狮驼岭的象魔王都具有"凤目"。

关键一点，是在《西游记》中其实详细写到了二郎神和孙悟空是如何看破对方幻术的——二郎神依靠的不是第三只眼，孙悟空此时还没有修成火眼金睛——他们发现彼此破绽，纯粹是依靠对手变化的破绽以及自己对事物认识的经验！

先说二郎神，追孙悟空到水边，忽然就看不到人影了。原文说：

"二郎赶至涧边，不见踪迹，心中暗想道：'这猢狲必然下水去也，定变作鱼虾之类。等我再变变拿他。'果一变变作个鱼鹰儿。"

并非因为二郎神看破鱼虾是孙悟空所变，而是二郎神根据孙悟空是在水边消失，作出孙悟空已经变成鱼虾这个推断。

不少读者都以为孙悟空的变化之术比二郎神要差，其实不然。没有火眼金睛时，孙悟空就已经可以和二郎神斗个旗鼓相当。原文说：

"等待片时，那大圣变鱼儿，顺水正游，忽见一只飞禽，似青鹞，毛片不青；似鹭鸶，顶上无缨；似老鹳，腿又不红：'想是二郎变化了等我哩！'急转头，打个花就走。"

孙悟空为何能发现鱼鹰可能是二郎神变化的呢？因为二郎神变化的鱼鹰有破绽，不像！

那二郎神是如何识破孙悟空变化的呢？同样因为孙悟空变成的鱼儿有破绽，不像！原文说：

"二郎看见道：'打花的鱼儿，似金鱼，尾巴不红；似鳜鱼，花鳞不见；似黑鱼，头上无星；似鲂鱼，鳃上无针。他怎么见了我就回去了，必然是那猴变的。'赶上来，刷的啄一嘴。"

正因为孙悟空变的鱼儿，像金鱼又不是金鱼，像鳜鱼又不是鳜鱼，乍看是条鱼，细看根本没有这种鱼，二郎神才能断定鱼儿是孙悟空变化。

原著中对两人的斗法描写有多处。因为是孙悟空变化在先，且是叛贼身份，而二郎神是变化在后，是追捕者身份，所以，给读者的印象，仿佛是孙悟空的变化处处被二郎神克制。其实，这是一个错觉。

整场斗法，两人是你来我往，互有胜负。

在《西游记》中有一位高人的变化之术，明显在孙悟空和二郎神之上。那人就是南海观音菩萨。

在降伏黑熊精的时候，观音陪同孙悟空前往。按照孙悟空定下的计策，由观音菩萨变作一个妖道凌虚子（苍狼怪）。观音菩萨只是见了苍狼怪一面，变化之后，就能毫无破绽。原文说：

尔时菩萨乃以广大慈悲，无边法力，亿万化身，以心会意，以意会身，恍惚之间，变作凌虚仙子。行者看道："妙啊，妙啊！还是妖精菩萨，还是菩萨妖精?"

孙悟空乃是变化高手,他的评语看似戏谑,其实正是对变化之术的最高评价——分不清眼前的到底是妖精变成的菩萨,还是菩萨变成的妖精——将虚实之间的界限完全抹去!

在《封神演义》中,作者延续了二郎神姓杨的说法,并且取名为杨戬,给二郎神成神找了一个理由。

在《封神演义》中二郎神登场时是这样描述的:"这道人带扇云冠,穿水合服,腰束丝绦,脚登麻鞋。"二郎神就是一个普通的道人形象。若二郎神有第三只眼,登场时必然会有重点描写。不单在出场时二郎神的形象如此,即便是翻遍全书,我们依然找不到任何一处关于二郎神有第三只眼的描述。在《封神演义》中有第三只眼的,不是二郎神,是闻太师。

那么,二郎神为何会被后人加上第三只眼呢?这和清朝时期的二郎神崇拜有关。

在清代的许多戏曲、小说中,二郎神不单单是镇守灌江口的一个水神,而且化身成为一个能够看破世间邪恶、秉持公义的超级正神。比如《聊斋·席方平》故事中,阎罗王贪污受贿,最终就是被二郎神正法的。

第三只眼,其实就是天眼,就是正义之眼。古代老百姓受到冤屈控诉无门,只能寄托神灵庇佑。二郎神的第三只眼,也就应运而生。

所以,就《西游记》来说,二郎神确实没有第三只眼!

关于二郎神另一个热门话题,则是他与孙悟空谁更厉害。

029　二郎神大战孙悟空,二郎神赢了吗

《西游记》第八回的回目叫做"小圣施威降大圣",仿佛二郎神真的打赢了孙悟空一样。在第六十三回,孙悟空亲口告诉猪八戒:"但内有显圣大哥,我曾受他降伏,不好见他。"猴哥也认为,二郎神打赢了他。

那么,二郎神真的打赢了孙悟空吗?

我们细看第八回,就会发现,二郎神无论是比拼武艺,还是比斗法术,

只能说和孙悟空旗鼓相当。

真正降伏孙悟空的，根本不是二郎神！

论武艺，二郎神是西游世界中唯一一个和孙悟空旗鼓相当的仙人。

多数妖王与孙悟空大战二三十回合就落败，极少数妖王能够大战五六十回合不分胜败，然后就是使出法宝来。为什么不继续打呢？因为若继续打，在武艺上就要落败。

二郎神则不然，原著说："真君与大圣斗经三百余合，不知胜负。"两个人都明白，在武艺一道上再打下去也枉然，于是，二郎神首先放弃比拼武艺，转入斗法。

斗法，在很多读者印象中，是二郎神力压孙悟空，其实不然。

原著中的斗法情节写得非常精彩。两人之间的斗法，可以按照方式的不同，分成两个场次。

第一场，法天象地之争。

二郎神施展法天象地神通，孙悟空也施展法天象地神通——有作者据此认为，二郎神和孙悟空是同一师父。我认为，证据不够充分。《西游记》没有交代二郎神的师父是谁，但是详细交代了孙悟空学艺的情况。孙悟空学的是上品天仙诀、地煞七十二变、筋斗云，并没有提到法天象地。那孙悟空为什么会施展呢？原因还要从孙悟空大败混世魔王后的自述中找寻答案。别的猴子说混世魔王会驾风摄人，孙悟空说："我如今一窍通，百窍通，我也会弄。"学会上品天仙诀，让孙悟空拥有了长生和强大的神通根基。学会七十二变，让孙悟空可以变成世间万物。这法天象地，其实就是孙悟空领悟地煞七十二变后拥有的神通，在初次得到金箍棒的时候，猴哥就已经在众人面前施展过。

两人大战，又是不分胜败。

可是，这场斗法最终以孙悟空主动败退告终。是孙悟空本人不敌吗？不是。

原著中说："大圣忽见本营中妖猴惊散，自觉心慌，收了法象，掣棒抽身就走。"

原来，在孙悟空大战二郎神的同时，梅山六圣率领一千二百草头神猛攻花果山群猴。孙悟空回到花果山后，虽然也吩咐群猴日夜操练武艺，但没有一处提到传授群猴仙法。那些猴子，虽然在生死簿中被抹了姓名，但不过是身体强健些，与懂得法术的真正的仙人相比，差得十万八千里。他们平常充门面可以，打起仗来，几乎可以说是一触即溃。

看到猴子猴孙惨叫哭嚷，大圣心中慌乱，于是败退。可以说，在这场大战中，战败的是群猴而非孙悟空，获胜的是梅山六圣、草头神而非二郎神。

第二场，比拼变化之术。

法天象地是在短时间内燃烧大量法力，迅速提升力量的一门神通，比拼的是双方的功底深浅。变化之术则是考察双方对万物的了解，以及对法力的细微掌控。惟妙惟肖，可堪乱真，是变化之术的高级境界。

前文提过二人比斗变化之术，总体来说，他们都是依靠对手出错，方才辨识。两人对于变化之术的掌握，可谓五十步笑百步，谁也不比谁高明！

在二郎神识破孙悟空变化小庙后，孙悟空变成二郎神，大摇大摆走入灌口二郎神庙宇。里面判官热情相迎，满堂神仙谁也没有看出破绽。

作者为何要写这个桥段？

那就是告诉读者，孙悟空的变化之术其实并不渣——孙悟空变成的二郎神，连天天跟在二郎神身边的判官都不能看出破绽！

从战略眼光来说，二郎神也不是什么帅才，比之孙悟空，两人又是半斤八两。

刚到花果山，二郎神就吩咐李天王，无论输赢，都不用别人出手。李天王本来布下十八架天罗地网，把花果山围得水泄不通。二郎神一到，就让撤去顶上罗网——在二郎神看来，严防死守只能让花果山群妖拼死抵抗，有一线生机，反倒可以擒拿住妖猴。

事实证明，二郎神的这个决策根本就是错误的。在变成小庙被识破后，孙悟空纵筋斗云，眨眼工夫就离开了花果山，跳出了天罗地网。若在此时，孙悟空不管花果山群猴，尽管逍遥自在去，二郎神就只有哭了。在李天王照妖镜的帮助下，二郎神找到了孙悟空的踪迹。见到二郎神到来，孙悟空说："郎君不消嚷，庙宇已姓孙了！"人家猴哥根本没想掩藏形迹，只是想要戏弄下高高在上的二郎神。

二郎神与孙悟空一战，比较靠谱的表述是什么？

用原文中观音菩萨的一句话来总结，最为中肯。观音邀请老君、玉帝同到南天门观战。

观音说："贫僧所举二郎神如何？果有神通，已把那大圣围困，只是未得擒拿。我如今助他一功，决拿住他也。"

事实是，当时两人交战，在梅山六圣的帮助下，二郎神是困住了孙悟空，但还没有擒拿住孙悟空。

真正降伏孙悟空的是谁呢？看原文：

"猴王只顾苦战七圣，却不知天上坠下这兵器（金刚琢），打中了天灵，立不稳脚，跌了一跤，爬将起来就跑，被二郎爷爷的细犬赶上，照腿肚子上一口，又扯了一跌。急翻身爬不起来，被七圣一拥按住，即将绳索捆绑，使勾刀穿了琵琶骨，再不能变化。"

原来，真正降伏孙悟空的，不是二郎神，而是太上老君！若不是他老人家出手，二郎神绝不可能成功擒拿孙悟空！

前文提过，太上老君就是菩提祖师。那么，既然孙悟空乃是老君的徒弟，老君为何要胳膊肘往外拐，帮助外人打自家人呢？

030 老君为何帮着外人打自己徒弟

先看当时正面战场的局势，"这康、张太尉等迎着真君，合心努力，把那美猴王围绕不题。"在梅山六圣的帮助下，二郎神已经困住了孙悟空。虽然短时间还不能降伏，但是合围之势已成，孙悟空低头已经是迟早的事情。

更何况，玉帝有心终结这场游戏。他说："既是二郎已去赴战，这一日还不见回报。"既然是观音举荐二郎神，二郎神胜，则观音有面儿；若二郎神败，观音也丢脸！玉帝说二郎神一去都一天了，言下之意很是不满。观音菩萨当即表态："贫僧请陛下同道祖出南天门外，亲去看看虚实如何？"

观音此话何意？

　　孙悟空的厉害，观音早就通过木叉，了解到了七分。但是，她想不明白的是，实力与木叉仿佛的孙悟空，凭啥能斗过天庭诸神呢？这天庭星宿当中，藏龙卧虎，高手可实在不少呢。通过一天（《西游记》中的天庭时间表述基本以人间时间为准）的思考，观音菩萨隐然发现，天庭群仙集体放水，背后的大人物极有可能就是太上老君！

　　为此，她特意邀请玉帝和老君共同到南天门外，亲自观看战斗。

　　有玉帝在现场，群仙必然不敢藏拙，二郎神也会更加奋勇。有玉帝在现场，老君只能收敛形迹，作忠心姿态。毕竟，在当时的形势下，老君还没有足够的实力公然叫板玉帝。

　　观音更提出："贫僧所举二郎神如何？果有神通，已把那大圣围困，只是未得擒拿。我如今助他一功，决拿住他也。"

　　观音菩萨明确表示，自己要出手，以助二郎神成功！

　　在这样的情形下，太上老君只能亲自出手，降伏孙悟空！因为只有亲自出手，才可以把握好轻重，才不至于伤害到孙悟空。

　　老君用什么理由劝阻观音出手呢？

　　观音说要用玉净瓶打孙悟空："即不能打死，也打个一跌，教二郎小圣好去拿他。"老君笑呵呵说："你这瓶是个磁器，准打着他便好，如打不着他的头，或撞着他的铁棒，却不打碎了？"

　　老君的这个理由，其实根本不成立。观音菩萨的玉净瓶乃是一件罕见法宝，在后文降伏红孩儿时，这小小玉净瓶曾经装下一海之水，孙悟空连搬都搬不动。玉净瓶能装载一海之水，其本身的硬度也必然达到惊人的地步。

　　若观音菩萨真的出手，在玉净瓶一击之下，孙悟空不死也要残废！

　　老君的理由虽然很搞笑，但人家的身份摆在那里，观音也不好强出头。

　　她询问："你有什么兵器？"老君从左胳膊中取下金刚琢（从此可见，后文老君说青牛精私自下逃，纯属谎言！）说："这件兵器，乃锟钢抟炼的，被我将还丹点成，养就一身灵气，善能变化，水火不侵，又能套诸物；一名金钢琢，又名金钢套。当年过函关，化胡为佛，甚是亏他，早晚最可防身。等我丢下去打他一下。"

　　老君这句话中信息量极大：

其一，金刚琢乃三界罕见的通灵法宝。本体由锟钢锻造，还融入了许多九转大还丹，使得金刚琢有了通灵之意。金刚琢功能强大，在青牛精故事中，仅仅是表现了能套诸物这一特性，对于金刚琢善能变化则没有充分表现。金刚琢应该还有没展现出来的强大功能。

其二，老君乃是佛派创派祖师。老君亲口点出自己曾经"化胡为佛"，看似不经意，其实是有意为之。虽然如今的佛派乃是如来掌权，但老君昔日的弟子燃灯古佛等人，在佛派依然有着不容小视的力量。观音要想提升实力，与老君结盟，是不错的选择。

其三，金刚琢出马，必然能降伏孙悟空。

听老君如此果决，观音不好阻止。老君随手一丢，这金刚琢从九霄之上飞下，"可可的着猴王头上一下"。

被这无坚不摧的金刚琢打中脑袋，孙悟空有没有受伤呢？

"（孙悟空被）打中了天灵，立不稳脚，跌了一跤"。孙悟空只是跌了一跤，立刻能爬起来就跑！

可就是这跌一跤的空隙，细犬冲上，咬了孙悟空一口，孙悟空再次跌了一跤。这下子孙悟空"急翻身爬不起来，被七圣一拥按住"。

大家看看，被金刚琢砸一下，孙悟空翻身就能跑，被细犬咬一下，孙悟空却跑不动了。从此可见，太上老君对孙悟空，根本没舍得下重手！

另外，孙悟空折腾得也差不多了，太上老君通过孙悟空传递的信号，玉帝也基本收到了——天庭这么多星宿，那都是怕我太上老君的！

孙悟空大闹天宫，表面上是孙悟空对天庭的一次宣战，实际上是老君派势力的一次集体示威。

要想示威，就要展现出实力。展现实力若不充分，那冒头的力量就会被掐灭。展现的实力若是太强大，又必然引发直接的对抗。这两者，都不是太上老君愿意看到的。

作为三界道祖的太上老君，可以从师承、从功法上控制群仙，但是，玉帝同样可以通过蟠桃、通过官职升降控制群仙。

在同等级的权力交锋中，无论是玉帝还是老君，都很难将对手一击致命，于是，反复的进攻，反复的妥协，达到一种微妙的平衡，或许才是常态。

更何况，在与群仙的交手中，孙悟空暴露了两大缺陷——身体强度不够，被狗咬一口都伤不起；没有看破幻术的神通，在变化之术上不能占到上风。这两个缺陷若不能及时弥补，很有可能成为孙悟空的致命弱点。为此，及时回收，把孙悟空改造升级，非常有必要！

于是，经过八卦炉煅烧，偷吃的金丹彻底与身体融为一体，孙悟空修成了金刚不坏之体。经过七七四十九天烟火的反复熏陶，孙悟空修成了火眼金睛，成功获得看破幻术技能。

太上老君曾说，孙悟空不能被雷劈火烧，是因为吃了仙丹，炼成了金刚不坏之体。我认为不对，这是老君为带走孙悟空说出来的借口。菩提老祖曾经传孙悟空避三灾法门，就是针对雷火风三种类型的攻击。当时的孙悟空若是金刚不坏之体，为何会被砸晕？又被细犬一口咬到爬不起来？孙悟空真正金刚不坏大成，当在八卦炉锻炼之后！

孙悟空逃出八卦炉后，玉帝宣召西方佛老如来上天降妖。如来为何只是轻轻将悟空压在五行山下？

031 如来为何只是将悟空轻轻压在五行山下

玉帝邀请如来前来降妖。如来听闻，告诉诸位门徒："汝等在此稳坐法堂，休得乱了禅位，待我炼魔救驾去来。"

事实果然与如来预料一样，孙悟空很顺利地被镇压在五行山下。

不过，在镇压妖猴的时候，如来有一个举动，引起读者议论纷纷。原文说："佛祖翻掌一扑……将五指化作金木水火土五座联山，唤名'五行山'，轻轻的把他压住。"

如来既然是前来炼魔救驾，为何仅仅是将孙悟空"轻轻"压住呢？

要理解这个问题，首先要明白，玉帝为何放弃天庭群仙，派人到下界去请西方佛老如来。

在1986年央视版电视剧《西游记》中，玉帝极度无能。因玉帝被孙悟空打得躲在桌子底下，万般无奈，才高喊："快去西天请如来佛祖！"——其实，原著中根本不是这样。

孙悟空从兜率宫一路闯出来，因为种种原因，一路上竟然没有什么神仙阻拦，仅仅是在通明殿前，遭遇了值班的仙官王灵官。王灵官与孙悟空大战，短时间不分胜败。之后，天庭就派出了负责治安的三十六雷将，将孙悟空困住。

也就是说，在如来到来之前，孙悟空一直都被困在通明殿，无法越雷池一步。玉皇大帝则一直安稳地待在灵霄宝殿。所谓孙悟空大闹天宫，其实连玉帝的面都没见到。

此时，玉帝完全可以指令天庭某些高层，出面降伏孙悟空，但是玉帝没有，反倒派人去请如来。

玉帝之所以如此，有两个原因：

其一，请如来出手，属于常规安排。

在天庭群仙中，已经明确出手的仙官有二十八宿、十二元辰、九曜星君，还有一些参加出征，但仅仅是摇旗呐喊的东西星斗、南北二神、五岳四渎、普天星相。

这些没有出手的仙官覆盖面极广，基本涵盖了五方五老之下的所有仙官，诸如六元（南斗群星）、七司（北斗群星）、八极（八方群星）。

既然六元以下的仙官都已经出面，且无法搞定孙悟空，那么，六元之上，自然就轮到五方五老了。

其二，天庭群星集体放水，让玉帝很恼火。

孙悟空的真实本领到底如何，从与哪吒、木叉、二郎神的比斗中，玉帝必然可以作出清晰的判断。以孙悟空之能，绝不能对抗普天星相。可十万天兵的败局摆在面前。唯一的解释就是，天庭群星集体放水。

除了玉帝，还有谁在天庭有这么大的能量，能够挟制如此多的仙人呢？

思来想去，玉帝想到的，只有太上老君。应当说，从这一刻开始，玉帝就明白，孙悟空的背后，站的是老君。

于是，邀请极少上天、和天庭群仙几乎没有关联的人间西方佛老上天降伏妖魔，就成了玉帝的最佳选择。

那么，如来是怎么做的呢？

如来登场，先做了一番自我介绍，然后笑呵呵询问："今闻你猖狂村野，屡反天宫，不知是何方生长，何年得道，为何这等暴横？"

在灵山时，如来说话霸气十足，可来到天庭，见到了妖猴孙悟空，却再三打探孙悟空的家庭背景、师承来历。可以说，他也猜到，孙悟空能如此暴横，背后必定是有人撑腰。

如来可以轻松降伏孙悟空，却不愿意得罪孙悟空背后的人。

孙悟空自然不服，他很骄傲地把自己的出身来历说了一遍。从孙悟空的自述中，如来了解到孙悟空乃天生石猴，住在花果山水帘洞，曾经得名师指点，如今要夺取玉帝宝座。

如来先告诉孙悟空，玉帝经历无数大天劫，相当厉害，不是孙悟空能比的，见孙悟空不为所动，然后说："你除了长生变化之法，再有何能，敢占天宫胜境？"

如来想从神通法术这里入手，探寻孙悟空背后的高人。

之后，双方斗法。孙悟空施展独门秘术筋斗云。若非如来有慧眼神通，及时施展幻术，如来也不易胜出。

胜利之后，如来佛没有按照约定，让孙悟空回到花果山，重做妖王，而是直接把孙悟空压在了五行山下。

因为，如来到此刻已经基本上猜到了孙悟空背后的高人就是老君！

孙悟空除了遁术奇快，其他武艺、神通在如来面前只能算平平。面对如此一个孙悟空，满天仙人为何降不住？如来必然会思考这个问题。

玉帝为何不让他人出手，而要邀请如来上天降妖？一定是有让玉帝忌惮的人。

能够让玉帝视为对手，忌惮有加的，除了道祖太上老君还有谁？若非如此，满天星宿为何齐齐放水？

正因为料到了孙悟空背后的高人，如来才会轻轻将孙悟空压下。

若如来把孙悟空炼化，必定会触动孙悟空背后的力量；但若是不擒拿孙悟空，又会见怪于玉帝。在左右权衡之下，如来选择了将孙悟空镇压在五行山下，却又仅仅是轻轻压下。

032 如来为何要给猴哥吃铁丸铜汁

如来辞别玉帝时，原文说：

"（如来）又发一个慈悲心，念动真言咒语，将五行山召一尊土地神祇，会同五方揭谛，居住此山监押。但他饥时，与他铁丸子吃；渴时，与他溶化的铜汁饮。待他灾愆满日，自有人救他。"

作为大闹天宫的魔头，孙悟空被压在五行山下，乃是罪有应得。为何如来佛祖要给孙悟空喂食铁丸铜汁呢？

如来佛的这个举动可以从多角度理解。不过，哪一种理解才是最准确，最符合原著的呢？请让我一一辨析。

第一种观点，如来慈悲说。

从《西游记》原著字面来理解，如来做出此举，源自他的慈悲。

此前，书中提到，孙悟空被压在五行山下后，很不老实，差点逃出五行山。灵官禀奏玉帝，如来当即书写六字真言法帖，以此镇压妖猴。如来法帖一贴上五行山，整座山立刻就生根合缝。孙悟空除了脑袋和手可伸出，其他部位都被牢牢深埋山中。

因孙悟空无法挪动，无法获取饮食，于是如来佛祖念动真言，特设五行山土地一名，专门负责监管孙悟空。在孙悟空饿了的时候，就给他吃铁丸，渴了的时候就给他喝铜汁。

孙悟空本是被镇压的妖魔，被压五行山，忍饥挨饿本是应当，可如来心怀大慈悲心，故此让孙悟空吃铁丸喝铜汁。

第二种观点，如来惩戒说。

什么人才会吃铁丸喝铜汁呢？

在佛道典籍中，地狱有十八重。第十八重地狱中都是大奸大恶之徒，这些鬼魂永远沉沦于地狱，经受种种酷刑。其中，著名酷刑之一，就是吃铁丸，饮铜汁。那些恶鬼被烧得滚烫的铁丸铜汁一遍遍地折磨，尝尽痛苦，不得超生。

孙悟空看起来有吃有喝，其实，每一次吃铁丸喝铜汁，都是一种惩罚。如来佛祖前来天庭，就是要炼魔。因此，这在名义上是给悟空吃喝，实际上是在惩罚悟空。

以上两种观点，在普通读者中流传颇广。

只是，《西游记》中的如来并不是宗教中的佛祖。西游世界的如来佛，一直都力图扩张佛派势力，抬高自己在天庭的地位。

第二种观点中提到的铁丸铜汁，对凡人是一种惩罚，可是对拥有天仙等级的孙悟空却并非如此。以孙悟空的肠胃，消化掉铁丸铜汁，不成问题。孙悟空都已是天仙了，还会饿肚子吗？若五百年不吃不喝，孙悟空就会饿死、渴死，那这天仙也太差劲了？

可以说，如来此举，别有深意。

《西游记》中有几个关键谜团，其中之一，就是菩提老祖是谁。因菩提的真身不同，在很多问题的分析上，都有不同解答。

有一种观点认为，菩提就是如来。如来此举，是以金补金，强化孙悟空。

如来制造出孙悟空，是为了大闹天宫，逼迫玉帝邀请自己出手，以提升自己的地位。孙悟空是重要棋子，以后还有大用，自然不能舍弃。且孙悟空在大闹天宫中，表现出了一些不足，强化孙悟空很有必要。

在《西游记》中多次用"金公"代指孙悟空，"木母"代指猪八戒。既然孙悟空的五行属金，那么，吃铁丸喝铜汁，那就是以金补金，强化孙悟空了。

只是，这种观点无法解释为何孙悟空能轻易偷走太上老君的金丹，又从八卦炉中轻易逃出。孙悟空真正升级（拥有金刚不坏之体，得火眼金睛），最大的恩人是道祖老君。何况，以金补金之后，孙悟空的实力是变强了，还是变弱了呢？事实证明，许多孙悟空的手下败将，在取经路上都展现出不俗实力，让孙悟空很是头疼。

若以菩提为老君，对如来此举的解读，就完全不一样了。

前文我解释了如来佛抓住孙悟空后，为何仅仅是把孙悟空轻轻压在五行山下。那是因为如来已经猜到，孙悟空的背后是老君。如来既想借助玉帝的势力，提升自己在三界的影响，又不想招惹强大的老君集团。

但是，在灵官禀奏孙悟空在五行山下猛折腾，差点就要钻出来的时候，如来佛不得不明确立场，立刻拿出六字真言法帖，把孙悟空压得不能动弹。但是，如来也明白，老君在天庭的官职虽然不如玉帝，可是在三界的影响却是毫不逊色。于是，在筵席散去，即将离开天界的时候，如来主动召唤一名土地，让他陪同五方揭谛（五方揭谛本是佛教神，但在《西游记》中是玉帝心腹）共同监管孙悟空，让孙悟空饥餐铁丸，渴饮铜汁。

因此，我对如来此举，更多理解为一种姿态，是对老君派系示好的姿态。

既然孙悟空的背后是老君，为何如来要让孙悟空加入取经队伍呢？

如来佛祖的取经计划，绝非一时冲动。早在这次安天大会之前，如来就已经开始谋划。只是，一直没有找寻到合适的机会。孙悟空的大闹天宫给如来带来了机遇。

如来的扩张计划，可以分成两个大步骤。第一步，计划取经行动。第二步，借取经行动，清扫反对派势力。

要想实现这计划，首先必须得到玉帝的同意。如来佛祖虽然是西方佛老，在人间地位尊崇，但是玉帝乃三界之主，有玉帝的批准，取经行动才一路顺畅，即便有妖魔作乱，也是叫天天应，叫地地灵。

但是，取经行动要想成功，光有玉帝允许还不够。

玉帝的允许，代表了三界律法。可在修仙宗派中，老君是道祖。没有老君的支持，取经行动同样寸步难行。

于是，向老君示好，也是如来必须做的事情。

唐僧师徒的组合，其实是三界格局的折射，是天庭三大势力互相竞争又互相妥协的结果。

大家看取经团队的构成，也可以看出这一点。

师父唐僧，如来二弟子，虽然没有神通法术，但代表佛派。

大徒弟孙悟空，老君弟子，神通广大，由道入佛。

二徒弟猪八戒，老君弟子，因抛弃荣华，受命下凡，心中委屈，对师父（老君）心怀不满，于是做事经常拆烂污，消极怠工。

三徒弟沙和尚，玉帝心腹，受命下凡，监视取经团队。因是侍卫统领出身，了解高层凶险，沉默寡言，心机深沉。

当然，如来佛对孙悟空、猪八戒、沙和尚等人加入佛门，是很不放心的。他设置了八十一难，表面上看起来是在考验唐僧，其实是在考验三个徒弟。最终，孙悟空以无可替代的重要性（能力是其次，主要是忠诚，孙悟空多次鲜明表态，弃道从佛，从而赢得了观音、如来的信任），争取到了一个佛位。八戒得到一个菩萨果位，沙僧则成为罗汉。

孙悟空被降服后，大闹天宫的故事就结束了。原著之后的六回是介绍如来、观音对于传经（取经）计划的推行。其中关键一步，就是让唐僧成为东土大唐取经人。

033 取经人是怎样炼成的

因为魏征梦中斩杀泾河龙王，唐太宗为龙王冤魂所告，被迫进入幽冥。

从冥界回来，唐太宗立刻筹备举办水陆法会。他交代宰相，在天下各大山门中选择大德高僧，主持这场超大规模的法事。经过千挑万选，一个叫做陈玄奘的和尚，站到了皇宫大殿。

宰相们的推荐词是这么说的："这个人自幼为僧，出娘胎，就持斋受戒。他外公见是当朝一路总管殷开山，他父亲陈光蕊，中状元，官拜文渊殿大学士。一心不爱荣华，只喜修持寂灭。查得他根源又好，德行又高。千经万典，无所不通；佛号仙音，无般不会。"

选拔水陆法会主讲法师，是不是会念几句佛经就可以？当然不是。唐太宗一见陈玄奘，立刻晋封他为"左僧纲、右僧纲、天下大阐都僧纲之职"。简单来说，这次选拔获胜者，不单单是法会主讲人，还要负责大唐僧界工作。

选拔的标准有三个，陈玄奘样样都第一。

第一个，出身要好。陈玄奘的父亲是陈光蕊，乃是大唐状元。外公更不得了，乃是开国元勋殷开山。论起家世显赫，估计在和尚中，没人能和陈玄奘相比。

第二个，心性坚定。陈玄奘自幼为僧，远离世间尘俗，一心向佛，禁得起富贵诱惑，禁得起困难打磨。

第三个，博览群书。陈玄奘从出娘胎就持斋受戒，诵念经书。佛门虽然门派众多，可陈玄奘无论对哪门哪派的经卷，皆无一不通，无一不会。

陈玄奘本是富家公子，为何会成为这样一个"根源又好，德行又高"的和尚呢？

这一切，多亏了观音菩萨的努力！

那小唐僧成长，和观音有什么关系呢？

我们看这三个条件，一个比一个难达成，可是陈玄奘都做到了，或者也可以说，因为有观音，陈玄奘被迫做到了。

对于凡人来说，无法选择自己的父亲，可是，陈玄奘不同。他本就是如来佛祖的二弟子金蝉子，因为在佛祖讲课时开小差，佛祖大怒，就开除了他。可毕竟师生一场，金蝉子也有悔过之心。于是，如来便托付观音，把金蝉子定为这次取经行动的主要对象。

母亲殷温娇生下陈玄奘时，做了一个奇怪的梦。梦中有一个声音说："满堂娇，听吾叮嘱。吾乃南极星君，奉观音菩萨法旨，特送此子与你。异日声名远大，非比等闲。刘贼若回，必害此子，汝可用心保护。汝夫已得龙王相救，日后夫妻相会，子母团圆，雪冤报仇有日也。谨记吾言。快醒，快醒！"

大家看清楚了吗，南极星君是奉观音菩萨之命，把金蝉子送给殷温娇为子。

另外，这里还涉及刘洪以及唐僧"生父"陈光蕊的死亡之谜。

书上是这么叙述这段离奇的故事的：海州书生陈光蕊进京科考高中状元。在夸官游街之日，陈光蕊被殷温娇小姐的绣球砸中，于是成了殷开山的乘龙快婿。成婚第二天，皇帝下令，陈光蕊前往江州上任。陈光蕊带着妻子和家仆上路。途经洪江河段，水贼刘洪贪图殷小姐美色，将家仆杀害，将陈光蕊打死后推下水去。殷小姐因有孕在身，屈从了水贼。刘洪不但不潜逃，还带着殷温娇前往江州，冒认陈光蕊，出任江州刺史。三个月后，殷温娇产下一子，刘洪想要杀害，殷温娇借口太晚阻止。第二天，殷温娇来到河边，恰好看到一块木板流过，就把孩子放在木板上。这个孩子，就是后来的陈玄奘。

十八年后，陈玄奘得知身世，先找到母亲确认身份，然后远赴京城，与外公带了六万兵马来抓刘洪。刘洪被斩首。之后，洪江口龙王将陈光蕊还魂，一家人团聚。不久，殷小姐自尽，陈光蕊去做了和尚。

以上种种，在"八十一难"中占了四难：金蝉遭贬第一难，出胎几杀第二难，满月抛江第三难，寻亲报冤第四难。

第一难是如来主导，其他三难则与观音有干系。

从嘱托南极星君送子，可以看出观音一直就关注着陈光蕊、殷温娇一家。可是当水贼刘洪活活将陈光蕊打死的时候，观音没有出手。当刘洪强迫殷温娇陪睡的时候，观音也没有出手。当刘洪要弄死刚出生的陈玄奘时，观音还是没有出手。一直到殷温娇主动把陈玄奘抛弃，观音才出手了——

那块忽然却及时漂浮过来的木板，必然就是观音所为。

想那泾河龙王改了下时辰少下了几点雨就被杀头，为何洪江一个小小龙王就敢向城隍庙（冥府地方机构）索要陈光蕊魂魄，并且一留就是十八年。十八年后龙王竟然还让陈光蕊复活了。小小龙王有何神通，竟敢做下这等逆天改命的事情？

洪江龙王告诉陈光蕊，是因为我当年变成小鱼被你放生，于是我要报恩。真相是这样吗？不是。

是观音暗中吩咐冥府，不许收陈光蕊魂魄，却又不放他还阳。她要以此，促成第二难、第三难、第四难。非如此，不能够让陈玄奘一心向佛；非如此，不能让陈玄奘斩断尘缘；非如此，不能让陈玄奘成为大唐佛界第一人。非如此，不能让陈玄奘代表大唐，前往西天取经。

因为金蝉子取经、成佛，乃是几百年前就已经定好的事情。

034 权术高手唐太宗

《西游记》中的唐太宗，英明神武，勤政爱民——这都是表象。唐太宗其实是一个非常擅长权术的帝王。

唐太宗地府一游后，心惊胆战地还阳。自从他死后，后宫妃嫔、诸位皇子那都急着操办唐太宗后事。为什么？说穿了，就是一个利字。太子既然能成为太子，那必然是代表着朝廷较大的利益集团。唐太宗一死，太子登基后，朝廷人事定会重新洗牌。

幸亏宰相魏征（历史上的魏征并没当宰相）坚持。魏征说，我少年时学得一些仙法，料定陛下不会如此短寿。魏征真的有仙法？骗人的！他倚仗的，是和主管生死簿的崔判官相熟（崔判官崔珏乃唐朝官员，生前为魏征好友，死后成为冥府判官）。两人早就谈好了条件：你照顾好唐太宗，我照顾好你子孙。

果然，唐太宗在死后三天，复活了。

复活后，唐太宗就在张罗两件事。

第一件，在地府时答应送水果给十殿阎罗，谢谢人家款待。这件事情好办，有一个叫做刘全的人，头顶着南瓜，口中吃了死药，在规定的时间死了。一缕阴魂，前往地府。那一个南瓜，就是唐太宗送给十殿阎罗的礼物。堂堂大唐皇帝，富有四海，为何只送个南瓜给阎王。这也太小气了吧？

原来，是人家阎罗指定要南瓜，看原文——

太宗又再拜启谢："朕回阳世，无物可酬谢，惟答瓜果而已。"十王喜曰："我处颇有东瓜、西瓜，只少南瓜。"所谓"千金难买心欢喜"，不是李世民小气，是阎王喜欢。

第二件，是崔判官再三叮嘱唐太宗举办水路法会。这是重中之重。

唐太宗明白，他虽然是人间帝王，但是在仙人面前，根本不算一盘菜。只有照做，才能保全自己。

但唐太宗自有打算。

他很快展开大讨论：我大唐，到底是要灭佛，还是弘法？

果然，有儒臣上书，大谈佛派的坏处，比如无父无君、不事生产等等。唐太宗不表态，让群臣继续讨论。宰相萧瑀乃是隋炀帝萧皇后弟弟、凌烟阁上第九号功臣，在太宗朝五次出任宰相，最是懂得唐太宗心思。朝会上，萧瑀力挺佛派，宣称佛派惩恶扬善，于国有益。最终，朝中几位重臣都表态，佛派不错，值得提倡。

《西游记》中的唐朝初年，虽有佛派流传，但远不能和道教相比。唐太宗既然询问百官，佛法该不该弘扬，除了极少数榆木脑袋的官员，大家都会明白皇帝的真正用意。

最终，唐太宗统一了百官意见，下诏选拔高僧，举办法会。他还规定，胆敢毁谤佛法者，当断一臂。为了报答还阳之恩，唐太宗也算拼了。

唐太宗对陈玄奘极好。初见陈玄奘，就赐他都僧纲的要职。观音所化的癞头和尚把一件袈裟、一柄锡杖卖七千两，唐太宗只稍稍询问就答应买下。癞头和尚说不要钱，唐太宗还一定要给钱。他可不想欠人情。只是，这两件宝贝本就是如来送给陈玄奘的，观音怎能要钱？

唐太宗白得了袈裟、锡杖，传唤陈玄奘入宫。既然这东西是别人送的，唐太宗就另想法子笼络陈玄奘。太宗让他穿上袈裟，拿着锡杖，骑上高头大马，派皇家仪仗队护送，到长安大街上走一圈——就犹如当初陈玄奘老爹当了状元游街夸官一般。满城的百姓都把陈玄奘当成菩萨一般，无不夸赞。陈玄奘心中美得不行。

书中写陈玄奘回到寺庙，"焚香礼佛，对众感述圣恩"。

后来观音显象，告诉唐太宗与陈玄奘，唯有前往西天取大乘佛法《三藏真经》才能超度亡魂。唐太宗面对群僧说："谁肯领朕旨意，上西天拜佛求经？"看到了吗？唐太宗就是这么聪明。他不直接点名。陈玄奘也是伶俐人，立刻出列说："贫僧不才，愿效犬马之劳，与陛下求取真经，祈保我王江山永固。"唐僧不但主动答应，还把话说得铿锵有力！

唐太宗大喜，当场表态，愿与陈玄奘结为兄弟。自古以来哪有皇帝与和尚结为兄弟的？面对这份天大恩宠，陈玄奘感激涕零，激动不已！

陈玄奘真的愿意冒着生命危险，前往西天？

晚上，寺庙中，徒弟们询问师父真实想法。陈玄奘说："我已发了弘誓大愿，不取真经，永堕沉沦地狱。大抵是受王恩宠，不得不尽忠以报国耳。我此去真是渺渺茫茫，吉凶难定。"原来，陈和尚也是受了太宗大恩，不得不为其卖命罢了。

唐太宗送陈玄奘出行一幕，更是把御下之术表现得淋漓尽致。

陈玄奘此去路途凶险，最有可能的，便是逃之夭夭，一去不返。那样的话，可就耽误了唐太宗的超度大业，违背了对崔判官的承诺了。可如何才能约束千万里之遥的陈玄奘呢？

唐太宗用了三招。

一是丰厚赏赐。

唐太宗送给陈玄奘一个紫金钵盂、一匹好马、冬夏衣衫，让陈玄奘吃饭时、走路时、穿衣时，时时刻刻都记得唐太宗的好。

二是情感笼络。

唐太宗询问陈玄奘有无法号，陈玄奘说没有。唐太宗就以国为号，赐名唐僧。他是希望陈玄奘无论走到哪里，都不要忘记自己是大唐人。

临别时，唐太宗亲自举杯祝酒。这已经是盛情，可太宗竟然在酒中放入一撮土，告诉陈玄奘："宁恋本乡一捻土，莫爱他乡万两金。"陈玄奘一听，万分感动。

三是手段约束。

单单靠感情还不行，唐太宗还需要更强有力的约束手段。

唐太宗给陈玄奘一个通关文牒。凡是经过一个国家，或一个州府，都必须加盖当地官印。以后将其留存大唐，作为陈玄奘曾经前往西天的凭证。

另外，唐太宗给陈玄奘精心挑选了两个随从。这随从武艺高强，忠心皇帝，更重要的是，还肩负监视陈玄奘之责。可是太宗万万没想到，还没出大唐国界，他安排的这两个随从就被吃了。

究竟唐僧出关遇上了什么灾难？

035 人族第一好汉

修仙者看人类犹如蝼蚁，因为人类只能活区区百岁。即便是仙人中最低等的鬼仙、人仙，那也可以搬山填海，呼风唤雨，有莫大神通。虽然终究难免一死，但活个三五百年却不在话下，更不要说神仙、地仙乃至天仙了，这些仙人少的有几千年的寿命，长的则寿与天齐。相比人类，仙人可谓高矣，可谓能矣！

可是，在《西游记》中有那么一个人，虽然寿命不长，可是活得坦坦荡荡，活得逍遥自在，活得豪气逸发！他的一生，即便与三界仙佛相比，也毫无愧色。

此人，便是可称西游世界人类第一好汉的刘伯钦。

刘伯钦究竟有何独特之处呢？

其一，刘伯钦威猛无敌，绰号镇山太保，乃是实打实的传奇兽王！

唐僧在金星援救下，脱离寅将军（虎精）的陷阱，孤孤单单、凄凄惨惨而行。书中这么写刘伯钦的出场：

"正在那不得命处，忽然见毒虫奔走，妖兽飞逃；猛虎潜踪，长蛇隐迹。三藏抬头看时，只见一人，手执钢叉，腰悬弓箭，自那山坡前转出，果然是一条好汉。"

单看前句，写得排场极大，也不知道是哪个妖王魔头出现，谁料后面出场的却是一个人类。这人手上拿着钢叉，腰上挂着弓箭，头上戴着花豹皮做的帽子，身上穿着羊绒编织的衣服，腰间束着狮蛮带，脚下穿着麂皮靴，简直就是山神转世，威风凛凛，霸气十足。

唐僧一看到此人前来，立刻下跪，高喊："大王救命，大王救命！"那大汉很是热心，主动上前搀扶起唐僧，告诉唐僧自己的身份。

刘伯钦很谦虚，他只说自己是山中的猎户，出来是为了打点山虫当饭吃。其实，刘伯钦乃是这附近一带赫赫有名的兽王，双叉岭到两界山所有毒虫猛兽，即便是通灵的妖兽，都臣服于刘伯钦的脚下。他外号"镇山太保"，绝对不是吹的。

刘伯钦虽然武艺高强，胆壮如牛，可对孱弱的唐僧非常恭敬。身在下位，对人谦和很容易；而身在上位，依然能平视他人者，寥寥无几。

刘伯钦主动提出，请唐僧到他家歇息，明早送唐僧出行。唐僧大喜。

正在赶路时，刘伯钦听到了远处传来呼呼的风声，好像有个大东西来了。唐僧吓得躲在马后不敢走。刘伯钦大踏步冲上前。草丛中赫然便是一只斑斓猛虎！奇怪的事情发生了，那只大老虎一见是刘伯钦，掉头就走。刘伯钦大喝一声，跃向前去。大老虎无奈，只能转身轮爪扫过来。刘伯钦与大老虎战在一处。

一人一虎就这样你来我往，足足打了两个小时，最终，老虎先累了，挥爪转身的动作稍慢，在老虎扑过来的瞬间，被刘伯钦抬手一叉，刺入胸脯，直中心脏！刘伯钦一抬手，就把数百斤的大老虎扛了起来！

这老虎很厉害，远非寻常老虎。极有可能是昨晚上用陷阱抓到唐僧的寅将军。他因太白金星来临而匆匆躲避，这次本想追上来咬死唐僧，谁曾想遇上了镇山太岁刘伯钦。算它倒霉！

刘伯钦杀虎的时候，唐僧干吗呢？唐僧骨软筋麻，想跑都挪不动地。

其二，刘伯钦虽然勇悍，却有一颗赤子之心，善良孝顺，让人敬佩。

刘伯钦带唐僧到家中，把母亲、妻子一一引荐。母亲一旁询问唐僧来历，刘伯钦说了。刘母大喜，表扬儿子做得对，就应该善待他人。刘母又提出，明天就是刘伯钦父亲去世周年的忌日，本来想让刘伯钦今天去寻个僧人，没想到有高僧上门。刘伯钦马上恳请唐僧为父亲诵念经文，超度超度。

晚上吃饭的时候，还闹了一些笑话。刘伯钦有数十个手下，大家把桌子摆在一起，端上热腾腾烂熟的老虎肉，一起坐下来吃。唐僧说自己从小吃斋，不敢破戒。刘伯钦为难了，说自己家中全都是各种兽肉，即便是有些竹笋、木耳，也是用油腻透了的锅炒菜的。唐僧表示，没关系，自己就是三五天不吃饭也顶得住。最后还是刘母和刘妻把锅碗洗了又洗，搞了一两个小时才弄好素菜。

这段时间，刘伯钦一直在旁边等着。等到唐僧的斋菜、斋饭上座了，刘伯钦实在饿了，抓起虎肉就往嘴里塞。可看到唐僧双手合掌，开始念经，刘伯钦立刻不敢动筷，还站起身来，等候唐僧念完。他本以为唐僧会念很久，没想到没半分钟，唐僧就拿起筷子吃了起来。刘伯钦才把虎肉塞入嘴中，嘟囔道："你是个念短头经的和尚？"唐僧告诉他，自己念的不是经，只是吃饭前的一个咒。刘伯钦又嘟囔："你们这些出家人，规矩真多！"

其三，乐天知命，遵循天道法则。

刘伯钦带着唐僧到家中各处闲逛，唐僧看到后院中养了不少的肥鹿、黄獐，即便是人靠近了，也一点不害怕。唐僧好奇怪。刘伯钦就说，长安城中那些富贵人家，喜欢攒钱；种庄稼的农民喜欢攒粮食；我是一个猎户，就养一些野兽。为何这么做呢？刘伯钦说："备天阴尔。"

刘伯钦有一身精湛的武艺，有熟悉的丛林知识，更有超人的胆魄器量，以他的手段，无论是出山做军官，还是啸聚山林做个土匪，还是靠山吃山，贩卖山货，都可以吃穿不愁。可是，刘伯钦安心做一个普通猎户。打猎，够吃就行。

刘伯钦平日里并不滥杀。前文杀虎结束后，刘伯钦说："今天唐长老你运气不错，这只大山猫，足够长老吃几天了。"若是在往日，见到大老虎转身就跑，刘伯钦会放其一条生路。他之所以追上去杀虎，完全是想把这老虎割肉烘干，送给唐僧做干粮。

住了两晚后，唐僧要出发了。刘伯钦拿钱感谢，唐僧不要。刘母就准备了许多烧饼干粮，刘伯钦一路护送唐僧西去。唐僧本以为刘伯钦会多送自己一程，没想到才走了半天，刘伯钦就不走了，理由是"长老不知，此山唤做两界山，东半边属我大唐所管，西半边乃是鞑靼的地界。那厢狼虎，不伏我降，我却也不能过界，你自去罢"。

唐僧听了，一颗心顿时哇凉哇凉，傻在了那里。

以刘伯钦的身手，即便是到了两界山的对面，也足可以保唐僧安全。只是，游戏有游戏的规则，明白人都会遵守这个规则。知道自己的不足，不贪不占，乐天知命，刘伯钦虽然是一个粗鲁人，却深具道心。

其实，那三界仙佛虽然有所谓长生，但也有每五百年一次的天劫。即便成功躲过了三次小天劫，从神仙、地仙跃居成为天仙，那还有十二万九千六百年一次的大天劫。

还有，天上一天，人间一年。在天上活一年，就要耗去三百六十年的寿命。也就说，一个拥有三万六千年寿命的神仙，其实在天界，也只不过能活一百年！

为了活命，许多神仙还要闭关苦修，炼气打坐，其间的辛苦和风险，又怎是羡慕仙人的人类可以知晓呢？还不如像刘伯钦一样，洒脱率性地生活，即便只能活几十年，那也是无所遗憾的一生。

在长安城中，观音宣布，只有大乘佛法才能度鬼超生，可是唐僧在刘伯钦家中念小乘佛经竟然也度化了刘伯钦之父。

这是怎么一回事呢？莫非观音在撒谎？

036 唐僧念小乘佛经为何也能度鬼超生

唐僧得刘伯钦相助，虎口逃生。刘伯钦邀请唐僧到家中安歇，恰逢刘父周年忌日，刘伯钦就央求唐僧帮忙做场法事。原文说：

"这长老净了手，同太保家堂前拈了香，拜了家堂。三藏方敲响木鱼，先念了净口业的真言，又念了净身心的神咒，然后开《度亡经》一卷。诵毕，伯钦又请写荐亡疏一道，再开念《金刚经》《观音经》，一一朗音高诵。诵毕，吃了午斋，又念《法华经》《弥陀经》。各诵几卷，又念一卷《孔雀经》，及谈较洗业的故事，早又天晚。献过了种种香火，化了众神纸马，烧了荐亡文疏。佛事已毕，又各安寝。"

当初，唐僧在长安城高坐说法，观音菩萨化身癞头和尚前去喝止说："那和尚，你只会谈小乘教法，可会谈大乘么？"观音强调，唐僧说的所谓佛法，都是小乘佛法。

唐僧听闻，大惊失色，连忙走下座位，向观音行礼说："老师父，弟子失瞻，多罪。见前的盖众僧人，都讲的是小乘教法，却不知大乘教法如何。"此处，唐僧明确说，自己以及所有唐朝的和尚，念的都是小乘佛经，说的都是小乘佛法。

观音颇为高姿态地说："你这小乘教法，度不得亡者超升，只可浑俗和光而已。我有大乘佛法三藏，能超亡者升天，能度难人脱苦，能修无量寿身，能作无来无去。"观音公开说，小乘佛法只能度自己，不能度他人。可是，大乘佛法就不同了，不但能度人脱离苦难，其中还有长生秘诀。

唐僧还想询问，观音菩萨却飞上高空，只是说，要想求取大乘佛法，必须去灵山大雷音寺。

也就是说，唐僧在观音处，只是听闻大乘佛法之名，从没有亲眼见到、亲耳听到大乘佛法——即唐僧在刘伯钦家中念的经书，全部都是小乘佛经。

第二天天亮，刘伯钦一家三口都表示，自己晚上做了一个奇梦，梦中刘伯钦的老父亲——那个死去一年多还不得投胎的鬼魂前来告诉家人：

在阴司里苦难难脱，日久不得超生。今幸得圣僧，念了经卷，消了我的罪业，阎王差人送我上中华富地长者人家托生去了。你们可好生谢送长老，不要怠慢，不要怠慢。我去也。

为了让读者相信刘伯钦父亲托梦绝非作假，作者特意写刘伯钦媳妇向刘伯钦叙述梦境，之后刘母主动向儿、媳叙述梦境。作者就是要告诉读者，刘家三口人没有串供，刘伯钦父亲确实托梦了。

换言之，唐僧念小乘佛法成功度化了具有罪孽的刘父。

如果小乘佛经具有大乘佛经度化冤魂的功效，那唐僧为何还要不远千里，长途跋涉去西天取经呢？

一晃，十四年后，唐僧终于到达了灵山。在交上紫金钵盂之后，阿难、迦叶二尊者终于开始传经了。如来佛一直宣扬自己有大乘佛法《三藏真经》，共计一万五千一百四十四卷。二尊者传给唐僧多少呢？五千零四十八卷！唐僧师徒辛辛苦苦走了十四年，降妖伏魔，弘扬佛法，作出了许多贡献。结果，取到的经书，不过是一藏之数！

在传给唐僧的五千多卷佛经中，具体有什么经书呢？原文中说：

"《涅槃经》四百卷……《首楞严经》三十卷，《金刚经》一卷……《法华经》十卷……《菩萨戒经》六十卷，《大孔雀经》十四卷……"

我们对比唐僧在刘家念的经书，会惊讶地发现，唐僧当日念了七种经书，竟然有两种经书名完全相同，还有两种疑似相同。

这是怎么回事？

《西游记》第八回的目录名叫做"我佛造经传极乐 观音奉旨上长安"。在文中，如来佛祖本人也说："我今有三藏真经，可以劝人为善。"言下之意，《三藏真经》乃是如来佛祖创作。可是，为啥大乘佛经中竟然还有不少小乘佛经呢？

那么，吴承恩笔下这个看似破绽的地方，究竟有何深意呢？

其一，传经不是如来真意。

在降伏孙悟空时，如来佛祖就表示，未来有人会去解救孙悟空。从此可见，如来早就盘算传经东土。只是，以何种方式传经，还需要时间安排。

所谓"台上一分钟，台下十年功"。用在取经行动上也是如此。唐僧师徒取经走了十四年，降妖伏魔，看起来辛苦万分。可是，若和观音、如来的辛苦相比，唐僧受到的苦难不值一提——观音和如来可是花了五百年来谋划传经——取经行动。

取经行动看似艰辛，其实每一次都是有惊无险。这多亏了观音在幕后的工作，还有如来对大局的把握。说得直白点，各路妖魔抓唐僧，大都是友情演出而已！

如来的真意，是要通过取经行动一路弘扬佛法。正因为如此，唐僧一心为了《三藏真经》，万里跋涉到了灵山，如来却说："将我那三藏经中三十五部之内，各检几卷与他，教他传流东土，永注洪恩。"传经时，阿难、迦叶先是索要人事，后是传白卷，看起来是二尊者为难唐僧，其实是二尊者充分领悟了如来的真意！

唐僧师徒到达灵山，就意味着任务完成。至于《三藏真经》，只是吸引唐太宗派人前去灵山的一个诱饵！

其二，佛经能否度人关键看谁念。

从超度刘伯钦父亲一事来看，小乘佛法拥有超度亡魂的功效。可是，另一个事实是，上千名大唐高僧汇聚长安，共同诵念小乘佛经，都无法超度地狱冤魂。

那么，为何别人念小乘佛经不行，唐僧念就行呢？

唐僧可不是普通人！人家是如来佛祖的二弟子，是玉帝批准、如来主持、观音策划的取经行动的主人公！用原著的话来说，唐僧是"圣僧"！

无论金蝉子此前的地位，还是唐僧今日的影响，那都是幽冥阎罗王所不敢对抗的！

我们再看刘父托梦的那段话，就会发现确实另有含义。

刘父为何能超生？是因为"圣僧"念了经卷。书中有交代，刘伯钦本来是想到山下请两个和尚来念经的。若是他们念，决然无效！

何况，幽冥何其广大，即便判官也有成千上万名，一般情况怎么会轮到阎罗王亲自审案？可是，唐僧一念经，立刻就惊动幽冥，阎罗王不但亲自审理刘父的案件，而且亲自派人送刘父前往中华上国富贵人家托生。

这是唐僧的面子太大！

阎罗王也没有法子。只要有关取经行动，必须一路绿灯。

于是，一个罪孽深重的鬼魂，只因有背景的和尚念了一遍经书就超度了——估计唐僧随便念什么，都有效！就像后来孙悟空求雨，不用念咒，只用金箍棒一指，风雨雷电都来了！

其三，佛经重名中潜藏着佛派内部斗争。

小乘佛教流传已久。在《西游记》中，不但是南赡部洲，就连西牛贺洲流行的都是小乘佛经，大家修习的都是小乘佛法。

虽然书中没有明确说明小乘佛经的创造者是谁，但我们可以推测，这小乘佛经当是燃灯古佛等过去佛创造了小乘佛法。

佛派不单是在三界的影响力不足，即便是在佛派内部也矛盾重重。如来佛用尽心力，可还是无法消除佛派内部斗争。

于是，如来佛创作了大乘佛法《三藏真经》，并大力宣扬大乘佛法。

在创作《三藏真经》的时候，如来应该是刻意吸纳了小乘佛经中优秀的部分，放入大乘佛经。于是小乘佛经中诸如《金刚经》《法华经》也被放入了大乘佛经。

那么，大乘佛经是不是真的有超度冤魂的效力呢？《西游记》结尾时，唐僧正准备诵念真经，却被八大金刚抓走，根本没有来得及诵念大乘佛经。于是，大乘佛法到底能否度人，不得而知！

唐僧在刘伯钦的陪同下，来到两界山下，见到了压在山下的神秘石猴孙悟空。此时，距离大闹天宫，已经过去了五百年！

坊间有一个流传颇广的观点说，孙悟空压在山下已经六百多年了，五百年前大闹天宫的其实不是孙悟空。

这究竟是怎么一回事呢？

037 五百年前大闹天宫的究竟是谁

孙悟空被压在五行山下有多少年？

这似乎不是一个问题。因为，每当介绍生平，孙悟空总是说："俺乃五百年前，大闹天宫的齐天大圣！"不过，事情并非如此简单。

原著第十四回，叫做"心猿归正，六贼无踪"。在这一回中，唐僧在人类猎人刘伯钦的陪同下，来到五行山下，解救孙悟空。唐僧询问孙悟空来历，刘伯钦如此说："先年间曾闻得老人家说：'王莽篡汉之时，天降此山，下压着一个神猴，不怕寒暑，不吃饮食，自有土神监押，教他饥餐铁丸，渴饮铜汁。'"在这里，刘伯钦明确提到，五行山从天而降，在王莽篡汉时期。

唐僧救出孙悟空后，别过刘伯钦，来到一户人家投宿。那户主人是个老者，孙悟空一见面就说，曾经见过老人。老人很奇怪，仔细询问。孙悟空笑说："你小时不曾在我面前扒柴？不曾在我脸上挑菜？"老人询问孙悟空年纪，孙悟空反问老人几岁。老人说自己已经活了一百三十岁。唐僧连连赞叹。孙悟空却说，这点年纪，只配当他重子重孙。唐僧训斥孙悟空，别胡说。老人却笑着说："是有，是有。我曾记得祖公公说，此山乃从天降下，就压了一个神猴。"大家哈哈大笑，很开心。之后，孙悟空提出："我有五百多年不洗澡了，你可去烧些汤来。"师徒沐浴，就寝。

作者为何在刘伯钦出场后，又让唐僧师徒遇见一个老人？我觉得，目的之一，就是要让读者们都明确，孙悟空在五行山下，压了五百多年。

正因为孙悟空被压了五百多年，才能扭住心魔。正因为孙悟空认识到自身的困境，才会选择取经。当然，被压许久，猛然跳出，孙悟空也必然会不甘约束。于是，在短暂的和睦后，他和唐僧发生激烈冲突。

以上，都很好理解。不过，王莽篡汉距离唐僧取经，明明是六百多年呢！

王莽在公元8年发动政变，废掉汉帝，自称皇帝，改国号为"新"，为国十五年而亡。唐僧从贞观十三年离开长安，前往西天取经。贞观十三年乃公元639年。

只要有小学数学水平，就可以知道，从王莽篡汉，到唐僧救出孙悟空，期间，经过了632年。

也就是说，孙悟空被压在五行山下并非五百多年，而是六百多年。

于是，坊间有观点认为，五百年前大闹天宫的，其实不是孙悟空，而是狮驼岭上的狮魔王。

唐朝没有"度娘"，猴哥确实很难在第一时间算清楚自己被压的时间。但是，此后八戒加入、沙僧加入，还有路上遇到无数妖怪，孙悟空都介绍自己在五百年前大闹天宫。面对这个陈述，除了极少数有背景的妖怪嘲笑孙悟空是弼马温外，为何没有任何妖怪对五百年前大闹天宫这个陈述有怀疑？

于是，矛盾就出现了。孙悟空被压在五行山下究竟多少年呢？

我认为，就是五百多年！

为何这么说？

在原著第八回"我佛造经传极乐　观音奉旨上长安"中，如来佛祖曾说："自伏乖猿安天之后，我处不知年月，料凡间有半千年矣。"如来佛虽然早有东扩之心，但是，真正把行动提上议事日程，是在如来佛降伏妖猴孙悟空，安定天庭，得到玉帝首肯之后。降伏孙悟空，是传经计划的开端，这一个时间点非常重要。

如来佛明确提到，从孙悟空被降伏，压在五行山下，到如今已经五百年。

就在当天，如来提出传经计划，观音奉命前往长安，沿途收编妖魔做取经人徒弟。不久，观音就来到了长安。这一年，就是贞观十三年。

贞观十三年九月，唐僧奉命取经。深秋时节，唐僧将孙悟空救出五行山。

那么，如何解释王莽篡汉的时间误差呢？

我认为，《西游记》是一本小说，并且是神魔小说。它的许多设定，不能简单等同现实，等同历史。就比如唐太宗使用贞观年号不过二十三年，随即病逝。可是，唐僧从贞观十三年出发，走了十四年，即贞观二十七年才回归，而那时候唐太宗还活蹦乱跳的。在《西游记》中，唐太宗一直活到贞观三十三年，才去世。

我们品读西游，还是要以西游原著为据。

以吴承恩的历史知识，绝对知道王莽篡汉是在六百多年前。他之所以还要用不同的人物反复强调孙悟空仅仅是被压了五百年，那是因为他看重的不是王莽篡汉距离取经行动的时间距离，而是王莽篡汉事件本身的意义。

唐代大诗人白居易曾经写过一首诗，叫做《放言》，其中，后四句云：

"周公恐惧流言日，王莽谦恭未篡时。

向使当初身便死，一生真伪复谁知。"

王莽乃是一个超级野心家，此人貌似忠良，在称帝之前，人人都把他当作周公，当作千古贤臣。可谁也没有想到，他竟然篡夺了大汉江山。王莽虽一度成功，但最终被镇压，亡国亡身！

吴承恩是要告诉我们，孙悟空大闹天宫，其实与王莽篡汉有着许多相似之处：同样是野心家，同样貌似忠良，同样发动政变，同样被镇压。

只是，在《西游记》中，这个野心家潜伏得很深，很深。被镇压的孙悟空，只是这位野心家的棋子而已！

至于狮驼岭的狮魔王，他有没有大闹天宫呢？群妖印象中，五百年前大闹天宫的猛人是狮魔王，还是孙悟空呢？

狮魔王大闹天宫的事迹，在全书中，仅仅在狮驼岭上小钻风口中出现，他介绍说："我大王神通广大，本事高强，一口曾吞了十万天兵。"

孙悟空一听就认定对方是扯淡，小钻风忙解释说："长官原来不知，我大王会变化：要大能撑天堂，要小就如菜子。因那年王母娘娘设蟠桃大会，邀请诸仙，他不曾具柬来请，我大王意欲争天，被玉皇差十万天兵来降我大王，是我大王变化法身，张开大口，似城门一般，用力吞将去，唬得众天兵不敢交锋，关了南天门，故此是一口曾吞十万兵。"

但在我看来，狮魔王根本就没有大闹天宫。

小钻风说，狮魔王想要争天，于是十万天兵来抓，可是，却又说彼此根本没有交战，仅仅是狮魔王一张口，就吓退了十万天兵。

此事可不可信呢？应该说，此事一分真，九分假。

小钻风本来就是在吹牛皮，被孙悟空喝破后，自己也承认"吞十万天兵"是个谎言。

并且，《西游记》中描述的狮魔王，是一个胆小怯弱的妖魔，根本不像孙悟空那样，天不怕地不怕，无所畏惧！

当听闻孙悟空是齐天大圣，准备磨棒子打他们的时候，狮魔王主动提出别抓唐僧，放他西去。被孙悟空在肚子里折腾了一下后，狮魔王甚至跪拜叩头，恳请饶命。这种性情的妖怪，也敢争天？

还有，他不过是文殊菩萨的坐骑而已，与孙悟空交手，打二三十个回合就落败，这种妖怪有什么资格，有什么本事敢去争天？

真正大闹天宫的，自然只可能是齐天大圣孙悟空！

那么，如来佛祖为何要把孙悟空压在山下五百年呢？五百年中，如来佛又在忙什么呢？

038 孙悟空被压五百年，如来佛祖很忙碌

孙悟空为何被压在五行山下五百年？

这似乎是一个不成问题的问题。但就是这个简单的问题，我们深入思考下去，会发现惊人的真相。

最终，我们会发现，这个问题绝不简单。因为，在孙悟空被压的五百年，如来佛祖非常忙碌。他的种种行为，使得他借助取经行动，一举改变了人间乃至三界的格局！

玉帝具有天庭官方的显形势力。老君则具有江湖宗派的隐形势力。这一明一暗两股势力都非常庞大。如来虽然号称西方佛老，但是在大闹天宫时，佛派的势力还不强，人间大都崇奉的依然是道派。

所以，在天庭两大巨擘的斗法中，如来选择了不偏不倚。他集中精力，开始了传经计划。

五百年来，为了让传经计划顺利进行，如来做了哪些事情呢？

首先，派金蝉子下凡。

关于金蝉子在灵山的经历，全书仅仅是借镇元子之口，提到一笔："那和尚乃金蝉子转生，西方圣老如来佛第二个徒弟。五百年前，我与他在盂兰盆会上相识，他曾亲手传茶，佛子敬我，故此是为故人也。"

作为如来的第二个弟子，在佛会中出面招待三界大仙，金蝉子必然是被如来佛看重的。正因为如此，镇元大仙在五百年后才要特意献上人参果作为回馈。

关于金蝉子下凡的原因，有两处提到。一处是第一百回如来介绍说："因为汝不听说法，轻慢我之大教，故贬汝之真灵，转生东土。"一处是第八十一回孙悟空说："你那里晓得，老师父不曾听佛讲法，打了一个盹，往下一失，

左脚下翘了一粒米，下界来，该有这三日病。"

如来与孙悟空都提到金蝉子被贬下凡的原因，是听如来讲课时不认真，开小差。如来没说具体表现，孙悟空则说是金蝉子打了瞌睡。

事情真的如此吗？

当然不是如此！

金蝉子被贬斥，只是一个借口，一个让金蝉子悄悄从三界群仙眼中消失的理由。

金蝉子这个取经关键人物，必须很早就离开灵山。

此后，金蝉子经历了九世轮回，除了观音知道金蝉子的真身是谁，其他人早已经将金蝉子淡忘。一直到观音到长安寻访取经人，大家才蓦然发现，金蝉子已经成为唐太宗主动选择的取经人！

其次，与观音详细制定了取经路线，沿途的各大妖魔基本上都是奉命下界的仙人。

在平顶山，老君明确提到，金角、银角乃是观音菩萨向他求取了三次，这才答应让他们下界的。还有老君的青牛精、太乙救苦天尊的九头狮子精，表面上是走丢的，其实都是他们故意放下山的。而他们被放下山，也并非是破坏取经，而是要配合取经。

更多的，是诸佛、菩萨的宠物、坐骑下凡。比如通天河的金鱼精、朱紫国的赛太岁，都是观音暗中放出的。比丘国的青狮、狮驼岭的狮魔王是文殊菩萨的坐骑，大象精则是普贤菩萨坐骑。

最后，研发出三界罕见奇宝紧箍儿。

在《西游记》中，如来佛祖绝对是炼器大师。他制造出来的紧箍儿非常神奇。

当日，如来告诉观音说："此宝唤做紧箍儿。虽是一样三个，但只是用各不同，我有金紧禁的咒语三篇。假若路上撞见神通广大的妖魔，你须是劝他学好，跟那取经人做个徒弟。他若不伏使唤，可将此箍儿与他戴在头上，自然见肉生根。各依所用的咒语念一念，眼胀头痛，脑门皆裂，管教他入我门来。"

紧箍儿有哪些神奇处？

一是声控，且有效距离极远。在书中，还特别强调了声控的距离。孙悟空曾经要唐僧脱掉紧箍儿，因为在千万里外，只要唐僧一念咒，他依然会头痛欲裂。

二是使用者无下限。许多的法宝，在使用时都有一定的要求。比如说金箍棒，若不是天生神力，根本玩不转。大多的法宝，都需要用法力催动。也就是说，没有修炼的凡人即便手中拿着法宝，也无法使用。可是，紧箍儿却不同。没有任何法力的凡人唐僧，在口中诵念紧箍咒的情况下，竟然可以驱使天仙级别的高手孙悟空。

三是一旦戴上，就无法脱下。紧箍儿很神奇，一旦戴上，见肉生根，孙悟空想尽了办法也弄不掉。后来，青牛精使用金刚琢，吸走了各路仙人的兵器、法宝，可是，孙悟空的紧箍儿却没有被吸走。其中原因就是，这紧箍儿乃是锁定了孙悟空的元神。孙悟空元神不灭，紧箍儿就不会离开。

至于紧箍儿最终消失，唐僧说："当时只为你难管，故以此法制之。今已成佛，自然去矣，岂有还在你头上之理！你试摸摸看。"也就是说，如来佛在最初炼制紧箍儿的时候，就设置了自动终结程序。除非孙悟空顺利完成取经任务，任凭谁（至少是法力低于如来者），都不能取下紧箍儿。

成功炼制出紧箍儿，让唐僧能够找到三个神通广大的妖魔做徒弟，确保取经的顺利进行。

孙悟空套上了紧箍，果然安分了许多。不久，唐僧师徒二人来到了鹰愁涧，遇上了第一个妖魔。这个妖魔是谁呢？

03.9 白龙马加入取经团队的真正原因是什么

严格来说，取经团队应当是五人组。许多时候，白龙马（变马前叫玉龙三太子，俗称小白龙）经常被大家忽略。

这个忽略，不能怪旁人，只能说白龙马的地位和孙悟空、猪八戒、沙和尚三人并不平等。

从收徒的顺序来说，唐僧第一个收孙悟空，猴哥做大师兄毫无争议。可是，明明第二个收的是白龙马，第三个被收的猪八戒却做了二师兄。等到后来沙和尚加入，白龙马的位置再次被挤，老沙成了三师兄。

为何白龙马受到如此不公的待遇呢？

只因白龙马并不是唐僧的徒弟，他只是唐僧的脚力——坐骑。这个坐骑，只能算是唐僧的仆从。仆从和弟子之间的地位，当然不能等同。

不过，白龙马的加入，同样有着非凡的意义。

前文分析过，取经团队师徒四人各自代表不同的仙界力量。唐僧乃金蝉子转世，代表着佛派，主要是如来、观音。孙悟空、猪八戒乃太上老君弟子，代表着道派，尤其是老君。沙和尚乃玉帝侍卫统领，代表着天庭，主要是玉帝。

那么，白龙马呢？他代表着谁？

要想弄清楚这一点，我们首先要摸清白龙马的背景。

白龙马的背景，在书中写得相当明白。

观音从灵山东来，一路上收了沙僧和八戒，然后看到一条龙主动叫唤，观音于是近前询问。那龙说："我是西海龙王敖闰之子，因纵火烧了殿上明珠，我父王表奏天庭，告了忤逆。玉帝把我吊在空中，打了三百，不日遭诛。望菩萨搭救搭救。"

这殿上明珠非常珍贵，乃神龙以本体灵力孕育，一般都在项下。小白龙受戒，观音就收走了他的明珠。西海龙王大殿上的明珠，极有可能是西海龙王孕育的龙珠。所谓烧明珠，其实是用真火进行炼化。此明珠一旦被炼化，西海龙王很有可能会受到重创。

忤逆，在古代乃十恶不赦之重罪。并非是说儿子顶了几句嘴就是忤逆，古代常说的忤逆，其实就是子弑父。

或因如此，西海龙王才会大怒，状告玉帝，说小白龙忤逆。

玉帝依照律法判处小白龙鞭打三百，几天后就要将其被斩首。乍一看，能遇上观音，化龙成马，重新获得仙界编制，小白龙真是很幸运。

只是，白龙马遇上观音，真的是一个偶然吗？

表面上看，观音收取经人徒弟，只是从灵山到东土半云半雾地走了一趟，仿佛只是偶然撞见了孙悟空三兄弟。其实，西去路上妖魔多了去了。神通广大，可堪大用的妖怪还有很多，比如说牛魔王、黑熊精等等，观音为何不招收他们做徒弟？

观音的神通虽然强大，但是，却无法保证被招收的妖怪有足够的诚心。取经大业乃是关乎佛派兴衰的大事，绝对不能出现大的纰漏。像牛魔王，势力极大，且逍遥自在，他何必要苦哈哈加入取经团队，给人当徒弟呢？

于是，精心布置一些局，让一些神通广大的妖怪犯下滔天大罪，然后观音以救世主的身份出现，施以援手。自然，被救者感激涕零，对加入取经团队也心怀感恩。

白龙马（小白龙）的罪行就令人耐人寻味。

就算小白龙曾经火烧明珠，但是，俗话说"虎毒不食子"，又说"家丑不可外扬"，西海龙王不傻，小白龙若真的犯下弑父大罪，他完全可以悄悄弄死儿子，根本没有必要上告天庭，闹得三界皆知。让大家都知道自己养了一个忤逆的儿子，西海龙王的面子不是丢得更大？

一个最接近真相的猜测是：小白龙从被抓到化为白马，都是一个局！

谁在布这个局呢？单单西海龙王还不够，应当是西海龙王家族与观音联手。

在人间，神通最大的仙人是五方五老。那么，仅次于五方五老的势力是什么呢？

仙界还有"六元""七司""八极"等等，但那些仙人都是天上星宿，都是天庭的仙官。在人间，仅次于五方五老的强大势力，当属四海龙王家族。

原本，四海龙王仅仅是管辖东西南北四方大海。但是，龙族擅长繁衍，随着时间的推移，家族子弟逐渐遍布四大部洲各个地方。在《西游记》黑水河故事中，西海龙王就介绍到他的妹夫泾河龙王的九个儿子，除了老末小鼍龙，个个都有天庭编制，大半都是人间水神。

因此，四海龙王的神通虽然不大，其势力却极为强大。

如来要通过取经行动扫清沿途妖魔，这妖魔盘踞的地方，主要是在西牛贺洲。唐僧从长安出发，在两界山遇上寅将军（虎精），在鹰愁涧遇上小白龙，在黑风山遇到黑熊精，在高老庄遇到猪八戒，在黄风岭遇上黄风怪，在流沙河遇上沙和尚，以上，都是在南赡部洲。再往前，就是四圣试禅心，这就进入了西牛贺洲地界。

这西牛贺洲地界，是如来管辖的地界。在唐僧师徒这场大除妖行动中，西海龙王家族，尤其是西海龙王一家，作出了重要贡献。

先不说四海龙王经常帮助孙悟空求雨，单西海龙王一家就出场多次，比如说派出大太子摩昂率军降伏黑水河小鼍龙，比如说派摩昂率军围堵犀牛精。可以说，在三界诸神中，为配合取经，出场最多、最为辛苦的就是西海龙王家族。

四海龙王家族为何如此劳心劳力？难道纯粹是帮忙？当然不是。他们也是在为自己家族打拼。他们作出了贡献，就等于为小白龙积攒下了功德。

正是因为考虑到取经主要经过西牛贺洲，于是，观音才和四海龙王商量好，安排四海龙王中西海龙王的一个儿子加入取经队伍。为何不让大太子摩昂加入呢？人家摩昂是长子，是要继承西海龙王家业的。

应该说，四海龙王家族的这次参与，获得的回报很丰厚。若小白龙不参加取经，只可能是某条河的水神。取经成功后，小白龙则被封为八部天龙广力菩萨，成为佛门罗汉。

当然，小白龙参与取经是需要一个理由的，于是，当孙悟空状告小白龙吃掉唐僧马匹时，观音说："你想那东土来的凡马，怎历得这万水千山？怎到得那灵山佛地？须是得这个龙马，方才去得。"

那么，白龙马的战斗力究竟如何呢？

040 白龙马究竟有多能打

原著中，白龙马正式出手有两次，一次是对阵孙悟空，一次是对阵黄袍怪（二十八宿之一的奎木狼）。两次战斗中，白龙马都有不俗表现。

因为吃了唐僧的马，小白龙被孙悟空堵着门骂。小白龙恼了，冲出来高喊："是哪个敢在这里海口伤吾？"从此话可见，小白龙在过往的交手经验中，极少落败甚至从不落败。若非一个单挑少败绩的人，不可能如此自信满满。

小白龙以龙形真身与孙悟空大战。原文中特别提到"那个须下明珠喷彩雾"，这龙脖子下面的明珠，绝对是个增强功力的奇宝。

书中说"来来往往，战罢多时，盘旋良久，那条龙力软筋麻，不能抵敌"。小白龙打不过孙悟空，这一点是肯定的。只是，两人交手一共是多少回合呢？书中没有说，但从"战罢多时"看，应该是十余个回合。

孙悟空回来面对唐僧，他是这么复述的："他与我赌斗多时，怯战而走。"孙悟空亲口承认，小白龙与他打了很久。那小白龙为何落败呢？因为孙悟空力大棒沉。唐僧听了什么反应呢？他说："你前日打虎时，曾说有降龙伏虎的手段。今日如何便不能降他？"若非孙悟空打了足够长的时间，唐僧没了耐心，应当不至于说这等伤人自尊的话。

孙悟空恼怒，又去鹰愁涧上用金箍棒搅水。小白龙出来了，书中写"斗不数合，小龙委实难搪"，于是变个小蛇，钻入地洞中再也不出来了。只因战斗时间隔得太近，小白龙的臂膀都还是酸麻的，是以打了几个回合就跑了。

在取经路上，唐僧遭遇了许多次灾难。经常是孙悟空与猪八戒去打妖怪，沙和尚留下来看着师父。结果十有八九是妖怪一来，唐僧就被掳走。沙僧的护卫能力，几乎可以无视。不但沙僧不卖力，连白龙马也不出手。按照道理，他也是取经团队的一员，为何眼睁睁看着唐僧被妖怪抢走呢？

因为观音在招募小白龙的时候，就明白告诉他：只等取经人来，变做白马，上西方立功。

严格来说，唐僧的徒弟，只是三个人：孙悟空、猪悟能、沙悟净。虽然白龙马也称呼唐僧为师父，其实两人并没有明确的师徒关系。白龙马的使命，不是降妖捉怪，而是当个白马，当个脚力。完成这一点，就是完成了行动，就可以得到正果。

经历了生死劫难的白龙马，做事情已经不再冲动，而是沉稳有加，三思而行。

那么，为何在黄袍怪一难中，白龙马又出手了呢？

黄袍怪来到宝象国，把唐僧变成了老虎。白龙马听到消息，很着急。原文说："我师父分明是个好人，必然被怪把他变做虎精，害了师父。怎的好，怎的好？大师兄去得久了，八戒、沙僧又无音信！我今若不救唐僧，这功果休矣，休矣！"

我们品味白龙马心中所想，有这样两个意思：

其一，眼前的形势相当严峻。师父被变成虎精，生命危在旦夕。可是，专职负责降妖伏魔的孙悟空不在了。顶替的八戒、沙僧又没有消息，很可能已经落入敌手。

其二，一旦唐僧被害，取经任务就失败了。那么，白龙马超越凡龙，成就正果金身的愿望就成了泡影。

在这样的情况下，白龙马不得不选择出手。

那白龙马和黄袍怪交手的情况如何呢？

白龙马现出真龙之身与黄袍怪在云端中大战了八九回合，就抵挡不住。书中写了原因：老魔身强力壮，小龙手软筋麻。看来白龙马最大的弱点，还是力量不足。白龙马想要用飞刀突袭，反被黄袍怪一刀砍中，伤了后腿。

此前，白龙马和孙悟空都能够大战多时，为何此次和黄袍怪只打了八九个回合呢？莫非黄袍怪比孙悟空厉害。

书中写得明明白白，那黄袍怪本就是大闹天宫时被孙悟空打怕了的神将，正面交手也不过强撑了五六十个回合。也就是说，黄袍怪根本不是孙悟空的对手。

那么，白龙马为何只能和黄袍怪打八九个回合呢？因为在鹰愁涧化为白马时，观音菩萨把他项下的明珠给摘走了。没有明珠灵气的补充，白龙马的实力大打折扣。

综合来看，白龙马在取经团队中实力最弱，但是放眼三界龙族，白龙马又算是强者中的强者。

在收编白龙马时，观音菩萨送给了孙悟空一件神秘法宝。这个法宝名气极大，在危急关头救了孙悟空一命。

这个宝贝是什么呢？

041 观音为何要送给悟空三根救命毫毛

大家都知道孙悟空脑后有三根观音菩萨送的救命毫毛。可是，观音为啥要送给孙悟空这三根毫毛呢？

要弄清楚这个问题，我们结合原著第十五回内容，就可以明白。

第十五回是写鹰愁涧收小白龙。小白龙在接受菩萨收编后就来到鹰愁涧，平常都只是吃些鸟兽。可是，唐僧经过时，他竟然冲出山涧，一口把唐僧的马给吃了。小白龙说自己是太饿了。是这样吗？

根本就不是！

在最初，观音就已经明确了小白龙未来的身份——给取经人做个脚力。什么是脚力？不就是坐骑吗？若唐僧有马，还需要他小白龙干嘛？

于是，小白龙明明看到光头和尚唐僧——取经人路过鹰愁涧，他不出来拜见，而是一口吞掉了唐僧的马。

结果，孙悟空与小白龙连续两场狠斗，把小白龙打得骨软筋麻，缩在鹰愁涧不敢冒头。

后来，金头揭谛请来了观音菩萨。观音菩萨到来，顿时祥云瑞霭一片。三四十位护法神连同唐僧，跪了一片。

孙悟空却跳上云头，劈面大骂观音："你这个七佛之师，慈悲的教主！你怎么生方法儿害我！"

孙悟空为何要骂观音呢？

因为观音害了他！

观音怎么害了他呢？

在第十四回中提到，观音变成一个老婆婆来见唐僧，送给唐僧一套漂亮的衣服。其中，帽子上就藏有如来佛祖传下的紧箍儿。观音又传给唐僧一篇紧箍咒。等孙悟空回来，唐僧骗孙悟空穿戴上，然后念起紧箍咒，让孙悟空痛不欲生。

当猜到送出紧箍儿的是观音时，孙悟空就大叫说要打到南海落伽山去。

唐僧说，紧箍咒是观音所传，观音当然会。因此，孙悟空才忍下一口恶气。

一晃，孙悟空陪着唐僧走了两个月，来到鹰愁涧，这才见到观音菩萨。上千年来横行无忌的孙悟空，立刻爆发了！

在《西游记》中，观音菩萨是一副温柔婉约的淑女模样。面对孙悟空的愤怒，观音是如何反应呢？

从来温柔婉约的观音菩萨竟然大变脸，她说："我把你这个大胆的马流，村愚的赤尻！（所谓马流、赤尻都是一种猴子，在花果山就有马流、赤尻四健将。不少地方也将马流、赤尻作为猴子的代名词）我倒再三尽意，度得个取经人来，叮咛教他救你性命。你怎么不来谢我活命之恩，反来与我嚷闹？"

观音的第一句话说得很霸气，这句话是唐朝、明朝时期常用在批评、责备的场合中的。若从语法角度看，是个病句，残缺了谓语。

之后，观音强调了自己对孙悟空的恩情。

见观音大变脸，自知技不如人的孙悟空急忙解释自己为何生气。观音菩萨也恢复了一贯的笑容。

观音说："你这猴子！你不遵教令，不受正果，若不如此拘系你，你又诳上欺天，知甚好歹！再似从前撞出祸来，有谁收管？须是得这个魔头，你才肯入我瑜伽之门路哩！"

观音强调，给孙悟空套上紧箍儿，是为孙悟空好。若是没有紧箍儿，难保孙悟空不闯出大祸。有了紧箍儿，彼此才放心。

听观音如此解释，孙悟空也泄了气。

只是孙悟空依然不甘心。他总是觉得自己被套上紧箍儿是吃了亏。当观音要走时，孙悟空拉住观音不让走，竟然耍起无赖来。

孙悟空说："我不去了，我不去了！西方路这等崎岖，保这个凡僧，几时得到？似这等多磨多折，老孙的性命也难全，如何成得什么功果！我不去了，我不去了！"

听孙悟空说不去了，观音菩萨不禁皱起了眉头。在她收取的三个徒弟中，孙悟空毫无疑问是武艺最高强的一个。若孙悟空不肯尽心尽力，那取经绝难成功。

此前，因是用骗术哄得孙悟空戴上紧箍儿，所以此刻孙悟空以撂挑子作为威胁，让观音菩萨很为难。

在这种情况下，观音菩萨不得不给孙悟空甜头。

一个甜头是虚的："假若到了那伤身苦磨之处，我许你叫天天应，叫地地灵。十分再到那难脱之际，我也亲来救你。"

一个甜头是实的："你过来，我再赠你一般本事。"菩萨将杨柳叶儿摘下三个，放在行者的脑后，喝声："变！"即变做三根救命的毫毛。

玉净瓶、杨柳枝乃是观音菩萨的标志性法宝，效力绝非小可。虽然被套上紧箍儿，让孙悟空有些郁闷，但也总算挣回了点好处。于是，孙悟空这才松开手，放观音离去。

042　三根救命毫毛有啥用

在蛇盘山鹰愁涧，观音顺应情势，送给孙悟空三根救命毫毛。此后，这三根救命毫毛一直陪伴孙悟空，历尽无数苦难艰辛。

观音的玉净瓶、杨柳枝就如同太上老君的芭蕉扇、金刚琢一样，乃是标志性法宝。三根救命毫毛，乃是杨柳枝上三片柳叶所化，极为珍贵。

这毫毛也被观音和孙悟空视若珍宝。

后来因被红孩儿所困，孙悟空前往南海求援。观音菩萨说自己的玉净瓶之水可以浇灭红孩儿的三昧真火，但是她还有事情，不想出门，又不放心把玉净瓶借给孙悟空。于是观音提出，孙悟空必须拿出一样宝贝做抵押，才能借走玉净瓶。

孙悟空说，行，我头上的金箍儿是个宝贝，你就把它收走吧。观音笑骂猴子滑头，说："我也不要你的衣服、铁棒、金箍，只将你那脑后救命的毫毛拔一根与我作当罢。"

其实，确保取经行动成功，就是观音最大、最重要的任务。观音之所以刁难孙悟空，真实想法就是用这个借口把柳叶拿回来！

当时的孙悟空虽然从没有使用过救命毫毛，但是深知救命毫毛的宝贵。他连连摆手说："这毫毛，也是你老人家与我的。但恐拔下一根，就拆破群了，又不能救我性命。"孙悟空的意思是，你老人家已经把救命毫毛送给我啦，怎么能好意思讨回呢？万一我遇到危险、影响取经怎么办呢？

见悟空不情愿，观音就没有再提，什么也没要，就跟孙悟空去抓红孩儿去了。

那么，这观音和孙悟空都视如珍宝的救命毫毛，到底有什么作用呢？

在整部《西游记》中，三根救命毫毛使用过一次，仅仅是一次。不过，就这一次，已经展露出救命毫毛强大的效力！

狮驼洞中，孙悟空因暴露行踪被投入阴阳二气瓶中。那瓶子很古怪，一旦瓶中人开口说话，就升腾起无穷火焰。最开始，孙悟空捏避火诀坐在火中，丝毫不惧。可是一个小时后，忽然火焰变化，从四方钻出四十条火蛇、三条火龙来。这火蛇、火龙上下盘旋，炙烤悟空全身。孙悟空要降伏火蛇、火龙，就无法全力捏避火诀，不一会儿小腿竟然都给烧软了！

孙悟空想尽办法不得逃出，不禁流泪。这时忽然想起观音送出的救命毫毛。原文说：

"即伸手浑身摸了一把，只见脑后有三根毫毛，十分挺硬，忽喜道：'身上毛都如彼软熟，只此三根如此硬枪，必然是救我命的。'即便咬着牙，忍着疼，拔下毛，吹口仙气，叫：'变！'一根即变作金钢钻，一根变作竹片，一根变作绵绳。扳张篾片弓儿，牵着那钻，照瓶底下飕飕的一顿钻，钻成一个眼孔，透进光亮。才变化出身，那瓶复荫凉了。"

孙悟空虽然号称拥有金刚不坏之体，但并非是全身真的金刚不坏。他必须要在运用法力护体的情况下，才可以发挥出金刚不坏的功效。这也是猴哥在火焰山会被山火烧掉屁股毫毛、毒敌山被琵琶精刺破头皮的原因。

在瓶中，孙悟空因为要抓火蛇火龙，无法一直保持法力护体状态。在没有避火诀加持的情况下，孙悟空八成会陨落在这阴阳二气瓶中。

在这场生死危机中，救命毫毛确实救了孙悟空一命！

那么，救命毫毛展现了哪些功能呢？

其一，耐火。

在妖火炙烤中，孙悟空全身的毫毛都软了，唯独救命毫毛依然坚挺。

原作者用了一个词"硬枪"。"硬枪",此处做形容词使用,可解释为如枪般坚硬。

救命毫毛为何在烈火中如此坚硬?

因为它本是观音菩萨杨柳枝上的柳叶,其中蕴含了丰沛的生命力!

在五庄观故事中,观音菩萨提到老君和她赌斗,把杨柳枝放入八卦炉中煅烧。虽然杨柳枝被八卦炉烤得焦干,可是放入玉净瓶中滋养,竟然一昼夜就恢复如初。

很多人以为是观音玉净瓶中的神水救活了人参果树,其实不然。

在红孩儿的故事中提到,观音的玉净瓶中装的其实就是普通的水(五湖四海之水)。真正恢复人参果树生机的,是杨柳枝。只要沾染了杨柳枝上的强大生机,寻常的水也变成了可以复活仙木的神水。

正因为杨柳枝蕴含强大生机,这柳叶化成的救命毫毛才会在妖火中岿然不倒。

其二,打洞。

在阴阳二气瓶中,孙悟空必然用过金箍棒去打、去钻,可是毫无效用。最终,还是那三根救命毫毛变化成打钻三件套,成功救出了孙悟空。

从此可见,救命毫毛的硬度竟然还在金箍棒之上。

有读者对孙悟空一次就使用三根毫毛不大理解:猴哥完全可以只拔一根毫毛变成金刚钻啊。

其实,孙悟空变成的东西,是古代打钻的三件套——弓、绳、钻头,三者缺一不可。钻孔的时候拉动篾片弓,绳子带动钻头,一小会,就出现一个孔了。

我再举个例子,证明这救命毫毛坚硬。在一般情况下,孙悟空拔毫毛都非常随意,经常从尾巴上、腿上、手臂上随手一抓,一抓就一大把。孙悟空会痛吗?书中写了,这毫毛可以随孙悟空心意变化,拔得再多,也不会痛。

但是,在拔救命毫毛时,孙悟空是怎样一个表情?他是"忍着疼,咬着牙",才把救命毫毛拔了下来!

孙悟空的脑袋号称铜头铁脑,乃全身最坚硬的地方,这三根救命毫毛竟然刺破孙悟空脑袋,深深扎根!

可见这救命毫毛有多么坚硬！

当初观音菩萨送出这救命毫毛的时候，好一番夸赞。她说："若到那无济无主的时节，可以随机应变，救得你急苦之灾。"

在观音看来，柳叶极为珍贵，轻易不可使用。她希望孙悟空唯有在毫无办法又无法求助的情况下，才能使用。并且，观音自信满满地提出，任何情况下，只要使用出这救命毫毛，就一定可以救悟空摆脱困厄。

若这救命毫毛只有耐火、打洞两大功效，与观音口中的神奇，距离就太遥远了！

这是因为救命毫毛还没有机会展现它那神奇的功效！

在我看来，救命毫毛最大的功效绝不是耐火，更不是打洞！那是什么？

是起死回生，是救命！

柳叶属木，不耐火烧。但阴阳二气瓶之妖火却无法烧动柳叶所化之救命毫毛。只因柳叶中蕴含的生机异常庞大，妖火根本无法撼动。老君以八卦炉煅烧柳树枝，虽然将柳树枝烧焦，但是柳树枝中的生机犹在，因此能在一昼夜立刻恢复。

也就是说，如果孙悟空受伤，饮用以救命毫毛浸泡过的水，当可以迅速恢复。即便孙悟空受到了危及性命的重创，也可以直接服下救命毫毛（柳叶）。以柳叶强大的生机，当可起死回生，救孙悟空一命。

救命毫毛并非一次性法宝，它乃柳叶所化，生机充沛，必然可以反复使用。原文也说："好大圣，收了毫毛。"作者特意提到孙悟空在使用了一次救命毫毛后，立刻收起，重新放好。

相信孙悟空在取经成功、法力更强后，对救命毫毛的理解会更加深刻。在以后的人生中，救命毫毛必将会再次展现神奇的效用，救悟空于危难之中！

043 **西游世界最狂的山神是谁**

山神、土地在西游世界地位都很卑微。按照天庭规矩，人间地面每隔十里设置一山神、一土地，管理方圆百里的百姓，级别相当于村长。也有少数比较牛的土地、山神，权限超大，远超寻常。比如西游世界最牛的土地——火焰山土地，火焰山纵横八百里，即方圆五六千里，都属火焰山土地管辖。管辖范围是一般土地的五六百倍。

那西游世界最牛的山神是谁呢？

是南海观音菩萨所在的落伽山山神。

西游世界的变化之术，只改变了仙人的外在形态，并不能无中生有。因小白龙吞吃唐僧白马的时候，连带鞍辔一起吃掉了，所以等小白龙变成白马后，没有鞍辔可用。没有鞍辔的马，叫做划马。平路还好，但像唐僧取经需要登山渡水，没有鞍辔，非常不方便。

唐僧师徒勉强行走，到黄昏时来到一家庙宇前。里面出来一个老人，自称是西番哈密国里社祠的庙祝，见唐僧来借宿，热情接待，管吃管住。

唐僧是师父，在厅堂高坐。孙悟空是徒弟，牵着马去后院，准备去喂马。因为没有鞍辔，不好拴马，孙悟空一直想找一条合适的绳子。忽然见院子房檐下有一条挂衣服的绳子，孙悟空也不打招呼，一把扯断了，把白龙马的脚系住——白龙马是小白龙所化，自然不会偷跑，可是，既然变成了马，当然就必须接受做马的待遇。

悟空扯断一条绳子纯属小事，只是不巧，被主人家看到了。若这主人大度，假装没看见，一切也就过去。偏偏这主人也是一个狂傲的人，竟然笑着说："这马是那里偷来的？"

孙悟空一生中，有两件痛恨的事情。一件是被人叫做"弼马温"。给玉帝养马，是孙悟空的奇耻大辱。另一件就是被人称为"小偷"。大闹天宫时，孙悟空偷吃蟠桃，盗取仙酒，确实做了小偷的勾当。可是，许自己做，不许他人说，尤其是不许本领不如自己的人说。

此刻，一凡间老人竟然嘲笑自己是小偷，孙悟空大怒。可是，主人家亲眼见到孙悟空偷绳子，可谓人赃俱获，孙悟空也无法抵赖。孙悟空只好说："你那老头子，说话不知高低！我们是拜佛的圣僧，又会偷马？"孙悟空不提自己是齐天大圣，一来因为凡人不知道自己，二来也因齐天大圣几乎就是小偷的代名词，不好提。孙悟空就按照观音菩萨的吩咐，只说自己是取经人。

既然自己能够加入取经团队，成为去西天拜佛的圣僧，那品行自然是端正的。

可是，那老人竟然不依不饶，说："不是偷的，如何没有鞍辔缰绳，却来扯断我晒衣的索子？"

被老人如此羞辱，孙悟空顿时就要暴走。幸亏厅堂中唐僧听到争吵，急忙出来看。他一把扯住孙悟空，连忙向老人道歉，解释为何马匹没有鞍辔。听到唐僧介绍，老人提出，自己不但不怪罪，而且愿意拿出自己珍藏的一副鞍辔，送给取经的圣僧。

老人的这一番话，引起了孙悟空的怀疑。大约就在这个时候，孙悟空使用了火眼金睛观看，分辨出了对方其实不是凡人。

孙悟空的火眼金睛乃是一种神通，必须要运用法力凝神观看，才可以发现不同。在正常状态下，孙悟空也无法分辨眼前的人与场景是幻是真。

这老人到底是谁呢？

在第二天送了鞍辔后，唐僧连忙叩拜。老人跳在半空，介绍自己来历说："圣僧，多简慢你。我是落伽山山神，蒙菩萨差送鞍辔与汝的。汝等可努力西行，却莫一时怠慢。"

观音菩萨也挺操心的。在中午时分亲自到鹰愁涧收服了小白龙，当时她就发现了白马没有鞍辔，可是她手头也没有鞍辔。于是，她悄然不言，转身离开。等回到落伽山后，立刻命令落伽山山神带着一副鞍辔，送给唐僧。

以孙悟空筋斗云的变态速度，去一趟落伽山都需要半个时辰，更不要说这寻常山神了。估计他一接到任务，就匆忙出发，这才勉强赶到入夜之前，在山林中幻化了一座庙宇，等候唐僧师徒。

观音分派给落伽山山神的这个任务，本来没有任何难度，可这山神偏偏自寻烦恼，惹出许多纷乱。

当晚，唐僧因有望得到鞍辔，欢喜无限。可孙悟空呢？在第二天清早，就去找唐僧说："师父，那庙祝老儿，昨晚许我们鞍辔，问他要，不要饶他。"等到鞍辔到手，唐僧躬身叩拜，孙悟空却昂然站立。唐僧斥责，孙悟空反驳说："象他这个藏头露尾的，本该打他一顿，只为看菩萨面上，饶他打尽毙了，他还敢受我老孙之拜？"

那山神辛辛苦苦出了趟差，绞尽脑汁送出了鞍辔，却不料换来的，是孙悟空的一腔怒火。

这一切只因老人那一顿嘲笑。这落伽山山神为何敢嘲笑孙悟空呢？

原因也不难猜。山神的神通虽然低微，可是，在落伽山山神看来，他此次下山，乃是奉观音法旨，前来犒劳取经团队，自觉在唐僧、孙悟空面前不能掉价。更何况，孙悟空虽然以前很牛，可如今不过是取经人唐僧的徒弟。于是，山神化身的老人可以和唐僧同桌喝茶，而孙悟空却只能在一边站着。

那山神万万没有想到，取经团队中真正的灵魂人物，不是唐僧，而就是眼前矮小的猴子。而且观音送出鞍辔，一个重要的原因，也是想安抚安抚孙悟空。

因骗孙悟空套上金箍儿，孙悟空几乎和观音菩萨翻脸。观音好说歹说，总算哄得孙悟空遵守承诺。唐僧责成孙悟空找寻鞍辔，孙悟空也答应到前方寻找。于是，观音菩萨想悟空之所想，特意命人送来鞍辔。

没想到落伽山山神把一桩缓和关系的美事，硬是办成了施舍示恩的糟心事，惹得孙悟空很不高兴。

此后不久，观音菩萨招募了黑熊精充当守山大神，估计落伽山原本的山神被打入冷宫了。

044　唐僧为何要对区区山神磕头跪拜

唐僧见到的第一个神仙是观音菩萨。当观音显露本相时，唐僧、唐太宗等现场所有人齐齐跪拜。从长安出发后，唐僧遇到的第一个神仙是太白金星。老太白从寅将军口中救出了唐僧，临别时留下帖子点明身份，唐僧立刻磕头拜谢。哈密国境内，落伽山山神送来鞍辔，临走时挑明身份。山神本是仙界地位卑微之仙，唐僧见了，是怎样态度呢？

原文说："慌得个三藏滚鞍下马，望空礼拜道：'弟子肉眼凡胎，不识尊神尊面，望乞恕罪。烦转达菩萨，深蒙恩佑。'你看他只管朝天磕头，也不计其数。"

唐僧乃如来佛祖二弟子金蝉子第十世转世，更是如来钦定、观音选择的取经人。有这样两重身份的唐僧，在仙界的地位很是不凡。

《西游记》原著中对金蝉子的修为和地位没有正面描述，但从如来佛祖身边的亲随弟子阿难、伽叶可以推知，金蝉子在世时差不多也应该位列菩萨。

太白金星是九曜之一，同时又是天庭文官领袖，背后更是道祖太上老君。孙悟空面对六元之首的南极星君（寿星），一口一个寿星老弟，但是，面对太白金星，却总是恭恭敬敬。

可以说，就算是金蝉子在世，对二人也要执晚辈之礼。

但不管落伽山山神再牛，也不过是一介山神，唐僧为啥要对他磕头行礼，还不计其数呢？

并且，唐僧不仅仅是在此处，以后几乎每次见到神仙，大到天尊高手，小到山神土地，一律跪拜，毫无圣僧架子。

是唐僧太窝囊，还是唐僧很愚蠢？

正相反，唐僧既不窝囊，也不愚蠢，反倒称得上聪明睿智。逢仙必拜，乃是唐僧多番思考后，做出的最佳选择。

大家看唐僧对落伽山山神说的那两句话，颇有味道。

其一：弟子肉眼凡胎，不识尊神尊面，望乞恕罪。

面对落伽山山神所化之老人，唐僧毫无失礼之处，为何他要道歉呢？

其实，唐僧不是为自己道歉，而是为徒弟孙悟空道歉。

因为偷绳子事件，孙悟空与山神闹得很不愉快。落伽山山神是奉了观音菩萨的命令前来送鞍辔。所谓"不看僧面看佛面"，就算山神空手而来，那也是代表观音，更何况人家送来了取经团队最为急需的鞍辔。

孙悟空对山神出言不逊，态度高傲，必然伤了山神的自尊心。若那山神有事没事在观音菩萨面前诋毁孙悟空，离间观音菩萨与取经团队的感情，那唐僧的日子也不好过。

其二：烦转达菩萨，深蒙恩佑。

唐僧说得明白，他看似在对落伽山山神磕头谢恩，其实谢的是山神背后的观音。

观音想唐僧师徒之所想，特意命人送来鞍辔，足以体现对他们的关怀。

可孙悟空出言不逊，竟然得罪了山神。得罪山神事小，得罪观音事大。

正因如此，唐僧才会对山神磕头无数，甚至山神走远了，也依然磕头不已。

唐僧为何如此小心谨慎？

唐僧虽然是大唐取经的圣僧，虽然在到达灵山后，有可能成佛，可是在当下，唐僧毕竟还只是凡人一枚。

为人处世，切不可好高骛远，也不能妄自菲薄，时刻知道当下自己所处的位置，做出最佳的定位，才是最好的处世之道。

取经路上唐僧为何逢仙必拜？因为每个出场的仙人背后，都有一个强大的势力。取经行动乃是玉帝钦定的大行动，能够偶尔客串，露个脸的，那都是背景深厚的主。

唐僧很好地利用了金蝉子的背景和取经人的身份，虽然一路跪拜，貌似掉价，却为自己积累了强大的人气。

天庭的不少仙人，在齐天大圣孙悟空面前都很强势，可是在唐僧面前，无人不是一口一个"圣僧"。这面子，要靠自己挣，更要靠别人给。

045　唐僧何时知道自己是金蝉子转世的

到达凌云渡时，唐僧看到独木桥下水流激荡，不禁骇然说："悟空，这路来得差了，敢莫大仙错指了？此水这般宽阔，这般汹涌，又不见舟楫，如何可渡？"从唐僧怀疑走错了路可以知道，他到此时依然没有恢复金蝉子的记忆。

不过，唐僧早在到达灵山之前就知道了自己是金蝉子转世。

具体在何时呢？

原著最早提到的"金蝉子"一词，是在第十二回，观音菩萨在长安观看唐僧说法。当时，观音对木叉说："我和你杂在众人丛中，一则看他那会何如，二则看金蝉子可有福穿我的宝贝，三则也听他讲的是那一门经法。"

第四十二回，孙悟空因红孩儿一事到南海求助，观音菩萨说："悟空，你不领金蝉子西方求经去，却来此何干?" 行者道:"上告菩萨，弟子保护唐僧前行……"

大家注意这两处句子，观音菩萨并不称呼陈玄奘为唐僧，而是称其为金蝉子。在观音看来，无论经历多少世轮回，金蝉子依然是金蝉子。一旦金蝉子恢复记忆，作为唐僧的三十四年，不过就是一场梦幻，无足轻重。

还有一点值得注意，就是观音菩萨不但没有刻意隐瞒，反而是有意宣扬唐僧乃金蝉子转世这个消息。

观音为何如此做呢?

只因金蝉子乃是五百年前就定下的取经人。金蝉子在如来说法时打瞌睡，或许是真有其事，或许是配合演出，总之，都是转世充做取经人的一个借口。这一点，如来知道、观音知道，玉帝、老君等仙界高级别仙人都知道。

那么，除此之外，还有多少人（仙、妖）知道唐僧就是金蝉子呢?

在五庄观故事中，镇元大仙说:"你那里得知。那和尚乃金蝉子转生，西方圣老如来佛第二个徒弟。"从此可知，不单单是仙界仙人，就是人间仙人，也有不少知道唐僧就是金蝉子转世的。

离开五庄观后，就是白虎岭。白骨精是第一个说出吃唐僧肉可以得长生的妖怪。唐僧肉凭啥这么神奇? 白骨精说:"几年家人都讲东土的唐和尚取大乘，他本是金蝉子化身，十世修行的原体。有人吃他一块肉，长寿长生。"原来，妖怪也知道唐僧就是金蝉子。唐僧肉之所以稀罕，正是因他是金蝉子转世。

镇元大仙在多久前得知消息不得而知，不过，对于白骨精，书中却有明确的时间点。所谓"几年家"，就是几年前。即早在几年前，妖怪就已经得到了唐僧是金蝉子的消息。

孙悟空听观音称呼师父为金蝉子，没有一点吃惊，他非常平静地陈诉事实:自己如何在钻号山遭遇红孩儿，唐僧如何被抓。从此可知，孙悟空早就知道唐僧是金蝉子。

那么，他是什么时候开始知道唐僧的真实身份呢?

我的推测是，在观音菩萨收编孙悟空的时候，就已经介绍了唐僧的真实身份。

我推测的理由是什么呢？是原著中沙僧说的一段话。

在第五十七回真假美猴王故事中，沙僧说："我佛如来造下三藏真经，原着观音菩萨向东土寻取经人求经，要我们苦历千山，询求诸国，保护那取经人。菩萨曾言：取经人乃如来门生，号曰金蝉长老，只因他不听佛祖谈经，贬下灵山，转生东土，教他果正西方，复修大道。遇路上该有这般魔障，解脱我等三人，与他做护法。兄若不得唐僧去，那个佛祖肯传经与你！"

沙僧的这段话是在回顾过去，意思是说，当初观音在收沙僧时，就已经告诉他，唐僧就是金蝉子，且是因为怠慢佛法，被贬下灵山，如今成为取经人。而沙僧和孙悟空、猪八戒等三人，就是要做取经人的护法。

可是，我们翻看原著，在观音收沙僧时，根本找不到对唐僧的介绍文字。

是不是作者吴承恩写错了？

不是的。在古代史传中，这种一个人的话语、事情散落多处的现象很常见，只要不矛盾，就可以并存。

观音在收编三人时，为了让三人安心做取经人的徒弟，自然要对取经人的来历做个介绍。应当就是在收编时，孙悟空、猪八戒、沙和尚三人都已经知道了唐僧的来历。

也就是说，仙界也好，人间也好，许多人都已经知道唐僧就是金蝉子这件事情。

《西游记》中唯有一人当面称呼唐僧为金蝉子。第一百回中，如来佛祖对唐僧说："圣僧，汝前世原是我之二徒，名唤金蝉。"

我相信唐僧早就知道自己是金蝉子转世，可究竟他是什么时候开始知道自己是金蝉子呢？

这个时间点很难界定。我的理解是，和观音收孙悟空、猪八戒、沙僧等同样，在指派唐僧为取经人时，观音就已经告诉唐僧他的真实身份。

不过，我们在原著中，同样找不到类似的文字介绍。

只是，原著没有写，就未必不可能发生。

我的理由有两个。

其一，唐僧早就知道自己是仙人临凡，负有重大使命。

早在唐僧待产时，母亲殷温娇就梦到神人告诉她说："满堂娇，听吾叮嘱。吾乃南极星君，奉观音菩萨法旨，特送此子与你。异日声名远大，非比等闲。"

唐僧出生不久就被抛弃江中，进入寺庙修行。这段时间，他自然不可能知道自己的身份。

十八年后，母子重逢。虽然书中没有具体写明，但是母子重逢时，殷温娇必然会提到生产前有关儿子的神奇之梦。

这个梦告诉唐僧，他乃是佛门仙人转世。此次转世，与观音菩萨密切相关，不久之后他有重要任务要做。

我想，从得知母亲的梦开始，唐僧必然会思考：我是谁？观音菩萨要我做什么？

这些疑问，长时期萦绕在唐僧心头。在长安与观音相会时，一切得以解答。

其二，长安会面时，唐僧得知真相。

第十二回目录叫做"玄奘秉诚建大会　观音显象化金蝉"。意思说，陈玄奘奉命主持超度法会，观音菩萨显出真身，点化金蝉子。

目录中不提观音点化唐僧，只说点化金蝉，在我看来，既是文辞修饰（对称）的必要，也是对文章内容的升华——即在观音显出真相的瞬间，唐僧明白了自己就是金蝉子转世。

唐僧为何会明白这些呢？莫非观音在唐僧大脑中设定了定时装置，一旦见面，就触发记忆？

这是一种可能。不过，我认为更可能的是，观音菩萨在显出本相时，对唐僧秘密传了一段话，这段话就和对沙僧等人所说的类似："汝乃如来门生，号曰金蝉长老，只因你不听佛祖谈经，贬下灵山，转生东土，教你果正西方，复修人道。"但是，为了维护取经人为大众牺牲、不惧险艰的伟岸形象，吴承恩将这段话隐藏了起来。

只是，观音临走时，留下的一个帖子还是泄露了天机。帖子后四句说："此经回上国，能超鬼出群。若有肯去者，求正果金身。"

唐僧在见到此帖后，对自己的身份、使命再无怀疑，当即请命，去西天取经。

046 孙悟空在袈裟血案中扮演了怎样的角色

唐僧骑着白龙马，带着孙悟空，不久就来到了观音禅院。他们到来的当晚，平静数百年的观音禅院竟然爆发了一场大火灾。火灾过后，观音禅院一片废墟。

袈裟血案之所以发生，主要原因是老院主与众和尚贪财恋富，对袈裟心生贪念，以至于引发一场毁寺惨案。不过，"一个巴掌拍不响"，袈裟血案的发生，老院主等人固然有错，可孙悟空就没错了吗？

若我们仔细推敲，就会惊人地发现：一贯疾恶如仇的孙悟空，在袈裟血案中扮演了一个很不光彩的角色！

如何不光彩？简单来说就是，血案之所以发生，一方面是和尚贪婪，另一方面却是孙悟空在推波助澜。若无孙悟空故意掺和，挑起是非，袈裟血案根本不可能发生。

进入观音禅院，见到大殿中的观音菩萨塑像，唐僧恭敬下拜。唐僧说："弟子屡感菩萨圣恩，未及叩谢。今遇禅院，就如见菩萨一般，甚好拜谢。"唐僧对观音的感激，出于真心。想他不过是唐朝一凡僧，若无观音指点，根本不能获得取经大任。若无观音安排，也无法得到孙悟空这样的强力护法。此前，观音见唐僧的马匹没有鞍鞴，更派山神特意送来，可谓想唐僧之所想，急唐僧之所急。

观音于唐僧，恩重如山！

原文说："三藏展背舒身，铺胸纳地，望金象叩头。那和尚便去打鼓，行者就去撞钟。"

虽然眼前只是一尊泥胎，但唐僧恭恭敬敬，没有丝毫懈怠。一旁的和尚打鼓，孙悟空撞钟，在钟鼓相和声中，唐僧行礼结束。

本来，一切都很和谐。可是，正在和尚引导唐僧离开时，却发现一旁的孙悟空还在不停地撞钟。他这撞钟没有任何频率，或轻或重，根本就是乱撞一气。唐僧铁青着脸，很尴尬。那和尚告诉孙悟空，行礼结束了，别撞钟了。

孙悟空却说："你那里晓得，我这是做一日和尚撞一日钟的。"

孙悟空的意思是说自己坚守和尚本分。实际上，他这么一闹，把观音禅院所有和尚都惊动了。一向寂静的禅院，再也无法平静。

在这样的情况下，全寺几百和尚包括静修多年的老院主都出动了。大家一齐质问："那个野人在这里乱敲钟鼓？"孙悟空毫无愧色，反倒大声说："是你孙外公撞了耍子的！"

作为一个借宿的客人，孙悟空大闹禅堂，不但是不尊重主人，更是不尊重禅院背后的观音菩萨。他这番大闹，事出有因。

观音禅院的和尚们见孙悟空如此凶悍，一个个面色如土，不敢做声。可心中，人人都对这雷公嘴的野和尚心怀不满。

正因如此，老院主才会出面炫富，想要压一压唐僧师徒的嚣张气焰。

面对老院主的炫富，唐僧一再忍让。孙悟空却说，自家有宝，行李中的袈裟就是宝贝。

唐僧难道不知道袈裟是宝贝？他当然知道！

唐僧悄悄告诉悟空说："徒弟，莫要与人斗富。你我是单身在外，只恐有错。古人有云，珍奇玩好之物，不可使见贪婪奸伪之人。倘若一经入目，必动其心；既动其心，必生其计。汝是个畏祸的，索之而必应其求可也。不然，则殒身灭命，皆起于此，事不小矣。"

江湖行走，切记不可露白。唐僧虽然是第一次出远门，可是，他能够从普通小沙弥，成为大唐都僧纲，还是见过一些血雨腥风，懂得一些江湖规矩的。唐僧虽然拥有袈裟，可一般情况下根本不穿。只因斯人无罪，怀璧其罪。宵小之辈若是见到这佛门奇珍，难免见财起意，顿起杀心。

唐僧这番话告诉我们，若孙悟空不强出头，拿出袈裟，只会受些观音禅院和尚们的嘲笑，却绝不会惹出寺毁人亡的惨案。可惜，在孙悟空看来，自己乃纵横三界的齐天大圣，即便眼前和尚们拿起刀枪一起上，他也根本不放在眼里。

于是，孙悟空不听唐僧劝阻，硬是把行李打开，拿出袈裟来。

袈裟一出，惊艳全场！老院主安静了两百多年的心，也躁动了起来。

孙悟空和南天门广目天王的对话，更是直接把猴哥内心的阴暗暴露了出来。

半夜里，孙悟空躲在暗处，看到和尚们搬柴运草，点起火来。孙悟空有何反应呢？

孙悟空飞上天庭，找到看守南天门的广目天王。孙悟空介绍说："唐僧路遇歹人，放火烧他，事在万分紧急，特来寻你借辟火罩儿，救他一救。快些拿来使使，即刻返上。"天王道："你差了，既是歹人放火，只该借水救他，如何要辟火罩？"行者道："你那里晓得就里。借水救之，却烧不起来，倒相应了他；只是借此罩，护住了唐僧无伤，其余管他，尽他烧去。"

在孙悟空看来，唐僧是消除罪孽、获得正果的保证，至于观音禅院的和尚，是死是活干他何事？广目天王不忍心，笑着劝说："这猴子还是这等起不善之心，只顾了自家，就不管别人。"

不管广目天王如何劝说，孙悟空就是不听。拿了避火罩，孙悟空罩住了唐僧住的院子。若孙悟空仅仅是如此，也只能说孙悟空冷漠。即便火再大，也只会烧毁唐僧住处附近的一点院落。可孙悟空竟然吹一口仙气，弄一阵狂风，把那火焰吹得腾起千丈。眨眼工夫，大火就顺着狂风，烧向了观音禅院的其他院落。

原文说："正是星星之火，能烧万顷之田。须臾间，风狂火盛，把一座观音院，处处通红。你看那众和尚，搬箱抬笼，抢桌端锅，满院里叫苦连天。"偌大一个观音禅院，千百间楼阁，一个晚上被烧成灰烬。

因为大火是在晚上突然爆发，绝大多数和尚都在睡梦中。大火烧起来，大家穿个裤衩就跑出来了。等到天明，这两百多和尚"赤赤精精，啼啼哭哭，都去那灰内寻铜铁，拨腐炭，扑金银。有的在墙筐里，苦搭窝棚；有的赤壁根头，支锅造饭，叫冤叫屈，乱嚷乱闹不题"。大火之后的观音禅院，可谓凄凄惨惨，一片哀声！

老院主看到袈裟丢了，唐僧和孙悟空却安然无恙，心中羞愧惧怕，最终选择撞墙而死。

老院主贪心有罪，但罪不至死。绝大多数和尚更毫无过错。孙悟空本可以下一场大雨灭火，当面教训老院主。如此，既可以保全唐僧，拿回袈裟，也可以让观音禅院和尚认识到自己的过错。如此，于人于己，都是最好的解决方式。

可是，孙悟空选择的解决办法是，一方面放纵和尚放火，一方面吹风烧寺，最终造成寺毁人亡的惨案。

观音见到孙悟空时，训斥说："都是你这个孽猴大胆，将宝贝卖弄，拿与小人看见，你却又行凶，唤风发火，烧了我的留云下院，反来我处放刁！"

观音在评判袈裟血案时，单单说孙悟空的过错，只字不提观音禅院和尚们的罪行，这虽是偏袒，但是她骂错了吗？

观音菩萨没有骂错。若非孙悟空拿出袈裟，故意卖弄，若非孙悟空弄风吹火，观音禅院绝不会被烧，老院主绝不至于自杀。

那么，孙悟空为何要这么做呢？

根子还是出在观音菩萨骗孙悟空戴上了紧箍咒上。

孙悟空虽然不是一个睚眦必报的人，但也绝对谈不上宽容大量。对观音的欺骗，用紧箍咒来束缚他的自由，孙悟空一直耿耿于怀。虽然观音菩萨已经送出了三根救命毫毛作为补偿，虽然孙悟空口头也答应紧箍儿的事情不再提，但是孙悟空的心中依然不能释怀。

而落伽山山神在送出鞍辔的时候，对孙悟空的几句嘲弄，更是让孙悟空心头火起。

小小山神凭啥敢戏弄齐天大圣孙悟空？不就是仗着背后有观音菩萨吗？

于是，在唐僧跪拜山神的时候，孙悟空昂然站立，以示不满。

等到路过观音禅院时，孙悟空大喜。终于找到一个可以发泄怨气的机会了。于是，孙悟空胡乱撞钟，激起观音禅院于唐僧师徒的矛盾，故意卖弄，拿出袈裟来斗富；又故意放风，把观音禅院烧毁。

对于孙悟空的这些小动作，观音菩萨知道吗？

观音眼观三界，耳听八方，对孙悟空的心思一清二楚！但是，她只是骂了几句孙悟空，并没有进一步的惩罚。

为什么呢？原文观音说："也罢，我看唐僧面上，和你去走一遭！"

孙悟空心中有不满，可以放风纵火泄愤，可观音菩萨不行。取经行动高于一切，既然非孙悟空不能保证唐僧安全，保证取经成功，那就必须原谅孙悟空的调皮、撒泼。

当然，袈裟血案中，观音虽损失了一座下院，却收获了一个守山大神。这就是黑风洞的黑熊精。黑熊精乃是一个偷袈裟的贼，为何能被观音看中，修成了正果呢？

047 观音为何收编黑熊精为守山大神

因火烧观音禅院，场面混乱，黑风山黑熊精趁机盗走锦襕袈裟，引发孙悟空的缉捕。之后，孙悟空以变化之术击败黑熊精，正要挥棒打死，却被观音菩萨阻拦。

黑熊精犯下偷盗袈裟、阻碍取经行动的大罪，按照常理，这等妖怪只有死路一条。为何观音要阻止孙悟空执法呢？

观音菩萨说："休伤他命，我有用他处哩。我那落伽山后，无人看管，我要带他去做个守山大神。"见观音已经开口，孙悟空只能罢手。不久，观音带着黑熊精，离开了黑风山，前往南海。

观音菩萨的落伽山后，真的无人看管吗？当然不是！

要知道，西游世界的观音菩萨，可是"七佛之师"。更何况，观音菩萨还是天庭任命的五方五老之一。有如此影响力的观音，其道场所在地落伽山，怎么可能没有人看管呢？

在《西游记》中明确提到的落伽山上有名有姓仙人就有不少。

地位仅次于观音的，是木叉。他乃是观音菩萨的大徒弟，法号惠岸行者。木叉武艺超群，神通不俗，和孙悟空大战五六十回合，才因力量不够而落败。在后来，他战猪八戒，他战沙和尚，都是胜败不分。

落伽山的三号人物是观音菩萨的贴身侍女捧珠龙女。

小说中这龙女的来历不详，不过，却提到了两个细节。

其一，收服沙和尚时，孙悟空前往南海求见观音。当时，观音菩萨正和龙女两个人在宝莲池畔观赏莲花。听到仙人通传，才前往转云岩接见孙悟空。从两人"扶栏看花"可以看出，观音菩萨与这位贴身侍女非常亲密。

其二，在收服红孩儿一章中，观音菩萨本不想出面，想派龙女和悟空同去，却又提出："你却又不是好心，专一只会骗人，你见我这龙女貌美，净瓶又是个宝物，你假若骗了去，却那有工夫又来寻你？"观音菩萨是《西游记》中美女的代名词。书中提到了比丘国的狐狸精极美，美得像观音一般。金鼻白毛老鼠精也极美，号称"半截观音"。可是，在观音口中，那龙女竟然也是极美的。

或许，观音菩萨选择小白龙进入取经团队，与这龙女暗中的影响，也不无关系。

在木叉与龙女之下，第四号人物当是落伽山山神。

在山神之下，是二十四诸天。在传统神话中，二十四诸天神通广大，其中的帝释天更是声名赫赫。不过，《西游记》中的所谓诸天，只相当于中下级仙人。落伽山有二十四诸天，灵山有三十二诸天。

在二十四诸天中，唯一出现名号的，是鬼子母诸天。此人曾经向观音通传孙悟空到来的消息。

在二十四诸天之下，则是千百南海的普通仙人。

从以上介绍可以得知，观音菩萨的南海落伽山，虽然总体实力逊色于如来佛祖的灵山——灵山差不多有四千仙人，但依然是人间一个超强的仙人集居地。若非如此，观音菩萨如何能名列五方五老第二名？连拥有五百灵官、五大龙神、龟蛇二将的九天荡魔祖师，排名也在观音之下。

既然观音菩萨的落伽山上仙人众多，观音为何还要收编黑熊精，并且大力提拔黑熊精充当守山大神呢？

其一，黑熊精不是外人。

这黑熊精貌似是个草根妖怪，其实和观音菩萨关系密切。观音菩萨在没有见到黑熊精之前，就已经知道此妖的神通不在孙悟空之下。观音菩萨通过金池长老，一直在暗中关注、指点黑熊精。这黑熊精，其实就是观音菩萨的记名弟子。

正因为如此，观音菩萨才会阻止孙悟空打杀，把黑熊精收编门下。

当然，黑熊精能够获得如此好的机遇，也和他自身的努力有关。若黑熊精没有足够的天赋，后天又偷懒懈怠，取经路上恐怕就被孙悟空一棒打死了。

其二，落伽山山神很碍眼。

这落伽山山神乃是玉帝任命，属天庭仙人。这山神，想必就成了玉帝安插在观音菩萨身边的一个探子。只要有山，必定设置山神，这是天庭的规矩。观音菩萨不能以一己之力对抗天规，于是，她转换思路，想出了一个架空落伽山山神的法子。

于是，黑熊精被任命为落伽山守山大神。名义上，黑熊精是看守后山，实际上，黑熊精就是整个落伽山的守山大神。原落伽山山神渐渐就被边缘化，从黑熊精上任之后，就再也没有出现过。

其三，扩充势力的需要。

虽然南海仙人也不少，但是势力强劲的并不多。以前，增加仙人编制需要玉帝或如来同意。不过，取经行动是天庭批准的官方行动。观音菩萨直接负责，拥有不小的权限。于是，借着取经行动，观音壮大了落伽山的力量。取经行动结束时，观音菩萨不但成功笼络了取经五人组，更直接把黑熊精、红孩儿等一流的强大妖魔，纳入麾下。

048 黑熊精位列仙班之后的生活如何

黑熊精被观音菩萨收为守山大神之后，从草头妖王一跃而成仙界正神。在名列仙班之后，这位守山大神生活如何呢？

孙悟空大闹五庄观，推倒人参果树后来到南海，和黑熊精之间有一番对话。

原文说："那菩萨早已看见行者来到，即命守山大神去迎。"

在西游世界，作者写如来佛祖与观音菩萨时，都正面提到了"慧眼遥观"这一词。孙悟空曾经多次提到，自己的火眼金睛可以看到千里之内蜻蜓展翅。在朱紫国揭皇榜一段时，也特别提到了孙悟空听力超群。可以想见，当实力达到天尊级别后，那些大仙们都应当拥有超强的视力与听力。而所谓"慧眼"，在我看来是一种特殊而强大的佛门功法。如来曾经说，观音菩萨与诸佛的慧眼可以看遍四大部洲，而他的慧眼，不但能看遍天下，并且能知道万物来历。即不但看到万物，而且看透万物。

观音菩萨在孙悟空接近落伽山时，就已经看到，这很正常。

那为何她派守山大神黑熊精去迎接孙悟空呢？

这是孙悟空第二次来南海，此前，是由二十四诸天迎接。这次，观音菩萨是要让孙悟空看到黑熊精的变化，同时也是给黑熊精一个机会——你现在可以代表落伽山出面迎客啦。

黑熊精很激动，走出紫竹林，见到孙悟空。他高叫一声："孙悟空，那里去？"在黑熊精看来，自己与孙悟空神通一般无二，既然实力相同，直呼其名有何不可？

没想到孙悟空一听就恼了。他厉声大喝说："你这个熊罴！我是你叫的悟空？当初不是老孙饶了你，你已此做了黑风山的尸鬼矣。今日跟了菩萨，受了善果，居此仙山，常听法教，你叫不得我一声老爷？"

孙悟空这番话有两层意思：

其一，黑熊精你别搞错了，我们实力不相等！

两人的武艺虽相近，但法术神通根本不在一个档次。

在黑风山时，孙悟空变成仙丹进入黑熊精腹中。孙悟空若折腾起来，黑熊精必然心肝俱裂，死于非命。黑熊精为何会中招？因为他没有看破幻术的神通，在变化法术上的修行太浅。

其二，你能够皈依佛门，来到南海，老孙有功劳。

孙悟空与黑熊精有几番大战，在武艺上两人胜败不分。不过，孙悟空是不是就无法降伏黑熊精呢？不是的。

几次比斗，黑熊精都以肚子饿要吃饭为由，逃离战场，孙悟空也就回转观音禅院。若孙悟空有心要战，完全可以不搭理黑熊精。若打个三天三夜，孙悟空依然精力旺盛，黑熊精则必然又累又饿，最终死在孙悟空棒下。

关键一点，孙悟空只是比拼了武艺，没有展现变化之术，更没有施展他的绝招身外化身术。

　　孙悟空比了两次武艺后，就直接去南海找观音菩萨了。许多读者以为，是孙悟空打不赢黑熊精，于是找观音求援了。

　　事情是这样吗？若您这么想，就看轻孙悟空的智慧了！

　　黑风洞距离观音禅院不过二十里，黑熊精更与观音禅院的金池长老关系密切，观音禅院则是观音菩萨在人间的下院。由此种种，不得不让孙悟空心生疑忌。

　　看这黑熊精偷盗了佛衣之后，不但不隐匿消息，反倒大张旗鼓搞佛衣会，甚至还派出小妖邀请金池长老与会。这其间大有玄机啊！

　　黑熊精当然知道佛衣的主人唐僧、孙悟空就在观音禅院。那么，黑熊精这么做，不是硬把消息告诉孙悟空吗？

　　于是，孙悟空很容易猜想到，这黑熊精如此嚣张，极有可能与观音菩萨有关系！

　　正因如此，孙悟空才会在明明可以降伏黑熊精的情况下，去南海求援。最后的事实也果然和孙悟空猜想得一般无二！

　　黑熊精能够加入落伽山，成为观音菩萨麾下守山大神，一方面是观音有意招揽，另一方面却也是孙悟空棒下开恩。

　　黑熊精不愧是天生异兽，灵性十足，被孙悟空一嗓子喊醒了。他立刻陪着笑容说："大圣，古人云，君子不念旧恶，只管题他怎的！菩萨着我来迎你哩。"

　　黑熊精早就知道孙悟空曾经大闹天宫，也当面嘲笑过孙悟空是弼马温，此处称孙悟空为"大圣"，这就等于是示弱，是求饶。

　　黑熊精更提出，君子不念旧恶。昔日偷盗了佛衣，得罪了孙悟空，希望不要计较。同时，黑熊精强调，自己这次前来，是代表菩萨来迎接。言下之意，不看僧面看佛面，请孙悟空看在观音菩萨面子上，不要计较。

　　见黑熊精已经低头，并且抬出了观音，孙悟空也就不再多言，在黑熊精的引导下，走入紫竹林。

　　在这段话之后，《西游记》中再也没有对黑熊精的正面描述，此后只是在孙悟空到达南海，南海仙人迎接时，提到一笔守山大神。

毕竟这黑熊精并非《西游记》的主角。不过，书中虽然没有再写，我们却可以从黑熊精的行事风格，推测出黑熊精未来的成就。

黑熊精和西游世界绝大多数妖怪都不一样。多数妖怪满足于喝喝酒、杀杀人的眼前快感，黑熊精则不然。他向往的，追求的，一直都是长生大道。在这一点上，黑熊精和孙悟空惊人相像。

若非想要获得佛门正统修仙功法，黑熊精怎么可能折节下交，和区区观音禅院的一个人类和尚金池长老交好？若非想要精进炼丹之术，黑熊精怎么会和战力远不如自己的苍狼怪凌虚子称兄道弟？黑熊精在盗走锦襕袈裟的第二天，就汇聚花蛇精和苍狼怪，在一起谈佛论禅，交流修仙心得。即便是孙悟空打上门来，黑熊精依然有条不紊地筹备佛衣大会。黑熊精不是一个贪恋财宝的人，他最主要的目的，是借佛衣这个宝贝，结交更多的知名妖怪，获得更多提升自己实力的机会。

之后，孙悟空带来观音，大闹黑风洞。当观音菩萨表明身份，提出招安时，黑熊精立刻倒身下拜，没有半点迟疑。在他看来，做妖王可以自由自在，但时光易逝，人生易老，既然踏上了修仙之途，唯有长生大道，才是最值得追求之事。

来到落伽山后，观音菩萨对黑熊精非常信任。黑熊精麾下有许多仙人听从调遣，镇守的也绝非仅仅是后山。他虽然是中途加入，实际上已经是落伽山安保第一人。

关键一点，是黑熊精从此拥有了和木叉、龙女一样，时常聆听观音菩萨说法的机会！

此前，黑熊精和孙悟空比斗神通，武艺上大体相当，可是在变化神通上大大不如。相信在追随观音菩萨之后，这方面将不再是黑熊精的短板。这天赋异禀且心性坚定的黑熊精必然有望成就天仙，成为观音麾下的又一位高手。

降伏了黑熊精后，唐僧师徒来到了乌斯藏国高老庄。在这里，唐僧收了第二个徒弟猪八戒。猪八戒身上的谜团很多。比如，他为什么叫做"八戒"呢？

049 猪八戒为何戒斋不戒色

佛门戒律很多，流传最广的，号称"八戒"，即：一戒杀生，二戒偷盗，三戒淫，四戒妄语，五戒饮酒，六戒着香华，七戒坐卧高广大床，八戒非时食。这八大戒律，基本为佛门各宗派共同遵守。

《西游记》中的二师兄猪悟能，别号"八戒"。可是，他在正式加入佛门后，竟然还跑到高老庄上，娶了一个叫做高翠兰的女子。这可是公然破了八戒中的第三戒。一个奇怪的现象发生了，当唐僧得知这一现象时，对猪八戒没有丝毫的责备之意，就连观音菩萨、如来佛祖也丝毫没有追究八戒。

这是怎么一回事呢？

首先，当初观音菩萨给猪悟能定下的戒律，与众不同。

观音遇上猪悟能，见识了他的本领后，主动发出邀请。猪悟能很矫情，提出做和尚太辛苦，会受饿。观音菩萨答应只要老猪能加入，管饱。老猪又提出："我欲从正，奈何获罪于天，无所祷也。"言下之意，他得罪的是玉皇大帝，担心玉帝会刁难。观音菩萨再度做出保证，只要前往西天走一遭，保证老猪彻底摆脱罪犯的身份。

在这样的条件下，老猪才加入取经队伍。临别时，观音对老猪的和尚生涯宣布了几条规矩。原文说："遂此领命归真，持斋把素，断绝了五荤三厌，专候那取经人。"

原来，观音菩萨要求的，是猪八戒从此之后必须断绝了五荤三厌，即在饮食上遵循戒律。

这五荤三厌指的是什么呢？

在传统佛教中，以大蒜、小蒜、兴渠、慈蒜、茖葱等五种辛辣的食物为五荤，禁止僧众食用。道教则认为大雁有夫妇之伦，狗能忠心护主，乌龟象征君臣忠敬，因此，雁、狗、龟都不能吃。

正因为观音菩萨吩咐老猪，必须持斋把素，不吃五荤三厌，唐僧才给老猪取了个别名，叫做猪八戒。

观音菩萨为何不交代猪八戒不得杀生，不得偷盗，不得淫邪等等，只是强调必须持斋把素呢？

我认为，有两个原因。

其一，戒杀生，戒偷盗，戒淫邪等等八戒，乃是佛门的基本戒律，人人皆知，不需要另外强调。

其二，猪八戒在与观音谈话时，特别提到了自己很容易饿，一饿就忍不住要吃人。正因为猪八戒是个标准而彻底的吃货，观音菩萨才会在吃上面提出特别要求。八戒你可以吃，可以多吃，但不得吃五荤三厌，必须持斋把素。若猪八戒能够在吃上面把持得住，其他方面也就好说一些。

相比其他三位，猪八戒是最不安分的一位。

孙悟空被压在五行山下动弹不了，自不必说。小白龙受戒后特意到鹰愁涧修养，沙和尚受戒后也从此不再吃人。唯独猪八戒，前面刚答应了观音，转身就去了高老庄，祸害高翠兰去了。

其实，猪八戒和高翠兰之间，是有感情的。猪八戒有呵护高翠兰之心，高翠兰也有爱慕猪八戒之意。只是，高翠兰的父亲高太公不是个东西。在猪八戒的努力下，高家在短短两年时间就过上了穿金戴银、吃喝不愁的幸福生活。可是，因为猪八戒是入赘女婿，有财产继承权，引发了两个大姨姐和姨姐夫的不满。他们怂恿高太公，以辱没门风为名，要求驱逐猪八戒，霸占全部家产。

不过，就算猪八戒对高翠兰动了真感情，可他在已经受戒当了和尚，取经人没几年就要到来的情况下，依然跑去成婚，这不是明摆着耽误高翠兰的一生吗？

事实上，在与猪八戒在一起的日子，高翠兰的压力很大。一面是猪八戒的强势——将其关在小楼上，一面是父亲、姐姐的逼迫，到处请道士、和尚来降妖。生活在夹缝中的高翠兰，除了哭泣，还是哭泣。在猪八戒离开后，估计这高翠兰将一直生活在妖怪老公的阴影中，备受姐姐与村人的嘲讽。

当然，若高翠兰意志坚定，熬到猪八戒成了正果，一切都将不同。以猪八戒的身份、地位，让高翠兰成为仙人，轻而易举。

不过，在加入取经团队之前，一切都是未知数。此时，猪八戒为何要娶高翠兰呢？

只能说，猪八戒是男人，而男人是冲动的动物。

猪八戒有两大缺点，一个是贪吃，一个是好色。观音菩萨以为猪八戒刚因为好色吃了大亏，被贬下界，应当会知道收敛。于是，只强调戒吃，忽略了戒色。

观音万万没想到，对于猪八戒来说，美色当前，一切都是浮云！

唐僧见到八戒来投，非常高兴。

此前半年，唐僧的身边就只有孙悟空，后来，白龙马虽然加入，可只是扮演坐骑角色，不允许开口说话。一路上，唐僧没少被孙悟空教训——这点和大家印象中的完全不同，在原著中，孙悟空经常教训唐僧，唐僧基本上只能乖乖受教。

取经团队只有两人的时候，对错问题非此即彼，很容易激化矛盾。有了第三人加入后，唐僧和孙悟空之间，就多了一个可以宣泄的对象，一个可以结交的盟友，局势立刻就有了不同。

猪八戒神通不弱，且毛病多多。这对于唐僧来说，是大好事。他可利用八戒弱点，制约八戒，以相对孤立孙悟空，改变不利局面。

至于观音菩萨，对猪八戒这个好色的毛病也颇为头疼。

在高老庄的两三年，猪八戒虽然已受戒，但没有正式加入取经团队，还是一个在野的妖怪。可若加入了取经团队之后，猪八戒再在色字上栽跟头，就会极大地玷污佛派名声。

为了警告猪八戒，也为了敲山震虎，观音菩萨带着骊山老母、文殊、普贤等诸位菩萨，共同导演了"四圣试禅心"的故事。猪八戒果然中招。在得到教训之后，八戒也好，唐僧也好，都意识到举头三尺有神明，若是在色戒上犯错，那将是灭顶之灾！

孙悟空经常叫猪八戒"呆子"，唐僧则多次夸赞八戒"老实"。其实，八戒既不是呆子，也谈不上老实。猪八戒玩起心眼来，远赛唐僧、猴哥，就是比沙和尚也丝毫不逊色。最典型的例子，就是八戒从一登场，就撒了两个谎。

这两个谎言，骗过了观音，骗过了如来，骗过了唐僧，骗过了天下人。

若非有一次猪八戒自己说漏嘴，估计到取经结束，同行十多年的孙悟空等人，也会被完全蒙在鼓里。

050 猪八戒撒的两个弥天大谎

猪八戒初次见到观音，不分好歹，望着菩萨，举起钉钯就筑。

见八戒出手，木叉连忙阻拦，与八戒一阵好杀。两人打了数十个回合，竟然不分胜败。在这种情况下，观音菩萨出手，抛下莲花，将八戒的钉钯隔开。木叉介绍观音身份，八戒才倒身下拜。

八戒是不认识观音，还是一向很凶残？都不是！

八戒下界，是奉了其师太上老君的命令。他加入取经团队，也得到了天庭许可。不过，他最终能否进入团队，还需要观音亲自考察、确认。

考察的标准是什么呢？

如来佛祖说得明白："假若路上撞见神通广大的妖魔，你须是劝他学好，跟那取经人做个徒弟。"即这个妖魔的神通一定要大！

于是，八戒主动出手，抓菩萨只是为了吸引眼球，与木叉大战，只是为了彰显自身实力。果然，观音批准八戒加入。

观音询问猪八戒来历时，猪八戒一开口就说了两个谎言。并且，说起谎言时，他面不改色心不跳，完全骗倒了观音，达到了骗术高手的水准。

八戒撒了哪两个谎言呢？

先看原文："（猪八戒）我不是野豕，亦不是老彘，我本是天河里天蓬元帅。只因带酒戏弄嫦娥，玉帝把我打了二千锤，贬下尘凡。"

谎言一：被贬下凡的原因。

猪八戒说，自己本是掌管天河八万水军的天蓬大元帅，只因调戏嫦娥，于是被贬下凡。

八戒的这个说法，骗过了很多人。多年之后，唐僧师徒到达灵山。如来在封赏五人时，评价八戒说："猪悟能，汝本天河水神，天蓬元帅，为汝蟠桃会上酗酒戏了仙娥，贬汝下界投胎。"

如来这番话其实就代表仙界对猪八戒经历的认定。

可是，猪八戒被贬下凡的真正原因，是因为调戏嫦娥吗？

不是！至少不全是！

八戒调戏嫦娥其实只是一场戏。八戒故意大喊大叫，引来纠察灵官。玉帝本想灭杀八戒，幸亏有老君派骨干人马太白金星出面求情，于是才留得一条性命。

在《西游记》中，嫦娥不过是月宫中的一介侍女，身份卑贱。八戒以堂堂天蓬大元帅之尊，调戏个把婢女，怎么就会引来杀身大祸呢？

其中必定还有隐情。

事实上，猪八戒所做的，不仅仅是调戏嫦娥，他还曾经做过两件严重侵犯玉帝威权的事情。

在《西游记》第八十五回中，因草根妖怪南山大王狂妄而无知，猪八戒一时兴起，说出了自己被贬的真正隐秘。其中八句云：

"掌管天河八万兵，天宫快乐多自在。只因酒醉戏宫娥，那时就把英雄卖。

一嘴拱倒斗牛宫，吃了王母灵芝菜。玉皇亲打二千锤，把吾贬下三天界。"

原来，在趁醉调戏嫦娥，引来纠察灵官之后，猪八戒还强力拒捕，与天兵天将大战。

在大战时，猪八戒现出法相，乃一只千丈大野猪。他发起狂来，一嘴竟然把斗牛宫给拱倒了！斗牛宫是何处？玉帝所在之处，正是斗牛宫，灵霄殿即斗牛宫中主殿。也就是说，猪八戒竟然从广寒宫一直战到斗牛宫，并且攻入斗牛宫。

且不止如此，还有下一句："吃了王母灵芝菜。"

王母娘娘乃是《西游记》中最擅长培植草木的天仙。一般来说，奇草灵药都非常难种植。可是，王母娘娘竟然掌握了一种秘法，可以批量培育，并且药效不减。瑶池宫中三千六百棵蟠桃树，就是她的代表作。除了种植蟠桃外，王母娘娘还种了许多好东西，比如八戒诗歌中的灵芝菜。

王母娘娘太牛了，竟然把灵芝也批量生产，如同蔬菜一样种植起来。这灵芝很珍贵，昔日万圣公主豁出性命才偷了一株下界。可八戒却把王母娘娘整块地的灵芝，全部吃光了！

正因如此，王母娘娘勃然大怒。王母娘娘怒了，玉帝的日子也不好过。于是，八戒就被判了死刑。

大家看八戒的自述诗，短短八句中，列明了他犯下的三桩罪过：调戏嫦娥，擅闯天宫，毁坏仙草。

对于八戒来说，三桩罪过中，最轻的就是调戏嫦娥了。可是，为何八戒只提调戏嫦娥，而不提其他两桩罪过呢？

八戒擅自闯宫和毁坏仙草，乃是挑衅玉帝的重大罪过。可是，八戒犯下如此大罪，玉帝竟然不能将之处死，玉帝很丢脸。

而作为一个男人，因追求（调戏）美女而被贬下凡，不算一件丢人的事情。至少八戒从不觉得自己丢人。八戒很聪明，他雪藏了自己和玉帝的矛盾，只公开了大家最容易接受的罪名。

谎言二：前身是大帅哥，因错投猪胎，才变成了猪。

见到观音，八戒还说："一灵真性，竟来夺舍投胎，不期错了道路，投在个母猪胎里，变得这般模样。"

对于自己的容貌，八戒充满了自卑。观音说她是成精的"野豕"，作怪的"老彘"，八戒急忙分辩。在以后的很多地方，猪八戒都在重复这一个经历：即因为错投了猪胎，于是才变成了丑陋的猪模样。

事情真的是这样吗？

在见到孙悟空时，八戒曾经介绍自己的前生：

"自小生来心性拙，贪闲爱懒无休歇。不曾养性与修真，混沌迷心熬日月。

忽然闲里遇真仙，就把寒温坐下说。劝我回心莫堕凡，伤生造下无边孽。"

这八句话是讲猪八戒在前生如何生活，如何遇上仙人指点，进入仙途，其中没有一句提到自己是头猪。

可是，同样是在第八十五回中，猪八戒说漏嘴了，爆出了自己的第二个秘密。

八戒是这么介绍自己"前生"修仙的光辉事迹的：

"巨口獠牙神力大，玉皇升我天蓬帅。掌管天河八万兵，天宫快乐多自在。"

大家看看，玉帝为何提拔猪八戒呢？因为猪八戒神力大。这里的神力，自然不仅仅是力气，而应当是神通。因八戒神通广大，于是玉帝任命八戒为天蓬元帅。

那天蓬元帅时期的猪八戒是大帅哥吗？当然不是啊，他依然是巨口獠牙的野猪模样！

换言之，猪八戒其实根本就没有投胎。他此前就是一头野猪修炼成仙。正因为是猪，他才评价自己说"自小生来心性拙，贪闲爱懒无休歇"。所谓被贬下凡，投胎夺舍，却错投了猪胎，那都是谎言！

大家对比下唐僧和宝象国公主，就可以明白。唐僧是如来二弟子金蝉子转世，但一直到灵山，他也没有恢复金蝉子的记忆——他连灵山的路都不知怎么走！宝象国的公主是天庭披香殿侍女下凡，可是，她对昔日的情郎黄袍怪也丝毫不认识。她一直想的，不是和黄袍怪再续前缘，而是请父亲来派兵捉拿妖怪。

也就是说，只要转世，前世的记忆、法力都会消失。

可是，猪八戒依然拥有"前世"的天罡三十六变，依然拥有"前世"的所有记忆。这也可以说明，猪八戒在撒谎，他本就是猪，根本就没有错投胎！

051 追求平凡快乐的猪八戒

猪八戒和孙悟空是截然不同的两类人。

孙悟空出世时，金光直冲九霄，注定就是个不平凡的人。为了当猴王，他敢冒着未知的危险，跳入水帘洞瀑布中。别人都满足于逍遥自在的猴妖生活，可孙悟空偏偏要追求长生大道。等到称霸花果山了，依然不知足，他还要上天下地，搅乱三界，自封齐天大圣，与天庭叫板。后来虽然被压五行山下，可孙悟空骨子里天生的一股傲气，从来没有消散。

猴哥，注定是英雄，注定无法平淡着生活。

猪八戒呢？"自小生来心性拙，贪闲爱懒无休歇。"猪八戒其实仙根优秀，可是他每天想的，不是利用好自己的天赋更上一层楼，成为人上人，而是想尽办法，让每天过得更悠闲。天赋出众，成了猪八戒偷懒的资本。

这样的猪八戒当然没什么出息，可是却过得很快乐。八戒的梦想不是当英雄，而是找个美女，生一堆孩子，安安静静地做一个平凡的胖子。

可惜，这个简单的愿望总是那么难实现。

有那么一天，一个真仙来到猪八戒身边，对猪八戒嘘寒问暖，谆谆教诲。仙人吓唬八戒，若不修行，便要堕入轮回，在地狱中受尽无穷痛苦。八戒吓坏了，这才决心修仙。师父对他很不错，不但传给他修仙妙诀，更给他一颗九转大还丹。有此丹相助，加上猪八戒日夜苦修，很快，猪八戒就超脱凡身，成为仙人。

成为仙人后，玉皇大帝摆下宴会招待新仙人。在评比中，猪八戒列位优等，被授予天蓬元帅要职。

有读者说，天蓬元帅不过就是个管水利的。这不对。在猪八戒的诗句中有明确提到"敕封元帅管天河，总督水兵称宪节"。所谓"宪节"，就是手持皇帝赐给的权杖，代天行事，说他是天庭海军司令，一点不过分。

猪八戒当天蓬元帅那些年，很是过了几年快活生活。

可惜，快乐总是那么短暂。在进入天庭官场后，猪八戒很快就意识到，三界之中，无处是净土。当初的神秘师父也亮明身份，竟然是太上老君。太上老君在万千凡人中，发现了仙根优异的猪八戒，于是刻意培养，赐予丹药，就是要把猪八戒训练成仙，并占据天蓬元帅的重要职位。

猪八戒本就是太上老君反天计划中的一枚重要棋子。

可是，在孙悟空大闹天宫时，一些仙人（比如九曜）过分明显的放水行为大大激怒了玉帝。玉帝这才会放弃天庭众仙，从下界请了西方佛老如来前来降妖。

如来走后，玉帝自然不会就此作罢。他虽然没有急着动手，却已经暗中开始一个接一个地清除老君党羽。

猪八戒听闻孙悟空就是齐天大圣，说："你这诳上的弼马温，当年撞那祸时，不知带累我等多少，今日又来此欺人！"八戒说的正是孙悟空大闹天宫之后的三百六十年，玉帝处心积虑，秋后算账，把一批老君的党羽清理了出去。

玉帝的小动作，自然瞒不过太上老君。但老君懂得退让，要想保全一批，就必须舍弃一批。比如九曜之一的太白金星，追随老君亿万年，已经成为天庭文臣首领，不能舍弃。而猪八戒不过是新晋级的仙人，底子薄，人脉浅，不值得拼尽一切力保。且猪八戒握有兵权，玉帝在他身上绝不会轻易让步。

怎么办？老君找到了猪八戒，给了他两个选择：

第一，继续待在天庭，等待玉帝出手。如此，猪八戒可能会暂时得以保留官位，但更可能会灰飞烟灭。

第二，离开天庭，暂避锋芒。猪八戒可以自编自导一场戏，找个理由离开天庭。坏处是难免受责罚，好处是老君另有安排，保证未来前程，不在如今之下。

猪八戒不愿意充当炮灰，也不愿意继续当棋子，可是，他没得选择。

什么叫做人在江湖，身不由己？猪八戒就是典型。

他可以选择的，只有被贬的方式，以及被贬后与心上人欢会一年。

老君答应了。

在唐僧开始取经的前一百多年，猪八戒就被贬下凡，和卵二姐同居了一年，幸福了一年。之后是一百多年的苦苦等待，等待老君安排新任务。猪八戒想过逃离，逍遥自在做一个散仙。可是，几十里外就有个神秘的乌巢禅师时刻盯着，猪八戒不敢走开。

就在猪八戒的耐心几乎耗尽的时刻，观音出现了，要猪八戒加入取经队伍。

看到观音对自己往事毫不介意的样子，聪明的猪八戒猜出了观音必定和老君有联系。

答应观音后，猪八戒开始了自己的新生活。他虽然懒散，却是个做事有底线的人。他已经加入了取经行动，就开始遵循戒律。他以前吃人度日，现在不但不吃人，连荤腥都给戒掉了，平常只吃蔬菜、米饭，偶尔才会喝点小酒。

福陵山云栈洞只有杀人放火的家什，要想不杀人而活下去，只能到人间去。他没有倚仗自己的神通，霸占一处村镇，也没有施展法力，威逼百姓交钱交粮。他变身成一个黑胖汉子，来到高太公家做了上门女婿。

做上门女婿的生活很辛苦，猪八戒"扫地通沟，搬砖运瓦，筑土打墙，耕田耙地，种麦插秧"，什么脏活累活都做。猪八戒能干，自从他来了后，高太公家的牲畜全部都下岗了，长工也全部辞退了。原来高太公不过是个小康之家，可是，在猪八戒一两年的辛勤耕耘下，变成了高老庄的首富！

猪八戒和高翠兰说："如今你身上穿的锦，戴的金，四时有花果享用，八节有蔬菜烹煎，你还有那些儿不趁心处，这般短叹长吁？"其实，不单是高翠兰吃猪八戒，穿猪八戒的，就连高太公一家人，都是靠着猪八戒才能过上幸福生活。

可是，淳朴善良的猪八戒遇上了《西游记》中最无耻的岳父大人——高太公。这个高太公，得了猪八戒天大的好处，可是一点不知道感恩，反倒坚持退婚。猪八戒不同意，高太公就散布猪八戒是妖怪的流言，并且四处请人来降妖。

高太公为何不喜欢猪八戒呢？

一是丑，丑得没法见人。

"初来时，是一条黑胖汉，后来就变做一个长嘴大耳朵的呆子，脑后又有一溜鬃毛，身体粗糙怕人，头脸就象个猪的模样。"

二是太能吃，简直要把家给吃穷了。

"食肠却又甚大，一顿要吃三五斗米饭，早间点心，也得百十个烧饼才彀。喜得还吃斋素，若再吃荤酒，便是老拙这些家业田产之类，不上半年，就吃个罄净。"

三是云来雾去，吓坏了亲戚。

"吃还是件小事，他如今又会弄风，云来雾去，走石飞砂，唬得我一家并左邻右舍，俱不得安生。又把那翠兰小女关在后宅子里，一发半年也不曾见面，更不知死活如何。"

高太公说得这些是事实吗？在后文，猪八戒和孙悟空变化的高翠兰有一番对话，可以看出实情。

一是猪八戒和高翠兰很恩爱，绝非是强占。

猪八戒一来，就要和高翠兰亲嘴，被孙悟空一带，摔了一跤。猪八戒说："姐姐，你怎么今日有些怪我？想是我来得迟了？"细品八戒的话，可以看出，往日高翠兰和猪八戒感情很好，因此八戒才会说"今日有些怪我，想是我来得迟了"。

二是猪八戒能吃，但吃的都是自己挣的。

"我得到了你家，虽是吃了些茶饭，却也不曾白吃你的。我也曾替你家扫地通沟，搬砖运瓦，筑土打墙，耕田耙地，种麦插秧，创家立业。如今你身上穿的锦，戴的金，四时有花果享用，八节有蔬菜烹煎，你还有那些儿不趁心处，这般短叹长吁，说甚么造化低了？"

三是长相丑，以前就告诉过太公；弄风，是因为高太公要请人捉他。

"我虽是有些儿丑陋，若要俊，却也不难。我一来时，曾与他讲过，他愿意方才招我。"

高太公真正嫌弃猪八戒的原因是什么呢？是想独霸猪八戒挣的这份家产。高太公年纪并不大，不过是四十来岁。而他还有两个女儿，一个叫做高香兰，一个叫做高玉兰，都嫁在高老庄。这两对夫妻经常调唆父亲和猪八戒的关系，散布猪八戒是妖怪的流言。原因很简单，猪八戒是倒插门女婿，虽然没地位，可是却能继承家产。两个姐姐、姐夫眼红了，于是联手要把猪八戒挤走。

这种事情连孙悟空都看不下去，他说："猪八戒本是天神下凡，怎么就配不上你们家女儿了？"

高太公沉默。

可是，猪八戒没有耍横。他要发飙的话，可以把高老庄人全部吃了。他默默忍耐，只因他想和高翠兰平凡而安静地生活下去。

只是，他注定是仙界权力漩涡的一枚棋子，唐僧来了，他必须得走。人虽然走了，可猪八戒的心依然在高老庄。也许，猪八戒喜欢的不仅仅是高翠兰这个女人，还有他波澜壮阔、堪称传奇的人生中唯一三年安静的生活。

只想安安静静做一个平凡的胖子，咋就这么难呢？

052 猴哥战八戒，谁才是取经队伍第一人

孙悟空和猪八戒一共有三次交手。

第一次交手，孙悟空变成高翠兰，挑逗猪八戒。谈话间，猪八戒说，就算是高太公请来了九天荡魔祖师，他也不怕。为啥呢？八戒和荡魔祖师是老相识，"他不敢怎的我"。

猪八戒有没有吹牛呢？没有。

荡魔祖师也叫荡魔天尊，还叫真武大帝，住在武当上。在传统神话中他可是尊贵得不得了的身份。据说，盘古是开天辟地第一位天帝，玉皇大帝是第二位天帝，真武大帝是玉帝卸任后的第三任天帝。人皇伏羲，就是真武大帝化身，炎帝、黄帝，乃是真武大帝之子。

不过，《西游记》中的真武大帝和传统神话很不同。真武大帝在西游世界也叫做"翊圣真君"，乃是"北极四圣"之一。北极四圣一共四位大仙——天蓬大元帅真君、天佑副元帅真君、翊圣保德储庆真君、真武灵应佑圣真君。猪八戒赫然在名单中。

《西游记》中没有说明"八极"是哪八位大仙，不知道是不是由北极四圣与南极四圣构成？如果那样的话，猪八戒可就是八极之一了。

孙悟空又说，听说太公请的不是荡魔祖师，而是五百年前大闹天宫的齐天大圣。猪八戒一听，有三分害怕说："既是这等说，我去了罢，两口子做不成了。"孙悟空询问原因，八戒说："你不知道，那闹天宫的弼马温，有些本事，只恐我弄他不过，低了名头，不象模样。"

猪八戒为何有三分害怕？那是因为他乃是北极四圣之首，天蓬大元帅。以他的身份，没有必要和一个只会瞎胡闹的弼马温对抗。赢了，是应该的；输了，丢面子！

孙悟空认为猪八戒怕了，很开心，现出了本相。猪八戒化为狂风逃跑，孙悟空上前一棒望风打去，猪八戒化作万道金光，径直飞回了福陵山。孙悟空驾着彩雾狂追，猪八戒在金光中飞遁。到了云栈洞，猪八戒"把红光结聚，

现了本相，撞入洞里，取出一柄九齿钉钯来战"。

在这场追击中，有两点值得注意。

其一，猪八戒并非是因为害怕打不过孙悟空才跑，而是九齿钉钯不在手中。等到拿了九齿钉钯，猪八戒就信心满满了。

其二，猪八戒化为金光飞遁的法术，绝对是堪比筋斗云的存在。虽然书中没有给猪八戒这种飞行法术单独命名，但从孙悟空紧紧追赶依然无法赶上看，应当也是八戒师傅（即菩提祖师、太上老君）依据八戒身体特性，传授的独门绝学。

以上，是猪八戒和孙悟空第一次交手。这次交手，主要比斗的是飞行速度。从战况看，两人平手！

第二次交手，是在云栈洞前。这次比斗的是战斗技能。九齿钉钯在手的猪八戒，丝毫不惧孙悟空。孙悟空也放下架子，询问猪八戒的来历。猪八戒于是把前尘往事一一说出。此前，猪八戒已经向孙悟空说明，自己会天罡变，根本不是寻常和尚道士能对付的。在这次介绍中，猪八戒又把自己拜师学艺，得到九转大还丹而成仙；进入仙界，受封天蓬元帅，因调戏嫦娥，被贬下凡等等，都说了出来。

之后，两人开战。书中说，两人从二更天（晚上九点到十一点）打到东方发白（三点到五点），"看看战到天将晓，那妖精两膊觉酸麻"，"那怪不能迎敌，败阵而逃，依然又化狂风，径回洞里，把门紧闭，再不出头"。

也就是说，孙悟空与猪八戒大战了六个小时左右，猪八戒又累又困，只能败下阵来。

能一打就是六个小时，说明在战斗技能上，猪八戒丝毫不逊于孙悟空。那么，猪八戒为什么败了呢？有两个原因。

一个原因是他贪吃爱睡。人家晚上到了高翠兰处，本是为了和老婆睡觉。没想到和孙悟空一打就是六七个小时，到了凌晨三五点，正是最困的时候。孙悟空则不然，他早就是金刚不坏之身，常年不吃饭、不睡觉都没关系。孙悟空的精神头，绝对是三界中变态的存在。

还有一个原因，猪八戒一番话刺激了孙悟空。取经路上，但凡有妖怪说孙悟空是弼马温，孙悟空必定会潜力激发，进入暴走状态。原著也说："行者怎肯容情，举起棒，当头就打。"在暴怒状态下，孙悟空武力有加成。

第三次交手，是猪八戒用九齿钉钯打孙悟空的头。

孙悟空看看天已经亮了，怕师傅担心，就回高老庄。告诉师傅情况后，孙悟空重回云栈洞。猪八戒正在睡觉呢——谁能像猴哥一样，不吃不睡还精神饱满？被捣坏了山门，猪八戒从梦中惊醒，很生气。见面后，孙悟空嘲笑猪八戒的武器是个种庄稼的耙子，八戒不愤，说出了九齿钉钯的来历。

在说到钉钯威力时，猪八戒说："何怕你铜头铁脑一身钢，钯到魂消神气泄！"

孙悟空听了哈哈大笑，伸出头让猪八戒打，结果一耙子下去，孙悟空毫发无伤，猪八戒自己反倒震得手软脚麻。

有人认为，猪八戒是玉帝派来暗杀孙悟空的，九齿钉钯的特殊技能，就是专克铜头铁脑。但没想到孙悟空在五行山下，吃了五百年的铜汁铁水，身体强度又进化了。猪八戒无奈，才放弃了暗杀孙悟空。

这个观点看似新颖，其实说不通。因为取经本就是玉帝批准的，玉帝的目的，是要扩大佛派影响力，来制衡老君势力，从而使天界获得力量上的平衡。

我的观点是，孙悟空是老君布下的一道暗棋。以孙悟空性情，必然大闹天宫；以孙悟空之能，必然会大败。老君暗中送给孙悟空仙丹，用八卦炉炼出火眼金睛神通，就是保孙悟空不死。他就是要孙悟空被天庭抛弃，从而为日后取经一事做准备。

猪八戒则是老君的一道明棋。当然，这个明，是相对观音、玉帝而言。他们知道猪八戒（天蓬元帅）是老君的人。让猪八戒加入取经队伍，重新获得一个正果，既给了猪八戒一个前途，也保全了老君的颜面。如来也知道八戒是老君的人。只是，他并不知道八戒被贬的真正原因。既然猪八戒被天庭抛弃，通过加入取经队伍，重新任用，也未尝不可。

不过，连续的三次比斗，两人的行为疑点重重，都有放水嫌疑。

在遇到猪八戒之前，孙悟空是表态要帮助高太公灭杀猪八戒的。听了猪八戒修仙经历的介绍后，孙悟空却改变了态度。甚至在高太公坚持除掉八戒时，孙悟空还为猪八戒打抱不平，说人家是天神下界，怎么就配不上你女儿了？搞得气氛很尴尬。

我认为，孙悟空不单单是因为猪八戒任劳任怨，高太公家业大半是八戒挣来的才改变态度的，更主要的，是因为听到猪八戒会天罡变，且飞行法术奇特，修仙经历奇特。

虽然孙悟空不知道菩提老祖究竟是谁，也不敢问猪八戒，但是，他对猪八戒的态度已经发生了变化——本是同根生，相煎何太急？

因此，在第三次来斗猪八戒时，孙悟空一改往日好战脾气，任凭猪八戒打，还特别提到自己铜头铁脑的来历。孙悟空此刻已经觉得，菩提就是老君。只是，他不敢挑明。

猪八戒自然也听懂了，但两个人都不说破。结果，两人也不打了，而是在一起聊天，最终聊到孙悟空是保护取经人前来，猪八戒大喜，当即丢了钉钯行大礼。

053 猪八戒的必杀技

猪八戒加入取经队伍后，两人组（白龙马委屈下，不算他）变成了三人组。这不单单是数字的变化，也是矛盾的激化。

我们回顾一下，孙悟空初次加入取经队伍，没走几天，就因为六贼事件，师徒二人闹翻。因骗孙悟空带上了紧箍咒，孙悟空气得挥起金箍棒，要把唐僧打死。最终，唐僧狂念紧箍咒不止，才勉强逃得一死。

此后孙悟空保护唐僧收白龙马，烧观音院，师徒二人的关系缓和了许多。但是，观念不和、力量悬殊这两个根本问题并不曾解决。在西行路上，妖怪邪魔对取经团队的威胁，成为唐僧、孙悟空要面对的主要矛盾。他们自身的问题，则退居为次要矛盾。

一个新人（猪八戒）的加入，使得唐僧、孙悟空二人潜伏多时的矛盾激化了起来。

在处理师徒关系上，猪八戒绝对是个高手。别看孙悟空能打，但在处理人际关系方面，还很单纯，一切凭着心性，想怎么说，就怎么说。孙悟空的嘴是说痛快了，可是，不知不觉却伤害到了其他人。

猪八戒不一样。猪八戒的本领并不弱于孙悟空多少，可处处表现得比孙悟空弱爆了。打妖怪不如孙悟空，毛病也比孙悟空多——贪吃、好色、懒惰。可是，一个很奇怪的现象是，无论是唐僧，还是取经路上遭遇的百姓，对猪八戒的喜欢程度，远远超过孙悟空。

这是为什么呢？

因为老猪在天庭官场混迹多年，早就深通混世界的三昧。别看孙悟空能打，在混社会方面，老猪一招秒杀他！

原著第二十一回写唐僧师徒遭遇黄风怪。在交战之前，曾经有很长的篇幅写师徒关系。

一天，唐僧一行走啊走，眼看太阳要落山了。唐僧说："悟空，你看那日落西山藏火镜，月升东海现冰轮。幸而道旁有一人家，我们且借宿一宵，明日再走。"唐僧虽然前世乃佛子之身，可今生不过是一个凡人。眼看走了一天，人困马乏，肚中饥饿，他提出借宿化斋的要求，完全是可以理解的。

猪八戒马上说："说得是，我老猪也有些饿了，且到人家化些斋吃，有力气，好挑行李。"猪八戒首先表态。猪八戒可不是一味谄媚，他的理由很充分！因为吃了饭，休息了，才能恢复力气，才能更好地挑行李，继续为取经大业作贡献。

孙悟空训斥说："这个恋家鬼！你离了家几日，就生报怨！"猪八戒明明说得在理，孙悟空为何还要批评猪八戒？因为孙悟空要通过贬低猪八戒，确保他师兄的地位，确保取经团队话事人的身份。

但在孙悟空痛批猪八戒的同时，一样要求借宿吃饭的唐僧必定脸色铁青，心中不爽，恨不得念几遍紧箍咒呢。

猪八戒说："哥啊，似不得你这喝风呵烟的人。我从跟了师父这几日，长忍半肚饥，你可晓得？"猪八戒反驳，猴哥你能喝风呵烟，我和师父可不能。

唐僧听到猪八戒有攀扯自己的嫌疑，赶紧表明态度："悟能，你若是在家心重呵，不是个出家的了，你还回去罢。"

猪八戒知道师父有点怪自己了，慌忙下跪说："师父，你莫听师兄之言。他有些赃埋人。我不曾报怨甚的，他就说我报怨。我是个直肠的痴汉，我说道肚内饥了，好寻个人家化斋，他就骂我是恋家鬼。师父啊，我受了菩萨的戒行，又承师父怜悯，情愿要伏侍师父往西天去，誓无退悔，这叫做恨苦修行，怎的说不是出家的话！"

猪八戒这番话说得绝对有水平。首先，他面对师父下跪，明确表态，师父才是取经团队话事人。一切是非，都由师父裁定。

其次，否定孙悟空。一口咬定孙悟空栽赃，用心不良。自己根本没有抱怨，只是说肚子饿了，结果猴哥就上纲上线。

最后，表决心。自己受菩萨大恩，受师父怜悯，心甘情愿保护师父，绝对不会后悔。

听到八戒如此说，唐僧大为满意说："既是如此，你且起来。"

唐僧在处理此事时，没有询问孙悟空，那就是表示，一切我说了算！唐僧宣布猪八戒无罪，就等于在打孙悟空的脸——师弟你也诬陷！只是，唐僧有点怕孙悟空，不敢明说。

不敢说，不等于不想说。眼前不说，不等于最终不说。

一行人走入村庄，见到一个姓王的老人。老王很好客，对孙悟空却很不客气。

不客气是因为孙悟空说话太伤人。

唐僧见到老王，说要去西天取经。老王好心提醒，前方有妖怪，西天去不得，去东天吧。孙悟空气呼呼地冲上前说："那老儿，你们这大年纪，全不晓事。我出家人远来借宿，就把这厌钝的话虎唬我。十分你家窄狭，没处睡时，我们在树底下，好道也坐一夜，不打搅你。"

老王吓坏了，拉住唐僧告状："师父，你倒不言语，你那个徒弟，那般拐子脸、别颏腮、雷公嘴、红眼睛的一个痨病魔鬼，怎么反冲撞我这年老之人！"唐僧本该批评孙悟空无礼，可是没说，不敢说。

孙悟空说，老王你没眼色，我身材虽小，本领却大，当年还是齐天大圣，大闹天宫云云，把他的光辉往事说了一遍。孙悟空以为，说了这话之后，老王必定吓得尿裤子，对自己崇拜之至。

没想到，老王哈哈大笑说："原来是个撞头化缘的熟嘴儿和尚。"所谓熟嘴，就是爱吹牛皮。

孙悟空恼了说："你儿子便是熟嘴！我这些时，只因跟我师父走路辛苦，还懒说话哩。"他强调，若非走路很单调，才懒得和你老王说话呢。

老王又笑了，当场就顶了猴哥一句："若是你不辛苦，不懒说话，好道活活的聒杀我！"你还说你不爱说话，我都被你吵死了！哈哈，纵横三界的孙悟空，被老王好一顿奚落。若是对方是妖怪，孙悟空必然要将其灭杀。可老王是人类一枚，不能动粗。就算他想动粗，旁边还有虎视眈眈的唐僧盯着。你若出手，我就动嘴！

作为师父，唐僧本应该主动出面为徒弟澄清事实——我这大弟子，确实大闹过天宫，好厉害的——可是，唐僧一言不发，静静地看着悟空吃瘪。

后来，猪八戒上前，他那猪头猪脑把大家吓坏了。孙悟空说："呆子不要乱说，把那丑也收拾起些。"见到孙悟空奚落八戒，唐僧打抱不平说："你看悟空说的话！相貌是生成的，你教他怎么收拾？"孙悟空说得什么话？说的胡话，鬼话。唐僧对八戒的偏爱，对悟空的忌惮表露无遗。

后来，吃饭时间到了。唐僧和孙悟空都吃了两碗，猪八戒吃了十多碗，还嚷着添饭。若不多吃，岂不白担了贪吃的罪名？

孙悟空数落说："这个馕糠，好道撞着饿鬼了！"一点不给八戒留面儿。

还是老王会做人，帮忙说情："这个长老，想着实饿了，快添饭来。"结果猪八戒一口气把人家锅里的饭全部吃了个干净，嘴里还嚷嚷着只是半饱。

吃饱了，大家睡觉。第二天出发时，老王很客气，又让老婆准备了汤饭做早点。

临别，老王说："此去倘路间有甚不虞，是必还来茅舍。"老王本是一番好意，交代唐僧师徒遇上危险，不能西去，请回来他家，必定还会管饭。孙悟空却说："老儿，莫说哈话。我们出家人，不走回头路。"两句话把老王呛了个半死。面对如此一个吃饱了还放叼，完全不知道感恩的孙悟空，老王会怎么想？肯定想：只当我家的饭菜都喂狗了吧。

唐僧与八戒呢，虽然嘴上不好说孙悟空，可心中也必然怪罪。如此做人，不是走一路，得罪一路吗？

对于猪八戒挑战自己在取经队伍的威权，孙悟空记在心中。对于唐僧扶持八戒打压自己，孙悟空也看在眼里。孙悟空也是个精明的人，很多道理他都知道，只是有些时候不屑于顺着别人的意思去说，去做。没有傲骨的孙悟空，还配叫齐天大圣吗？

离开高老庄后，唐僧师徒遇上了一个同样号称"大圣"的强大妖魔。这位妖魔有一项震动三界的奇特法术。这位大圣是谁呢？

054 西游世界大闹灵山的大圣是谁

西游世界最有名的大圣，当然是齐天大圣孙悟空。在很多人眼中，"大圣"几乎就是孙悟空的代名词。

其实，在《西游记》中出现了多位大圣。花果山人间七大魔王结拜，号称七大圣。只是，除了孙悟空外，其他人都是有贼心没贼胆的怂货。大圣之名除了他们自己，外人根本不得而知。

在西游世界，还有一位大圣，其武艺超群，神通过人，更有一门绝学，堪称三界无双。这位大圣曾经大闹西天灵山，惹出的风波比孙悟空也不过略逊一筹。

只是，齐天大圣闹天宫后，被镇压在五行山下五百年，受尽了苦楚。可那位大圣，即便闯出大祸，依然霸占八百里大山，称王称霸，逍遥自在。

这位大圣，就是号称"黄风大圣"的貂鼠精。

貂鼠精，通常被人称为黄风怪，也有人称他黄风大王，几乎没有人叫他黄风大圣。不过，这"大圣"之名，可不是讹传。在书中第二十回，来自灵山的佛派护教伽蓝，恭恭敬敬称其为"黄风大圣"，对这位大圣的神通和法术，敬畏不已。

那么，这位获得佛派仙人认可的"黄风大圣"貂鼠精，究竟犯下什么大罪？为何犯罪后又能逍遥法外呢？

第二十回中，灵吉菩萨道出黄风怪的来历：

"他本是灵山脚下的得道老鼠，因为偷了琉璃盏内的清油，灯火昏暗，恐怕金刚拿他，故此走了，却在此处成精作怪。"

灵吉菩萨的话语很简单，可是信息量很大。这句话不但道出了黄风怪的出身，更道破了其犯罪行为背后的玄机。

灵吉菩萨的意思是，这黄风怪因为偷吃了灵山雷音宝刹内琉璃盏中的香油，于是触犯了戒律。

这个罪名很可笑！

黄风怪拥有妖王级别的强大神通，为何还要偷吃香油呢？莫非雷音宝刹内琉璃盏中的香油，有什么特别功效，吃了就能大幅度增进功力？

根本就不是！书中说得明白，偷吃灯油后，黄风怪发现"灯火昏暗"，怕守护大殿的金刚发现，于是逃走。这也就是说，香油的作用，那就是照明！

如果说，灵山上的香油，可以让一只普通的老鼠进阶，拥有一点点神通，这是有可能的。毕竟，灵山乃人间仙境，山上的普通花草，在人间都是仙草灵药。但像那黄风怪，论武艺可以和孙悟空大战三十回合，论神通更拥有一口三界绝版的"三昧神风"。他这种境界的妖王，要想提升实力，除非获得什么天材地宝，绝世机遇，否则根本不可能再度进阶。

想要通过喝香油升级，纯粹是个笑话。

在我看来，黄风怪偷吃香油，只不过是如来佛祖的一个命令。如来佛祖是要黄风怪以触犯戒律的形式离开灵山。

黄风怪下山的目的是干吗呢？就是来到黄风岭上做妖怪，等候唐僧师徒的到来，以充做一难！

这黄风怪也着实自觉，重新做了妖王之后，虽然开了荤戒，却从不吃人，明摆着还在等候重归灵山。

也正因为如此，虎光锋抓捕了唐僧之后，黄风怪先是责骂虎先锋多事，后是把唐僧关在后院，只字不提吃肉的事情。当黄风怪被擒拿后，灵吉菩萨也出面劝阻孙悟空，说要拿黄风怪回灵山复命。

055 三界第一神风究竟有多厉害

西游世界的不少仙人都有着独特的天赋神通，比如说蝎子精的倒马刺，蜈蚣精的金光罩，还有黄风怪的三昧神风。这几位妖王，论综合实力只能算一流，可是，他们靠着天赋神通，却能越级挑战，直逼天尊高手。

本文就来细说一下黄风怪的三昧神风。

什么叫做"三昧"？在传统佛教与道教中，对此有着非常复杂的解释。在《西游记》《封神演义》这些神话小说中，其解释则相对简单。主流观点认为，所谓三昧，其实就是修仙者将体内的精、气、神三者汇聚而成的一种神秘力量。

这种力量的外放方式有多种，可以外化为火，即西游世界威名赫赫的三昧真火；也可以外化为风，即本文所说的三昧神风。

能够修炼出三昧真火和三昧神风的仙人，并非只有红孩儿和黄风怪。

不少人都认为三昧真火乃太上老君独有的神火，传授给了红孩儿。其实，翻遍《西游记》，没有任何一处地方，说到三昧真火是老君的专属神火。（《勘破西游：八十一难皆是局》中观点有错，特此更正）

书中写得明白："他曾在火焰山修行了三百年，炼成三昧真火。"红孩儿的三昧真火，乃是他在火焰山修行后感悟而成。至于暗中有没有得到高人指点，那是另一回事。

其实，不单单是红孩儿与黄风怪，西游世界的不少仙人都在体内凝聚了三昧之力。

整部西游，明确提到拥有三昧火的人有两位——红孩儿与孙悟空。太上老君曾经向玉帝解释，为何孙悟空能够扛过雷劈火烧。原文说："我那五壶丹，有生有熟，被他都吃在肚里，运用三昧火，锻成一块，所以浑做金钢之躯，急不能伤。"

原著中虽然没有明确说蝎子精拥有三昧真火，但是，她能够和红孩儿一样，从口鼻中喷出火与烟。这火，应当也是三昧真火。

只是，在对于三昧真火的体悟和运用上，孙悟空和蝎子精还不如红孩儿。孙悟空的三昧火只能在体内运转，蝎子精虽可以从口鼻喷出烟火，但是威力却远不如红孩儿的火强大。

红孩儿的三昧真火为何那么厉害呢？

红孩儿以"红"（火）为号，专攻火系法术，造诣超过绝大多数仙人。

他修行时间虽然比较短，却知道如何提升真火的威力。他在作战时，先推出五辆小车，上面放了五行物品。有五行车相助，就在一个小范围内形成了五行相生的力场，使得火系灵力可以源源不断滋生。同时，红孩儿用拳头敲打口鼻，以自身鲜血作为引子，点燃真火，故此威力奇大。

那么，三昧神风呢？

原著中，孙悟空曾慨然说："老孙也会呼风，也会唤雨，不曾似这个妖精的风恶！"

我仔细比较了原著中对两人呼风的描写，几乎一模一样。他们都是朝着巽地上张口，然后一口气吹出去，顿时就会狂风大作。

只是，孙悟空弄的风，只能刮起凡人、凡马，对于仙人，很难造成实际的伤害。黄风怪的风则不然。

黄风怪的风究竟有多厉害？在原著中有那么一段诗歌，夸赞黄风怪的三昧神风。诗歌很长，我节选其中重要的句子，如下：

"冷冷飕飕天地变，无影无形黄沙旋。碧天振动斗牛宫，争些刮倒森罗殿。五百罗汉闹喧天，八大金刚齐嚷乱。文殊走了青毛狮，普贤白象难寻见。老君难顾炼丹炉，寿星收了龙须扇。王母正去赴蟠桃，一风吹断裙腰钏。二郎迷失灌州城，哪吒难取匣中剑。天王不见手心塔，鲁班吊了金头钻。雷音宝阙倒三层，赵州石桥崩两断。龙王遍海找夜叉，雷公到处寻闪电。十代阎王觅判官，地府牛头追马面。这风吹倒普陀山，卷起观音经一卷。白莲花卸海边飞，吹倒菩萨十二院。盘古至今曾见风，不似这风来不善。唿喇喇乾坤险不炸崩开，万里江山都是颤！"

以上种种，大体就是说，黄风怪一吹起三昧神风，端的是天地震动。称三昧神风为三界第一神风，也不为过。

只是，诗歌中把三昧神风描写得天上有，地下无，几乎秒杀天地诸仙，仿佛连太上老君、王母娘娘都畏惧这神风。这牛吹的，是不是有些过呢？

黄风怪曾经施法，以三昧神风战退孙悟空。我们结合原著，看看三昧神风的实际效果如何，就可以推知上面那首诗到底是写实，还是在吹牛。

孙悟空先是施展身外化身，以百十个孙悟空把黄风怪包围起来。"那怪害怕，也使一般本事。"从那怪害怕可以知道，若黄风怪再不施展绝活，就会被孙悟空拿下。

黄风怪施展三昧神风，"就把孙大圣毫毛变的小行者刮得在那半空中，却似纺车儿一般乱转"。孙悟空施展的身外化身术，具有本体的一部分威能。三昧神风能将小孙悟空吹飞，足见拥有一定的威力。但是，孙悟空本体有没有被吹走呢？没有！

原文说："慌得行者将毫毛一抖，收上身来，独自个举着铁棒，上前来打，又被那怪劈脸喷了一口黄风，把两只火眼金睛，刮得紧紧闭合，莫能睁开，因此难使铁棒，遂败下阵来。那妖收风回洞不题。"

孙悟空与黄风怪乃是近身搏斗，彼此距离很近，顶多三五米。在这么近的情况下，黄风怪只能吹飞毫毛，却不能吹飞孙悟空的本体。不但不能吹飞孙悟空，孙悟空还能迎风而上，上前来斗。

这说明什么？说明这三昧神风的杀伤力还不够强大！

在1986年央视版电视剧《西游记》中，孙悟空被三昧神风吹瞎了眼睛，只能在风沙中胡乱寻找猪八戒。那一个桥段，让曾经的我觉得三昧神风实在强大，竟然把孙悟空的火眼金睛吹瞎了！

事实是什么呢？黄风怪是劈面吹风，也就是说在超近距离施法。在突然遇袭的情况下，孙悟空眼中受了伤，只能闭上眼睛，撤离战场。

孙悟空的眼睛是不是瞎了呢？根本没有！等退出黄风怪的施法范围后，孙悟空就睁开了眼睛，去寻找猪八戒。

见面时，孙悟空提到了眼睛的伤势，他说："我被那怪一口风喷将来，吹得我眼珠酸痛，这会子冷泪常流。"

黄风怪的风，不是单纯的风，是风中有沙。形象点来说，就是沙尘暴。

孙悟空的眼睛，其实是因为突然进了不少黄沙，受了一些轻伤。后来，护教伽蓝变化出一座庄园，给孙悟空送来眼药，孙悟空的眼睛也就立刻复原了。

事实上，黄风怪的三昧神风，其威力比起铁扇公主的芭蕉扇来，差得不是一点半点。芭蕉扇一扇之下，就连大罗金仙，那也要被吹飞八万四千里。

既然黄风怪的三昧神风实际的杀伤力有限，为何作者还要花那么大的篇幅来写三昧神风的神奇威力呢？

在那首夸赞三昧神风的诗歌中，其实隐藏着佛派的一个重大秘密！

056 三昧神风中隐藏的惊天秘密

三昧神风中隐藏的惊天秘密到底是什么呢？

这个秘密和狮魔、象魔下山有关。

在文殊与普贤的表述中，狮魔和象魔都是不慎走失。事实上，狮魔、象魔根本就不是狮奴、象奴看守不慎，而是被放任其下山，充作日后取经行动磨难之数的。

与狮魔、象魔同时下山的，还有许多妖魔，其中之一就是号称"黄风大圣"的黄风怪貂鼠精。

我们再看描绘三昧神风的那首诗歌：

"冷冷飕飕天地变，无影无形黄沙旋。碧天振动斗牛官，争些刮倒森罗殿。
五百罗汉闹喧天，八大金刚齐嚷乱。文殊走了青毛狮，普贤白象难寻见。
老君难顾炼丹炉，寿星收了龙须扇。王母正去赴蟠桃，一风吹断裙腰钏。
二郎迷失灌州城，哪吒难取匣中剑。天王不见手心塔，鲁班吊了金头钻。
雷音宝阙倒三层，赵州石桥崩两断。龙王遍海找夜叉，雷公到处寻闪电。
十代阎王觅判官，地府牛头追马面。这风吹倒普陀山，卷起观音经一卷。
白莲花卸海边飞，吹倒菩萨十二院。盘古至今曾见风，不似这风来不善。
唵喇喇乾坤险不炸崩开，万里江山都是颤！"

乍一看这首诗歌，仿佛是在描写黄风怪大战孙悟空，施法时候的场景。

可是，仔细一看，许多地方对不上。

最主要是哪里对不上呢？是威力对不上。

在上文中，我分析了，三昧神风虽然厉害，但是见面不如闻名，事实上三昧神风的威力远不如芭蕉扇的神风。连就在眼前的孙悟空都吹不动，那又如何震动三界呢？

于是，只剩下两种可能：其一，原作者昏了头，瞎写的；其二，那首诗歌描绘场景并非是说眼前，而是说过去。

换言之，在多年之前，黄风怪曾经大展神通，以全身三昧之力，召唤了一场震动三界的神风。正是那场神风，为他赢得了大圣的美名。

那么，那场震动三界的神风，发生在何时？神风背后又隐藏着什么秘密呢？

首先，时间可以明确，是在取经之前的一百四十余年。

诗云："王母正去赴蟠桃，一风吹断裙腰钏。"

五百年前，孙悟空大闹天宫，如来佛基本定下取经（传经）的计划。在下一届蟠桃会，即三百六十年后，如来已经和天庭都开始行动起来。

其次，如来做出了许多秘密安排。

安排一："五百罗汉闹喧天，八大金刚齐嚷乱。雷音宝阙倒三层，赵州石桥崩两断。"

三昧神风起源于灵山，给灵山造成的破坏也最大。

结合前文对黄风怪出身的推测，可以知道，当时黄风怪奉命偷油，故意惊动了看守的八大金刚。八大金刚责任在身，立刻展开追捕行动。可是，黄风怪施展顶级三昧神风，把大雷音寺也吹倒了三层，造成了重大破坏。如来震怒，派出五百罗汉追击。可是，这么多人出马竟然还是抓不住黄风怪。最终还是靠如来佛祖慧眼观照，才发现了黄风怪行踪。

安排二："文殊走了青毛狮，普贤白象难寻见。"

前文我曾经提到，所谓狮魔王大闹天宫，纯属吹牛。结合本诗可以明确，狮魔是在陪同文殊菩萨参加蟠桃会时走丢的。

当时三昧神风吹到，狮魔与白象一起逃走，躲到狮驼岭去了。

安排三："这风吹到普陀山，卷起观音经一卷。白莲花卸海边飞，吹倒菩萨十二院。"

三昧神风吹到普陀山（也叫落伽山）时，观音菩萨也趁机行动。

诗歌中说，观音的经卷被吹飞了一卷。极有可能这被吹飞的经卷，正落到了池水中的金鱼精（后来吃童男童女练功的那位）手中。又说"白莲花卸海边飞"，金鱼精八成就在那时，把吹飞的白莲花带走，炼化为兵器。这白莲花打造的兵器着实厉害，与金箍棒大战，也丝毫不落下风呢！

最后，三界的各派势力在神风到来时，都有不同的动作。

神风到来犹如一枚信号弹，仙界各方纷纷行动。

玉帝开始清理天庭敌对势力，一方面贬斥老君派骨干、天河水军统帅猪八戒下凡；同时，为监控取经行动，将自己的心腹卷帘大将沙僧也贬斥下凡。

诗云："老君难顾炼丹炉。"这句话暗示了什么？不就是说，神风到来，太上老君避风去了，也顾不上炼丹，结果——负责看守丹炉的两个童子，偷了太上老君的宝贝下凡去了！在平顶山莲花洞，两个童子化身为金角大王、银角大王，逍遥自在了许多年！

一百四十余年前的一场怪风，背后竟然有如此多的秘密！

057 沙和尚撒的两个弥天大谎

黄风岭之后是流沙河，在这里，唐僧收了他最后一个徒弟沙和尚。沙和尚沉默寡言，貌似忠厚，其实心机最深沉。

当初遇见观音时，和八戒一样，沙和尚也撒了两个弥天大谎。

越是聪明的人，撒的谎越完美，越不容易戳穿。

前文分析过猪八戒撒的两个弥天大谎。相比老猪，沙和尚沉默寡言，一直都是"老实人"的代名词。不过，大家千万不要被表象迷惑，取经队伍中，潜藏得最深的，就是沙和尚。

所谓"大智若愚"，说的就是沙和尚。

沙和尚撒了什么弥天大谎呢？

问题与老猪一样，都出自加入取经团队前，沙和尚对观音菩萨介绍自己来历的那段话。

沙僧说："菩萨，恕我之罪，待我诉告。我不是妖邪，我是灵霄殿下侍銮舆的卷帘大将。只因在蟠桃会上，失手打碎了玻璃盏，玉帝把我打了八百，贬下界来，变得这般模样。又教七日一次，将飞剑来穿我胸胁百余下方回，故此这般苦恼。没奈何，饥寒难忍，三二日间，出波涛寻一个行人食用。不期今日无知，冲撞了大慈菩萨。"

一个撒谎的高手，如何让对方难以识破自己的谎言呢？要争取做到话语中七分真三分假，甚至是九分真，一分假。

撒谎者为何要撒谎呢？因为撒谎对他有利。

沙僧的这段话中，哪些是真相？

沙僧说自己是灵霄殿前卷帘大将，这是真。在蟠桃会上打碎了琉璃盏，这也是真。玉帝将沙僧当众打了八百下，贬下凡间，这还是真。

观音菩萨乃五方五老之一，身份尊贵。依据七仙女的介绍可以知道，从久远之前，蟠桃会每一届的邀请名单上，都有南海观音。孙悟空被镇压五行山后的三百六十年（天界一年），王母如期举行蟠桃会，观音当然也参加了。在那一次蟠桃会上，发生了许多事情。比如会上沙僧打碎了琉璃盏，会后猪八戒调戏嫦娥，大闹斗牛宫等。

对这些事，观音菩萨应该知道沙僧说的是实话。

沙僧还说了什么实话呢？——"三二日间，出波涛寻一个行人食用。"关于这吃人杀生的部分，也是实话。

那沙僧在哪些地方撒谎了呢？

主要有两处。

其一，我不是妖邪。

妖，在西游世界有着明确的定位，由非人类修炼成精（成精，即修为超过最低级仙境界），都是妖。在达到强大妖魔的境界后，他将有机会进入天庭。若获得天庭编制，那就脱去妖名，成为仙。大名鼎鼎的二十八宿大都是非人类成仙，昴日星官的本体就是大公鸡。如果没有进入天庭，他们就只能一直背负妖怪之名。强大的妖，即会被称为魔王。

沙僧说自己不是妖邪，而是卷帘大将下界，这是在模糊一个概念——难道说，有了仙界编制的卷帘大将就一定不是妖怪出身吗？当然不是。

沙僧是妖非人，有两大证据。

一个是沙僧的容貌古怪，绝对非人类。

沙僧长什么样？原文说：

"青不青，黑不黑，晦气色脸；长不长，短不短，赤脚筋躯。眼光闪烁，好似灶底双灯；口角丫叉，就如屠家火钵。獠牙撑剑刃，红发乱蓬松。一声叱咤如雷吼，两脚奔波似滚风。"

这沙僧绝对凶相十足。一头红发，一张青黑脸，一双如灯大眼，一张血盆大口，獠牙如同利剑——这活脱是传说中的凶神恶煞！

沙僧为何长成这样？他自己说，是因为被打了八百板子，被贬下界，于是才变成如今这幅模样。言下之意，以前人家很帅的。

事情真的是这样吗？

当然不是。沙僧原本就是妖，本就长着一副凶神恶煞的模样。

且看熟人揭底。

在沙僧的自述诗中，我们找不到一点他是妖怪的证据。不过，沙僧掩藏得再好，也无法堵住所有人的口。在一些老相识的介绍中，我们可以发现蛛丝马迹，证明沙和尚是妖不是人！

唐僧师徒在浮屠山遇上乌巢禅师。临别时，乌巢留下一首诗，其中有这样四句：

"野猪挑担子，水怪前头遇。多年老石猴，那里怀嗔怒。"

乌巢禅师提出，猪八戒是野猪成精，孙悟空是石猴成精，那沙和尚呢？沙和尚是水怪！

西方世界本土势力最大的妖魔，当属牛魔王。牛魔王交友广阔，在许多年前就认识了猪八戒和沙和尚。他是这么介绍两位老友的："我闻得唐僧在那大路上等候。他二徒弟猪精，三徒弟沙流精，我当年做妖怪时，也曾会他。"

在这里，牛魔王称呼沙僧为沙流精。

从以上两人对沙僧的称呼可以看出，沙僧是妖非人。只是，沙僧的本相到底是什么呢？

流沙河，在现实世界中明显是沙漠的代名词。在《西游记》中，它成了一条真正的河。沙僧是这河中的水怪。牛魔王口中的沙流精，依然是水怪。但到底沙僧是什么怪物，没有充足的证据。

我的一个假想是鳄鱼。鳄鱼乃水中霸王，有青黑色皮肤，有血盆大口，獠牙如利剑，与沙僧的长相有些相似。

其二，每七天被飞剑穿胸百次。

很多人在解读沙僧的长相和性情时，经常喜欢拿这句话说事。他们认为，正因沙僧受飞剑穿胸酷刑，于是才憋成了青黑色脸，取经路上才沉默寡言，不出风头。

其实，沙僧所说的每七天被飞剑穿胸，纯粹是个谎言。

有何证据呢？

我们细看原文，沙僧的意思是说，在被贬下凡后，玉帝依然没有放过他，每隔七天就派人用飞剑来穿他的胸一百多次。百年如一，因此烦恼。

可是，观音菩萨到来时，有没有看到任何天庭行刑者的身影呢？没有！

何况，"天上一日，下界一年"。沙僧说自己七天一次飞剑穿胸，就意味着行刑天使在天界每隔二十八分钟就要下界一次。这节奏是要折磨沙僧呢，还是要折磨行刑天使呢？

不久之后，观音菩萨遇上被绑在空中的小白龙，她当即去了天庭。面见玉帝时，观音菩萨只是提到需要小白龙做取经人的脚力，只字不提沙僧的事情。若沙僧真是正在服刑，观音怎么可能不向玉帝禀明情况，就擅自收编沙僧？

事实上，猪八戒犯下三桩泼天大罪，不过是被痛打一顿，贬斥下界。他的罪过比沙僧可严重多了。沙僧打碎了一个杯子，不但被打了八百下，还要承受飞剑穿胸之苦。这罪与罚之间，是不是太不成正比了？

沙僧被贬的真正原因，是因为奉玉帝之命下界，打入取经队伍。沙僧本是玉帝最亲信之人——不是心腹能让沙僧做侍卫长？摔杯子事小，玉帝却公开责打八百下，并贬斥下界。玉帝的意思就是要表明自己公正严明，不徇私情。

那么，沙僧为何要撒谎，说自己受飞剑穿胸之苦呢？

只能说，聪明反被聪明误。在沙僧看来，天下仙人都知道自己是玉帝的人，虽被玉帝贬斥下界，但大家都会怀疑他是做戏，玉帝必定另有任务交代给他。

为了摆脱这个嫌疑，沙僧放出流言，说自己要承受飞剑穿胸之苦。他要传递一个信息：我和玉帝已经闹翻了，我加入取经团队的目的很纯洁！

但沙僧并不知道，他与猪八戒、孙悟空加入取经团队，早在许多年前，就已是由仙界高层拍板了的。

沙僧、猪八戒、孙悟空、唐僧，都不过是仙界争斗的棋子！

058 谁才是猪八戒最讨厌的人

取经队伍当中，猪八戒最讨厌的是谁呢？估计大家都会说：孙悟空。

表面看来，孙悟空和猪八戒的关系相当糟糕。加入取经队伍之初，因为谁挑担的问题，两人的关系就陷入僵局。后来，三打白骨精时，猪八戒刻意挑起唐僧与孙悟空的矛盾，唆使唐僧念紧箍咒，赶走了孙悟空，两人的矛盾一度激化。此后，孙悟空虽然回归，但是一路走来，他们两人之间的争吵就没有停止过。

可是，我却要告诉大家，取经队伍中，和孙悟空关系最亲密的，恰恰是牢骚满腹的猪八戒！

且不说黄风岭上猴哥与八戒师兄弟两人相互扶持，也不说流沙河畔猴哥与八戒手挽手迎战，也不说车迟国中八戒听猴哥的话把三清塑像扔下茅厕（两兄弟可谓一起打过仗，一起犯过事），单单说孙悟空在取经路上的几次磨难，若非猪八戒出手，猴哥早就陷入困境，甚至一命呜呼。

猪八戒虽然和孙悟空经常吵架，但他绝对是孙悟空的头号知己。若非是他出马，换个别人，绝无可能三言两语就说动孙悟空重新回到取经团队。火云洞前，孙悟空因为被烟火熏烤，又受了泉水刺激，冷热交锋，一时之间差点魂归天外。在众人束手无策的时候，是猪八戒慨然出手，从鬼门关救回了孙悟空。

两人之间争吵不断，但是，"打是亲，骂是爱"。两人之间的斗嘴，几乎就是乏味的取经路上最大的乐趣。两人之间，越是斗嘴，感情越是亲密。

而猪八戒对唐僧，则一直都是恭恭敬敬的。

于是，四人组合中，猪八戒最讨厌的人浮云出面了——正是那个沉默寡言、素有厚道美名的沙和尚。

猪八戒讨厌沙和尚？有什么证据呢？其原因又是什么呢？

要想弄清楚这个问题，让我们一起来品读下原著第二十二回，即流沙河收沙僧那一回。

故事说灵吉菩萨擒拿了黄风怪，唐僧师徒离开了黄风岭。一路走来，到了流沙河。流沙河中窜出一个妖怪，想要抓唐僧。猪八戒主动出马，迎战妖怪。

猪八戒与这妖怪一共大战了三次，分为陆战、水面、水下三次。三次交手皆胜负不分。

这个妖怪自然就是沙和尚。

在第二次交手时，沙和尚主动介绍自己的出身，乃是天庭卷帘大将。第三次交手时，沙和尚交代了自己兵器的来历。沙和尚乃是天庭卷帘大将（禁军大统领），经常跟随玉皇大帝出入，天庭高层仙人应当无人不识他！就算沙和尚做天神时，以人形面貌出现，如今身在流沙河，以妖化形态出现，可是，他手上的兵器样子没有变啊。

在卷帘大将沙和尚亮明身份，告知兵器后，猪八戒不但没有罢战，反倒斗志加倍昂扬，非要降伏沙和尚不可。这是为了什么呢？

大致有以下几个原因。

其一，此战是师兄弟排名战，许胜不许败。

孙悟空师兄弟之间的排名，是怎么算的呢？有人或许会说，那还不简单，谁先拜入唐僧门下，谁就是师兄。确实，从唐僧那里论，孙悟空是老大，猪八戒老二，沙和尚老三。可若是从观音那里论呢？观音菩萨招收取经人徒弟，可先是沙和尚，再是猪八戒，最后才是孙悟空。

于是，沙和尚明明已经答应了观音不吃人，也确实三年多没有吃人了，可是看到唐僧经过时，他却从江中跳出来抓。沙僧不是贪吃，他是想借抓唐僧与取经人徒弟一战，确立自己在取经团队的地位。

若胜，沙和尚就是二师兄——两人都知道自己和孙悟空相差较远。若败，再当老末不迟。

于是，不管是沙和尚也好，还是猪八戒也罢，两人出手毫不容情。在全书中，沙和尚唯一一次展现真本事，就在此回。

其二，沙僧出言侮辱，猪八戒要挣回面子。

沙僧一共两次介绍自己。每次的结尾，他都少不了讽刺下猪八戒，并且专门揭猪八戒的疮疤。猪八戒也是男人，是可忍孰不可忍！

第一次，沙僧介绍自己修仙经历，说自己当初如何牛，如何被玉帝亲自册封为卷帘大将，风光无限。然后说："你敢行凶到我门，今日肚皮有所望。莫言粗糙不堪尝，拿住消停剁鲊酱！"

沙僧很骄傲地说，自己称霸流沙河，吃人无数。如今猪八戒打上门来，正好做他的晚餐。实在是猪八戒皮厚肉糙不好吃，不过他也不嫌弃。老沙的意思是，等抓住猪八戒后剁成块，像制作咸鱼干一样，把猪八戒制作成咸肉干。

猪八戒一生，最讨厌的就是别人说他丑，尤其是说他是猪！为此，他撒了一个弥天大谎，说自己是这辈子错投了猪胎才变猪的。眼下，沙僧竟然说他皮厚肉糙，猪八戒大怒说："你这泼物，全没一些儿眼色！我老猪还掐出水沫儿来哩，你怎敢说我粗糙，要剁鲊酱！看起来，你把我认做个老走硝哩。休得无礼！吃你祖宗这一钯！"

第二次，沙僧介绍自己的降妖杖，在吹嘘了一通后，狠狠贬低了猪八戒的兵器："看你那个锈钉钯，只好锄田与筑菜。"

猪八戒一生最引以为傲的，那就是手中拥有号称三界最为锋利的九齿钉钯。听沙僧嘲讽后，猪八戒立刻就暴走了。他愤愤然说："我把你少打的泼物！且莫管什么筑菜，只怕荡了一下儿，教你没处贴膏药，九个眼子一齐流血！纵然不死，也是个到老的破伤风！"

正因为沙僧两次介绍都出言讥讽，故猪八戒虽然知道了沙和尚的身份，也佯装不知，故意要和沙和尚见个高下。

其三，沙僧与猪八戒从来都是死对头。

在第十九回时，乌巢禅师留下预言：野猪挑担子，水怪前头遇。多年老石猴，那里怀嗔怒。

当时，孙悟空对乌巢禅师很恼火，猪八戒却挺佩服乌巢。他劝孙悟空说："师兄息怒。这禅师也晓得过去未来之事，但看他'水怪前头遇'这句话，不知验否，饶他去罢。"

猪八戒也曾是统领八万水军的统帅，别看他整天傻乎乎的，其实内心精明得很呢。猪八戒认定乌巢乃是世外高人，通晓过去未来。一路走来，猪八戒也必然会在心中仔细盘算乌巢的话语。为何老禅师要把水怪和野猪（自己）与石猴（孙悟空）放在一起来说呢？莫非是暗示水怪也是取经团队成员之一？

等到看明白水中跳出的妖怪是卷帘大将时，猪八戒立刻就明白了。这水怪必然也是取经人的徒弟无疑了。

为何这么说呢？

猪八戒是老君的心腹。他奉老君之命，以调戏嫦娥为名大闹天宫，被贬斥下凡后，找机会打入取经团队。

猪八戒在被贬前，已经听说玉帝的心腹卷帘大将也犯事将被贬斥下凡。如今在流沙河看到卷帘大将，猪八戒怎么可能不明白？

猪八戒和沙和尚两人都是伪装者，都奉命潜伏在取经队伍中！

两人从骨子里就分属两派，因此，两人一见面就互相泼脏水，大打出手。

一直等到孙悟空请来了木叉，亮明了观音的态度，双方才罢战。此前，降伏猪八戒时，孙悟空是一路上扯着八戒耳朵拉回来的，可是，两人吵吵嚷嚷，反倒让人觉得亲热。可沙僧归顺时呢，除了唐僧很高兴，又多了一分力量外，孙悟空无喜无怒，在唐僧的命令下，才帮忙拿了戒刀。唐僧这才给沙僧剃了头。至于八戒，在整个收徒、剃发仪式中，一言不发。

在以后的许多年，猪八戒每天都和孙悟空吵嘴，可是和沙和尚，几乎说不到多少话。

沙僧加入后，取经团队成员全部到齐。在五人组合中，论仙界身份，论打斗实力，孙悟空都是第一人。为何偏偏是全无武艺、凡人之身的唐僧成为取经团队一把手呢？

059 唐僧凭啥成为一把手

前文中，我曾经提过，孙悟空是取经团队实际的一把手。既然说孙悟空是"实际"的一把手，也就是说，孙悟空其实不是公开的、正式的一把手。

取经团队正式的一把手，自然是唐僧。

那么，毫无法力的唐僧，凭啥能够带领凶狠、神通广大的猴、猪、沙三妖呢？

说孙悟空、猪八戒、沙和尚三人凶狠，一点都没说错。

猪八戒自己说，在福陵山云栈洞吃人度日。沙和尚也表白，自己每隔两三天，就要出水擒拿一两个人来充饥。

孙悟空自小修行，从不吃人。但是，他老兄虽不吃人，却不介意杀人。在被唐僧逐回花果山时，因心中郁闷，孙悟空吹一口仙气，变作狂风，直接把一千多人全部摔死。之后，孙悟空鼓掌大笑，连称："造化，造化！"

唐僧乃一介凡人，毫无法力。取经路上，就算是一个寻常小妖，都可以将他随意欺凌。如此无能的唐僧，为何能成为取经团队一把手呢？

其一，背景深厚。

唐僧经历十世轮回，记忆消失，法力全无，可是，他毕竟曾经是如来佛祖驾下二弟子金蝉。对于仙佛来说，他们的寿命动辄千万年。五百年的十世轮回，不过是短短一梦。

在如来宣布取经计划前，就已经认定唐僧是未来的取经人，这一点，观音最为了解。把金蝉子安排转世，投入殷温娇腹中的，正是观音。从西天出来，前往东土，明面上是寻访合适的取经人，其实就是寻访金蝉子。

金蝉子的身份，就是唐僧最大的资本。在"真假美猴王"故事中，沙僧就曾挑明说，除了唐僧亲去，任凭谁，就算到了灵山，佛祖也不会传经！

其二，确立名分。

所谓"名不正则言不顺"。"名"，即名分，对应唐僧，就是师父的名分。

在观音出行时，如来交代："假若路上撞见神通广大的妖魔，你须是劝他学好，跟那取经人做个徒弟。"为何要收妖魔做徒弟，而不是做个帮手？

若孙悟空三人与唐僧是合伙人关系，大家地位平等，遇到事情，唐僧就只能商量，而不能命令。

因此，从最开始，观音就交代唐僧，给你找的三个是徒弟。

唐僧也很聪明，立刻明白了其中含义。

于是，在每次收徒之时，唐僧必定会提出一个不可缺少的环节——取名。

初遇孙悟空，唐僧要给取名。孙悟空说我有名字了。唐僧就说："我再与你起个别名，称为行者，好么？"

高老庄遇到猪刚鬣，老猪说，观音给取名叫做猪悟能。唐僧就给取了个别名，叫做猪八戒。

流沙河遇上沙僧，唐僧又要给取名。人家说，观音给取了，叫做沙悟净。唐僧还是给取了一别名，叫做沙和尚。

观音和唐僧为何一定要给三人取名？

在佛门受戒时，一般都有师父取名一环。徒弟接受法名，就等于认可师父，加入门墙。

观音有大智慧。她虽然是奉如来法旨下山，甚至可以说，如来早就暗中交代所谓强大妖魔，就是孙悟空三人。可是，在观音的言谈举止中，把这一切都雪藏起来。

为三人取名，也就等同招募三人加入其麾下。

唐僧坚持取别名，也是要明确彼此的师徒关系。古代的师徒可不像如今的老师和学生。古时候讲究"天地君亲师"，师父是列入五常之列的，拜见老师一样行磕头大礼。有师徒名分在，三个徒弟也不敢过于放肆。

其三，奇宝制人。

唐僧是如来二弟子的转世，这一点可以吓倒很多人，可是，吓不倒孙悟空。

于是，如何驾驭孙悟空，成了唐僧的"心腹大患"。

早期，唐僧使用的是激将法。

在跳出五行山后，唐僧亲眼看到孙悟空打死猛虎，手中有一根大小如意的金箍棒，有飞天遁地之能。可是，每当发生意外，唐僧总是对孙悟空的能力表示怀疑。

鹰愁涧上，孙悟空告诉唐僧，是涧底的孽龙吃了马匹。唐僧不信。孙悟空说："我这双眼，白日里常看一千里路的吉凶。象那千里之内，蜻蜓儿展翅，我也看见，何期那匹大马，我就不见！"可是，唐僧依然不信。孙悟空无奈，只能去搅乱鹰愁涧，逼出小白龙。两人一番大战，小白龙打不过，潜入水中。孙悟空回禀唐僧。唐僧却说："你前日打虎时，曾说有降龙伏虎的手段，今日如何便不能降他？"孙悟空一听，又羞又恼，立刻转身再战小白龙。

只是，激将法只能用得了一时，不能用得一世。孙悟空绝顶聪明，可不会那么容易被人摆布。

就在孙悟空打死六贼，不满唐僧，愤然离去之后，观音菩萨到来，送来了一套衣服，里面暗藏紧箍儿。

紧箍儿与紧箍咒是一套驾驭下属的奇宝。

当孙悟空套上紧箍儿之后，只要唐僧念动紧箍咒，孙悟空就头痛欲裂，生不如死。借助紧箍咒，唐僧可以轻易操纵孙悟空。

这就犹如《笑傲江湖》中，东方不败、任我行利用"三尸脑神丸"控制属下一个样的。

这种使用强制力控制他人的方式，当然不能得人心，很容易激发被控制者的逆反心理。当孙悟空初次被套上时，他也想过一棒子打死唐僧。

初闻紧箍咒是观音传授，孙悟空气得半死，就要飞去南海打观音。唐僧说："此法既是他授与我，他必然先晓得了。你若寻他，他念起来，你却不是死了？"孙悟空一听，吓得腿软，也不敢再提了。

猪八戒和沙和尚都是孙悟空的手下败将，收服了孙悟空，自然猪八戒和沙和尚就不敢作祟了。

其四，借力打力。

紧箍咒不能常念。

紧箍咒的杀伤力很大，每次念出，孙悟空都生不如死。正因为杀伤力太大，每次唐僧念过紧箍咒，必然增加孙悟空的仇恨。

在明确取经非唐僧不可，修成正果更不能没有唐僧之后，孙悟空不敢打死唐僧。但是，出工不出力总可以吧！

像猪八戒和沙和尚，取经路上就一直隐匿实力。做日常工作，猪八戒、沙和尚还可以，一旦遭遇危险，两人跑得比兔子还快。

越到取经后期，降妖伏魔就越是成了孙悟空一个人的表演秀。

因此，唐僧不能经常念紧箍咒。

于是，以德服人，宽容待人，就成了唐僧与孙悟空相处的常见方式。

很多时候，孙悟空经常嘲笑、讽刺唐僧，借此抬高自己的身价。唐僧大都默默承受。因为孙悟空不但神通广大，并且博学多闻——大家没有看错。唐僧名义上是三人的师父，但他毕竟从出生就当了和尚，除了会念几卷经书，各种奇谈杂闻大都不知。孙悟空却是个杂家，什么都懂一些。估计这也和菩提老祖有关。

每当唐僧受辱，有一个人特别不服气，经常为唐僧出头，打抱不平。

这个人就是猪八戒。

猪八戒经常被孙悟空嘲笑为"呆子"。猪八戒很是不满。可是，他是第二个弟子，且又打不过孙悟空，于是力挺师父，以尊师重道来打压孙悟空，就成了猪八戒的立身之道。

同理，大力扶持猪八戒，时刻打压孙悟空，也是唐僧日常生活中的最常见表现。

孙悟空一旦有降妖不力的时节，必然会遭到唐僧冷嘲热讽，严厉批评。可若是猪八戒犯错，唐僧总是轻轻带过。

平顶山巡山一回，猪八戒打瞌睡没巡山，孙悟空坚持要严惩。唐僧却说，现在是用人之际，等过了这座山之后再惩罚吧。可等到降妖伏魔，过了平顶山后，唐僧绝口不提八戒的事。

狮驼国一回，孙悟空被擒狮魔王一口吞掉，唐僧只是叹气。后来猪八戒腰上拴了绳子前去挑战，告诉孙悟空遇到危险时，就把他拉回来。孙悟空气恼八戒胆小，就把绳子丢了。结果八戒被妖怪抓走，惹得唐僧一顿大骂，说孙悟空害死八戒，心狠手辣。孙悟空听后，很是寒心，他说："师父也忒护短，忒偏心！罢了，象老孙拿去时，你略不挂念，左右是舍命之材；这呆子才自遭擒，你就怪我。也教他受些苦恼，方见取经之选！"

唐僧为何那么疼八戒呢？因为有八戒在，唐僧才可以压制孙悟空！

至于沙和尚，他总是沉默。并非他嗓子不好，说话难听，而是因他是老三徒弟。在两个师兄争吵时，最佳态度就是事不关己，高高挂起，免得沾惹是非。并且，这种沉默还有好处。一旦两个师兄争吵到不可开交，他们都要寻求第三方——老沙的支持。于是，沉默的老沙也成了取经队伍中不可或缺的力量。

060 孙悟空的筋斗云到底有多快

在流沙河畔，猪八戒第一次见识到了孙悟空的筋斗云。筋斗云神奇的速度让猪八戒大吃一惊，几乎不敢相信。

那么，让孙悟空引以为傲的筋斗云，其飞行速度到底有多快呢？

关于筋斗云，坊间有两个非常神奇的说法。

说法一，按照常理，翻一个筋斗一秒钟，也就意味着孙悟空的筋斗云速度可以到达每秒十万八千里。第三宇宙速度是16.7公里/秒，大于这个速度运动的物体都可以脱离太阳系的引力，飞出太阳系。孙悟空筋斗云的速度远远超过第三宇宙速度。于是，当孙悟空一启动筋斗云，将犹如哈雷彗星一般，从地球上弹射出去，直到甩出太阳系，根本就无法按照剧情要求，去营救饱受磨难的师父唐三藏。

说法二，按照常理，翻一个筋斗一秒钟，也就意味着孙悟空筋斗云的速度可以到达每秒十万八千里。我们知道，一个物体在高度运动中将会产生巨大的能量。一般猴子的体重为4~12公斤，孙悟空是猴王，取最大值12公斤，那么，在筋斗云全速运行的情况下，孙悟空将拥有417万吨的TNT能量，远远超过一枚氢弹（我国第一枚氢弹当量330万吨）的能量。若孙悟空携带一万三千五百斤的金箍棒，那么，在筋斗云速度全开的情况下，孙悟空拥有的能量将到达279727万吨TNT，大致上是848枚氢弹的能量。

这两种貌似科普的文章，乍一看很有迷惑性。其实，在推理中存在极大的破绽——所有的推论，都建立在筋斗云的速度是每秒十万八千里的基础上的。

可是，我们翻遍西游都找不到孙悟空一秒钟就翻一个筋斗的记载。在前提有误的情况下，之后的结论自然也站不住脚。

那么，筋斗云的飞行速度到底有多快？

有关筋斗云，在《西游记》原著中有不少的描述。

孙悟空在修习天仙诀后，从中领悟了腾云之术。有一天，菩提祖师带着诸位弟子出外，祖师让孙悟空展示一下近日修习的成果。孙悟空就"将身一耸，打了个连扯跟头，跳离地有五六丈，踏云霞去勾有顿饭功夫，返复不上三里远近，落在面前"。一顿饭大概二十分钟，孙悟空这腾云速度也就每小时十里左右，和走路差不多。也因如此，菩提老祖哈哈大笑说："这个算不得腾云，只算得爬云而已。"

菩提老祖告诉孙悟空，真正的仙人腾云，其速度可以"朝游北海暮苍梧"，"四海之内，一日都游遍"。四海之间的距离到底有多大，在书中并没有直接描述。吴承恩笔下的西游世界，绝不能简单等同于现实的地球。

之后，菩提老祖传授孙悟空筋斗云，当时，他老人家说："一筋斗就有十万八千里路哩！"

大家细看原文，菩提老祖说的是"一筋斗"十万八千里。这一个筋斗到底要翻多久呢？

是一秒钟一个筋斗吗？根本就不是。

孙悟空的腾云之术，之所以叫做筋斗云，只是因为孙悟空的起身腾空之式与众不同。一般的神仙是跌足而起。所谓"跌足"，就是跺脚。一跺脚，借助弹跳之力，仙人就能腾空飞行。可孙悟空是个猴子，他是连续转动方才飞起空中。菩提老祖（太上老君）乃三界第一仙，他是依据孙悟空的体式，当场创造了一门独属于孙悟空的腾云之术，"捻着诀，念动真言，攒紧了拳，对身一抖，跳将起来"。这一抖，其实就是翻个跟斗。

翻跟斗的目的，是为了飞上云朵。飞上云朵之后，才开始高速飞行。

筋斗云的飞行速度到底有多快？我简单列举几处原文。

第一处，孙悟空在学成本领，回归花果山时，从西牛贺洲横跨南赡部洲，再越东洋大海，"那里消一个时辰，早看见花果山水帘洞"。

第二处，在两界山，孙悟空拜唐僧为师后，因为打杀六个强盗，与唐僧争吵，一怒之下飞到东海龙王处喝茶，等到飞回唐僧处，前后仅仅一个多时辰。

只是，以上两处仅仅是提到飞行时间，没有提到两处的距离。筋斗云具体的速度还是很难确定。

且看第三处，在到达五庄观前，沙僧问起到灵山还有多少路程。行者道："十万八千里，十停中还不曾走了一停哩。"八戒道："哥啊，要走几年才得到？"行者道："这些路，若论二位贤弟，便十来日也可到；若论我走，一日也好走五十遭，还见日色；若论师父走，莫想，莫想！"

我们暂且按照孙悟空的设定来推算。

孙悟空提出，剩下的十万里路程，自己一日可以走五十次。古人口中的"一日"，多指白天。故此，经常有一日夜、三昼夜的说法。孙悟空说，自己一日走五十次，还可以望见日色，即天还未全黑。至于猪八戒和沙和尚，则要走十来个白天。

孙悟空说一个白天可以走五十次，以白天十二个小时计算，也就是说，一次只要十四五分钟，就可以轻松飞行约十万里路程。

孙悟空的飞行速度，是每小时二十万公里左右，每秒约五十五公里。

至于猪八戒和沙和尚，速度是孙悟空的五百分之一，每小时只有四百公里，比我们现在的高铁还是要快一些。

孙悟空的这个说法，有多少可信度呢？

孙悟空这个人喜欢卖弄，说话经常有水分。比如说，从长安城到五庄观的距离，就绝对不止一万零八百里。

唐僧走了半年，来到观音禅院。老院主说，长安距离他们那里有万里之遥。之后，唐僧收八戒，收沙僧，遭遇四圣试禅心，过了足足两年，才来到五庄观前。

在一年之后，唐僧师徒来到平顶山下。唐僧说，当时的路程是三停走了停半。即十万八千里路，已经走了五万四千里了。

其实，孙悟空为了炫耀自己厉害，故意夸大了到灵山的距离。唐僧为了安抚徒弟，尽心取经，也故意缩小了到灵山的距离。

在两年半之后，唐僧师徒来到通天河陈家庄，当地的陈老汉说："东土大唐到我这里，有五万四千里路，你这等单身，如何来得？"这陈老汉的表述应当客观可信。

于是，我们可以推知，五庄观距离长安的距离，应当在两万五千里左右。

除了到灵山的距离被刻意夸大外，猪八戒和沙和尚的飞行速度也被大大贬低。

当初，菩提老祖可是说，神仙可以一天之内遨游四海。就算菩提老祖口中的神仙，乃是天尊以上的高级仙人，可若猪八戒、沙僧的飞行速度真的只是孙悟空的五百分之一，那要多久才能游遍四海呢？

猪八戒的飞行速度，我们后文再述。先来看沙和尚的速度比孙悟空如何呢？

原文中有这样几处数据，我们稍稍对比，就可以知道。

其一，真假美猴王事件中，孙悟空与唐僧闹翻后，"好大圣，拨回筋斗，那消一个时辰，早至南洋大海，住下祥光，直至落伽山上"。

在流沙河，孙悟空飞去南海，花了不到半个时辰。到真假美猴王时间中，取经团队已经走了八年，路程也走了大半。此时，孙悟空花了不到一个时辰，飞过半个西牛贺洲，横穿整个南赡部洲，到达南海。

其二，因假孙悟空抢了行李，沙和尚奉命去花果山，原文说"行经三昼夜，方到了东洋大海，忽闻波浪之声，低头观看"，看到了海中的花果山。之后，沙和尚和假孙悟空闹翻，"驾云离了东海，行经一昼夜，到了南海"。在落伽山，沙僧得知真悟空一直都在观音身边。之后，"沙僧自花果山辞他两个，又行了三昼夜，回至本庄，把前事对唐僧说了一遍"。

我们对比孙悟空和沙僧的这段飞行经历，其中有一段路程，即从抢唐僧行李之处，到达南海落伽山，是完全一致的。孙悟空走完这段路程，花费了不到一个时辰，而沙和尚则花费了三天三夜。

也就是说，孙悟空的飞行速度与沙僧相比，大约是他的三四十倍，而非五百倍。

总而言之，孙悟空的筋斗云号称"一个筋斗十万八千里"，其飞行速度确实很快。但是，在做完起身动作，进入飞行状态飞行后，孙悟空必须要等到大约十五分钟后，才能再翻第二个跟斗。其飞行速度是普通仙人的三四十倍。

这才是筋斗云的真相。

061 猪八戒的担子里都有啥

沙僧加入取经团队后，负责挑担的猪八戒提出，挑担太累，应该换人。行李担子里究竟有啥，竟然让力大无穷的天蓬元帅都觉得累？

讲这个问题之前，我们先来说一下取经团队的内部分工。

在四圣试禅心之前的路上，取经团队的内部就进行了分工。这次分工，直接导致之后师兄弟三人工作态度的不同。

具体是如何分工的呢？

那一天，师徒四人走了许久。猪八戒抱怨行李担子太重了，希望能够让白马分担一些。在这时，孙悟空说："老孙只管师父好歹，你与沙僧，专管行李马匹。但若怠慢了些儿，孤拐上先是一顿粗棍！"

在这一次兄弟谈判之后，大家明确了彼此分工。孙悟空负责降妖除魔，保护唐僧。猪八戒负责挑担，沙僧负责牵马喂马。

正因为如此，在平顶山上孙悟空要求猪八戒巡山的时候，猪八戒跑去睡懒觉了。因为巡山一直都是孙悟空做的事情，被孙悟空强迫来做这种吃力不讨好的事情，猪八戒心中很恼火。八戒于是选择了趴在草堆中睡觉，打发时间。

1986年央视版电视剧《西游记》中，猪八戒是负责牵马，沙僧是负责挑担的。其实，原著中挑担的是猪八戒。

为何是猪八戒呢？唐僧在《四圣试禅心》故事中曾说："那呆子虽是心性愚顽，却只是一味蠢直，倒也有些膂力，挑得行李，还看当日菩萨之念，救他随我们去罢。"猪八戒天生神力，取经团队的行李又比较重，让八戒来挑担，刚好合适。

取经团队的行李中有哪些东西呢？在原文中，八戒曾经介绍说：

四片黄藤蔑，长短八条绳。又要防阴雨，毡包三四层。

匾担还愁滑，两头钉上钉。铜镶铁打九环杖，篾丝藤缠大斗篷。

唐僧师徒走的是远路，除了一些生活必需品，其他东西都是能省则省。

什么是黄藤篾？古人出门在外，经常露宿郊外。夜深露重，很容易感冒着凉。于是，远行游人常常会准备一个黄篾编制的竹席。睡觉时铺在地上，不至于潮气侵骨。古代的黄藤篾席子很厚重，少说也有三四十斤，唐僧师徒四个人就需要四张席子，加上需要麻绳捆绑，毡布包裹，估计这一项，大约有两百斤。

远行游人除了要防潮，还要防雨。于是，篾丝老藤制作的大斗篷，就是必需品。诗中没有说斗篷的数量，估计只有一个。大雨来时，凡人身躯的唐僧有斗篷可披，猴子、八戒、沙僧就只好淋成落汤鸡了。

原著中，猪八戒的九齿钉钯、沙和尚的降妖宝杖都是如意神兵，可以随心变化，大小如意。可是，唐僧的九环锡杖不成。估计这是因为唐僧没有法力，变化不了它。于是，此杖只好让猪八戒抬着。九环锡杖乃是锡铁合金打造，因为唐僧都可以拿的动它，估计也就三五十斤，不会很重。

挑行李的扁担应该是特质的。为了承重，还特意在两头钉上了铜钉，以便加固、防滑。

这几样加起来，行李担子应该有两百五十斤了。

除了以上这些，行李中还有啥呢？

其一，唐僧、孙悟空、猪八戒、沙和尚的换洗衣服。

就算是每人冬夏各两套，那也是十六套衣服。

唐僧是有多套衣服的。平常行路是一套，晚上睡觉是一套，遇上庙宇宝塔时要穿上锦襕袈裟，也算一套。孙悟空最早的衣服是根据唐僧的衣服改小的。猪八戒离开高老庄时，向高太公讨要了一套新衣服。沙和尚在受戒改名时，不但换了发型，也穿上了和尚的衣服。三兄弟虽然都是神仙，但也都要换洗衣服。

其二，紫金钵盂一个。

其三，通关文牒。

通关文牒是当初唐太宗发给唐僧的官方通行证。这通行证既可以证明唐僧具有大唐御弟这荣耀的身份，也可以迫使唐僧履行职责——唯有盖上沿途国家的官方印信，才能证明你确实到过西天取经。

开始时，通关文牒上只有唐僧的名字，在女儿国时，女王添加了孙悟空、猪八戒、沙和尚的名字，引发了真假美猴王事件。在取经成功后，唐僧将通关文牒交还给了唐太宗。

行李当中除了以上这三样，还有啥呢？

猪八戒除了挑担，还有一项重要工作——做饭！

在五庄观故事中，猪八戒一个人在后院厨房洗米做饭。他用的锅灶油盐都是五庄观的，可是，米面是自己的。可见行李中应当还存放了少量的干粮和米面。

由此看来，猪八戒的行李担子还真不轻，得有三百斤左右吧。猪八戒是天神下凡不假，可是，长途跋涉也一样会饿，会累。

062 唐僧究竟是一个怎样的人

渡过流沙河后，唐僧师徒来到了西牛贺洲，引发了"四圣试禅心"故事。四个菩萨变化成四个美女，齐齐色诱唐僧师徒。大家都知道猪八戒最后没扛住。那么，在这场考验中，唐僧的表现又如何呢？

在1986年央视版电视剧《西游记》中，唐僧意志坚定，一心向佛，为人宽容仁慈，做事有原则有底线。在原著中，唐僧是否也是如此呢？

让人大跌眼镜的是，唐僧也好色！

在二打白骨精时，唐僧被悟空说及贪恋白骨精美色。唐僧听了，面红耳赤！若非有心，怎会羞恼如此？

唐僧不但好色，而且禁不起诱惑。这一点，几个徒弟看得清清楚楚。

"四圣试禅心"一回，大家都让猪八戒留下成亲，猪八戒说："大家都有此心，独拿老猪出丑。常言道：和尚是色中饿鬼。那个不要如此？都这们扭扭捏捏的拿班儿，把好事都弄得裂了。"

猪八戒说这句话，自然有把大家都拉下水的意思。可是，若非其他人也有意，怎么会在见到三美女时表情怪异，扭扭捏捏呢？

观音、文殊、普贤三菩萨，化身珍珍、爱爱、怜怜三位妙龄少女，从屋中走出时，四人什么反应呢？

"那三藏合掌低头，孙大圣佯佯不睬，这沙僧转背回身。你看那猪八戒，眼不转睛，淫心紊乱，色胆纵横。"

猪八戒自然坐定了色鬼头衔。其他三人呢？孙悟空假装不理睬，是因为知道那是菩萨化身，把尾巴小心夹着。唐僧与沙僧，一个低头，一个背着身子，都不敢直视。若非心中有鬼，起了波澜，怎会不敢看？

当然，唐僧毕竟有多年修行，毕竟还要保持师道尊严，何况身边还有护驾伽蓝、五方揭谛等等仙神盯着。作为大德高僧，强忍躁动，稳定心神，还是能够做到的！

原著中的唐僧是不是一向意志坚定，一心向佛，为了取经大业，百折不挠呢？

原著第十二回，唐僧和弟子一番聊天说出了真心话。

"玄奘亦回洪福寺里。那本寺多僧与几个徒弟，早闻取经之事，都来相见，因问：'发誓愿上西天，实否？'玄奘道：'是实。'他徒弟道：'师父呵，尝闻人言，西天路远，更多虎豹妖魔。只怕有去无回，难保身命。'玄奘道：'我已发了弘誓大愿，不取真经，永堕沉沦地狱。大抵是受王恩宠，不得不尽忠以报国耳。我此去真是渺渺茫茫，吉凶难定。'"

首先必须承认，唐僧是自愿去西天取经的。为何他愿意冒着生命危险，去遥远的西方呢？原来是受了唐王莫大恩宠，不得不尽忠报国！为了报答唐太宗，他已经在佛前许下诺言，必定要取来真经，否则，就会永堕沉沦地狱。

出行，本是无奈。但既然已经答应，就唯有向前。若成功，便可报答唐王使命（其实，如来还答应他，可得正果金身）；若中途退出，就永堕轮回。这得失之间的差别太大了。

因此，唐僧即便心中怕得要死，也唯有向前。

唐僧几次和孙悟空吵架，都是因为孙悟空打死人命。是不是唐僧慈悲心肠，痛恨悟空滥杀无辜呢？也不是。

原著第十四回原文，孙悟空打死六个强盗后，唐僧说：

"你十分撞祸！他虽是剪径的强徒，就是拿到官司，也不该死罪。你纵有手段，只可退他去便了，怎么就都打死？这却是无故伤人的性命，如何做得和尚？出家人扫地恐伤蝼蚁命，爱惜飞蛾纱罩灯。你怎么不分皂白，一顿打死？全无一点慈悲好善之心！早还是山野中无人查考，若到城市，倘有人一时冲撞了你，你也行凶，执着棍子，乱打伤人，我可做得白客，怎能脱身？"

原著第二十三回原文，孙悟空打死白骨精后唐僧说：

"猴头！还有甚说话！你在这荒郊野外，一连打死三人，还是无人检举，没有对头。倘到城市之中，人烟凑集之所，你拿了那哭丧棒，一时不知好歹，乱打起人来，撞出大祸，教我怎的脱身？你回去罢！"

大家看到了吗？唐僧两次责备孙悟空，表面上是说孙悟空不该滥杀无辜，没有慈悲心肠，但真正的原因是，担心孙悟空打死人命之后牵连到自己！孙悟空有飞天遁地神通，自然一走百了。唐僧呢，却只能留下来顶缸。唐僧正是因为担心孙悟空滥杀人命，牵连到自己，才发脾气念紧箍咒的。

当然，我们必须承认，唐僧的身上还有着很多优点。师徒之间的不信任、摩擦乃至斗争那是在所难免。尤其要注意的是，唐僧师徒四人都是在不断地成长的。他们一边降妖除怪，一边也在去除自己身上的劣性。到取经的最后阶段，师徒之间已经合作无间，彼此关怀，大家都成了有担当的人。

取经的过程，也是师徒修行的过程。并非因为大家到达了灵山，就成就了正果。而是大家的修行已经合格，才到达了灵山，才成就了正果。

063 镇元大仙和三清的关系究竟如何

四圣庄之后是五庄观，观中住着一个威名赫赫的仙人——地仙之祖镇元子。其弟子清风明月称，师父与三清、四帝为友，在仙界地位尊崇。清风明月这评价是真实的还是吹牛呢？

原文中，镇元子告诉清风、明月说："不可违了大天尊的简帖，要往弥罗宫听讲，你两个在家仔细。"

镇元子的话，明明白白告诉两个徒弟，也告诉我们读者，他与弥罗宫元始天尊之间，是上下级关系。元始天尊只是随便发一个帖子，镇元子就必须在指定的日期，远赴听讲，绝不敢迟到。因为"大天尊"的意思不可违背！

清风、明月在陌生人唐僧、孙悟空等人面前吹牛，说自己的师父和三清关系亲密，也是可以理解的。

那镇元子和三清的关系究竟怎样呢？

在原著中，出现了一个非常奇怪的描述。在故事开始时，原文说："当日镇元大仙得元始天尊的简帖，邀他到上清天上弥罗宫中听讲混元道果。"孙悟空大怒说："这个臊道童！人也不认得，你在那个面前捣鬼，扯什么空心架子！那弥罗宫有谁是太乙天仙？"

作者是以旁白的身份点出镇元子上天这件事情，可见不是虚假。元始天尊确实应该发过一个帖子，邀请镇元子上天"听讲"混元道果。

这"听讲"有多种意思，充满了叛逆精神的孙悟空，一口断定这"听讲"就是"讲"的意思，然后大肆嘲讽清风、明月，说镇元子一个太乙仙人竟然跑到弥罗宫给大罗仙讲混元道果，实在荒唐。

孙悟空的立足点是在大罗仙与太乙仙的不同上。

什么是大罗仙，什么又是太乙仙呢？为何弥罗宫中没有太乙仙呢？

西游世界的神仙，按照实力可以划分为"天地神人鬼"五个等级。其实，神仙还有另一种划分方法，即分为大罗仙与太乙仙两类。

书中明确点出，孙悟空和镇元子都是太乙仙，只是，一个是天仙，一个是地仙。

书中明确点出，赤脚大仙和猪八戒是大罗仙。赤脚大仙是天仙，猪八戒则没有被指明，但依照他的官阶、实力，应当是地仙。

太乙仙和大罗仙的区别究竟在哪里呢？在道统不同，功法不同。

出自三清门下，传承三清道统，修习三清功法者，成仙后即为大罗仙。修下外门功法，继承其道统，成仙后即为太乙仙。

太上老君化身菩提，传给孙悟空上品天仙诀。虽然这个功法成效极快，但并不是三清主流功法。按照功法看，孙悟空绝非三清门下，这是菩提祖师隐藏其真实身份的重要手段。至于地煞变、筋斗云，那是神通，并非修仙功法。

猪八戒是得到正统三清传承，且服用了九转大还丹，才成就仙人的，自然是大罗仙。

我们以一句话总结太乙仙与大罗仙的不同——太乙非正门，三清称大罗！

按照孙悟空对大罗仙与太乙仙的理解，二者功法不同，镇元子确实不可能前去讲课。只是，孙悟空错误理解了"听讲"的意思。

正确的理解是，元始天尊说道，镇元子听课。

一来，镇元子是仙界老资格，虽然没有在天庭任职，但在人间还是有一定影响力的，混一张听课入场券还是有资格的；二来，镇元子困在地仙境界许多年，他也有现实的需求，听高人说法，以寻求突破困境。

至少，镇元子上天参加元始天尊法会，这当是事实。

可故事到中途，孙悟空推倒人参果树，师徒逃走时，原文却说："那大仙自元始宫散会，领众小仙出离兜率，径下瑶天，坠祥云，早来到万寿山五庄观门首。"

在离开时（原著中没有说镇元大仙走了多久），镇元子就已经交代两个徒弟，要小心处事，唐僧的三个徒弟比较难缠，别惹出什么风波来。既然镇元子如此担心，本应该在元始天尊法会结束后，第一时间回到五庄观。可是，他没有。在散会后，镇元子还率领众位仙人前往兜率宫——兜率宫乃是在最高的三十三重离恨天，属于道祖太上老君的地盘。

若说听课结束，心中有所疑惑，镇元子应当继续留在弥罗宫咨询元始天尊才对。事实却是一散会，镇元子就立刻跑到兜率宫和太上老君相会。这完全不合情理啊。

或许，镇元子参加元始天尊法会，本就是一个幌子？他的真实目的，其实就是去拜访老君，与老君谋划大计？

064 镇元大仙苦心布置的局

以镇元大仙地仙之祖的身份，他对唐僧的态度非常可疑！

镇元大仙说："不日有一个故人从此经过，却莫怠慢了他，可将我人参果打两个与他吃，权表旧日之情。"

书中诸如沙僧、寿星、土地神都有强调，人参果非常珍贵，九千年才生三十个，吃一个可以延寿四万七千年（作者好喜欢这个数字！）。基本上人吃一颗，就拥有了地仙的寿命。土地神看守五庄观无数年，可连闻一闻的资格都没有。寿星老和镇元大仙关系亲密，但那也是在一万年前，因为帮镇元子送礼给王母，才顺带吃了一颗。

如此珍贵的人参果，镇元大仙却一下子送给唐僧两颗。是因为唐僧对他有天高地厚之恩吗？根本不是！

原文说："那和尚乃金蝉子转生，西方圣老如来佛第二个徒弟。五百年前，我与他在盂兰盆会上相识，他曾亲手传茶，佛子敬我，故此是为故人也。"

要说两人有故，确实能扯到一点老关系。盂兰盆会乃是如来宴请三界仙人的大会，镇元大仙远来是客，金蝉子作为如来的弟子，端茶待客很正常。

何况，以镇元子的身份，当和如来、观音平辈论交，金蝉子乃是晚辈。一个晚辈给长辈端茶递水，有什么需要感谢的呢？

真相只可能是一个，就是镇元大仙要硬塞给唐僧人参果，然后惹出一系列风波，直到最终孙悟空把树推倒！

五庄观中发生的一切，都在镇元大仙的预料之中。一切都是镇元大仙布置的一个局！

在《西游记》中，能未卜先知的仙人极少，但精通谋略、了解人性的高人很多！镇元大仙就是其中之一。

镇元子出门前，告诉清风、明月："不日有一个故人从此经过，却莫怠慢了他。"

有人认为，在好多天前，镇元大仙就已经知道唐僧师徒必定经过五庄观，这不是未卜先知是什么？

西游世界绝大多数仙佛都不会未卜先知，唯一的可能，是唐僧的护法神中的某位仙人，比如说值日功曹提前把唐僧的行踪告诉了镇元大仙。（为何是值日功曹，不是其他仙人呢？因为这个值日功曹在后文明明白白跳了出

来，和金角、银角——即和老君，关系密切）

镇元大仙说："我那果子有数，只许与他两个，不得多费。"

若镇元大仙真的不想多费，舍不得，那应该送唐僧一个人参果即可。为何一个普通的主客关系，就要送出两颗人参果呢？大家看后文，观音菩萨来了，那也是和大家一样，吃一颗人参果的！

理由只有一个，镇元大仙送两个人参果，唐僧无论是吃，还是不吃，都容易惹出祸事。

镇元子应当是从值日功曹那里了解到唐僧师徒的秉性，由此，做出了一系列的推断。

唐僧为人迂腐，小心谨慎，极有可能不吃人参果。若唐僧不吃，自然人参果就会被清风、明月分吃。若仅一个人参果，怎么分呢？书中交代，人参果闻一闻都能活三百六十岁，可见其灵气会随着气味散失。一旦切开，势必效力大减。关键一点，是若仅有一个的话，在分配时就会出现不公——拦腰切还是对半分？无论怎么切，总有一个谁多谁少的问题。可若是有两个人参果，就不会有争议了。清风、明月可以一人吃一个。

何况，书中交代，清风、明月的住处就在厨房隔壁。一路走来，唐僧师徒都是自己做饭自己吃。这次进入五庄观，也是借用观中的炉灶，由八戒负责烧火做饭——难怪八戒那么胖，原来是因为自己当厨子，常偷吃！

清风、明月能享用人参果这等好东西，自然激动无比。一边吃，一边说个不停，惊动了隔壁的猪八戒。猪八戒一招呼，就把遛马的孙悟空喊了来。于是，一场风波掀起。

若唐僧吃人参果呢？如果只有一个，那就简单了，唐师父独一份。可现在是两个，怎么分？师父一个，徒弟三人分一个？那肯定还要打架。

因此，镇元大仙送两个人参果，那是摸透了人心、人性，料定两个人参果送出，必定有大事发生。

镇元大仙留下的两个小徒弟也有问题。

有什么问题呢？

镇元大仙门下还有四十八个徒弟，书中说，那都是得道的全真。清风、明月，也都活了一千两三百年。可之后的事实证明，清风、明月除了骂功一流外，一无是处！

论打架，清风、明月仅是小妖级别，一只瞌睡虫就能轻松将其迷倒。

论智慧，清风、明月基本属于脑残型，一遇到事情就炸了，根本沉不住气。自己打不过，还一个劲地侮辱对方，这不是找抽是什么？

镇元大仙再怎么次，也是地仙之祖，手下大弟子至少也应该有中等妖王的实力，和孙悟空打上三十个回合不分胜败才对。留下那么三五个人，孙悟空也就无法推倒人参果树了。

镇元大仙本人老谋深算，为何派清风、明月这两个实力成渣的脑残弟子看家呢？

这就等于全面放弃了人参果树的安保，随便孙悟空怎么折腾啊！

而镇元大仙回来的时间，以及听完禀告的反应，依然有问题。

镇元大仙什么时候回来的？恰恰是在唐僧师徒半夜离开，没有走远的时候。唐僧师徒若再走远一点点，那可就到了白虎岭。走过白虎岭，到了碗子山，就是玉帝安排的奎木狼下凡的地界了。

看到自家庄院大门敞开，负责看守的清风、明月呼呼大睡，正常人应该立刻意识到家里出了问题，着急上火去观察观中宝贝才对。可镇元大仙哈哈大笑说："好仙童啊！成仙的人，神满再不思睡，却怎么这般困倦？莫不是有人做弄了他也？快取水来。"

清风、明月醒了，知道闯下大祸，一边磕头求饶，一边禀告详情。镇元大仙再次笑道："莫惊恐，慢慢的说来。"等清风、明月说出人参果树都被推倒，众位弟子群情激奋，可镇元大仙呢？"大仙闻言，更不恼怒。"人家根本不着急。

原因只有一个，镇元大仙远离五庄观的真正目的，就是要让孙悟空大闹五庄观，推倒人参果树。送两颗人参果也好，留下清风、明月看守庄子也好，那都是为了制造矛盾，引发孙悟空大闹五庄观。

因为一切都在预料中，镇元大仙才会两度哈哈大笑。因为清风、明月成功完成任务，镇元大仙才会丝毫不计较。

那么，镇元子为何要推倒自家的人参果树呢？

065 大闹五庄观的真相究竟是什么

孙悟空推倒人参果树后，到海外仙岛苦苦寻找药方，寿星等人都说毫无办法。孙悟空只好去找南海观音。

观音菩萨却说："你怎么不早来见我，却往岛上去寻找？"孙悟空一听，就明白了，观音菩萨有复活仙树的法子！

观音菩萨没有尝试过，为何就敢断言，自己可以救活人参果树呢？

秘密就在原文下段话中：

观音道："我这净瓶底的甘露水，善治得仙树灵苗。"行者道："可曾经验过么？"菩萨道："经验过的。"行者问："有何经验？"菩萨道："当年太上老君曾与我赌胜，他把我的杨柳枝拔了去，放在炼丹炉里，炙得焦干，送来还我。是我拿了插在瓶中，一昼夜，复得青枝绿叶，与旧相同。"行者笑道："真造化了，真造化了！烘焦了的尚能医活，况此推倒的，有何难哉！"

这两段话中潜藏了什么秘密呢？

它告诉我们，镇元子和观音菩萨其实是早有联系的！

正因为两人早有联系，观音菩萨才会吩咐唐僧护法神把唐僧师徒的消息通告了镇元大仙。如此，镇元大仙才能在合适的时间离开，合适的时间回来，才能对唐僧师徒的行为进行预判，并予以掌控。

观音菩萨的玉净瓶非常神奇，不但能够装下一海之水，还能够凝炼具有超强治疗能力的甘露水。加上杨柳枝具有的强大生机，即便是在烧焦之后，都可以迅速复活。正因如此，镇元子才敢放手让孙悟空大闹。否则，这人参果树乃是镇元人仙的命根子，树都被弄死了，他怎么可能还笑得出来？

总之，孙悟空大闹五庄观，是镇元大仙联手观音布置的一个局！

观音菩萨为何要布置这个局呢？

促成唐僧经历八十一难，是观音菩萨的本职工作，但是，我们要明确，观音的本意，可不是为了刁难唐僧，而是要借助唐僧经历劫难，一步步扩大佛派的影响力。

观音菩萨也希望借救活人参果树的机会，和地仙之祖镇元子加强联系，这是观音与镇元子联手的最重要原因。

镇元子为何要答应加入观音的局呢？

其实，镇元子在三界的地位很尴尬，尤其是在玉帝主导的天庭很尴尬。

因为拥有人参果，镇元子成了三界的异类。镇元子希望加入天庭，加入仙界的主流势力。只是，玉帝拒绝了。

书中借沙和尚之口说出，镇元子曾经委托寿星，向王母娘娘献上人参果——清风曾说，开园吃了两个人参果，现在树上还有二十八个。从此可知，献人参果给王母，不是这九千年的事情。

按照道理，镇元子拥有人参果，可以不求玉帝，可以逍遥三界。可现实情况是，没有大靠山的话，以镇元子一个地仙的实力，根本无法保全人参果树。

镇元子虽然也可以短暂施展天尊神通，但觊觎者实在太多。他不得不时常把人参果送给其他有能力的大仙，比如寿星，恳请他们帮忙说情，予以庇护。

三十颗人参果，镇元子本人究竟能吃到多少呢？估计他能吃到一半就算不错了。

正因为这个原因，镇元子才会在五百年前参加如来佛举办的盂兰盆会。

正因为这个原因，他才会答应加入观音的计划。

也正因为这个原因，镇元子才会主动和闹事的孙悟空结为兄弟。

仙道艰难，就算是镇元子，也很难做到真正的逍遥。

在这场行动中，镇元子付出的代价极大，一共消耗了十五颗人参果（奉送唐僧两颗，后被清风、明月吃掉；孙悟空打下了四颗，师兄弟三人吃了三颗，一颗掉入地下，后又回到了树上；福禄寿三星、观音到来后，镇元子一口气打下了十颗，镇元子、福禄寿三星、观音、唐僧师徒四人，每人各吃一颗，众位弟子分食一颗）。九千年才生三十个人参果，这一场行动就花了十五个！

镇元子收获了什么呢？

和孙悟空结拜为兄弟。

这算是什么收获呢？谁都知道，这种所谓的结拜毫无真情。孙悟空此后遇上了那么多的困难，从来没有找这位义兄帮忙，从此可以看出，孙悟空根本没有当镇元子是同甘共苦的兄弟。

镇元子加入这个局，不是亏大了吗？

不亏！

镇元子在观音菩萨这里，仅仅是收获了好感，但在太上老君那里，必定得到了许多实惠！

我们回到前文，镇元子为何要在听完元始天尊说法后，不直接回家，却绕道去拜访老君呢？

因为老君有重要的事情交代——

老君询问镇元子，一切是否按照计划进行。

老君告诉镇元子，只要事情办好，不要担心回报。人参果只是可以延寿，老君的金丹不但可以提升身体强度，还可以让人直接成仙，甚至可以让仙人起死回生。

可以说，老君的金丹，其价值远在人参果之上。

只要老君拿出一葫芦金丹，就算镇元子耗费掉所有的人参果也是划算的。假如老君还露出些微暗示，镇元子只要参加计划，老君就会出手指点一二，那镇元子就有希望突破地仙局限，成为天仙，那可就更划算了。

老君能够给予镇元子的，太多太多！

更何况，老君会告诉镇元子，很久以前，他就和观音做过试验，观音的甘露水必定能救活人参果。

面对如此诱惑，镇元子怎么能够拒绝？

答应了老君的要求，就等于加入了老君的集团，有了老君的庇护，那就有可能突破修仙境界，成为天仙，甚至成为天尊。

那么，老君为何要策划这个局？

因为老君要反天就必须削弱玉皇大帝的势力。玉帝拥有强大凝聚力的关键，就是拥有蟠桃。老君正式发起行动时，若弄死所有蟠桃树，必定可以重创玉帝一方。

只是，蟠桃树是三界珍贵资源，不能让它从此断绝。在弄死蟠桃树之后，还要保证它们能够复活，如此，老君才能在推翻玉帝之后，快速稳定三界局势。

虽然说老君和观音曾经以煅烧杨柳枝作为试验，可杨柳枝毕竟不是具有延寿效力的仙树。这就犹如研究疫苗，先在小白鼠上做试验，再在猴子身上做实验一样。只有用同样有超强延寿功效的人参果树做试验，才能最大限度地保证救活蟠桃树的成功率。

事实证明，老君的计划很成功！

整个大闹五庄观故事，乍一看，是自然发生的。仔细琢磨，是镇元大仙布置的一个局。再一琢磨，是观音菩萨布置的局。琢磨再三，我们可以发现，太上老君才是那高高在上，操控一切的大BOSS。

真可谓局中有局，套中有套！

066 镇元子大战孙悟空，武艺差距有多少

镇元子号称"地仙之祖"，在仙界辈分极高。孙悟空则在五百年前大闹天宫，一人战败九曜星君。一个是成名已久的前辈高人，一个是霸气外漏的仙界新锐。他们二人因为人参果树一事，在五庄观外两度交手。在许多人看来，两次交手均以孙悟空惨败告终。甚至有不少读者认为镇元子可以秒杀（抓）孙悟空。事情的真相究竟如何呢？

先看第一次交手。

原文说："那行者没高没低的，棍子乱打。大仙把玉麈左遮右挡，奈了他两三回合，使一个袖里乾坤的手段，在云端里把袍袖迎风轻轻的一展，刷地前来，把四僧连马一袖子笼住。"

在这段原文中，有两个词特别值得注意。一个是"乱"，一个是"奈"。

孙悟空在武艺之道上极有天赋。菩提老祖并没有传授孙悟空武艺，一切全靠猴哥自行领悟。他的武艺，纯粹是打出来的。

孙悟空下山第一战，和战斗力弱弱的混世魔王交手，一度被杀得手忙脚

乱。可在大闹天宫时，面对九曜群星、二十八宿，乃至显圣二郎神，孙悟空都打得有条不紊，极有章法，或者取胜，或者战平，可谓从无败绩。

在取经路上，孙悟空的武艺更是越来越精熟。虽然有无数强大妖魔，各有天赋神通、奇门法宝，若只论武艺，孙悟空称第二，没有人敢称第一。

在武艺上和孙悟空战平，已经是西游世界妖魔在武艺上的最强表现。

此刻，久经沙场、心思缜密的孙悟空为何会乱打？而且是"没高没低"的乱打——这不就是说，明明镇元子的破绽在上半身，孙悟空却朝人家下半身挥棒。莫非孙悟空的脑袋坏掉了？

我认为，有两个原因：

其一，镇元子以语言激怒孙悟空。

镇元子从五庄观赶来，没有直接现出真身，而是化身老道，假意询问唐僧师徒是否到过五庄观。孙悟空拦住唐僧，谎称没有到过，想要蒙混过关。镇元大仙就指着孙悟空笑骂说："我把你这个泼猴！你瞒谁哩？你倒在我观里，把我人参果树打倒，你连夜走在此间，还不招认，遮饰什么？不要走！趁早去还我树来！"在这样的情况下，"那行者闻言，心中恼怒，掣铁棒不容分说，望大仙劈头就打"。

孙悟空虽然也有些心机，但毕竟不是那种城府极深的老滑头。谎言被当场戳穿，顿时就面皮羞红，受不了了。在交手时乱了章法，也是有的。

其二，孙悟空猜到了五庄观事件可能是有人布局。

孙悟空在加入取经团队之初，打怪根本不留手。可是，一路走来，孙悟空的观念已经发生了巨大变化。

鹰愁涧上，孙悟空棒打孽龙，结果发现孽龙是观音收留的玉龙三太子。孽龙加入了取经团队，成了白龙马。

黑风山上，孙悟空大战黑熊精。因黑风山距离观音禅院比较近，所以，孙悟空猜测黑熊精可能和观音菩萨有关。到南海一问，果然如此！黑熊精最后成了落伽山的守山大神。

孙悟空高老庄捉妖，后来发现妖怪是观音收编的猪八戒。

流沙河中冲出妖怪抓唐僧，八戒、悟空联手大战，最后发现又是观音安排的取经人徒弟沙和尚。

从流沙河走出，到了西牛贺洲，遇上了美女招夫，结果发现是观音、文殊等菩萨设局考验。

然后，大家来到了五庄观。

流沙河前，孙悟空告诉猪八戒说："这取经的勾当，原是观音菩萨；及脱解我等，也是观音菩萨。今日路阻流沙河，不能前进，不得他，怎生处治？等我去请他，还强如和这妖精相斗。"

从孙悟空这番话就可以看出，他已经意识到取经路途中所谓的妖魔，大都和佛派、天庭有着千丝万缕的联系，取经路途中的所谓磨难，基本都是观音菩萨设局。若是有磨难，不用担心，不用害怕，找观音菩萨，一切就OK。

因此，孙悟空此番乱打，极有可能就是让镇元子抓获，看看之后的剧情到底会怎样走。

至于"奈"字，是对付的意思。从此可以看出，镇元子迎战孙悟空可谓轻松自如，毫不费力。在两三招之后，镇元子就找出了空当，施展了强大法术乾坤袖，将唐僧师徒抓获！

再看第二次交手。

原文说："沙僧掣宝杖，八戒举钉钯，大圣使铁棒，一齐上前，把大仙围住在空中，乱打乱筑……那大仙只把蝇帚儿演架。那里有半个时辰，他将袍袖一展，依然将四僧一马并行李，一袖笼去。"

在这段话中，再一次出现了"乱"字。

师兄弟三人遭遇强敌，为何都是乱打乱筑？

只因，猪八戒精明，沙和尚老辣。这两位混迹天庭许多年，虽然加入取经团队的时间不很长，可是，也敏锐地发现了所谓取经，所谓降妖除魔，基本上都是演戏！

孙悟空曾经精妙地概括唐僧取经，叫做"那师父步步有难，处处该灾"。

有难可以理解，为何是该灾？该灾，就意味着这磨难一定会到来，无法避免。换言之，这磨难，那都是安排好的。

所谓"八十一难皆是局"，说的就是这个意思！

我们结合第一次交手，也可以看出，孙悟空也好，八戒、沙僧也好，都在隐藏实力。

第一次交手，孙悟空两三招就露出了破绽，镇元子施展乾坤袖将其擒拿。若镇元子真的高出孙悟空那么多，那第二次交手，顶多四五个回合，镇元子就应该将孙悟空师兄弟全部拿下。

可是，这一场战斗竟然打了将近一个小时。

能一挑三，打将近一个小时是不是很牛呢？

未必！

玉华县的黄狮精（九灵元圣的孙儿）曾经一人迎战孙悟空师兄弟三人许多时间（从午饭后到太阳偏西，至少有两三个小时）。我们总不能因为黄狮精一挑三抗了更久，就认为黄狮精的武艺比孙悟空厉害，比镇元大仙也不差吧？

事实上，黄狮精等七个狮妖最后都被孙悟空一个人轻松斩杀。

此处，孙悟空、猪八戒、沙和尚因为情势需要，必须迎战。大家多多少少展示了些实力，于是，镇元子根本不可能在三五招就结束战斗。一直拖到将近一个小时，镇元大仙才抓到空当，施展超强法术乾坤袖。

也就是说，虽然孙悟空两次作战都以失败告终，但是，并不能得出镇元大仙的武艺就一定强过孙悟空。

以上分析，说的是孙悟空与镇元子武艺的比拼。

那两人的神通对比，又是如何呢？

067 乾坤袖PK地煞变，优劣如何

在五庄观内外，镇元子和孙悟空各展绝学，在不同方面进行了多项比拼。

先说乾坤袖。

原文说："（镇元子）使一个袖里乾坤的手段，在云端里把袍袖迎风轻轻的一展，刷地前来，把四僧连马一袖子笼住。八戒道：'不好了！我们都装在褡裢里了！'行者道：'呆子，不是褡裢，我们被他笼在衣袖中哩。'八戒道：'这个不打紧，等我一顿钉钯，筑他个窟窿，脱将下去，只说他不小心，笼不牢，吊的了罢。'那呆子使钯乱筑，那里筑得动？手捻着虽然是个软的，筑起来就比铁还硬。"

什么叫做袖里乾坤？在传统神话中，是说仙人法术高强，在袖子中能够藏下一个小世界。在《聊斋志异》中，就讲了一个书生与姑娘无法在一起，仙人大展袍袖，分别将二人装入，之后两人在仙人的袖子中相遇、成婚、生娃娃的故事。在此处，则是说镇元子的袖子绝非寻常的袖子，其中暗藏玄机。

藏着什么玄机呢？

我们看镇元子是如何擒拿孙悟空等人的。他施展乾坤袖之后，袖子忽然变得超长、超大，竟然把空中的孙悟空和地面的唐僧、八戒、沙僧、白龙马全部笼罩了起来。然后大家被卷离地面，困在袖子当中。

在袖子中，猪八戒以为自己是被装在了"褡裢"中。所谓"褡裢"，是古人出行时背的一种长条状包袱，前后有两个口袋，中间搭在肩头。这种包袱稍大，可以存放钱粮米面。也有一种是系在腰间，更小，主要用来放银钱。褡裢和袖子最大的不同，是袖子是敞口的，而褡裢是有袋子，可以封口的。

猪八戒忽然被困住，搞不清楚情况，于是误认为被装入了袋子中。孙悟空把一切看得清楚，他解释说，不是褡裢，而是袖子，只是镇元子把袖口笼（关闭）了起来。

猪八戒听说只是袖子，觉得不过是衣服，自己有号称三界最锋利的兵器九齿钉钯，戳破衣袖不是轻而易举？于是，老猪挥舞钉钯狠命乱筑，结果，那衣袖竟然比铁还要硬。

以上描述，有两点特别值得注意：

其一，镇元子的袖子可以变长，笼罩很大的范围。

其二，镇元子的袖子可以化柔为刚，扛住九齿钉钯猛击。

在作者的整个描述中，突出的是袖子的变化。这意味着什么？

我认为，这乾坤袖，并非是镇元子施展的一种法术，而是一种衣袖状的神秘法宝。

在小雷音寺的故事中，黄眉怪以后天人种袋装三界神仙。他那袋子和镇元子的乾坤袖竟然惊人相似。

表面看来，后天袋只是黄眉怪腰间一小布袋，但一旦张开，可以容纳数十位神仙，千百件兵器，空间奇大，绝对是袖里乾坤。各种神仙属性不一，法宝不一，但无论是谁，都无法从口袋中逃出。其坚固和乾坤袖又何其相似？

不同的是，后天袋打开后，有强大的吸引力，会自动将面前敌人连带兵器吸入。被吸入后的仙人，在袋中会骨软筋麻，手脚无力，就连孙悟空也不能例外。

这后天袋活像是乾坤袖的升级版！

既然乾坤袖是法宝，也就意味着镇元子本身的法术神通未必比孙悟空高明多少。

从镇元子抓到唐僧师徒之后遭遇的种种窘境来看，真相或许就是如此！

镇元子遇上了哪些囧事呢？

其一，看不破地煞变。

镇元子下令将唐僧师徒绑在柱子上，让一个有力量的徒弟，拿着龙皮制作的七星鞭打人。

不少读者注意到了镇元子的乾坤袖，却忽略了镇元子还有两样厉害兵器。一样是手中拂尘。这柔软的拂尘，在镇元子手中，竟然大战仙界三大神兵，还稳居上风。除了说明镇元子本身神通不凡外，这拂尘绝非凡品。

另一样就是这龙皮制作的七星鞭。

龙，在西游世界是万兽之王。以龙皮制作的七星鞭果然厉害非常。

"行者恐仙家法大，睁圆眼瞅定，看他打那里。原来打腿，行者就把腰扭一扭，叫声'变！'变作两条熟铁腿。"

孙悟空一看对方拿着七星鞭，根本不敢直接用肉身去扛。施展地煞变将双腿变成了熟铁腿，才敢挨七星鞭。就算是这熟铁腿，在挨了六十鞭之后，"两只腿似明镜一般，通打亮了"。足可以看出，七星鞭之狠辣。

后来，孙悟空半夜施法，带着师父师弟逃出五庄观。临行时，他让八戒拱倒了四棵柳树，以自身鲜血为引，将四棵树化成四人。天明时，镇元子继续打四人（四棵柳树）。打前三人时，孙悟空已经很不舒服，等最后打到孙悟空的化身时，孙悟空全身不停地打寒噤。最终，猴哥实在受不了，只能收回法术，让那四人现出柳树原形。

从此可知，这七星鞭最可怕的地方不是打击对方的血肉，而是攻击对方的神魂。孙悟空第一次挨打，是看准地方，把腿变成了熟铁，因此心神没有受伤。第二次挨打的虽然是柳树，但四棵柳树上，尤其是孙悟空本身的柳树上，都有孙悟空的精血。这精血牵连着孙悟空的神魂。因此，明明是柳树被打，孙悟空却觉得难受。

当然，在两次鞭打中，我们也可以看出，孙悟空在变化之术上造诣越来越深。这两次变化，镇元子事先都没有发觉。正因为没有看破幻术，两度被孙悟空欺骗，镇元子才会勃然大怒、冷笑连连说："孙行者，真是一个好猴王！曾闻他大闹天宫，布地网天罗，拿他不住，果有此理。你走了便也罢，却怎么绑些柳树在此，冒名顶替？决莫饶他，赶去来！"

其二，降不住孙悟空。

镇元子抓回四人后，让弟子们取出十多匹布来，把唐僧、八戒、沙僧三个人除了头全部用布包裹起来。包裹好之后，在上面涂上生漆。这布匹一旦上了漆之后就会凝固成一块，非常坚固。唐僧师徒三人被打扮成了木乃伊。

镇元子为何要这么做？

他的布当然不是寻常的布，他的漆也应当不是寻常的漆。他是要用这种方式控制住唐僧三人，让孙悟空再也无法救出师父。

然后，镇元子烧开油锅，准备把猴子炸了。面对镇元子如此举动，孙悟空还是小心谨慎的。

原文说："大圣却又留心，恐他仙法难参，油锅里难做手脚，急回头四顾，只见那台下东边是一座日规台，西边是一个石狮子。行者将身一纵，滚到西边，咬破舌尖，把石狮子喷了一口，叫声：'变！'变作他本身模样，也这般捆作一团。他却出了元神，起在云端里，低头看着道士。"

孙悟空为防镇元大仙的油锅中有机关，把狮子变成自己，元神离体。镇元子没有发现。一直等到石狮子砸坏了油锅，镇元子才大怒说："这个泼猴，着然无礼！教他当面做了手脚！你走了便罢，怎么又捣了我的灶？"

若是一次逃脱，还可以说孙悟空是侥幸。事实是孙悟空三次变化，镇元子全部都没发现。

在变化之术的比拼上，孙悟空的火眼金睛加上地煞变，明显高出镇元子。

在屡次打压孙悟空无效之后，镇元子万般无奈，只能找唐僧下手。孙悟空知道唐僧是凡人，不禁折腾，只能现身。

在降不住、压不服孙悟空的情况下，镇元子提议让孙悟空去寻访仙方，救活人参果树，只要能如此，就放唐僧师徒离去。

可以说，在这场孙悟空与镇元子的斗法当中，镇元子得利在前，孙悟空获胜在后。总的来说，双方各有所长，算是一个平局。

五庄观之后是白虎岭，山上有一个武力很渣、名气却很大的妖怪——白骨精。白骨精是全书第一个提出吃唐僧肉可以得长生的妖怪。白骨精费尽心机，变化三次，不但没有得手，反而死在了孙悟空棒下。

假如白骨精吃到了唐僧肉，她能不能长生不老呢？

068 吃唐僧肉能不能长生

要想知道唐僧肉的效果如何，最简单、最直接的方式，就是吃一口试试。

在《西游记》中有没有人吃过唐僧肉呢？

有读者说：有！狮驼国的金翅大鹏雕就应该吃过。

在第七十七回大鹏鸟说："此物比不得那愚夫俗子，拿了可以当饭。此是上邦稀奇之物，必须待天阴闲暇之时，拿他出来，整制精洁，猜枚行令，细吹细打的吃方可。"

若非大鹏鸟自己吃过，他怎么知道唐僧肉的正确吃法呢？

乍一看，这个观点挺有道理，可仔细一推敲，还是可以发现逻辑不成立。

要想弄清一句话的真正含义，切不可断章取义。语境，很重要。

大鹏鸟是在怎样的场景下说的这番话？

此前，狮魔王和象魔王都被孙悟空降伏，他们都提议，不要再和孙悟空斗了，放唐僧西去，可是，大鹏鸟不依不饶，坚持要抓唐僧。

之后，二魔成功擒拿住唐僧，并且把唐僧和八戒、沙僧放到蒸锅里蒸，就等候天亮熟了好吃。下锅时，大鹏鸟并没有说唐僧肉不能蒸着吃。后来，孙悟空弄神通把唐僧三人救走，不想有人报信，惊动了妖怪。他们再次把唐僧三人擒获。狮魔王和象魔王暴走，要把唐僧直接吃了。

原文说："三怪吩咐把沙僧绑在殿后檐柱上，惟老魔把唐僧抱住不放。三怪道：'大哥，你抱住他怎的？终不然就活吃？却也没些趣味。'"

在这样的情境下，大鹏鸟才说出吃唐僧肉有讲究，随便吃没效果的话。

很明显，大鹏鸟所做的一切，都不是真的要吃唐僧肉。他所希望的，是通过刁难唐僧，引来如来。就如同梁山泊的宋江，打官军是为了获取招安的资本一样。因此，在狮魔王、象魔王想要退缩的时候，大鹏鸟坚持要抓唐僧；等到抓到了唐僧时，大鹏鸟又想尽办法不让二魔吃唐僧。——既然是要谈判，怎么能把谈判的筹码吃掉呢？

大鹏鸟算盘打得很响，效果也确实不错。等孙悟空请来了如来佛祖，这个大魔头最终成为如来的护法神。

在西游世界，最早传出"吃唐僧肉可得长生"的妖，是白骨精。原文说："造化，造化！几年家人都讲东土的唐和尚取大乘，他本是金蝉子化身，十世修行的原体。有人吃他一块肉，长寿长生。真个今日到了。"

取经路上，还有红孩儿、金鱼精、蜘蛛精、狮象鹏三魔、南山大王等妖，都提到吃唐僧一块肉就可以延寿长生。

他们每个人在讲述这个消息时，都用到了类似的词，如"几年家人都讲"，或者"一向闻得人讲"。也就是说，大家都是听说，消息从来没有被证实。

那么，问题来了：一个没有被证实的消息，为何在西牛贺洲传得沸沸扬扬？就算是有心人或明或暗推动，但那些抓唐僧的妖怪可都不是傻子啊。他们能够从毫无智慧的鸟兽虫鱼修行到妖王、魔王级别，无不是付出了极大的艰辛，经历了许多的苦难。他们这些人神通有高有低，可智商绝对都是一流。

拥有一流智商的妖王们，凭啥会相信一个没被证实的传言呢？

这必然是因为，消息本身是合乎情理的！

也就是说，就算没有吃过唐僧肉，按照仙界的常理，也可以推测出，吃唐僧肉是可以延寿长生的！

那仙界的常理是什么呢？请允许我先卖个关子，讲讲有关白龙马和东海龙王的两件趣事。

在朱紫国，孙悟空大展妙手，治好了久病的国王。孙悟空进献的药丸名叫"乌金丹",其主要原料有三种——一两巴豆、半盏锅灰、小半盏马尿。

这国王因为在三年前端午节吃糯米饭团的时候受了惊吓,糯米饭团留在肠胃中一直不得出来。加上赛太岁掳走了他的皇后金圣宫娘娘,国王又是羞愧,又是害怕,于是一病不起。国王服下这乌金丹后,立刻去上厕所,把三年前的糯米饭团都拉了出来。短短一天工夫,国王精神恢复如初。

乌金丹为何如此神奇?

巴豆是泻药,锅灰也性寒凉,对国王的病都有一定作用。但这种寻常药方,此前的那些御医怎么可能开不出来?真正产生神奇效力的,是半杯马尿。

听说马尿也能治病,笑翻了猪八戒。孙悟空解释说:"你不知就里,我那马不是凡马,他本是西海龙身。若得他肯去便溺,凭你何疾,服之即愈,但急不可得耳。"也就是说,孙悟空是知道自己的药方中,真正有效的是马尿——严格来说,是龙尿!

猪八戒拿着杯子让白龙马给尿尿,白龙马坚决不从,他说:"我若过水撒尿,水中游鱼食了成龙;过山撒尿,山中草头得味,变作灵芝,仙僮采去长寿。我怎肯在此尘俗之处轻抛却也?"

后来,在孙悟空的坚持下,白龙马努力了半天,终于挤出了小半盏尿。

服药时,国王询问,吃药丸需要什么药引。孙悟空一口气说了六种:"半空飞的老鸦屁,紧水负的金鱼尿,王母娘娘搽脸粉,老君炉里炼丹灰,玉皇戴破的头巾要三块,还要五根困龙须。"御医一听就苦了脸,说这六种都是人间找不到的。孙悟空改口说,那有无根水也成。

什么是无根水呢?就是从天空落下,用杯盏收起,没有沾到泥土的水。御医还是为难,说已经很久没下雨了,到哪里找无根水呢。

孙悟空大展神通,念动真言,唤来东海龙王敖广。最终,敖广打了两个喷嚏,吐了些唾液,在皇宫内下了一场小雨。宫女太监们一共收集到三盏无根水。书中说这无根水"异香满袭金銮殿,佳味熏飘天子庭"。

从此可知,这东海龙王的唾液也不是凡品,在给国王治病时,也必然发挥了大用!

白龙马的尿真的能够让草变灵芝,鱼变成龙吗?

我认为:能!

龙，在西游世界是珍稀食材。在如来佛祖降伏孙悟空之后，玉皇大帝大摆筵席，感谢如来佛。在筵席上，玉帝给如来的主食就是龙肝凤髓。

有人认为，这龙肝凤髓未必真的是龙的肝，凤的髓，多半是美食佳肴的代名词。我觉得不是。

瓜果菜蔬，鸟兽虫鱼，它们的生长周期短则数月，长着一二十年。人类以此为食，可以强健身体，延年益寿。人类寿命较长，短则数十年，长则百余年。人体内蕴含的能量，远远超过寻常的蔬菜、禽兽。于是，群妖纷纷以人类为食。

寻常禽兽想开启灵智，化形为妖，少则需要百年，长则需要千年。他们体内蕴含的能量，又远在人类之上。于是，他们遂成为三界仙人口中的美食。

凤，乃百鸟之王；龙，乃万兽之尊。一条龙的寿命，长达数万年。西海龙王有九个外甥，八个都已经成年，唯独老九，年纪还很小。这老九，就是小鼍龙。书中提到，这小鼍龙其实已经有千年修为。可见，上千岁在龙族看来，依然还是青少年！

何况，同为龙族也有强有弱。一条普通的龙，能成为玉皇大帝饭桌上一道美食。那像白龙马这样修行了几千年且血统高贵的真龙，他的尿能够让草变灵芝，鱼变成龙，完全有可能嘛！

回到前文，西天群妖为何疯传吃唐僧肉可以长生？我们细看白骨精原文，答案就在其中。

白骨精说："他本是金蝉子化身，十世修行的原体。"

第一句话很好理解，唐僧是金蝉子转世。也就是说，唐僧的灵魂就是金蝉子，只是，金蝉子的记忆被封印了。一旦记忆苏醒，唐僧就会变成真正的金蝉子。

第二句话有一个词很难理解，什么叫做"原体"呢？在别的妖怪口中，也有称呼唐僧是"十世修行的真体"的。原体也好，真体也好，在我看来，作者都是要强调：唐僧不但是灵魂，而且包括血肉都属于金蝉子。金蝉子本就是罗汉修为（原著中有唐僧是"十世修行的罗汉"之说），转世投胎后虽然记忆被封存，但是一直出家当和尚，一直在修行。积累了十辈子，这血肉之中，应当蕴含了多少能量！

所以，妖怪们说，吃唐僧一块肉，可以延寿长生，绝对是真的！

当然，唐僧肉到底能延寿多少年呢？一百年？一千年？一万年？永远不死，寿与天齐？

在多数妖怪的口中，只是含混地说，吃唐僧一块肉可以延寿，可以长生，并没有提到具体效果。在比丘国中，群仙中长寿专家寿星的坐骑白鹿精对国王说："若得他的心肝煎汤，服我的仙药，足保万年之寿。"白鹿精提到，吃一千多个小儿心肝，只能延寿千年，可吃唐僧一人的心肝，就可以延寿万年。

金蝉子本就是罗汉修为，经历五百年修行之后，其血肉蕴含能量堪比菩萨（地仙），取经路上再吃了一枚人参果，时刻诵念《多心经》，到达灵山一举成佛。其心肝只有一枚，全部服下，延寿万年，我认为应该是真的。而吃唐僧肉一块，估计也可延寿千年。

千年，对高层仙人来说，只是一瞬。但是，对于草根妖怪来说，却是一生。

何况，其他仙佛各个都有无边法力，莫大神通，即便他们的肉身有无穷能量，可是，人间妖怪们根本吃不到。别说吃，远远见到，就要望风而逃。

唐僧则不然，他记忆丧失，法力全无，正是最为虚弱的时候。抓唐僧虽然有大风险，但吃唐僧肉的回报更大。在反复权衡下，西天群妖前赴后继，为吃唐僧一块肉而努力着！

生命诚可贵，自由价更高，若为长生故，二者皆可抛！

06:9 西游世界最悲剧的男神是谁

什么才是人生最大的悲剧？

一个人用尽了所有办法，拼尽了全部精神，万分努力地去呵护一个人，去守护她一生，可临到老时才发现，她从来没有爱过自己。

一生的付出成为虚幻，一生的所爱只是错误，人生最大的悲哀，莫过于此。

西游世界的奎木狼（黄袍怪）就是这么一个充满悲剧性的男神。

奎木狼，二十八宿之一，在天庭的地位不是非常高，但也不低。每一届蟠桃会召开，他未必能吃到蟠桃，也还能够"忝陪末座"，吃点仙丹，喝点仙酒。相比茫茫多的天兵天将、玉女嫦娥，奎木狼可谓幸福！

可是，奎木狼过得并不开心。究其原因，是他爱上了一个不该爱的人。

那个人是披香殿的玉女。

所谓玉女，其实就是侍女。

披香殿又在哪儿？在原著第八十七回，因为凤仙郡求雨，孙悟空上天庭拜见玉帝，得以进过披香殿。在披香殿中有米山、面山，有小笨鸡，有哈巴狗。

披香殿，其实就是玉帝用膳的殿阁。奎木狼喜欢的女子，就是侍奉玉帝用膳的宫女。

玉女的地位非常卑微，等级仅仅是神仙。神仙在人间有三五千年的寿命，堪称长生不老。可是，"天上一天，下界一年"。也就是说，像玉女这样的仙人，在天界假如不能在十余年时间内找到仙药灵丹，突破到地仙，等待他们的，就是死亡。

为了长生，天兵天将、玉女嫦娥们想尽办法。天兵天将可以借助军功，降妖除魔，获取奖赏。玉女嫦娥们呢，多数就只能依靠某个高品男神的庇佑。

于是，月宫的嫦娥仙子投靠了天蓬元帅——猪八戒与那嫦娥之间早有往来，因此，出事的那次，嫦娥半推半就，并没有拒绝。反倒是猪八戒自己大喊大叫，引来纠察灵官。

披香殿的玉女投靠的则是奎木狼。

或许在最初的日子，两个人之间仅仅是交易。可是，随着时间的过去，在寂寞的天庭中，两个违规的人却走得越来越近。最终，两个人爱上了彼此。

在奎木狼的帮助下，玉女轻轻松松渡过了雷劫，勉强渡过了火劫。若玉女再渡过风劫，那就会进阶成为地仙，成为与奎木狼同等级的存在。

只是，从神仙进阶到地仙，动静极大，必然引起天庭官方的注意。加上披香殿玉女乃是玉皇大帝身边的侍女，来历、等级都有案可稽。一旦被人关注，必然会有人质疑其进阶原因，到那时，玉女与奎木狼私通就会曝光。

有人说，天庭有禁欲的规定，不允许男女神仙发生关系。这个观点，在书中并没有依据。

在《西游记》中，有夫妻神仙，比如玉帝和王母；比如李靖夫妻，人家还生了四个儿女。不过，西游世界和唐明时期的现实社会一样，对婚外的男女关系很鄙视。正因为如此，奎木狼才用了"点污"一词。

但这也就是说，即便发生了私通，也只是有损名誉，有伤风化，而不是犯罪。

但是，若与奎木狼发生关系的女仙是其他人也罢，偏偏那女仙是披香殿的玉女！

在古代，皇宫中的所有宫女都是皇帝的女人。也就是说，即便玉帝没有宠幸过披香殿玉女，他的女人，别的仙人也不能动！

为此，奎木狼和玉女苦苦商议后决定，两人偷偷下凡。奎木狼在人间助玉女渡劫。等玉女渡劫成功后，奎木狼再偷偷返回，等待时机禀奏玉帝。

毕竟奎木狼也算是玉帝的心腹。

到了约定的日期，披香殿玉女下界去了。可是，奎木狼却被留了下来。

前文提到，这是玉皇大帝需要奎木狼等待时机下界散播"吃唐僧肉可以得长生"的消息。

于是，奎木狼在天界等啊等啊，玉女都下界十五六年了，他还迟迟不能离开。

一直等到某一天，玉帝暗中交代奎木狼这个秘密任务，放他下界离开。

可到达人间之后，到了约定的地点碗子山波月洞，奎木狼却找不到玉女的身影。在一番打探后，他才知道，早在十五年前，玉女就在风劫中皮肉化成飞灰，仅仅剩下枯骨。

奎木狼伤心至极。他不甘玉女就此消亡。他找到玉女的枯骨，在脊椎骨上刻下"白骨夫人"四个字。他更施展大神通，让玉女的枯骨以僵尸形态重新修炼，并且拥有了独立意识。

奎木狼还告诉白骨夫人，"吃唐僧肉可以得长生"，借此完成散播流言的任务。可是，他万万没想到，白骨精竟然一根筋，明明知道自己实力不济，还一而再，再而三的找取经团队的麻烦。最终，白骨精在孙悟空的棒下灰飞烟灭。

白骨夫人并没有前世的记忆。渡劫失败后，玉女的魂魄转世投胎，成为宝象国的公主，她也丝毫不记得前世的情人奎木狼。

为了再续前缘，奎木狼把已经十五岁的百花羞抢到波月洞中。两人成婚，生下两个孩子，共同度过了十三年的光阴。

奎木狼对百花羞极好。

在唐僧主动闯入波月洞，被擒拿之后，猪八戒和沙和尚又跑来闹事。奎木狼大展神威，以一打数十，把八戒、沙僧压得喘不过气来。

整件事情是唐僧师徒有错在先。可是，等到百花羞提出，自己早年曾经许下誓愿，斋僧布施，请求他放掉唐僧时，奎木狼根本就不计较八戒、沙僧挑衅闹事，立刻就答应放掉唐僧。

奎木狼明明白白说："那猪八戒，你过来。我不是怕你，不与你战，看着我浑家的分上，饶了你师父也。"

他放唐僧，完全是看在妻子百花羞的面子上。只要妻子开口，他无所不从。

后来，八戒、沙僧再度来挑战，奎木狼击败八戒，擒拿沙僧。百花羞见沙僧被捆绑得很紧，提出松松绳索。奎木狼立刻让小妖给沙僧解开绳子，用锁锁上。虽然同样被困，但手脚总算是舒服许多。

奎木狼提出要去宝象国见岳父。百花羞说，自己的父亲并非马上天子，没见过血腥，恐怕见了奎木狼的妖魔嘴脸会害怕。奎木狼哈哈大笑，当即变成翩翩美少年，保证绝不会吓着岳父。

奎木狼唯一一次发怒，是因为百花羞可能存在背叛。

当猪八戒和沙和尚去而复返后，奎木狼怀疑是百花羞通风报信。他恨恨然说："你这狗心贱妇，全没人伦！我当初带你到此，更无半点儿说话。你穿的锦，戴的金，缺少东西我去寻，四时受用，每日情深。你怎么只想你父母，更无一点夫妇心？"

奎木狼的话语中强调了两点：

其一，父母虽然生了你，养了你，可是，这十三年来，你百花羞的吃穿用度全部都是出自奎木狼。从物质上来说，你必须忠诚。

其二，奎木狼从来都把百花羞看成是自己妻子，除了不让百花羞回国，可谓百依百顺，一直都是爱得不行。从精神上来说，你也必须忠诚。

在自己如此疼爱下，若百花羞还要离开，那就是背叛。这是奎木狼不能容忍的。

之后，沙僧作伪证，证明是唐僧认出了画影图形，宝象国王才派他们来救援。沙僧的话语明明有很多破绽，可是，只要有一点儿证据证明公主没有背叛，奎木狼就愿意去相信。

奎木狼果断道歉，摆下筵席，向百花羞赔罪。

可惜，奎木狼十三年如意的柔情，始终没有感动百花羞。

后来，猪八戒请来了孙悟空，两人把奎木狼和百花羞的两个孩子摔死了。回到山洞后，见到孙悟空变化的百花羞哭哭啼啼，确认儿子的死讯，奎木狼暴怒中依然不乏柔情。

他说："真个是我的儿子？罢了，罢了！我儿被他掼杀了！已是不可活也！只好拿那和尚来与我儿子偿命报仇罢！浑家，你且莫哭，你如今心里觉道怎么？且医治一医治。"

当百花羞提出心口疼时，奎木狼竟然吐出了堪比自身性命的内丹，想以内丹为百花羞疗伤。没想到百花羞乃悟空所变。辛苦修炼数千年的内丹，被孙悟空一口吞掉。

这被一口吞掉的内丹，其实就像是奎木狼为百花羞多年来付出的真情。

十三年的恩爱，在宝象国公主百花羞看来，全是一场戏，一场疲惫而丑陋的戏。

此前的十三年，奎木狼一直生活在假象中，一直到内丹被吞，才惊醒过来——原来，百花羞早就和孙悟空、猪八戒混在一起，胳膊肘往外拐，勾结外来人对付他！

后来，奎木狼回到天庭，拜见玉帝时这样介绍往事：

"万岁，赦臣死罪。那宝象国王公主，非凡人也。他本是披香殿侍香的玉女，因欲与臣私通。臣恐点污了天宫胜境，他思凡先下界去，托生于皇宫内院，是臣不负前期，变作妖魔，占了名山，摄他到洞府，与他配了一十三年夫妻。一饮一啄，莫非前定，今被孙大圣到此成功。"

奎木狼非常会说话，本来他与玉女私通乃是一件丑事，可在他口中掐头去尾，移形换位这么一说，竟然变成了一件美事。他也从一个擅离职守、一心私欲的罪臣，变成了赤胆忠心、一心为上的忠臣。

他将自己与玉女私通，霸占百花羞统统归结为姻缘前定，因果循环，虽然主要是为了推卸罪责，但从其话语中也可以看出，对于百花羞最终的背叛，奎木狼心中并不怨恨，相反，更多的是淡然。

只想着付出，不计较回报，能做到这点，实在太难！

070 **宝象国公主：柔弱背后的狼毒与无情**

当我们爱极了一个人的时候，常常会为对方许下誓言：愿生生世世永为夫妻。这种誓言，说起来很动人。可是，实践起来却极难。一个美好的爱情故事，在现实的残酷面前，常常变成一个血淋淋的恐怖故事。

二十八宿之奎木狼和宝象国公主百花羞之间，就是如此。

奎木狼和百花羞的前世披香殿玉女情投意合，两人相约下界。无论是因思凡下界，还是为渡劫下界，一个不容否认的事实是，奎木狼愿意为玉女放弃在天庭的高官厚禄，宁愿背负擅离职守之罪，也要和玉女厮守一生。

可惜，奎木狼在天庭任职，人在官场，身不由己。玉帝发话，奎木狼不得不听从。于是，玉女先行离开，奎木狼迟到了十五天。

天上一日，下界一年。在天庭的十五天很短暂，但在人间，十五年足够生死轮回，物是人非。

等到奎木狼下界，玉女已经死去。玉女魂魄念念不忘奎木狼，投胎在距离波月洞不远的宝象国，成为公主百花羞。

以奎木狼的神通和地位，很快就打探到玉女转世投胎的信息。于是，在八月十五明月夜，他驾祥云来到宝象国，抱走了百花羞。

若百花羞有前世玉女的记忆，看到情郎终于到来，该是何等幸福？按照奎木狼的剧本，应该是有情人终成眷属，两人从此过上幸福的生活……

可惜，在踏上奈何桥时，玉女按照规定喝了孟婆汤，泯灭了前世的记忆。她眼前看到的，是一个金睛蓝面的青发魔王，张着血盆獠牙，长相丑陋，气息可怕。等到了波月洞，那万恶的魔王更是强行霸占她的身子，限制她的行踪，蹂躏了她足足十三年！

十三年的魔窟生活，让百花羞不再柔弱，甚至不再善良，她身上更多的是无情，甚至狠毒。

奎木狼对百花羞极好，好到千依百顺。可百花羞对奎木狼如何呢？

孙悟空见到百花羞后，说："你且回避回避，莫在我这眼前，倘他来时，不好动手脚，只恐你与他情浓了，舍不得他。"公主道："我怎的舍不得他？其稽留于此者，不得已耳！"行者道："你与他做了十三年夫妻，岂无情意？我若见了他，不与他儿戏，一棍便是一棍，一拳便是一拳，须要打倒他，才得你回朝见驾。"那公主果然依行者之言，往僻静处躲避。

这十三年，百花羞穿戴的是绫罗绸缎，吃喝的是山珍海味。丈夫奎木狼对百花羞宠爱有加，就连手底下那些小妖，一个个对百花羞都万分尊敬。百花羞过的，一直就是公主、皇后一般的生活。

可在这样的环境下，百花羞一直都盼望着离开奎木狼，甚至盼望着奎木狼去死！

孙悟空告诉百花羞，要想回去宝象国，重新过上公主的生活，只有一条路，就是孙悟空打倒他——若非奎木狼有仙箓，百分百被孙悟空一棒打死。对此，百花羞毫不迟疑，果断接受。

奎木狼十三年的宠爱，在百花羞眼中，只是噩梦。

如果说，奎木狼强行霸占在先，百花羞必然心生怨恨。可是，孩子是无辜的。对于自己与奎木狼生下的两个孩子，百花羞是怎么看待的呢？

孙悟空到达波月洞，看到洞门口有两个孩子在嬉闹。一个十来岁，一个八九岁。孙悟空二话不说，直接飞下去把孩子拎起。孩子不停哭喊，惊动了洞里的百花羞。

慌忙之下，百花羞说："那汉子，我与你没甚相干，怎么把我儿子拿去？他老子利害，有些差错，决不与你干休！"在外人面前，可怕的丈夫奎木狼也可以成为保护伞。

孙悟空提出，要用两个孩子换沙僧。百花羞立刻放了沙僧，可孙悟空却不放两个孩子。此时，百花羞大骂孙悟空不讲信用。可在孙悟空说了一番话后，百花羞竟然就让孙悟空带走了孩子。

孙悟空是这么说的："公主啊，为人生在天地之间，怎么便是得罪？"公主道："我自幼在官，曾受父母教训。记得古书云：五刑之属三千，而罪莫大于不孝。"行者道："你正是个不孝之人。盖父兮生我，母兮鞠我。哀哀父母，生我劬劳！故孝者，百行之原，万善之本。却怎么将身陪伴妖精，更不思念父母？非得不孝之罪如何？"

孙悟空搬出"孝"字大旗，让百花羞满脸羞愧。孙悟空又告诉百花羞，自己定然会帮助公主擒拿妖怪，带公主回朝，然后"别寻个佳偶，侍奉双亲到老"。

在孙悟空这些条件下，百花羞选择了放弃。

她这一放弃，就等于是葬送了两个孩子的性命。

百花羞总结十三年的生活——不得已耳！只要有可能，她就要回家。无论是宠爱自己的丈夫，还是怀胎十月养育多年的娃，都不能拖住她。

为了回家，她可以放弃现有的一切！

百花羞为何会对奎木狼无情，对自家孩子狠毒呢？真的只是为了孝顺父母吗？

不能孝敬父母，自然是大罪。可若是因为要孝敬父母，就抛下丈夫，舍弃儿子，这同样不该。

真正的原因，我们可以在百花羞转托唐僧送出的家书中找到。原文说：

"不孝女百花羞顿首百拜大德父王万岁龙凤殿前：拙女幸托坤官，感激劬劳万种，不能竭力怡颜，尽心奉孝。乃于十三年前八月十五日良夜佳辰，蒙父王恩旨着各官排宴，赏玩月华，共乐清霄盛会。正欢娱之间，不觉一阵香风，闪出个金睛蓝面青发魔王，将女擒住。驾祥光，直带至半野山中无人处，难分难辨，被妖倚强，霸占为妻。是以无奈捱了一十三年，产下两个妖儿，尽是妖魔之种。论此真是败坏人伦，有伤风化，不当传书玷辱。但恐女死之后，不显分明。正含怨思忆父母，不期唐朝圣僧，亦被魔王擒住。是女滴泪修书，大胆放脱，特托寄此片楮，以表寸心。伏望父王垂悯，遣上将早至碗子山波月洞捉获黄袍怪，救女回朝，深为恩念。草草欠恭，面听不一。"

原来，百花羞厌弃奎木狼，不喜俩孩子的真正原因，是因为奎木狼是妖魔，而孩子也是妖魔之种。

在百花羞看来，人妖有别，自己被奎木狼掳走，已经是败坏人伦，还生下了两个孩子，更是有伤风化。于是，赶走奎木狼，弄死俩孩子，几乎就成了必然的事情。不少读者觉得孙悟空把两个孩子弄走，八戒、沙僧当庭摔死孩子，非常残忍。可是，在百花羞和宝象国君臣看来，这是大好事。

百花羞既不用亲手杀死孩子，又可以彻底斩断与妖魔的联系，做回人类公主。

只是，人妖之别真的那么重要吗？

奎木狼曾变作俊美书生前往宝象国，结果国王也好，百官也好，人人欢喜。在奎木狼的法术加忽悠下，宝象国君臣甚至认为唐僧才是妖怪。结果就出现了荒唐的一幕：唐僧被当成虎精，押在铁笼之中；奎木狼被当成上宾，在殿中大口吃人肉。

原来，所谓妖魔只是长相丑陋而已。只要长得帅，那就是人，就是仙，就会受到君臣拥戴。

原来，百花羞和宝象国君臣都是外貌协会的！

奎木狼精通变化之术，他完全可以化身帅哥与百花羞相处。可是，他却以本相待之。这是他对百花羞的真诚，也是对玉女的纪念。可是，在百花羞看来，青面獠牙的奎木狼只是妖怪，而绝非情郎。

不单单是奎木狼遭受了这样不公正的待遇，当年的猪八戒何尝不是如此。

孙悟空曾经为八戒鸣不平，他告诉高太公："他是一个天神下界，替你把家做活，又未曾害了你家女儿。想这等一个女婿，也门当户对，不怎么坏了家声，辱了行止，当真的留他也罢！"

可是，在高太公看来，怎么会有那么丑陋、怪异的天神呢？

他绝不相信。

像百花羞、高太公这样只看外表，不查本质的人实在太多。

071 八戒、沙僧为何突然变废柴

为救唐僧，救公主，猪八戒与沙和尚两度大战黄袍怪，可是，战绩很惨。二人敌一，不过八九个回合就落败。八戒逃跑，沙僧被擒。想那八戒、沙僧也是天神下凡，在天庭的地位还比黄袍怪（奎木狼）要高，此前与孙悟空大战，他们二人也不过略逊一筹，差距并不明显。

原著第十九回，孙悟空与猪八戒在福陵山云栈洞前大战，双方从头天的二更时分（21~23时）打到第二天天发白（3~5时），前后大约战了七个小时，"那怪不能迎敌，败阵而逃"。猪八戒为何落败呢？因为人家本就是到老婆那里去睡觉，没想到遭遇猴子，折腾了一夜。休战之后，猪八戒又累又饿，呼呼大睡去了。

因此，落败的关键，不在八戒战斗水平差，而是体力透支。

原著第二十二回，猪八戒大战沙和尚，双方一共有三战。第一次陆战，双方大战二十回合不分胜败，据八戒说，沙僧已经有些手软。第二次水面战，双方大战四个小时，不分胜败。第三次水下战，双方大战三十个回合，不分强弱。虽然，流沙河弱水的特性，让主场作战的沙和尚略有加分，但说沙僧陆地、水下功夫，最多不过略逊八戒一筹。这是没有问题的。

也就是说，论起战斗技能，孙悟空≥猪八戒≥沙和尚。他们之间须打斗超过七个小时，才可以分出输赢胜败来。

让人大跌眼镜的是，八戒、沙僧除了出场第一战相当精彩外，以后的每次作战都非常废柴，非常窝囊。作者的旁白经常说，八戒、沙僧没什么本事。每次降妖，总是孙悟空冲锋在前，八戒抽冷子筑一耙抢个功劳，沙僧负责保护师父和行李。结果经常是师父没保护好，八戒、沙僧也都被妖怪擒拿。

八戒、沙僧第一次实力暴跌，是在遭遇黄袍怪时。

他们和黄袍怪一共有两次交手。情况惨不忍睹，我们看原文：

"（第一次）却说那八戒、沙僧与怪斗经个三十回合，不分胜负。你道怎么不分胜负？若论赌手段，莫说两个和尚，就是二十个，也敌不过那妖精。只为唐僧命不该死，暗中有那护法神祇保着他，空中又有那六丁六甲、五方揭谛、四值功曹、一十八位护教伽蓝，助着八戒、沙僧。"

"（第二次）他们在那山坡前，战经八九个回合，八戒渐渐不济将来，钉钯难举，气力不加。你道如何这等战他不过？当时初相战斗，有那护法诸神，为唐僧在洞，暗助八戒、沙僧，故仅得个手平。此时诸神都在宝象国护定唐僧，所以二人难敌。那呆子道：'沙僧，你且上前来与他斗着，让老猪出恭来。'他就顾不得沙僧，一溜往那蒿草薜萝，荆棘葛藤里。那怪见八戒走了，就奔沙僧。沙僧措手不及，被怪一把抓住，捉进洞去。"

总结下这两次战斗，若是单挑，八戒也就是和黄袍怪打个五六回合就会落败。沙僧更差，估计三四回合就该被抓。原著写得明白，即便是二十个和尚，也斗不过黄袍怪。黄袍怪的单挑实力，竟然在八戒或沙僧的十倍以上。

是不是黄袍怪真的很牛呢？

根本不是！

猪八戒到花果山请来孙悟空，孙悟空吩咐八戒把黄袍怪儿子摔死，黄袍怪暴怒。孙悟空大战暴走状态的黄袍怪，"他两个战有五六十合，不分胜负"。

那么，是不是黄袍怪实力真的和孙悟空相当呢？不是！看原文：

"行者心中暗喜道：'这个泼怪，他那口刀，倒也抵得住老孙的这根棒。等老孙丢个破绽与他，看他可认得。'好猴王，双手举棍，使一个高探马的势子。那怪不识是计，见有空儿，舞着宝刀，径奔下三路砍。被行者急转个大中平，挑开他那口刀，又使个叶底偷桃势，望妖精头顶一棍，就打得他无影无踪。"

后文又道"他原来是孙大圣大闹天宫时打怕了的神将"。

黄袍怪（奎木狼）在二十八宿中，绝对是数一数二能打的好手，可绝非孙悟空对手。在五六十回合情况下，孙悟空游刃有余，黄袍怪却心慌意乱。孙悟空一棒打下，本可以把黄袍怪打死。但这黄袍怪估计会某种保命手段，可以瞬间遁走。

逃走后，黄袍怪心胆俱裂，躲在山洞中，用水气屏蔽气息，再不敢出头。

如此一来，问题来了。既然黄袍怪不如孙悟空，那猪八戒、沙僧双战黄袍怪，为何还一逃跑一被擒呢？

这里面明显有猫腻！

其实，猪八戒和沙和尚早就认出了黄袍怪，黄袍怪也认出了他们，只是大家很默契地不说破。

黄袍怪是什么打扮？

"青脸红须赤发飘，黄金铠甲亮光饶。裹肚衬腰祗石带，攀胸勒甲步云绦。闲立山前风吼吼，闷游海外浪滔滔。一双蓝靛焦筋手，执定追魂取命刀。要知此物名和姓，声扬二字唤黄袍。"

黄袍怪乃真身下界，青脸、红须、赤发、蓝手，这些都是标准的奎星模样，八戒、沙僧一看便知。而八戒、沙僧虽然容貌与当初有变化，可是手中的九齿钉钯、降妖宝杖却是三界享有大名的神兵利器。黄袍怪怎么可能不知道？

可是，大家你不认我，我不认你，一点交情也不讲，见面就开打。这明显不合理嘛！

原因只有一个，三个人都明白，大家都肩负特别任务下界，知道得越少，对自己越安全！

八戒乃师父太上老君指派，混入取经队伍。沙僧乃玉帝指派，混入取经队伍。黄袍怪也是玉帝指派。只是沙僧是长期潜伏，黄袍怪是临时委任。黄袍怪的目的，表面上是抓唐僧，把唐僧变成老虎，其实根本的目的是，隐秘散布"吃一块唐僧肉，便可得长生"的消息。

因此，唐僧被抓后，黄袍怪没有羞辱，没有喊打喊吃。公主百花羞一句话求情，黄袍怪就把唐僧送出洞去。且人家根本就没想为难唐僧，是唐僧自己看到金光，走入了波月洞中。

后来，八戒、沙僧贪功，在宝象国国王的邀请下，前来抓捕黄袍怪。黄袍怪擒拿沙僧后，原著说："那怪把沙僧捆住，也不来杀他，也不曾打他，骂也不曾骂他一句。"按照妖怪的暴脾气，对沙僧这种忘恩负义的人，还不该剥皮抽筋？

只因，黄袍怪知道沙僧也是玉帝的人，怎么会为难他呢？

有重任在肩，不便暴露实力，彼此妨碍，这是三人掩藏实力的重要原因。

当初观音在收编八戒、沙僧的时候都说得明白，一旦完成取经，便可回复职位，得到正果。为了自己的前途，八戒、沙僧是应该拼命的啊。他们二人遭遇黄袍怪隐藏实力还情有可原，为何遭遇其他妖怪，甚至是没有任何背景的野妖时，怎么也表现得那么废柴呢？

只因，取经行动的分工已经明确！打妖怪再多，也不能给八戒、沙僧增加什么功果！

观音在收编沙僧、八戒、白龙、孙悟空的时候，并没有明确交代取经团队的内部分工。因此，当一行五人汇聚后，曾就分工问题展开大讨论。猪八戒想要抛下挑担任务，也加入降妖团队，但被孙悟空一口拒绝。孙悟空说："老孙只管师父好歹，你与沙僧，专管行李马匹。但若怠慢了些儿，孤拐上先是一顿粗棍！"

孙悟空以取经团队战斗力第一人的身份宣布分工：唐僧是包裹；孙悟空负责押送包裹，降妖作怪；八戒管后勤，负责行李；沙僧管后勤，负责马匹。猪八戒不满分工，可是面对孙悟空的强势，反对无效。

师父唐僧对孙悟空这个分工采取默认态度，老三沙和尚也一言不发。于是，以后的许多年，取经团队都保持着这个分工模式。

072 猪八戒的两项绝学

黄袍怪将唐僧变成老虎，情况危急。在白龙马的劝说下，猪八戒腾云前往花果山劝说孙悟空。因时间紧迫，一贯喜欢藏拙的猪八戒终于显露了一项绝学！

前文我写了孙悟空与沙和尚的腾云速度。那么，猪八戒腾云的速度有多快呢？

若是寻常腾云，那也就和沙僧一般快。这俩兄弟是半斤对八两，从流沙河大战之后，两兄弟就一直在装怂，极少显露真功夫。

不过，在全书中，八戒有那么两次，在特殊情境下，暴露了压箱底的腾云神通。他的腾云速度，虽然没有筋斗云那么快，但绝对超过三界大多数仙人，居于第一流行列。

第一次暴露，是高老庄与孙悟空大战。

在参加取经队伍之后，猪八戒一直说自己这个不行，那个不会。可在高老庄时，他却说："我有天罡数的变化，九齿的钉钯，怕什么法师、和尚、道士？就是你老子有虔心，请下九天荡魔祖师下界，我也曾与他做过相识，他也不敢怎的我。"

全书中，猪八戒唯一说自己拥有天罡三十六变，就在此时。只因，他不知道孙悟空变化了高翠兰。他只当是自己老婆在跟前，因此，把自己的老底暴露了出来。

之后，孙悟空露出本相，追打猪八戒。原文说："（八戒）化狂风脱身而去。行者急上前，掣铁棒，望风打了一下。那怪化万道火光，径转本山而去。"

在平顶山莲花洞中，孙悟空也曾经施展这种"聚而成形，散而成气"的本领。

这八戒以火光状态逃跑，孙悟空驾筋斗云跟随，两人一直跑到福陵山。猪八戒先进入洞中，聚敛红光，恢复真身，拿出了九齿钉钯，冲出洞府。孙悟空刚刚赶到洞门前。

虽然说猪八戒起跑在先，孙悟空跟随在后，猪八戒轻车熟路，孙悟空环境陌生，但是，猪八戒能在几百里的短路程较量中，始终领先于孙悟空，这是不是很牛？

这火光遁算是八戒的保命绝招之一。

第二次暴露，是在宝象国时。

因奎木狼（黄袍怪）把唐僧变成了虎精，八戒和沙僧又都强忍住不肯出手，取经团队随时面临崩盘的局面。在危机情况下，白龙马要求猪八戒出面，请孙悟空回来降妖。在仔细思量利害之后，猪八戒决定还是去一趟花果山。

因情况紧急，宝象国君臣很有可能要在第二天杀死虎精（唐僧），猪八戒再也无法掩饰实力，于是展露了他的另一项保命绝招。

看原文："真个呆子收拾了钉钯，整束了直裰，跳将起去，踏着云，径往东来。这一回，也是唐僧有命，那呆子正遇顺风，撑起两个耳朵，好便似风篷一般，早过了东洋大海，按落云头。不觉的太阳星上。"

猪八戒到达花果山的时候，是太阳初升，也就是早晨五点左右。那他什么时候离开宝象国的呢？

书中写得明白，二更初（21点）奎木狼在大殿上吃宫女，小白龙跑去挑战，结果受伤。小白龙在护城河下潜伏了半个时辰才回到住所。

之后，八戒回归，小白龙劝说猪八戒。

也就是说，猪八戒大概在三更初（23点）出发，到五更末（5点）赶到了花果山，费时约三个时辰。

孙悟空去花果山要一个时辰，沙和尚要三个昼夜，而猪八戒竟然只要三个时辰。

也就是说，比短途，猪八戒堪比孙悟空；比长途，猪八戒的腾云速度大致上是筋斗云的三分之一。

猪八戒的腾云速度为何那么快？原著中说，是唐僧命好。这只是托词。真正的原因，是他的师父根据猪八戒的身体特性，独创性地传授了猪八戒一种特殊的腾云方式——撑起两个大大的招风耳，呼扇呼扇，就犹如有了助推器一般，腾云速度大增。

在前文我已经分析了，猪八戒的师父是太上老君，菩提祖师也是太上老君。这太上老君再一次因材施教，独创绝学，真的是太厉害了！

除了红光遁与御风术之外，猪八戒还有哪些隐藏绝学呢？我们以后再说。

073 西游世界最重情义的妖王是谁

西游世界拥有最多妖兵的魔王，当属美猴王孙悟空与狮驼岭的狮、象、鹏三魔王。这两家魔下都拥有四万七千小妖。只是，相比孙悟空的猴兵，狮驼岭三魔王的妖兵实在不禁打。孙悟空来到狮驼洞前，变成小钻风撒了一个谎，就有一万多妖兵丢盔弃甲，叛主逃离。之后，见到三魔都向孙悟空低头，又跑了一万多妖兵。等到狮驼国三魔被如来带走，剩下的两万妖兵全部逃走。孙悟空回城接取唐僧时，狮驼国竟然已经空空如也，一个妖怪也无。

群妖为何会逃跑？一个重要的原因，是三魔薄情寡义，御下严苛，即便是兄弟之间，也只是互相利用。

当然，西游群妖并非个个如此。有那么一群妖精，堪称重情重义，大难当前，无一妖退缩。即便是遇上无法战胜的强敌，迎战注定死路一条，也没有一个妖怪临阵脱逃。不求同年同月同日生，但求同年同月同日死。这伙妖怪，真的做到了！

他们究竟是谁？

他们就是平顶山莲花洞的群妖们，他们的妖王，叫做金角大王与银角大王。

金角、银角大王是如何对待部下小妖的？

银角大王亲眼看到孙悟空施展棍棒，武艺精通，不禁慨叹齐天大圣名不虚传。此时，有小妖说："大王，你没手段，等我们着几个去报大大王，教他点起本洞大小兵来，摆开阵势，合力齐心，怕他走了那里去！"

大家看看小妖这番话，毫无隐晦地批评银角大王太窝囊，还略带威胁地说，你不行的话早说，我们好去找金角大王出手。

按照常理，属下即便进谏，也要力求语言委婉，以免徒惹一身臊。可是，莲花洞的小妖直言不讳。这说明了什么？

这说明了莲花洞妖王与妖兵之间感情很好。虽然银角是二大王，神通广大，却和众小妖之间一直都是亲如兄弟，不分彼此。正因为兵将之间感情融洽，小妖才会说得如此直白。

果然，银角大王丝毫没有反感，反倒安慰小妖，不用担心，自己自有妙计对付孙悟空。

后来，精细鬼和伶俐虫奉命拿着红葫芦和玉净瓶去装孙悟空，不想却被孙悟空以"装天术"哄走了宝贝。两个小妖犯下大罪，在别的妖洞中注定死路一条。可是，在莲花洞中呢？

他们两个也想过逃走，可是想想平日两位大王对待下属的态度，就选择了留下。当他们如实说出被骗经历后，金角暴跳如雷说："罢了，罢了！这就是孙行者假妆神仙骗哄去了！那猴头神通广大，处处人熟，不知那个毛神放他出来，骗去宝贝！"大家看金角，法宝丢失后，并没有把责任推到下属身上，而是客观冷静地分析出问题的真正所在。

精细鬼、伶俐虫的下场如何呢？原文二人道："造化，造化！打也不曾打，骂也不曾骂，却就饶了。"

两个小妖慨叹自己命好。其实，不是他们命好，是金角、银角通情达理。孙悟空何等强大，或抢或骗，无论怎样都可以取走宝贝。归罪于两个小妖，反倒是无能的表现。

正因为金角、银角对部下一直很宽容，重情义，部下小妖才会对他们忠心耿耿。

金角、银角对亲戚如何呢？

从一百四五十年前下界之后，金角、银角大王就占据了平顶山莲花洞。

金角、银角两位妖王虽然背景深厚，实力强劲，却并非倚仗权势，为非作歹的妖。

别看他把山神、土地唤去点卯，但那不是奴役。他二人乃是太上老君的烧火童子下凡，也算是老君记名弟子。三界仙人大多数都是三清门下。那些山神、土地不过是鬼仙一流，辈分极低、法力又弱。让他们去当值，当是看得起他们。保不齐有一些距离莲花洞很远的山神、土地，还会羡慕平顶山的山神、土地呢。这么一个亲近太上老君门人的机会，多么难得啊。人家随便丢出一颗丹药，就可以让这些只有五百年寿命的鬼仙突破等级。

压龙山距离平顶山不过是十五六里。山前压龙洞中住着的是一位修行了千年的九尾妖狐，麾下有两百来女兵。山后是妖狐的弟弟狐阿七大王，麾下也有两百妖兵。

为了巩固自己的势力，金角、银角认下了九尾妖狐做干娘，狐阿七做干舅，并且献上自己的法宝幌金绳做抵押。不过，双方虽然是以利益开始，但年深日久，早就有了感情。

当得知干娘被打死，金角、银角都很悲愤。之后，金角前往压龙洞借兵，洞中女怪也是全部出洞，无一退缩。就连山后的狐阿七，也主动带了两百妖兵前来助战。

当时，他们已经知道九尾妖狐是被孙悟空一棒子就打死了，即孙悟空的神通远远在他们之上。他们此去，凶多吉少，甚至是有死无生。可是，他们依然选择了为洞主、为外甥去战，去死。

最为感人的，是金角与银角大王之间的兄弟情谊。

当初下界时，只有金角暗中接受了老君密令，知道下界的真实意图。于是，当唐僧师徒经过时，金角特意派银角去巡山，抓捕唐僧，挑战孙悟空。

后来，孙悟空骗走了红葫芦、玉净瓶，盗走了幌金绳，甚至还公然变作九尾狐狸，来莲花洞中秀了一把。金角大王有些担心了。

他劝说银角："兄弟，把唐僧与沙僧、八戒、白马、行李都送还那孙行者，闭了是非之门罢。"

他能这么说，很不容易。金角可是冒着抗命的风险暗示银角。可惜，银角大王与孙悟空的几次交手，都以胜利告终，他根本没有意识到孙悟空真正实力的可怕。

孙悟空被装入红葫芦，啥事没有。银角大王被装入红葫芦，却化成了清水。

得知银角大王死了，金角大王如何反应呢？

本来，金角的任务都已经完成，完全可以把唐僧、八戒、沙僧礼送出洞，与孙悟空罢战谈和。若是如此，银角虽然身死，但是金角却可以保留一条性命。

可是，一贯冷静与理智的金角大王，面对银角的死，竟然选择了一条最为危险的路——与孙悟空死磕到底！

"（金角）骨软筋麻，扑的跌倒在地，放声大哭道：'贤弟呀！我和你私离上界，转托尘凡，指望同享荣华，永为山洞之主。怎知为这和尚伤了你的性命，断吾手足之情！'满洞群妖，一齐痛哭。"

在大哭之后，金角大王点起全洞三百多名小妖，全部出洞，迎战孙悟空。

所谓进退得失，所谓利害关系，全部被金角大王抛在脑后。在他看来，一切都比不了为兄弟银角报仇来得痛快。

莲花洞三百小妖的表现亦让人尊敬。

金角大王与孙悟空大战二十回合不分胜败，之后，他下令全军出击。三百小妖把孙悟空打得心慌意乱。孙悟空只能施展身外化身术，与群妖对战。一二百小妖，当场被打死。

见情况不妙，金角大王施展芭蕉扇，弄出了雄雄烈火。孙悟空收了毫毛，不退反进，捏避火诀进入了莲花洞中。

洞中哀声一片。在与小悟空大战中，有一百多个妖怪断手断脚，受了重伤，但是一个都没逃，一个都没有躺下，全部都忍着疼痛，站立在洞口等候金角，随时准备听从命令，再次参战。

孙悟空真身到来，犹如虎入群羊，一小会工夫，就把一百多伤兵全部打死。

大火退去，金角回到洞中，看到尸横遍野，他再次大哭，连连说："苦哉，痛哉！"当时莲花洞妖兵已经死绝，金角孤零零一个。他完全没有必要作秀。他是真的为部下群妖丧命难过。连原作者都忍不住写了几句诗，表达对这妖王的同情。

诗云："鸿雁失群情切切，妖兵绝族泪潺潺。何时孽满开愆锁，返本还原上御关？"

最终，莲花洞的三百妖兵全部战死。狐阿七被猪八戒一钉钯筑了九个窟窿。四五百狐狸兵兴冲冲而来，大部分被孙悟空兄弟扫荡。金角大王最终也被孙悟空装入了玉净瓶。

074 悟空自创大神通，玉帝也自叹不如

所谓"吃一堑，长一智"，在经历无数磨难、挫折之后，人总该学会成长。孙悟空也如是。

从离开菩提祖师之日起，孙悟空的本领并非一成不变。所谓"师傅领进

门，修行在个人"。菩提祖师只是传给了他三篇口诀，究竟能够参悟到何种地步，要看孙悟空的缘法。

　　菩提祖师是没有教孙悟空武艺（棍法）的，也没有教孙悟空撒豆成兵、扎草成龙的本领，可是，孙悟空在见过混世魔王的刀法后，听说扎草成龙的名目后，立刻就领悟了其中奥妙。用孙悟空自己的话来说，叫做"我如今一窍通，百窍通，我也会弄"。

　　孙悟空的武艺很不错，打遍三界，仅仅在镇元大仙手中落败。

　　孙悟空的神通，也有不少是自己领悟的，比如赫赫有名的身外化身，原文说："不知这猴王自从了道之后，身上有八万四千毛羽，根根能变，应物随心。"孙悟空身外化身极为强大，不但可以变出八万四千猴子，并且"那些小猴，眼乖会跳，刀来砍不着，枪去不能伤"，分身的神通虽然比不上孙悟空本人，但也有一定的防御力、杀伤力。

　　在经过平顶山时，孙悟空更是发挥奇思妙想，开创了一项超级大神通，"威力"之大，连玉皇大帝也瞠目结舌，自叹不如。

　　这项大神通，叫做装天术。

　　事情的经过是这样的。

　　银角大王把孙悟空压在三座大山下面后，得意洋洋，抓了唐僧和沙僧回到洞府。之后，银角派出两个小妖，拿着两件宝贝——红葫芦和玉净瓶去装孙悟空。

　　红葫芦和玉净瓶，一个是老君装仙丹的，一个是老君装水的，都是声控型法宝。只要将口对准来人，高喊其名，无论对方说什么，只要应声，那就会被吸入法宝中，不消一时三刻，就被法宝融化成一摊血水。

　　两个小妖的名字很奇葩，一个叫精细鬼，一个叫伶俐虫，是莲花洞中数一数二的聪明妖怪。结果，愣是被孙悟空一通忽悠，乖乖把手中法宝送上。

　　孙悟空在山神的救助下，移走了三座大山，却看见不远处有宝光闪动，便化成一个道士，前去观看。

　　金角、银角本都是道童，手下小妖对道士也非常信任。孙悟空一询问，小妖就把自己的来意告知。孙悟空大喜，以他的本领可以打死小妖，抢走宝贝。可是，孙悟空一向爱面子，觉得以大欺小，坏了自己的名头，就换了个方法。

小妖自豪地说："我这两件宝贝，每一个可装千人哩。"孙悟空立刻说："你这装人的，何足稀罕？我这葫芦，连天都装在里面哩！"两个小妖不信，耳听为虚，眼见为实！要求孙悟空示范一下。

孙悟空怎么装天呢？

他低头念咒，招来护驾诸仙，让他们禀告玉帝。玉帝让哪吒借来真武大帝的黑旗，把日月星辰遮蔽一个小时。结果，精细鬼、伶俐虫大惊，一路求着孙悟空把装天的葫芦和他们交换。孙悟空假装不肯，二妖着急忙慌地提出二换一，孙悟空才不情不愿地将法宝送上。

这就是孙悟空的装天术。

大家或许会说，这不就是一个骗术吗？哪里是什么大神通，还让玉帝都自叹不如？

对，这是一个骗术，可绝非简单的骗术。孙悟空能创出"装天术"，对于他自身来说，是一个绝大的进步！

大闹天官时候的孙悟空，看起来勇悍无敌，其实只是一介莽夫。被压在五行山下五百年间，孙悟空思考了很多，也领悟了一些。而取经路上遭遇的种种挫败，更让孙悟空认识到，很多时候决定胜败的不是拳头，是脑子。

斗智是比斗力更高的境界。

孙悟空的智慧，在实战当中迅速成长。看孙悟空对护驾诸仙的吩咐，就非常高明。他说：

"即去与我奏上玉帝，说老孙皈依正果，保唐僧去西天取经，路阻高山，师逢苦厄。妖魔那宝，吾欲诱他换之，万千拜上，将天借与老孙装闭半个时辰，以助成功。若道半声不肯，即上灵霄殿，动起刀兵！"

孙悟空这话有三层含义：

其一，我这次要装天、不是为了个人利益，而是为了取经大业。而取经行动，是玉帝批准、如来主持、观音执行的官方大行动。

其二，妖怪宝贝厉害，唯有此法才可以换来宝贝，轻松结束战斗。

其三，若不答应，自己就要打上灵霄殿。

孙悟空这番话软硬兼施，不卑不亢，既提出了自己的要求，也丝毫不堕齐天大圣的威名。

当然，这主要是因为护驾诸仙不过都是小仙，身份低微，远不如孙悟空。要是真的面对玉帝，孙悟空自然客客气气。

作为三界之主的玉皇大帝，对孙悟空装天的要求很不满意。玉帝说："这泼猴头，出言无状，前者观音来说，放了他保护唐僧，朕这里又差五方揭谛、四值功曹，轮流护持，如今又借天装，天可装乎？"

玉皇大帝这番话，有两层意思：

其一，孙悟空还没有资格和自己平等对话，更没有资格提什么要求。

其二，此前，玉帝已经答应派出五方揭谛、四值功曹保护，已经给了如来、观音面子。但如今孙悟空竟然要装天，实在太过分！

因为天乃玉帝之天，地乃玉帝之地。何况，天何其大，如何装？孙悟空纯粹一派胡言！

幸亏哪吒三太子出班求情，说明天也可以装——只需借来真武大帝的黑旗，把日月星辰屏蔽，使得下界孙悟空所在地区一片漆黑即可。

哪吒为何给孙悟空帮忙？

一方面是哪吒和孙悟空不打不相识，两人英雄惜英雄；另一方面是在《西游记》中，哪吒自杀后，乃如来佛以莲藕重塑其身的。哪吒与佛派是有利害关系的。因此，取经团队的孙悟空有需求，哪吒才会尽量满足。

孙悟空以假葫芦换到了真宝贝后，还特意拿出一文钱，让小妖买来纸笔，要写个合同文书。小妖问为什么。孙悟空解释说："你将这两件装人的宝贝换了我一件装天的宝贝，恐人心不平，向后去日久年深，有甚反悔不便，故写此各执为照。"按照孙悟空的说法，自己一件装天法宝换两件寻常法宝，实在大大吃亏。但人心总是贪婪，多年之后若二妖后人反悔，来找麻烦，自己也可以合同为凭证。

孙悟空这招以退为进用得极好，连两小妖心中最后的怀疑也给打消了。他们当场发誓，自己绝不反悔，谁反悔谁一年四季都发瘟。孙悟空得了大便宜，自然也学着发誓，换了宝贝之后，立刻飞走。

孙悟空巧用人脉，妙施手段，以退为进，攻取人心，轻而易举地换得了两件法宝，为最后的胜利奠定了坚实基础。

从此之后，孙悟空战略战术方面的手段越用越纯熟，在"真假美猴王"一节时达到一个高峰，最终完成了从战士到法师，从棋子到棋手的转变。

075 乌鸡国复仇记：孙悟空第一次成功布局

唐僧师徒借宿宝林寺时，晚间乌鸡国王鬼魂来访，诉说冤情。唐僧答应救助，却苦于没有办法。他叫来三个徒弟，说明情况。

孙悟空一听大喜说："等我与他辨个真假。想那妖魔，棍到处立要成功。"见孙悟空话说得太满，唐僧有点担心，提醒说："徒弟，他说那怪神通广大哩。"孙悟空撇撇嘴说："怕他什么广大！早知老孙到，教他即走无方！"

孙悟空凭啥这么自信呢？

取经一路走来，孙悟空早就明白一个道理：所谓磨难，基本上都是如来钦定、观音安排好的一场秀。虽然中途会有波折，却注定最终成功。一切的磨难，都是暂时的。与其畏首畏尾，让人笑话窝囊，不如放手一搏，挣个无敌、无畏的美名。即便最后牛皮吹破了，降不住妖怪，也可以到南海去搬救兵，求观音出马。

可是，要怎么才能够戳穿骗局，还乌鸡国真国王一个公道呢？

取经行动越久，孙悟空越是发现：光靠武力，无法解决问题。没有智谋作为后盾，好勇斗狠只能坏事。

孙悟空不愧是天生石猴，聪颖非凡，略一思索，就想出了一条妙计。

孙悟空这番谋划，是取经以来第一次布局。虽然还有些青涩，却也说得上圆满周详。后来他能够成功谋划真假美猴王事件，和此次布局成功，不无关系。

当前的乌鸡国国王已经在位三年，无论是后宫妃嫔，还是朝廷百官，对这位国王都赞不绝口。人家虽然是妖怪化身，但是一不荒淫无道，二不滥杀无辜。相反，假国王重用贤才，勇于纳谏，疏远女色，善待百姓。三年以来，全国上下五谷丰登，百姓安乐，人人都念这国王的好。

在这种情况下，如何把这假国王扳倒呢？

孙悟空敏锐地指出，只能从乌鸡国太子入手！

对于百官与百姓来说，只要国君善待臣下，管你是真是假。孙悟空即便可以摆出千百件证据，也很难说动官员和百姓去反对现在的国王。

但太子就不一样了。

太子乃国之储君，是未来的国家继承人，但是，他的一切富贵都是建立在太子是国王的儿子的前提下的。

若是当前的国王不是太子他爹，那么，国王凭啥要把王位传给太子呢？人家不会再生一个儿子，另立亲生儿子为太子？

虽然眼下三年假国王善待太子，但是那只是要掩人耳目。一旦时机成熟，比如假国王有了自己的儿子，那就是太子的死期！

即便假国王明明白白告诉太子，你放心，就算我有其他儿子，你的太子之位也不会动摇。大家想想，太子会相信吗？

当时太子可不知道，假国王其实是个阉人哦。

总之，放眼乌鸡国，最在乎国王真假的，就是太子了。

真国王的冤魂也明白这点，于是特意留下了一件白玉圭作为信物，希望唐僧交给太子观看。

只是，假国王已经公开宣布，当初那全真道士，贪图财物，当众抢走了白玉圭，飞回钟南山去了。即便唐僧拿出白玉圭，又如何证明真国王不是道士，而是真国王呢？

孙悟空告诉唐僧，放心放心。只要唐僧答应他三件事，包管一切OK。唐僧询问哪三件事。孙悟空说："明日要你顶缸、受气、遭瘟。"

猪八戒一听就笑了。谁让老唐总是念紧箍咒呢，现在猴子找到机会还不整整老唐？

孙悟空不理八戒嘲讽，把自己的想法一一说给唐僧听。

要想取得太子信任，相信假国王不是他爹，单凭一件白玉圭当然是不够的。何况，太子与唐僧素不相识，一个陌生人忽然跑来说，你爹已经死了，你现在是认贼作父。也不用多想，下场肯定是被太子暴打。

于是，孙悟空先给唐僧打个预防针——明天很可能会受气，甚至挨打。

只有先告诉唐僧未来可能发生的倒霉事，等孙悟空布局成功，唐僧毫发无伤，才会对孙悟空感激、敬佩。

那孙悟空是怎么做的呢？

第二天，演戏开始。

第一幕：太子猎兔。

太子带着三千人出城打猎，原本是不来宝林寺的。孙悟空变成一只白兔，故意往太子的箭上撞。太子也是个一根筋的年轻人。看到兔子中箭，于是策马猛追。于是，那明明已经中箭的兔子却翻山越岭，一直冲进了宝林禅寺。太子到山门前时，看到自己的箭竟然插在庙门上。

太子心中狐疑，走入寺庙。

僧官几年前是见过太子的，今日再见，激动万分，立刻带着五百和尚匍匐恭迎。看着磕头如捣蒜的和尚，太子心中的郁闷散了大半。他想起了这宝林寺是当初父亲下令修建的，也算是自家的产业，于是信步走了进去。

走进大殿，太子忽然看到一个和尚用屁股对着自己。太子大怒："这个和尚无礼！我今半朝銮驾进山，虽无旨意知会，不当远接，此时军马临门，也该起身，怎么还坐着不动？"他年纪不大，官威十足，下令将唐僧拿下。幸亏孙悟空喝令护法神保护唐僧，不然老唐的屁股就要开花了。

孙悟空故意让唐僧不去迎接太子，只顾念经，就是要引起太子的注意。看到太子发怒，孙悟空笑了：调教个毛头小子，根本不费力气嘛！

第二幕：和尚献宝。

太子见麾下那些武士竟然不能靠近唐僧，立刻就质问唐僧是什么人，竟敢用妖法。唐僧就介绍说："乃是东土唐僧，上雷音寺拜佛求经进宝的和尚。"按照孙悟空的吩咐，唐僧特意在取经的后面，加上了"进宝"二字。

果然，太子中计，他说："你那东土虽是中原，其穷无比，有甚宝贝，你说来我听。"其他人都认为大唐乃上邦，唯独这太子说东土很穷。这皇二代的见识，果然与众不同。

唐僧说，锦襕袈裟是第一件宝。太子一听，哈哈大笑，说唐僧的袈裟不配叫宝物——还有半边身子都没罩住呢。唐僧一听，也恼了。这太子除了狂妄，还有点白痴。唐僧吟诵了一首诗，说自己袈裟的好处，结尾话锋一转，说："仙娥圣女恭修制，遗赐禅僧静垢身。见驾不迎犹自可，你的父冤未报枉为人！"

听区区和尚竟敢辱骂自己，太子大怒，要唐僧拿出凭证，否则就要治唐僧一个诽谤之罪。

唐僧就拿出了第二件宝物：立帝货。

立帝货是什么？是孙悟空变成的二寸小人。可是，这小人为什么叫立帝货呢？

原来，英文中的耶稣，叫Redeemer，明朝时翻译成汉语，就叫做立帝贸，"贸"和"货"字形相近，抄写时很容易写错，于是在一些地方也被写成了立帝货。在吴承恩时代，许多西方传教士手中拿着的，就是两寸大小的耶稣像。

孙悟空变成的小人把真国王冤魂所说的内容一一说出。其中说到了不少宫廷秘闻，比如说国王与道士结拜兄弟等等。太子渐渐有些相信。最后，孙悟空点出，真国王已经死了，并且让唐僧拿出了第三件宝贝——白玉圭。

第三幕：后宫问母。

太子第一反应，就是唐僧乃当初那个道士变化，如今拿着白玉圭回来挑拨他们父子感情。也难怪，三年来，假国王对他还不错。他丝毫没有起疑心。

孙悟空早就料到了太子的反应，于是说，要想证明真假，只要再问一个人。太子问是谁。孙悟空说，入宫问母亲。

太子虽然是国之储君，可毕竟不如王后与国王同床共枕，耳鬓厮磨。若是有王后作证，一切都会分明。

孙悟空料定王后必然能说出真相，于是，他重点提醒太子，要留下兵马，孤身入城，而且要走小门入宫，切不可惊动了妖怪。否则，他们母子难免有性命之忧。

第四幕：井中捞尸。

有太子和王后的证词，相信能说动一部分官员和百姓。只是，那假国王在任三年，对民众颇有恩惠。而太子年幼，权势未固，王后居深宫，不能干预政务。若是妖怪当堂否认，在不动粗的情况下，那成功与否，还是一半对一半。

如何确保此行胜利呢？

在人证之外，若有物证，自然万无一失。

于是，孙悟空就劝说猪八戒，两人一起跑到了乌鸡国的御花园井水中，捞取了真国王的尸体。孙悟空本想着抬国王的尸体入城，那自然可以证明真国王已经死了，眼前的国王是道士变化。

只是，猪八戒被骗背了死人，心中有气，就挑唆唐僧，说孙悟空有办法救活真国王。唐僧以紧箍咒威胁，孙悟空不得不上兜率宫太上老君处讨要了一颗九转还魂丹，让死去三年的乌鸡国真国王起死回生。

那九转还魂丹乃是仙丹中的极品，即便是大罗金仙死了，服下此丹，也可以立刻复活。这乌鸡国王有幸服下此丹，真是有大造化。估计以后百病不生，活个千八百年也不成问题。

真国王在唐僧师徒的陪同下进入大殿，孙悟空当众说出当初的冤案，太子、王后一旁帮腔，朝中百官如梦初醒。假道士见到情势已经一边倒，知道自己任务完成，于是故意现出道士模样，和孙悟空当众交手。不久，文殊菩萨到来，收走了青狮精。

真国王对唐僧师徒感激涕零，摆出国王的銮驾请唐僧上坐，他自己与王后、太子亲自为唐僧捧毂推轮。

076 八戒取宝与取经团队的真正关系

与各种版本的电视剧《西游记》营造的团结和谐氛围不同，《西游记》原著中取经团队内部，矛盾重重。不过，若就此以为，取经团队之间除了斗争还是斗争，师徒兄弟之间尽是权谋机心，也不符合事实。

唐僧师徒兄弟之间真正的关系如何呢？

我们可以从八戒取宝一事中，得到一个印证。

所谓八戒取宝，就是在乌鸡国中，孙悟空怂恿猪八戒一起去御花园，然后引诱猪八戒下井，背来乌鸡国国王尸体这件事。因八戒一贯无利不起早，孙悟空就骗他皇宫中有宝。于是，此事引发了唐僧师徒之间、孙悟空师兄弟之间一系列的小摩擦。

先说师徒之间。

白天时，孙悟空告诉了乌鸡国太子自己明天将上金銮殿撕下假国王面具，还乌鸡国一个真相。到了晚间，孙悟空左思右想无法入眠。因为即便有乌鸡国太子与王后的证词，只要假国王不认罪，这冤案一时也无法说清。于是，孙悟空就想起去御花园井下搬取乌鸡国国王的尸体。

孙悟空身心高傲，他是不屑于做背尸体这种脏活、累活的。

做这种事情的最佳人选，在孙悟空看来，当然是又傻、又蠢、力气又大的猪八戒。可是，猪八戒一旦发现被耍，必然发飙，必然唆使老唐念动紧箍咒。于是，孙悟空就想着，先做好唐僧的思想工作，如果唐僧答应派八戒出工，那背尸这件事情就算是公差。既然是公差，就算八戒有气，唐僧也不好责怪孙悟空。

打着这样的算盘，孙悟空起床去叫唐僧。

当时已经是深夜，唐僧早就睡下。

按照道理，做徒弟的本不该打扰师父睡觉。即便有事情要叫醒，也应当轻声呼唤，耐心等待。可我们的猴哥是怎么叫醒唐僧的呢？原文如下——

他一毂辘爬起来，到唐僧床前叫："师父。"此时长老还未睡哩，他晓得行者会失惊打怪的，推睡不应。行者摸着他的光头，乱摇道："师父怎睡着了？"唐僧怒道："这个顽皮！这早晚还不睡，吆喝什么？"

大家看看，孙悟空对唐僧哪里有一点尊敬师长的样子？先是直接喊叫，见师父不答应，干脆就把唐僧的光头当拨浪鼓，你若不醒，就把你晃晕。

唐僧怒了，训斥孙悟空顽皮。确实，猴哥都一千多岁的老人家了，还是这么淘气！

再说兄弟之间。

猪八戒是取经团队中最辛苦的人，每天都要扛着沉重的行李，所以每次吃完饭后，老猪几乎都是倒头就睡。

十来年前，我非常佩服动画片《蜡笔小新》中小新叫醒爸爸的手段，十多种不带重复。其中最狠毒的，是把爸爸的臭袜子扔到爸爸脸上，用臭味熏醒。每次这样醒来时，爸爸都要暴走。

相比小新，猴哥暴力得多，八戒也悲惨得多！

原文说："那呆子是走路辛苦的人，丢倒头只情打呼，那里叫得醒？行者揪着耳朵，抓着鬃，把他一拉，拉起来，叫声'八戒'。"

这孙悟空竟然揪着猪八戒的耳朵，抓着猪八戒的鬃毛，直接把猪八戒拉起床。这该有多么疼！

要是一般人，早就在惨叫嚎哭中醒来。当然，猪八戒并非一般人，对疼痛的忍耐力超强。被如此虐待，他还能呼呼大睡，并且叫猴哥："莫顽，莫顽！"

和猪八戒也做了好多年兄弟了，孙悟空对他太了解了。他就告诉八戒，那妖魔有件宝贝放在皇宫，两人晚上一起去偷来。

猪八戒一听有宝贝，刚刚的迷瞪立刻消失，立刻变得精明无比。猪八戒说："我也与你讲个明白：偷了宝贝，降了妖精，我却不奈烦什么小家罕气的分宝贝，我就要了。"

八戒提出，要他帮忙取宝可以，只是，取得了宝贝全部归他，他是绝对不会对半分的。

我们的八戒为啥要独吞宝贝呢？他有解答："取经路上经常挨饿，若有宝贝在身，可以卖掉换顿斋饭吃。"

猪八戒不愧是西游世界第一吃货！时时刻刻都能联想到吃。

孙悟空原本就是骗八戒，自然满口答应。

两人到了御花园，打开了井盖。孙悟空拿出金箍棒变长，让猪八戒下井去取宝。

猪八戒提出："哥呀，放便放下去，若到水边，就住了罢。"猪八戒精通水性，只要送他到水边，下面的事情他会看着办。孙悟空满口答应。可是，等到猪八戒抱着金箍棒送到井下水边时，孙悟空却将金箍棒往下一按。原文说——

那呆子扑通的一个没头蹲，丢了铁棒，便就负水，口里哺哺的嚷道："这天杀的！我说到水莫放，他却就把我一按！”

孙悟空为何要欺骗八戒呢？只因井中根本就没有宝贝。孙悟空担心，若只是放八戒到水边，八戒犹豫不下水，那就耽误事。不如用一棒子按到底，八戒到了井底，就不得不去寻宝，搬尸体了。

等到猪八戒从井底出来，告诉孙悟空只有尸体没有宝贝，自己要上去时，孙悟空翻脸了，威胁八戒不驮尸体就不拉他上来。八戒看到井下满是青苔，根本爬不上去，只能气呼呼地把尸体背上。

孙悟空见八戒出来，做法弄一阵风把背着尸体的猪八戒弄回了宝林寺。

孙悟空自以为得计，可是，八戒心中却窝着一团火。他知道自己斗不过孙悟空，就想着调唆唐僧，念紧箍咒整孙悟空。

总之，孙悟空与猪八戒这两兄弟似乎就是一对冤家，两人之间小吵天天有，大吵三六九。耍弄心计，互相挖坑，几乎就是他们俩取经路上每天的必修课。

最后说说师徒兄弟之间。

孙悟空与猪八戒回到了宝林寺，唐僧一见国王尸体，不禁流泪，为国王蒙冤而流泪。

猪八戒趁机说：“师兄和我说来，他能医得活。若是医不活，我也不驮他来了。”唐僧一听，就劝悟空施法。毕竟救人一命，胜造七级浮屠，功德可不小呢。孙悟空就说，一个人死后不久就会魂归地府，之后被安排转世投胎。如今国王都死了三年了，怎么能救活呢。

唐僧一听，孙悟空说得有道理啊，也就沉默。不想一旁猪八戒又说：“师父，你莫被他瞒了，他有些夹脑风。你只念念那话儿，管他还你一个活人。”

唐僧一听，对啊，这猴子一天到晚说自己有多牛，如今必定是不肯卖力。胆敢欺瞒师父，这还了得？

唐僧想起了不久前自己的光头被孙悟空当拨浪鼓玩耍，心头火顿起，于是念起了紧箍咒。

孙悟空疼得满地翻跟斗，最后实在受不了，只好答应说能救，等他去阴间问问冥王，看看能不能找到乌鸡国王的魂魄。

见唐僧又心动的样子，猪八戒立刻说："师父莫信他。他原说不用过阴司，阳世间就能医活，方见手段哩。"唐僧大怒，心想差一点又被这猴子骗了。于是，又把紧箍咒念了七八遍。

见到孙悟空疼得满地滚，原文说——

八戒笑得打跌道："哥耶，哥耶！你只晓得捉弄我，不晓得我也捉弄你捉弄！"

在这种情况下，孙悟空只得上兜率官找太上老君讨要九转还魂丹，救活了国王。

很明显，在这场师徒兄弟之间的斗争中，唐僧公然袒护猪八戒。两人之间一唱一和，就是在联手打压孙悟空。

按照道理，师徒兄弟之间这么一个折腾法，大家的感情必然会越来越糟糕，最终无法相处，取经一拍两散。

可事情的真相呢？

且说那乌鸡国国王被救活后，双膝跪倒，感谢唐僧。原文说——

三藏慌忙搀起道："陛下，不干我事，你且谢我徒弟。"行者笑道："师父说那里话？常言道，家无二主，你受他一拜儿不亏。"三藏甚不过意，搀起那皇帝来，同入禅堂，又与八戒、行者、沙僧拜见了，方才按座。

别看孙悟空平时对唐僧态度比较轻浮，关键时刻，孙悟空绝对能分得清轻重主次。救活乌鸡国国王，确实多亏了孙悟空。既是猴哥出谋划策，又是猴哥上天取仙丹，猴哥完全有资格受乌鸡国国王一拜。可是，正如孙悟空所说，家无二主，在外人面前，一把手肯定是唐僧。

当初猪八戒邀请孙悟空回归取经团队，孙悟空在经过东海时，特意下海洗了个澡。八戒问原因，孙悟空说："你那里知道，我自从回来，这几日弄得身上有些妖精气了。师父是个爱干净的，恐怕嫌我。"可以说，从那时候开始，孙悟空就铁了心追随唐僧，完成取经。

因为，只有追随唐僧，完成取经，才是孙悟空摆脱妖怪身份，获得所谓"正果"的唯一途径。孙悟空做出这个选择，既是各方势力所需，也符合孙悟空本人最大利益。

既然已经是一颗棋子，那就努力不要当一颗弃子！

孙悟空与猪八戒之间，虽然也有种种钩心斗角，但总体来说，彼此间没有根本利益的冲突。

大家的目的，都是要完成取经。既然总体目的一致，彼此就算是争斗，也会控制在一定的范围内。因此，猴哥与八戒之间的争斗，更多的，是一种兄弟之间的打打闹闹。

大家的感情，随着一次次的摩擦，一次次的斗争，很自然的，越来越好。

当然，并不是说，他们之间的感情就是由简单的不好到好的转化。事实上，唐僧与悟空之间、悟空与八戒之间的矛盾一直存在。一直到大家登上凌云渡那艘无底船，五人真正踏足灵山时，彼此之间才算是一笑泯恩仇。唐僧感谢孙悟空一路扶持，孙悟空表示师徒兄弟之间本就应互相扶持。大家在一片欢笑中，登上彼岸。

于是，我认为，取经团队内部最恰当的关系描述，是既斗争，又团结。在团结当中斗争，但总体是团结的。

在取经结束，五圣成真之后，唐僧师徒兄弟之间的关系，会不会一直和睦融洽下去呢？

我很想说：会！

可实际上，不会！

按照我的理解，完成取经之后，五人之间的利益纽带也就消失了。一旦没有了共同的利益，单纯的感情很难将取经五人组长久维系。取经五人组在各种利益纷争中，还能不能保持同一步调，还真是个问题！

077 乌鸡国皇宫中神秘的井龙王究竟是谁

龙王，乃龙族之王者，更是天庭正式任命的一方水神。一般来说，只有在那些大型的江河湖海，才会设置龙王。可是，在《西游记》中，乌鸡国的御花园中一口井内，竟然也有一个水晶宫，水晶宫中还有个井龙王。

是不是每一口井中都有龙王存在呢？绝对不是。

原文中，八戒一见"水晶宫"三字，大吃一惊说："罢了，罢了！错走了路了！下海来也！海内有个水晶宫，井里如何有之？"

八戒可不是寻常仙人，他本是天庭掌管八万水军的天蓬元帅。在水系天神中，猪八戒是绝对的高级将领。以老猪的见闻，都没有听说过井中有龙宫。这说明了什么？

这就说明，乌鸡国御花园这口井水中，存在的水晶宫，存在的龙王，是一个特例！

西游世界何其广大，为何唯独乌鸡国御花园井水中有龙王？这神秘的龙王又是谁呢？

我们且看猪八戒下井之后与井龙王的一番对话，从中，或许可以找到答案。

八戒的话语声惊动了水晶宫中人。一个小妖打开宫门，探头出来。猪八戒一眼认出那妖是一个夜叉。

《西游记》中，有巡海的夜叉，有巡河的夜叉，此处既不是海，也不是河，于是，称其为巡水的夜叉。从这井龙王配备了夜叉来看，他管辖的范围虽然极小，可是，品阶待遇未必会低。

事实上，那井龙王不但官品不低，并且，早在许多年前——猪八戒还是担任天蓬元帅的时候，井龙王就与猪八戒认识。

理由有两个。

其一，一听夜叉描述来人是一个长嘴大耳的模样，井龙王心中立刻想到："是天蓬元帅来也！"若非早就见过猪八戒，怎么可能猜到来人身份？若非井龙王本就是天庭神仙，又怎会知道猪八戒担任过天蓬元帅？

两人聊天时，井龙王说："元帅，近闻你得了性命，皈依释教，保唐僧西天取经，如何得到此处？"

井龙王恭喜八戒"得了性命"，也就意味着，他不但知道当下猪八戒成了和尚，还知道一百四五十年前，猪八戒因为调戏嫦娥、大闹斗牛宫，被打了两千板子，差点被整死的事情。

其二，当猪八戒看到井龙王时，第一句话说："原来是个故知。"然后，猪八戒"不管好歹，径入水晶宫里。其实不知上下，赤淋淋的，就坐在上面"。

猪八戒在井龙王面前为何大大咧咧，衣衫湿淋淋的，就坐在上位呢？只因，这井龙王不但是猪八戒的熟人，并且还是他曾经的部下。猪八戒根本用不着和他客气。

那么，这井龙王究竟是谁呢？

我的理解，这井龙王就是那泾河龙王！

泾河龙王不是被魏征砍了头吗？

书中有正面写到泾河龙王被砍了脑袋吗？没有！

第十回中，秦叔宝向唐太宗禀奏说："千步廊南，十字街头，云端里落下这颗龙头。"大家注意，所有人都只是看到从云端掉落下一颗龙头。

然后，魏征解释说，是自己梦中监斩。于是，所有人都觉得，泾河龙王已经死掉了。

在唐太宗梦游地府的时候，十殿阎罗也解释说："自那龙未生之前，南斗星死簿上已注定该遭杀于人曹之手，我等早已知之。"按照阎罗的解释，泾河龙王本就该被魏征杀死。

既然如此，泾河龙王为何还能够在大唐皇宫前呼喊叫屈，扰得唐太宗夜夜不得安宁呢？

无论是凡人也好，仙人也好，只要是命中注定的死期到了，就会有勾魂使者前去勾魂。当初孙悟空活到三百四十二岁时，不就是在喝酒后打瞌睡时，被鬼差勾魂了吗？

可是，既然泾河龙王不是枉死，勾魂使者为何没有带走泾河龙王呢？

唯一的真相就是，这一切都是一个局。一个逼迫唐太宗主动派出僧人前往西天取经的局。

只是，泾河龙王并没有真正被杀死。

毕竟，泾河龙王是四海龙王的妹夫，而四海龙王乃是人间水族之长。龙族不但神通强大，且繁衍极快。四海龙王家族的势力，在人间当仅次于五方五老。

只因，泾河龙王是一个已经死了的龙王，不应该再在人间出现。于是在观音的安排下，泾河龙王悄悄来到了乌鸡国御花园当了一个井龙王，并且来此执行一个任务，以换取重见天日的机会。

这个任务就是保护三年乌鸡国国王的身体和魂魄。

原著中有什么地方可以证明井龙王和佛派、天庭有着千丝万缕的关系呢？

听八戒到来，井龙王说："昨夜夜游神奉上敕旨，来取乌鸡国王魂灵去拜见唐僧，请齐天大圣降妖。这怕是齐天大圣、天蓬元帅来了，却不可怠慢他，快接他去也。"

夜游神乃天庭仙人，他来到井下并非私事，而是"奉上敕旨"。这个"上"是谁呢？毫无疑问，是天庭的主宰玉皇大帝。

也就是说，夜游神是奉了玉皇大帝的命令，将真国王魂魄带走。

换言之，当初这真国王被淹死，其魂魄没有按照规矩被地府鬼差带走，而是留在了井下龙宫。这并非是井龙王和国王有什么交情，而是这一切本就是佛派的安排，并且已经请示了玉帝。

若非玉帝批准，井龙王私自扣押乌鸡国国王魂魄，可是犯下大罪。玉帝不可能不惩罚。

后文还提到，孙悟空看到真国王被淹死三年，竟然肤色如生，很奇怪。八戒解释说，是井龙王给用了定颜珠。

孙悟空大喜说："造化，造化！一则是他的冤仇未报，二来该我们成功，兄弟快把他驮了去。"

第一句话很好理解，第二句话为何说是"该我们成功"呢？

只因孙悟空再次看明白了，天庭与佛派早就把一切都安排好了。三年前真国王的魂魄留在井下，目的就是为了等唐僧师徒到来，请孙悟空降妖。真国王肤色如生，也是为了方便复活。

而井龙王看守真国王尸体与魂魄三年，井口就被堵塞了三年。三年之后，孙悟空打开井盖，井龙王也能够重见天日。

猪八戒很聪明，虽然说井龙王是旧相识，却始终没提井龙王的姓名、身份。只因，他也知道泾河龙王已经死了。现在活着的，是乌鸡国御花园井龙王。

有井龙王这个新身份，有保护真国王的这份功果，相信不久，这井龙王就能重新活跃在江河湖海之上。

离开乌鸡国后，唐僧师徒来到了号山。号山上有一个大魔头叫做红孩儿。

078 红孩儿是不是太上老君的私生子

关于红孩儿，坊间有一个观点流传很广，说红孩儿不是牛魔王的儿子，而是铁扇公主（罗刹女）与太上老君的私生子。这个观点很奇葩，很另类，很吸引眼球。只是，这个观点理由并不充分，经不起推敲。

凭啥认为红孩儿就是太上老君的私生子呢？坊间的理由主要有四个。

其一，红孩儿会三昧真火。

据说，三昧真火乃道家不传之秘，太上老君独门神火。红孩儿会三昧真火而牛魔王不会，可见在术法传承上两人就有不同。

其二，红孩儿没有一点牛模样。

牛魔王平常就是一头牛精模样，显露真身后更是一只千丈大白牛。可是，原著中红孩儿却是一个纯粹的人类孩童模样。若是牛魔王之子，怎么会没有遗传到牛的基因呢？可见，其父另有其人。

其三，红孩儿驱使山神，势力强大。

红孩儿驱使山神、土地，而金角、银角也驱使山神、土地，如出一辙。金角、银角乃是老君的烧火童子，算是身边人。红孩儿凭什么驱使山神、土地呢。牛魔王也没有红孩儿嚣张啊。何况，红孩儿见到观音一点也不畏惧，竟然称呼观音为"脓包菩萨"。从此可见，红孩儿的真正父亲必定很牛，比观音菩萨还牛。

其四，其母罗刹女手上有来自老君的芭蕉扇。

书中灵吉菩萨道出罗刹女手上芭蕉扇来历：乃老君在开天辟地之初取得的通天灵宝。此等灵宝，怎么会轻易送出。而火焰山乃是老君八卦炉掉下的一块砖演化而成。老君给罗刹女芭蕉扇，正是为了给罗刹女一份丰厚收入，让小情人可以安稳度日。

总之，只有太上老君和罗刹女私通，才能解释为何红孩儿会三昧真火，为何没有牛基因，为何势力强大，为何母亲手中有老君至宝。

关于红孩儿，我没什么另类观点，红孩儿，就是牛魔王之子。

针对上面四个观点，我一一反驳。

其一，红孩儿为何会三昧真火？

三昧真火是《西游记》中一种很独特的火焰，威力很大，用私雨无法浇灭。

但是，三昧真火并非红孩儿独有，孙悟空也会三昧真火。并且，孙悟空才是《西游记》原著第一个明确提到有三昧真火的仙人！

原著第七回，玉帝派人刀砍雷劈都不能伤害孙悟空：

"太上老君即奏道：'那猴吃了蟠桃，饮了御酒，又盗了仙丹。我那五壶丹，有生有熟，被他都吃在肚里，运用三昧火，锻成一块，所以浑做金钢之躯，急不能伤。'"

老君说，孙悟空为何不能被伤？只因孙悟空把偷吃的仙丹，在体内用三昧火煅烧成了一块，全身变成了金刚不坏之躯。当然，孙悟空体内虽然有三昧真火，却不能放到体外。在运用三昧真火的手段方法上，孙悟空很欠缺。

在《西游记》中，能在口中喷火的并非仅仅是红孩儿，在第五十五回写到蝎子精时，原文说：

"那怪见八戒来，他又使个手段，呼了一声，鼻中出火，口内生烟，把身子抖了一抖，三股叉飞舞冲迎。"

看到了吗？蝎子精不但会喷火，还会喷烟，神通和红孩儿一样。可是，那次孙悟空早有防备，一点没有受伤。

并且，我们翻遍《西游记》，没有任何一处说三昧真火是"道家不传之秘"。并且，太上老君八卦炉中的神火，乃是"文武火"而非"三昧真火"。

原著中明确提到了红孩儿为何会三昧真火。

"他是牛魔王的儿子，罗刹女养的。他曾在火焰山修行了三百年，炼成三昧真火，却也神通广大。"

红孩儿自从出生后，就一直在火焰山修行。他在火焰山修炼并领悟了运用三昧真火的神通！

书中交代红孩儿使出三昧真火有两个前提：

第一，推出五辆小车，小车上放满了五行之物，即金木水火土。借助五行之力，红孩儿才能将三昧真火运用出体外。

第二，用手砸自己的口鼻，用自己的精血为引，才能发动三昧真火的攻击。

因此，红孩儿对神火的运用有其高妙也有其局限。他只能在五行车的有效范围内，才能发动三昧真火。

其二，红孩儿的叔叔也没有牛模样。

在唐僧师徒到达女儿国的时候，因为误喝了子母河的水，都怀孕了。因此，孙悟空前往解阳山找如意真仙要落胎水。

如意真仙乃是一个道士，书中详细写到了他的打扮，并且点名，此人的长相：

"形容恶似温元帅，争奈衣冠不一同。"

书中明确提到，如意真仙仿佛温元帅。此温元帅乃是真武大帝麾下第一神将，是人身修成的仙人。

也就是说，牛魔王是牛模样，而其弟如意真仙却是人模样。既然亲兄弟都可以有不同长相，与罗刹女结婚的牛魔王生下的孩子红孩儿，为何一定要是牛模样呢？

也有读者很奇葩地想，莫非红孩儿是如意真仙和罗刹女的孩子？我很佩服这种奇思妙想，可惜同样没有任何证据。

其三，红孩儿霸道并非仗老君的势。

红孩儿为何敢欺凌土地、山神，蔑视观音？只因他父亲乃是牛魔王。

牛魔王在西方的势力其实非常强大。他当年号称"平天大圣"，名号比孙悟空的齐天大圣还要霸气。孙悟空落败后，他虽然收敛形迹，低调行事，但在西方依然拥有强大的影响力。大家可以看到很多故事中都有牛魔王的身影，今天这个神仙请他吃饭，明天那个龙王请他聊天。即便说牛魔王乃是西天人界最有人脉的魔王，也丝毫不过分。

我们再看号山的土地、山神是怎么介绍红孩儿与牛魔王的：

"他是牛魔王的儿子……牛魔王使他来镇守号山，乳名叫做红孩儿，号叫做圣婴大王。"

在山神、土地口中，是神通广大的牛魔王"使"（派）红孩儿来镇守号山。这号山真正的主人，其实是牛魔王。

平顶山那些山神、土地，对金角、银角敬畏有加，金头揭谛让他们移开孙悟空身上的山，他们还不敢。因为他们知道金角、银角乃是正牌的仙人，老君的心腹。而号山的山神、土地呢，个个对红孩儿充满了怨言：

"若是没物相送，就要来拆庙宇，剥衣裳，搅得我等不得安生！万望大圣与我等剿除此怪，拯救山上生灵。"

若山神、土地知道红孩儿背后是老君，他们敢这么说？

红孩儿虽然已修炼三百年，可是，因为某种特殊的原因，他的体型与心性都停止在儿童时代。因此，孙悟空说是他叔叔，红孩儿不信。见到观音来了，红孩儿也不服。什么叫做"初生牛犊不怕虎"？说的就是红孩儿！

其四，芭蕉扇的来历。

芭蕉扇确实是老君的，但是，许多人都误以为老君只有一把芭蕉扇。

首先，在"孙悟空三调芭蕉扇"中，孙悟空从铁扇公主那里借来的第一把扇子，一扇，火焰山就升起千丈火焰。可见，光是铁扇公主就有两把扇子，一把扇火，一把灭火。

另外，在孙悟空为乌鸡国国王上天求取还魂丹的时候，原著说：

"只见那太上老君正坐在那丹房中，与众仙童执芭蕉扇扇火炼丹哩。"

从此可见，在兜率宫，芭蕉扇并不很珍贵。金角、银角故事中，芭蕉扇就是银角大王带下凡间的法宝。

太上老君在开天辟地之初，看到的那芭蕉肯定不止一片叶子。老君把那些叶子炼制成了许多把芭蕉扇，极有可能每个弟子人手一把。

铁扇公主的芭蕉扇，应当是来自牛魔王，而并非太上老君。

因为，牛魔王和孙悟空、猪八戒一样，都是太上老君化身所收的弟子！整部《西游记》，会天罡变、地煞变的唯有此三人！

老君想方设法给了孙悟空金箍棒，给了猪八戒九齿钉钯，而给牛魔王的，就是一阴一阳两把芭蕉扇！

079 太上老君为何坐视牛魔王势力被清剿

天庭在围剿牛魔王时，只是说牛魔王妨碍取经，罪大恶极。其实，牛魔王被围剿的真正原因，是因为其势力太大。

牛魔王虽然没有像孙悟空一样竖起反旗，但是他地盘辽阔，根基深厚。三山五岳之中，无数仙妖都和他关系莫逆。因其势力过于强大，竟然驱使天庭正神土地、山神为红孩儿看门、烧火。

除了家族势力庞大外，牛魔王还有无数钱财。这个钱财，可以是金银，也可以是三界的稀有资源。

比如说，牛魔王的小妾玉面狐狸，书中就特别强调她父亲乃是万岁狐王，有百万家私。牛魔王入赘积雷山，既得了美人，更得了无数钱财。

比如说，牛魔王的弟弟如意真仙，书中特别强调如意真仙称呼牛魔王为"家兄"，足以证明两人之间乃是亲兄弟。如意真仙占据的落胎泉，不但对人类有效，对仙妖神佛同样有效。只要你怀孕了，不论男女，一杯水下肚，立刻解决。

彻底占据牛魔王所在的地盘，完全拥有牛魔王的资源，这才是佛派、天庭要强力打压牛魔王的真正原因。

从前文已知，牛魔王是太上老君的人马，为何他坐视牛魔王被清剿而不出手呢？

首先，因太上老君的地位所限。

太上老君是道祖，在三界地位尊崇。就算是玉帝，见到老君，也要起身相迎。

但是，太上老君仅仅是"太上""老"君。

为何道祖会有这么一个名字呢？因为道祖不但是道祖，并且是前任天帝。

但是，在许多万年前，道祖就被迫交出了帝位。元始天尊、灵宝天尊支持的玉皇大帝，成为新一任天帝。道祖无奈的，成为太上老君。

在见到玉帝时，玉帝要起身相迎，而太上老君则必须躬身下拜，且口称

"老臣"。

这君臣之分，是老君也不能超越的。

换言之，玉帝的诏令一旦下达，太上老君不能公开反对。

这个不能，并非老君心甘情愿，而是无可奈何。

从《西游记》中展现的情况看，三清、四帝加玉帝一共八位大天尊，与老君关系亲密的，唯有一人，既太乙救苦天尊（九灵元圣的主人）。

其次，因牛魔王所作所为犯下大忌。

玉帝已经下令批准如来的传经计划。太上老君也第一个表态响应。在这样的情况下，人间仙妖但凡有点脑子的，就应该配合取经行动。很多仙人为何把自己的仆人、坐骑送下凡去当妖怪？人家不是为了刁难取经队伍，而是为了配合取经，凑满八十一难，从而在取经行动的功劳中分一杯羹。最不济，也可以当作一种表态。表态自己支持取经行动，支持玉帝的命令。

牛魔王犯下的第一个错误，是公然地、顽固地反对取经行动，坚决不借芭蕉扇给孙悟空。

牛魔王犯下的第二个错误，是聚拢一批人对抗天庭。牛魔王唆使万圣龙王盗走金光寺舍利子，使得佛派力量在祭赛国遭到严重打压，得罪了佛派。牛魔王又指点万圣公主前往天庭，盗走王母的灵芝草，于是得罪了玉帝。

牛魔王犯下的这两个错误，让太上老君怎么合适出面呢？

最后，在太上老君的原计划中，牛魔王不应该被抓，更不会被杀。

太上老君为何把八卦炉的一块砖放在取经路上一直没回收？为何把芭蕉扇交给牛魔王的老婆？为何派出看炉的童子充当火焰山的土地？很明显，他在为取经设置一难。

按照太上老君最初的安排，唐僧师徒来到火焰山后，由当地百姓提醒，到芭蕉洞借来扇子，就可以通过火焰山了。

如果要加入佛派，那牛魔王与铁扇公主也应当是以支持取经行动的功臣形象加入。

但是，太上老君没有料到铁扇公主对儿子红孩儿做了善财童子耿耿于怀——相对而言，牛魔王对此事并不厌恶。孙悟空略一解释，说红孩儿是成了正果，牛魔王就不再追究。

当孙悟空被铁扇公主欺骗后，老君的童子——那火焰山土地出来指点明路，希望孙悟空去找牛魔王。

本来，牛魔王是会答应借扇子的。但是，人算不如天算。牛魔王为何死活不肯借扇子？因为孙悟空扮作牛魔王，调戏了铁扇公主。一想起猴子对自己的老婆动手动脚，牛魔王就火冒三丈。

是可忍孰不可忍？牛魔王要和孙悟空干到底！

眼看情况越来越恶化，火焰山土地不得不亲自前往劝说："大力王，且住手，唐三藏西天取经，无神不保，无天不佑，三界通知，十方拥护。快将芭蕉扇来扇息火焰，教他无灾无障，早过山去；不然，上天责你罪愆，定遭诛也。"

大家看土地这番话，明明白白，切切实实是为牛魔王考虑。他这里也提到，若牛魔王坚持对抗，最后将被上天（玉帝）诛杀。

土地的提醒，其实就是太上老君的意思。看到自己的弟子和地盘全部被收编，老君也不会好受。但是，一切已经成为现实，无法挽回。就算是太上老君这样的三界大天尊，也并不能掌控一切。

080 孙悟空与牛魔王兄弟感情有几分

无论是神仙还是凡人，对于"我"的执念，总是强大无比。

唐僧被红孩儿掳走，孙悟空又是悲伤又是愤怒。等听闻红孩儿是当年花果山结义兄长牛魔王的儿子，孙悟空又满心欢喜，哈哈大笑起来。

八戒、沙僧看着大师兄忽怒忽喜的样子，很是疑惑。孙悟空就解释说："兄弟们放心，再不须思念，师父决不伤生，妖精与老孙有亲。"在孙悟空看来，他和牛魔王乃歃血为盟的好兄弟，就算不能为自己两肋插刀，可不难为自己的师傅总还是可以做得到吧。

何况，古代人看重尊卑上下之分。孙悟空既然是牛魔王的结拜兄弟，那就是红孩儿的叔叔。长辈有命，晚辈岂能不从？

一旁的沙僧看孙悟空开心的样子，呵呵冷笑。

沙僧说："哥啊，常言道，三年不上门，当亲也不亲哩。你与他相别五六百年，又不曾往还杯酒，又没有个节礼相邀，他那里与你认什么亲耶？"

沙僧平常不开口，一开口说的都是勘破世情的真理妙言。

沙僧的话可做三层理解。

其一，分别太久有问题。

谈起与牛魔王的交往，孙悟空兴高采烈。但是，他回避了一个非常严肃的问题——当年天庭围剿，曾经发誓同生共死的结拜大哥牛魔王为何没有出现？

就算天命难为，孙悟空败局已定，前去营救徒然牺牲，于事无补，可孙悟空被压五行山下足足五百年，总该能抽出一天来看看结拜兄弟吧。

在孙悟空最落魄的时候，牛魔王为何没去看望？

不单是牛魔王，其他五大圣，连同孙悟空所有的亲朋故旧，没有一个人前去看望。

这是为什么？

牛魔王等人自然可以找出千百条没去看的理由。但是，说一千道一万，关键还是牛魔王等人认为，当时的孙悟空不值得舍命相交。

其二，感情需要经营。

按照孙悟空的观念，大家一个头磕下去，就是一辈子的兄弟。只是，仙人们的一辈子实在太久远了，久远到可以发生太多的变故。

从兄弟变成仇敌，也是常有的世情。于是，经营感情，就成为彼此的必须。

中国自古讲究"礼尚往来"。邻里之间，今天你送我一根葱，明天我送你一头蒜。看起来彼此谁都没有吃亏，谁都没有占便宜，仿佛这往来之间纯属多余。其实不然。就是在这一往一来间，感情就出现了。

牛魔王当然知道这个道理。只是，他偏偏没去经营。

这是为什么？

其三，无利可图是关键。

当年孙悟空只不过才成就天仙百十年，就闯龙宫，闹幽冥，惹出超大动静。人间群魔万千，孙悟空可谓独领风骚。

　　正因孙悟空的强势，六大魔王汇聚花果山。他们结拜是因为兄弟感情深厚吗？扯淡，纯粹是因为想扩展人脉，借孙悟空的势。

　　若孙悟空在上天为官之后，能够支援他们一些仙丹、仙酒，那他们就可以少百十年的苦修。有个天庭为官的兄弟，他们在人间为非作歹时，也可以拉虎皮做大旗，狐假虎威一把。

　　谁料想孙悟空胆子太肥，竟然竖起反旗，与天相争。玉帝震怒，派出强力部队征讨。花果山的覆灭遂成为定局。

　　像牛魔王这样精明的人，怎么可能往火坑里跳？孙悟空被压五行山下时，牛魔王正在西牛贺洲充当带头大哥。他一心要将自己的黑道身份洗白，不再做妖精，怎么还会主动前往五行山，看望孙悟空呢？

　　天下熙熙，皆为利来；天下攘攘，皆为利往！

　　人间也好，仙界也好，奉行的其实是同一个规律。谁也不要怨天尤人，更不要说什么世态炎凉。

　　听沙僧如此说，孙悟空沉默许久才说："你怎么这等量人！常言道，一叶浮萍归大海，为人何处不相逢！纵然他不认亲，好道也不伤我师父。不望他相留酒席，必定也还我个囫囵唐僧。"

　　孙悟空明知沙僧说得在理，可嘴上依然不肯承认，只是话语已经软了很多。

　　孙悟空十年修成天仙，资质过人，聪颖无比，他当然明白，并非沙僧看轻他人，而是世事本就如此。

　　后来，红孩儿果然不认孙悟空，两人只能开战。第一场，双方胜败未分。第二场，仗着龙王下雨，孙悟空冲入三昧真火中与红孩儿大战，结果被火气攻心，掉落在阴寒的涧水中，外寒内热，差点死掉。这场祸事是一个意外，还是一场阴谋？

081　取经队伍中最有心机的人是谁

　　在取经队伍中，唐僧经常打压孙悟空，猪八戒经常和孙悟空唱对台戏，唯独沙僧对孙悟空还算好。偶尔唐僧生气要念紧箍咒，沙僧在一旁还会劝说几句。可是，大家知道吗，正是这个沙僧，才是取经队伍中最有心机的人。

猪八戒久历官场，颇有心机，经常把唐僧耍得一愣一愣的。可比起沙僧来，猪八戒还很嫩。

嫩的体现，就是猪八戒经常把自己和孙悟空的矛盾公开化。如此一来，八戒整悟空，悟空也整八戒。所谓杀敌一千，自伤八百。猪八戒最终也没落到什么好处。可是，沙僧不一样。在师父面前，他是最听话的徒弟。在八戒面前，他是任意揉捏的小弟。在悟空面前，他是值得信赖的盟友。

总之，沙僧寡言少语，以不变应万变，成为取经队伍中人人欢喜，人缘最好的人。

这一切，都和沙僧的身份有关。

猪八戒是太上老君派来打入取经队伍的，沙和尚是玉帝派来打入取经队伍的。同样是奸细，两个人的任务并不同。

关键的不同，是太上老君希望取经行动顺利完成，而玉帝非常不喜欢取经行动顺利完成。

在老君看来，若取经成功，孙悟空和猪八戒就可以名正言顺地打入佛派，观音的地位必定稳步提高。总之，老君扶持的佛派势力会壮大，从而相应削弱灵山力量。

而玉帝为了打压老君派势力，需要借重如来力量，于是他批准取经行动。可是，他又不希望灵山力量无限制壮大。

因此，玉帝暗中做了不少阻碍工作。比如派黄袍怪下界散布"吃唐僧肉可得长生"的谣言，比如派沙僧打入取经队伍。

沙僧就是带着破坏取经行动的绝密任务加入团队的。

或许大家会奇怪——有没有搞错？整天嚷嚷散伙的，不是沙僧，而是八戒啊！

没有搞错。

若猪八戒真正的任务是破坏取经，他怎么会明目张胆一次又一次地嚷嚷散伙呢？

猪八戒要散伙，乃天性使然。

猪八戒这样描述自己:"自小生来心性拙,贪闲爱懒无休歇。"猪八戒能修成仙道,绝非愚蠢笨拙,而是天赋极高,聪明伶俐。可是,八戒虽有很高天赋,却实在懒惰。

猪八戒是被老君强逼着接受下凡任务的,并非心甘情愿。八戒一直以来都贪恋平静的生活,厌倦权力斗争。与高太公分别时,八戒说:"丈人啊,你还好生看待我浑家,只怕我们取不成经时,好来还俗,照旧与你做女婿过活。"

取经路上遭遇的妖魔鬼怪其实并不多,满打满算,也不过四十来个妖王。平均下来,一年遭遇两三个妖怪而已。多数时候,唐僧是坐在白马上游山玩水。孙悟空在前头空手走路。沙僧牵着马,也是轻松自在。唯独猪八戒挑着重重的行李,走在最后。

用八戒的原话说:"似这般许多行李,难为老猪一个逐日家担着走,偏你跟师父做徒弟,拿我做长工!"——这才是猪八戒经常吵着要散伙,要分行李的重要原因。他要以此提醒大家,我的工作最辛苦!我的工作很重要!

沙僧从来不说散伙的话,但是却做了不少散伙的事。单单在遭遇红孩儿一段,他就做了两件。

第一件,放纵红孩儿擒走唐僧。

孙悟空把红孩儿往石头上一摔,不防红孩儿用"尸解法"逃走。来到八戒、沙僧、唐僧一行前,红孩儿吹起一阵妖风,把唐僧卷走。当时"只见白龙马战兢兢发喊声嘶,行李担丢在路下,八戒伏于崖下呻吟,沙僧蹲在坡前叫唤"。

当孙悟空询问师父哪去了时,八戒回答:"风来得紧,我们都藏头遮眼,各自躲风,师父也伏在马上的。"行者道:"如今却往那里去了?"沙僧道:"是个灯草做的,想被一风卷去也。"行者道:"兄弟们,我等自此就该散了!"

从来只有猪八戒说散伙,这是孙悟空第一次主动说散伙。孙悟空为何这么说?因为心灰意冷。

一方面,因为唐僧总是不相信孙悟空。此前,红孩儿变成个娃娃喊救命,孙悟空想尽办法避开,可是唐僧不信,坚持要救孩子,这才惹出大祸。

另一方面，因为八戒、沙僧总是偷懒。孙悟空是知道八戒、沙僧的真本领的，可是，每次打斗都是孙悟空冲锋在前。猪八戒偶然帮忙，也是想趁孙悟空大胜时打死个妖怪，抢个头功。一旦遇上硬茬，八戒跑得贼快。

沙僧呢，总是说看着师父，不肯出手。师父被抓，他就说看着行李，还是不肯出手。偶尔与妖怪（比如黄袍怪、银角大王）交手，多的时候打八九个回合，少的时候两三个回合就被抓。孙悟空怎么不会气得冒烟？

眼前，唐僧被抓，猪八戒只顾着自己，而沙僧竟然还开玩笑说，师父是灯草做的，怎能不让孙悟空寒心？

听孙悟空说散伙，猪八戒立刻说，散伙好，散伙好——散伙本就是八戒的台词，可沙僧听了却反应怪异。原文说：

"沙僧闻言，打了一个失惊，浑身麻木道：'师兄，你都说的是那里话。我等因为前生有罪，感蒙观世音菩萨劝化，与我们摩顶受戒，改换法名，皈依佛果，情愿保护唐僧上西方拜佛求经，将功折罪。今日到此，一旦俱休，说出这等各寻头路的话来，可不违了菩萨的善果，坏了自己的德行，惹人耻笑，说我们有始无终也！'"

沙僧这番话说得冠冕堂皇，正气凛然。单独看此段，你会觉得沙僧很不错，很忠诚。可是，放眼整个取经路上，沙僧除了与八戒打斗露了真功夫，此后还有真正出力吗？——一次都没有。

沙僧就是一个只会说官话套话，不办实事的人。

沙僧的这番话，其实不是劝说孙悟空，而是表态，向孙悟空表明心志。

果然，孙悟空回嗔作喜："兄弟们，还要来结同心，收拾了行李马匹，上山找寻怪物，搭救师父去。"看到了吧，孙悟空是因为师兄弟不同心才生气。当沙僧、八戒都表示要齐心协力，他就高兴起来。

第二次，献以水灭火之策。

孙悟空两战红孩儿，虽然占据上风，但是却拿不下红孩儿。他和八戒二人在议论如何打时，一旁的沙僧却笑了。孙悟空马上说，若沙僧有何妙策，救了师父，算老沙大功一件。

"沙僧道：'我也没甚手段，也不能降妖。我笑你两个都着了忙也。'行者道：'我怎么着忙？'沙僧道：'那妖精手段不如你，枪法不如你，只是多了些火势，故不能取胜。若依小弟说，以相生相克拿他，有甚难处？'"

在沙僧的"好心"启发下，孙悟空想到须是以水克火。沙僧点头说："正是这般，不必迟疑。"

在沙僧绝对肯定的劝说与催促下，孙悟空前往东海，寻找龙王下雨来灭火。

沙僧语气坚定，有理有据，给孙悟空带来了莫大信心。四海龙王来到后，孙悟空还吩咐八戒、沙僧："你两个切须仔细，只怕雨大，莫湿了行李，待老孙与他打去。"若非觉得龙王之水一定可以灭了红孩儿之火，孙悟空怎么会关心到淋湿行李？

结果如何呢？原文说："原来龙王私雨，只好浇得凡火，妖精的三昧真火，如何浇得？好一似火上浇油，越浇越灼。"

正因三昧真火被私雨喷到，不但不灭，反倒更盛，孙悟空又被烟喷到，才会体内燥热，投入涧水中降温，最终导致命悬一线。

那么，他们知不知道龙王私雨灭不了三昧真火呢？

首先，孙悟空不知。

其次，龙王不知。龙王再三强调，没有玉帝下令，下雨就是违规。他请孙悟空上天去请玉帝下诏，然后下雨。孙悟空嫌麻烦，耽搁时间不愿去。

猪八戒和沙和尚知道吗？

猪八戒知不知道尚未可知，沙和尚则应该是知道的！

理由有两个。

第一，后文中，孙悟空拜见观音，说起请龙王降雨一事。观音立刻说："既他是三昧火，神通广大，怎么去请龙王，不来请我？"从观音的话语可知，她老人家是知道龙王之雨灭不了三昧真火的。

沙和尚本是卷帘大将，见多识广，常年跟随玉帝，知道三界不少的真正隐秘。像人参果，猪八戒不认识，可沙和尚认识。龙王私雨灭不了三昧真火一事，他极有可能听玉帝说起过。

第二，沙和尚对私雨不但不能灭三昧火，反倒会增强火势，对孙悟空造成重大伤害，应该早就知情。看原文——

（当八戒找寻到孙悟空时）沙和尚满眼垂泪道："师兄，可惜了你，亿万年不老长生客，如今化作个中途短命人！"八戒笑道："兄弟莫哭，这猴子惯推死，吓我们哩。你摸他摸，胸前还有一点热气没有？"沙僧道："浑身都冷了，就有一点儿热气，怎的就是回生？"八戒道："他有七十二般变化，就有七十二条性命。你扯着脚，等我摆布他。"

若非知道私雨可以增强三昧真火火势，对孙悟空会造成致命伤害，沙僧为何不摸悟空身体，就直接断言悟空死了呢？

一旁的猪八戒却笑了，解释说，孙悟空有七十二变，就有七十二条命，根本不可能会死。之后，猪八戒就用按摩方法，救活了孙悟空。

沙僧这件事情做得非常隐蔽。孙悟空即便心中有所疑惑，也不能明说。因为没有证据。沙僧破坏取经队伍的行为还有一些，都做得非常隐蔽，我们以后遇到再细细解说。

082 云路究竟是啥东西

在古人看来，对于神仙，最可羡慕的无非两点：一个是长生不老，一个是腾云驾雾。

西游世界的不少神仙、妖怪都可以腾云。天庭的仙人自不必说，就连妖怪，基本上先锋官以上级别的都能腾云。虽不是每一位仙人、妖怪的速度都能够做到"朝游北海，暮苍梧"，但是，一旦腾空飞行，速度都远远超过陆地行走。

也就是说，懂得腾云术的仙人、妖怪是一个非常庞大的群体。而腾云术又是一个高速度飞行的术法。那人数多，速度快，自然而然就会引发一个交通问题——西游世界的仙人们会不会在飞行中相撞呢？在飞行时，会不会走错路呢？

四百多年前，吴承恩是怎么解决仙人腾云时面临的种种难题呢？

其一，云中还有路？

　　与红孩儿大战之后，孙悟空全身酸软，受伤颇重，无法施展筋斗云。猪八戒主动请缨，前往南海寻求观音菩萨帮助。孙悟空一听，笑了说："也罢，你是去得。"在奎木狼故事中，孙悟空亲眼见证了猪八戒腾云的速度，不过是比自己略逊。此刻营救师父，正是分秒必争的时刻，让腾云速度较快的猪八戒出马，正是最佳选择。

　　可是，孙悟空等了很久也没有见到观音来。后来，一阵腥风刮过，孙悟空闻到其中有些妖气，于是断定猪八戒必然是撞见了妖精，吃了亏了。

　　事情果然如此。

　　红孩儿见孙悟空受伤，料定三兄弟必然去搬救兵。而最可能来的救兵，就是南海观音菩萨。于是，他就飞去南方，抢在猪八戒的前头，坐在一处岩壁上，变成了观音菩萨等候猪八戒。之后，三言两语，他就把猪八戒骗到火云洞，然后抓了起来。

　　猪八戒为何会被抓？除了他没有火眼金睛，看不破幻术外，一个重要的原因，是红孩儿抢在他前头，化为观音。

　　书中说了，是猪八戒先腾云去南海，红孩儿在后面追赶的。可为何红孩儿竟然赶到猪八戒前头了呢？莫非是红孩儿的腾云术比猪八戒还要厉害？

　　并非如此！

　　原著说："却说那妖王久居于此，俱是熟游之地，他晓得那条路上南海去近，那条去远。他从那近路上，一驾云头，赶过了八戒。"

　　原来，西游世界的天空并非表面看来的那么虚无，在云层中其实隐藏着一条条路。其中，有弯路，有直路；有小路，有大路。这些路就犹如一个密密的蜘蛛网，撒在空中，只是凡人们看不到罢了。

　　按照原文的意思，猪八戒腾空后走了一条常规的云路，这条路为众人熟知，但是距离南海比较远。红孩儿因为熟悉号山附近云路图，选择了一条比较秘密的快捷通道，于是才飞到了猪八戒前头。

　　其二，以啥作参照物？

　　仙人们在云路中飞行，如何判定自己有没有走错，有没有到达目的地呢？

　　在五庄观故事中，镇元子听了清风、明月的叙述，腾空而起，就去捉拿唐僧师徒。

原文说："大仙与明月、清风纵起祥光，来赶三藏，顷刻间就有千里之遥。大仙在云端里向西观看，不见唐僧。及转头向东看时，倒多赶了九百余里。"

唐僧师徒虽然半夜离开，但是紧赶慢赶，走了一夜，不过是走了一百二十里。镇元子反倒超前了九百来里。

镇元大仙为何一起步就飞去千里之外呢？

可能有两个原因。

一是镇元子腾云术很是了得，一旦起步，至少是一千里。

二是西游世界顶级的魔王地盘不过八百里，这镇元子却有一千来里。他担心唐僧师徒在推倒人参果树之后溜走，于是着急忙慌地先飞到自己的势力范围边界，阻挡唐僧西去。

原文说："大仙在云端里向西观看，不见唐僧。"西游世界的仙人们如何判定自己有没有到达目的地呢？这就需要一个固定的参照物。

若是在地面，我们可以设置一个路牌，刻上此处距离某地多少里。可在云路中怎么办？天空中除了白云，就是虚无。白云又随风而动，千变万化，不能作为路途远近的参照。

于是，判定飞行时是否走错，有没有到达目的地，就只有一个很笨的方法——从空中向下观看。

地面的山峦、建筑，是仙人们飞行时的重要参照物。

只是，空中距离地面遥远，如何才能够看到地面的人与事物呢？这就需要仙人们拥有强大的视力与听力。

《西游记》中有两位仙人在这个方面实力强劲，名头极大，天庭的千里眼、顺风耳。地藏王菩萨的坐骑谛听，也具有顺风耳的神奇能力。

其实，不但是他们，仙人们的视力、听力也都远远超过凡人。像孙悟空就多次强调，他的火眼金睛可以看到一千里以内的蜻蜓展翅。在朱紫国中，孙悟空侧耳倾听，可以听到整个京城所有百姓的言语。

至于如来、弥勒、观音的慧眼神通，更是强悍无比。

其三，云路与地面道路并不一致。

有了超强的视力与听力，不但可以看到地面的参照物，也可以及时发现前方高速飞行的仙人，早早做出应对。

唐僧师徒在金平府时，唐僧夜间上桥关灯，云雾中来了三位佛祖。佛祖说："你是那方来的和尚？怎么见佛像不躲，却冲撞我的云路？"

那三个佛祖是三个犀牛精，腾云速度必定极快，唐僧一个凡人如何能反应得过来？犀牛精看似在质问，其实不过是找一个掳走唐僧的借口。

三兄弟中，孙悟空的筋斗云飞得最快，所以他也能者多劳，到过许多地方。取经路上，单单佛祖所在的灵山，孙悟空就去了四次。其中三次（青牛精、真假美猴王、狮驼国）走的是云路，第四次也是最后一次，是走的陆路。

在灵山脚下，唐僧师徒遇到金顶大仙。大仙提出要送唐僧上灵山。大仙对孙悟空说："你认得的是云路。圣僧还未登云路，当从本路而行。"

金顶大仙这话什么意思？就是你孙悟空虽然来过灵山多次，可都是从云路而来，也就是说，飞到大雷音寺前金刚护法守卫处降落。可是，从金顶大仙的道观到大雷音寺的陆路怎么走，孙悟空其实并不知道。

后来，唐僧师徒来到凌云渡，见到只有一根光滑的横梁，都吓了一跳。孙悟空虽然轻松走过，可他也是第一次走。

也就是说，走云路虽然快捷，但是沿途的许多风光却会被忽略。孙悟空虽然到了多次灵山，但对灵山其实并不熟悉。与其在天空倏忽而来，奄忽而去，不如脚踏实地，走过十万八千里。

有读者问我，唐僧师徒四人成佛之后，会不会变得更厉害？还是只是多了一个头衔而神通不变？

要想弄清楚这个问题，要看在取经路上，唐僧师徒的修行是止步不前，还是有大幅度提高。

降伏红孩儿之后，到达黑水河之前，唐僧师徒的一番对话，可以很好地解答这个问题。

083　孙悟空成佛后会不会更厉害

要修行，首先要有功法。这个唐僧师徒四人共同修行的功法，叫做《多心经》。

唐僧师徒正是因为共同修行《多心经》，其修行都有大幅度提高。当然，提高最明显的，是唐僧！

或许有人会说，唐僧的佛法造诣不是已经很高了吗？

在很多人看来，唐僧自幼出家，饱读佛典。昔日太宗召集天下一千两百名高僧，举办超大型法会，唐僧（陈玄奘）乃是主讲人。从此可见，唐僧的佛法造诣应当是相当高深的。

这么说也不能说错，关键是看和谁比。若是和大唐那些凡僧比，唐僧的造诣自然是高很多。可若是和真正有道行的人比，唐僧又要差一些。

唐僧所念的佛经，可以安抚心灵，可对于修仙成佛，却毫无用处。

唐僧真正的修行，是从乌巢禅师传授《多心经》开始。

在诵念几天《多心经》后，原著说："那长老常念常存，一点灵光自透。"大家看看，这《多心经》这么神奇，只是念了几遍，唐僧就开始起了变化。

但是，唐僧的修行速度很慢很慢。常年跟随在唐僧身边，被迫听了无数遍《多心经》的孙悟空、沙僧、猪八戒，对修行的领悟都大大超过了唐僧。

在乌鸡国宝林寺的一晚，唐僧的修行有一个小小的突破。那一天，明月当空，月光皎洁，唐僧对月吟诵了一首诗，表达自己的思乡之情。

孙悟空却说："师父啊，你只知月色光华，心怀故里，更不知月中之意，乃先天法象之规绳也……"那长老听说，一时解悟，明彻真言，满心欢喜，称谢了悟空。

沙僧在旁笑道："师兄此言虽当，只说的是弦前属阳，弦后属阴，阴中阳半，得水之金；更不道：水火相挽各有缘，全凭土母配如然。三家同会无争竞，水在长江月在天。"那长老闻得，亦开茅塞。正是理明一窍通千窍，说破无生即是仙。

从三人的对话中可以清晰地看到，孙悟空掌握到了修行的根本，沙僧也对修行有独特感悟，唐僧虽然修行浅薄，也有所触动。唯独八戒对三人的谈话一点不感冒，嘟嘟囔囔地说："师父，莫听乱讲，误了睡觉！"

但是，八戒是不是在修行上全无进步呢？不是的。他也吟诵了一首诗，其中四句说：

缺之不久又团圆，似我生来不十全。他都伶俐修来福，我自痴愚积下缘。

原来，守拙，保持本真，就是猪八戒的修行之道。

几乎在每一个降妖除魔故事前，原作者都会写一段师徒议论的故事。那些故事既是表现师徒之间的矛盾冲突，推进故事情节，又是在展示师徒四人各自的修行认识。

降服红孩儿后，唐僧师徒前行，听到前面有水声，唐僧大吃一惊，询问悟空哪里有水声——老唐同学被妖精抓怕了，一看到有高山大河就担心有妖怪——当然，他的担心绝非多余，妖怪是一定会有的，但担心是必然无用的。

孙悟空听了，先不管有没有听到水声，就把师父狠狠训斥了一顿：

"老师父，你把那《多心经》又忘了也？你忘了'无眼耳鼻舌身意'。我等出家人，眼不视色，耳不听声，鼻不嗅香，舌不尝味，身不知寒暑，意不存妄想——如此谓之袪褪六贼。你如今为求经，念念在意，怕妖魔不肯舍身，要斋吃动舌，喜香甜嗅鼻，闻声音惊耳，睹事物凝眸，招来这六贼纷纷，怎生得西天见佛？"

孙悟空这话说得非常高明。所谓"功到自然成"，与其整天担心忧虑，不如脚踏实地。只要辛勤付出，自然瓜熟蒂落。

猪八戒还不服，埋怨说妖怪太多，一千年也走不到灵山。沙僧却说："哥，你和我一般，拙口钝腮，不要惹大哥热擦。且只捱肩磨担，终须有日成功也。"

沙僧的话，是只问付出，不问结果，或者说，只要付出，自有结果。

从此可见，师徒四人的修行领悟，孙悟空第一，沙僧第二，唐僧第三，猪八戒第四。

回到最初的问题，唐僧师徒成了正果后，会不会变得更厉害？

我的理解是，会！因为，他们一路上不仅仅在降妖捉怪，也在修行，并且修行有很大增长。此前，孙悟空、猪八戒、沙僧等人修行的都是单纯的道门功法，在修行了《多心经》之后，已经兼容佛道，实力必然大幅提升。尤其是孙悟空，修行道派天仙诀，十年即修成天仙。取经路上他又修行佛派《多心经》十余年，一旦大成，孙悟空必然成为三界之中，超越无数大神的存在。

084　西海龙王为何惧怕孙悟空

唐僧师徒离开号山火云洞后，走了一个多月，来到了黑水河。在过河时，盘踞黑水河神府邸的小鼍龙变成船夫，抓走了唐僧和八戒。真正的河神找到孙悟空告状，请孙悟空做主为其夺回府邸。孙悟空得知，黑水河中水妖竟然是西海龙王的外甥，于是前往西海兴师问罪。

当得知外甥抓了唐僧，西海龙王大惊。原文说："龙王见了，魂飞魄散，慌忙跪下叩头。"西海龙王那也是堂堂西海霸主，为何见了孙悟空竟然吓得下跪？

是因为孙悟空神通广大，很能打？

孙悟空确实能打，论单打独斗，《西游记》所有龙族，百分百无一人是孙悟空对手。

不过，整部《西游记》中龙族出现的频率挺高，其中也有不少高手。

取经团队中的玉龙三太子，即白龙马，就是龙族的高手。他能够以龙形与孙悟空大战多时，十来个回合方才落败。后来，观音摘走了他项下明珠，锯去龙角，将他变成了白马。白龙马在实力大大削减的情况下，依然能够大战黄袍怪八九个回合，实在非常了得。

要知道，原著中特别提到猪八戒与沙和尚双战黄袍怪，打了八九个回合，却是一逃跑，一被抓！

也就是说，如果能够有五六个白龙马，就能与孙悟空基本战平，有八九个白龙马，差不多就可以胜过孙悟空！

那么，龙族还有没有其他高手呢？

有的，西游龙族高手如云！要找出五六个、八九个白龙马级别的高手并不困难。

黑水河下沙和尚大战小鼍龙，双方三十个回合不分胜败，沙僧心中说：

"这怪物是我的对手，枉自不能取胜，且引他出去，教师兄打他。"

后来，白龙马的大哥西海龙族大太子摩昂大战小鼍龙，二三十个回合后，他卖一个破绽，将小鼍龙生擒活捉。可见，摩昂的本事又在小鼍龙之上。

摩昂和三弟白龙马的本领谁高谁低原著中没有明确记载，估计应当在伯仲之间。

除此，龙族中还有许多没有出手的高手。

比如四海龙王。他们都是修炼了数万年的龙神，法力神通几乎都达到了龙族的巅峰。他们的实力，至少相当于白龙马吧。

关键的一点是，龙族有其他仙人都没有的特殊本领——繁殖能力超强。

在原著中特别提到了西海龙王的妹妹有九个儿子。前八个儿子都已经成年，分别成为一方河川的水神。唯独老九小鼍龙年纪还太小，没有获得正式的仙界编制。书中明明白白写到小鼍龙已经几岁了呢？一千岁！

千岁的龙，对于龙族来说，还只是少年。小鼍龙霸占黑水河神府、抓捕唐僧，说到底，不过是一个官二代懵懂少年，因不明世事犯了个错而已。

四海龙王各自又有许多龙太子、龙公主。单单四海龙王家族，一撞响金钟，就可以召唤出四五十条神龙。

估计四大龙王一起上阵，就可以和孙悟空打个平手。若所有家人一起冲上去，孙悟空只能败退！

因此，四海龙王尤其是西海龙王畏惧孙悟空的最重要原因，不是因为孙悟空能打。

那是因为什么呢？

在孙悟空龙宫获取金箍棒一章中，我曾经分析过，水帘洞的第一任主人不是孙悟空，而是太上老君。太上老君为了完成反天大计，在千余年前就开始布局。他通过大禹之手，将金箍棒存在东海龙宫，等待千年后的传人来取。他又在水帘洞下秘密开通了一条道路，直接通往龙宫，以保证孙悟空能够顺利取到金箍棒。老君极有可能对东海龙王有所交代。比如，谁来到龙宫，拿得起金箍棒，金箍棒就归谁所有。

原著中特别强调，金箍棒在大海中已沉寂千年。可孙悟空一来，它却绽放万道霞光。

因此，东海龙王才会对孙悟空百依百顺。不但将金箍棒拱手奉上，还敲钟让其他三大龙王各自献上珍宝。东海龙王乃人间水族之主，在仙界地位也不低。他没有必要拍孙悟空的马屁，只因为他拍的不是孙悟空，而是孙悟空背后的人。

也因为这个原因，当孙悟空打杀六贼后，来到东海，东海龙王才会谆谆教诲，提醒孙悟空对取经行动千万不要半途而废。

关于孙悟空背后的神秘人，东海龙王即便不敢公开告诉三个弟弟，也必然会有所暗示。

加上孙悟空参加取经队伍之后，叛逆的身份被解除，自动恢复了齐天大圣的仙界身份，又有了佛派护法的新身份，四海龙王对孙悟空就更加尊重了。

而小鼍龙抓捕唐僧一事，证据确凿，西海龙王明明白白有管教不严之罪。

孙悟空来到西海时，恰巧碰到小鼍龙派出的使者。孙悟空一棒打杀，得到了一份请束。请束上，正写着邀请二舅同吃唐僧肉。

西海龙王作为仙界的高层人员，对唐僧取经的真实背景看得一清二楚。

可在小鼍龙看来，唐僧有什么了不起，不就是唐朝一个和尚吗？即便有徒弟保护，也都被他打败抓获了。摩昂太子提醒说，唐僧还有一个大徒弟，乃是上方太乙金仙齐天大圣孙悟空。摩昂在强调，孙悟空的修仙等级远非他们可以相比。可是小鼍龙年少冲动，提出要和孙悟空过过招。摩昂大怒，说不用孙大圣出手，过了我这关再说。

结果，自然是小年轻打不过老狐狸。

摩昂还只是畏惧孙悟空，其父西海龙王却看透了不能招惹唐僧的根本原因不是孙悟空强大，而是孙悟空背后的高层势力大。一见面，西海龙王笑呵呵迎上来说："大圣一向皈依佛门，不动荤酒，却几时请我吃酒来。"龙王对取经行动的佛派背景看得一清二楚。即便小鼍龙可以斗得过孙悟空，那斗得过观音，斗得过如来吗？

在背后，还有道派祖师太上老君、三界之主玉皇大帝呢！

正因为外甥招惹了不该招惹的人，西海龙王才会魂飞魄散，吓得半死。

085 孙悟空能背着唐僧飞去西天吗

孙悟空神通广大，力气也绝对不小。在平顶山遭遇银角大王时，孙悟空背着两座大山依然奔跑如飞。一根一万多斤的金箍棒，孙悟空拿在手中，也耍弄得棍影重重，得心应手。

如此了得的齐天大圣，怎会背不动一个人类和尚唐僧呢？

就算唐僧养尊处优，是个白胖和尚，顶多也就一二百斤。孙悟空怎么能背不动呢？

让人大跌眼镜的是，一贯好强的孙悟空多次表示，自己背不动唐僧。

唐僧师徒经过流沙河时，见到波涛滚滚，八百里一望无涯，一艘船也没有。

孙悟空提议让猪八戒背唐僧过河，八戒说师父骨肉凡胎，重似泰山，自己腾云之术也普通，根本背不动。而孙悟空的筋斗云神奇非凡，或许可以背得动。

孙悟空就说："我的筋斗，好道也是驾云，只是去的有远近些儿。你是驮不动，我却如何驮得动？自古道，遣泰山轻如芥子，携凡夫难脱红尘。"

孙悟空从来自负，极少看到他承认自己不能，不会。此处，他的表现很奇怪。

孙悟空说的是实话吗？

西游世界的修仙讲究炼丹打坐，服气养神，通过培养内丹，从内到外改变自己。

在修习了天仙决后，菩提祖师曾经说孙悟空已经修成了不生不灭之体。跳出八卦炉后，孙悟空正式炼成了金刚不坏之体。无论是哪一种体，都是难得的仙体。

成仙，首先就要脱去凡胎，成就仙人之体。

唐僧虽然是金蝉子转世，但是原著中多人、多次都说，唐僧乃肉体凡胎，骨肉沉重。

在通天河故事中，因为冰裂，唐僧沉入水中。孙悟空师兄弟只能回归陈家庄。陈家二老询问唐僧哪去了，猪八戒嘲笑说："不叫做三藏了，改名叫做陈到底也。"

通天河浮力正常，唐僧都沉到底了。更何况流沙河乃鹅毛飘不起的弱水，浮力极小。唐僧若掉下去，那更是秤砣一般，直线下坠。

于是，我们可以知道，唐僧肉体凡胎对于孙悟空来说远比泰山还重。背着唐僧飞行，确实是一个重大负担。

负担归负担，孙悟空究竟能不能背着唐僧飞行呢？

我们结合八戒驮唐僧的言与行，可以更好地理解上面的问题。

在黑水河故事中，因为河水黑沉，很是凶恶，又没有船只来往，孙悟空就打起猪八戒的主意。八戒不是水性好，力气大，又渴望立功吗？若是能背唐僧过河，那可就是大功一件。

猪八戒却说："不好驮。若是驮着腾云，三尺也不能离地。常言道，背凡人重若丘山。若是驮着负水，转连我坠下水去了。"

因为凡人特别重，在陆地上背着还可以承受，但是在水中背着就不行了。

事情真的是这样吗？

在黑水河与通天河，唐僧两度落水。降伏妖魔后，猪八戒和沙僧两度将唐僧背出妖怪洞府。

他们具体是怎么做的呢？

黑水河时，原文说："沙僧即忙解了师父，河神亦随解了八戒，一家背着一个出水面，径至岸边。"

书中提到，那黑水河有十来里宽，唐僧行到河中间，被小鼍龙掳走。从河底水神府邸到东岸（孙悟空和白马、行李还在东岸）不过七八里路程，路途并不长。可是，就这短短七八里路，竟然还要八戒、沙僧、水神一伙人轮番替换，才背着唐僧到达东岸。

从这段故事，我们仿佛可以推测出，凡人真的好重，猪八戒和沙僧都很难背动唐僧。

可是，若真相如此，八戒与沙僧在通天河的表现，又让人百思不得解。

通天河很宽，有八百里，也很深。书中明确提到，孙悟空师兄弟三人在水下走了两百多里，方才找到了妖怪府邸。降伏金鱼精后，猪八戒和沙和尚"揭开石匣，驮着唐僧，出离波津"。

也就是说，通天河故事中，猪八戒和沙和尚其实驮着唐僧游了两百多里。并且，后文中没有一处提到猪八戒、沙和尚好累的词句。

对比猪八戒的语言和行动，我们可以发现明显有矛盾：表面上，猪八戒仿佛背不起唐僧，事实上，背了两百里路也没事！

那么，为何会出现这个矛盾呢？事情的真相究竟如何？

取经路上，许多妖王都曾经成功掳走唐僧。比如号山红孩儿，就弄一阵狂风，把唐僧卷走。

红孩儿驾风掳走唐僧有多远呢？

原文红孩儿说："拿他师父，自半山中到此，有百五十里，却怎么就寻上门来？"

从唐僧失踪处到火云洞，其中有高山，有深谷，红孩儿带着唐僧都轻松而过。莫非红孩儿的腾云术比孙悟空还要厉害？又或者是孙悟空师兄弟一直在撒谎？

原作者也意识到了这个矛盾，于是借孙悟空之口，解释了这个问题。

流沙河畔，孙悟空说："象这泼魔毒怪，使摄法，弄风头，却是扯扯拉拉，就地而行，不能带得空中而去。象那样法儿，老孙也会使会弄。"

孙悟空提出，妖怪掳走唐僧，并非是腾空而去，而是驾一阵狂风，将唐僧卷起，拉拉扯扯，在地面上拖着走——唐僧同学好悲惨！

孙悟空也施展过这类法术。在乌鸡国御花园，猪八戒背出了真国王尸体。

原文说："好大圣，捻着诀，念声咒语，往巽地上吸一口气，吹将去就是一阵狂风，把八戒撮出皇宫内院，躲离了城池，息了风头，二人落地，徐徐却走将来。"

原作者特意强调，孙悟空是把背着尸体的猪八戒"撮出"皇宫。从这段描述中可以看出，即便是孙悟空也只能让背着凡人的猪八戒沿地而行。虽然八十里的路途中有高墙，有楼阁，但也仅仅是短暂离地，并非真的腾空。

那么，孙悟空真的不能带着凡人飞行？

若说普通妖王做不到，那可以理解。孙悟空可是修行了上品天仙诀，等级达到混元一气太乙金仙级别的仙人，他的腾云术（筋斗云）更是三界罕见的神通。他能和那些普通妖王一样吗？

和孙悟空口中说的不同，孙悟空实际上可以带着凡人（猴）腾云。

我举两个例子。

其一，孙悟空修成仙法回到花果山，打败混世魔王，救出三五十个小猴。群猴提出路途遥远，回家艰难。孙悟空听后哈哈大笑，表示不成问题。

原文说："好猴王，念声咒语，驾阵狂风，云头落下，叫：'孩儿们，睁眼。'众猴脚踏实地，认得是家乡，个个欢喜，都奔洞门旧路。"

此处，孙悟空是用弄风之法，还是腾云之法呢？关键看是不是长时间离开地面。我们注意到原文中有两个词语："云头落下"与"脚踏实地"。

也就是说，群猴之前是在云中飞行，到了花果山才脚踏实地。从这段话可以看出，孙悟空不但可以带凡人腾云，并且可以带许多个！

其二，在朱紫国时，孙悟空打败了赛太岁，救出了金圣宫娘娘。因为妖怪洞府距离朱紫国有三千里路程，走路至少要走五六十天。孙悟空就想了一个办法。

原文说："行者寻些软草，扎了一条草龙，使起神通……（金圣宫）只听得耳内风响。半个时辰，带进城，按落云头。"

此处的金圣宫，百分百是一个凡人。

从带群猴腾空可以看出，孙悟空完全能够带着金圣宫腾空。但是，因为金圣宫是女人，并且是娘娘，直接腾云有失体统。于是，孙悟空扎了一个草龙，让金圣宫坐着回家。

由以上两处可以看出，孙悟空是完全有能力以腾云之术带走唐僧的，并且绝对不是贴地拖走，而是真正的腾云！

孙悟空让金圣宫坐在草龙上，自己作法相随。因为不是筋斗云，前行得有些慢，三千里路走了一个小时。但是，算算从长安到灵山不过十万八千里，若以草龙飞行的速度，两天不到也就可以到达灵山了。

那么，既然孙悟空可以带着唐僧飞，那他为什么不这么做呢？

孙悟空解释说："只是师父要穷历异邦，不能彀超脱苦海，所以寸步难行也。"

当时，孙悟空对唐僧取经的真正目的虽然没有十分明悟，但已经有所了解。

取经行动，最重要的并非是取回的经书，而是在取经的过程。

孙悟空朦胧地觉得，唐僧取经必须要一步步走过。否则，即使到达灵山，如来也不会传经。

随着取经路上遭遇的磨难越来越多，孙悟空三兄弟越来越明白取经的真实目的。

以唐僧为诱饵，吸引妖魔，之后，孙悟空三兄弟扫荡妖魔，完成指定的任务，救出唐僧继续前进。这才是取经的真正目的。

正因如此，孙悟空也好，猪八戒也好，明明有背着唐僧飞行、渡河的能力，却偏偏不去做。

不是不能做，而是不可以做。

086 和尚口中的"大力王菩萨"究竟是谁

斗败了红孩儿，收服了小鼍龙之后，唐僧师徒来到了车迟国。

还未到都城，他们就听到前方传来惊天动地的呼喊声。唐僧惊疑不定，以为有妖魔阻路，让孙悟空上前打探。孙悟空飞上云端，"只见那城门外，有一块沙滩空地，攒簇了许多和尚，在那里扯车儿哩。原来是一齐着力打号，齐喊'大力王菩萨'，所以惊动唐僧"。

整部《西游记》中，唯有这一处提到了大力王菩萨。

那么，这个为车迟国受苦和尚念念不忘的大力王菩萨究竟是谁呢？

在火焰山故事中，土地提到了牛魔王的名号。他说："若还要借真蕉扇，须是寻求大力王。"唐僧师徒问大力王是谁，土地介绍说大力王就是牛魔王。

那么，这个大力王菩萨，会不会是牛魔王呢？

牛魔王确实力大无穷。孙悟空和西天群妖斗法，许多妖怪都被孙悟空力量压制。一场打斗下来，常常手软筋麻。可是，牛魔王与孙悟空比斗，则完全不存在这个现象。大家在力量上可谓平分秋色。

后来，牛魔王现出白牛金身，身长千丈，宽八百丈，一摇头，一摆尾，那都是山崩地裂。孙悟空也现出石猴原身，却还需要施展法术，长到万丈，来斗牛魔王。

书中说："他两个大展神通，在半山中赌斗，惊得那过往虚空一切神众与金头揭谛、六甲六丁、一十八位护教伽蓝都来围困魔王。那魔王公然不惧。"

应当说，从力量上讲，牛魔王完全当得起"大力王"三个字。

只是，车迟国的和尚会把牛魔王当成菩萨来祈祷吗？

当然不会。牛魔王乃是吃人的魔头。孙悟空曾经变成牛魔王模样，表示最近吃斋，暂时就不吃唐僧肉了。红孩儿心中疑惑：老爹吃人都吃了一千多年了，为何最近会吃斋？杀人无数的魔头吃斋有用吗？连他儿子都不相信牛魔王会有什么仁慈之心，更不要说凡间和尚了。

尤其重要的是，牛魔王乃是道派的妖仙。无论是他修行的法术，还是他背后代表的势力，都属于道派。

道派妖仙牛魔王，不可能是和尚口中的"大力王菩萨"。

那么，这个大力王菩萨究竟是谁呢？

从上下文推测来看，应当是孙悟空。

看到和尚们不念经，不坐禅，却跑去给道士当苦力，孙悟空顿起兔死狐悲之感。他变成一个道士，下去打探消息。后来，和尚就告诉他，如何如何会受苦。并且说，他们这五百个和尚，都尝试过自杀，只是自杀屡屡不成。只因六丁六甲、护教伽蓝告诉他们："他（唐僧）手下有个徒弟，乃齐天大圣，神通广大，专秉忠良之心，与人间报不平之事，济困扶危，恤孤念寡。只等他来显神通，灭了道士，还敬你们沙门禅教哩。"

后来，孙悟空表露身份，现出本相，众人齐齐叩头。为了安抚大家，孙悟空拔了一把毫毛，每人分了一根。孙悟空告诉众僧，但凡有难，只要叫一声"齐天大圣"，自己就会显灵来救。一些和尚还有些担心，偷偷叫了一声。

结果，一人叫，就多出一个孙悟空。百人叫，就多出一百个孙悟空。和尚们大喜，从此认定了孙悟空。

从这段故事可以知道，佛派群仙早就告诉和尚们，会救他们的人是齐天大圣孙悟空。这孙悟空就是大力王菩萨。正因如此，和尚们在被鞭打、被奴役时，才会齐齐诵念"大力王菩萨"的法号。

只是，《西游记》中孙悟空的最终的法号不是斗战胜佛吗？

在《西游记》中确实如此。不过，在更久远之前的《西游记评话》中，孙悟空正是被封为"大力王菩萨"。

那么，吴承恩为何要把孙悟空由"大力王菩萨"改成"斗战胜佛"呢？

首先是贡献有不同。

《西游记评话》中，故事主角是唐僧，猴妖不过是唐僧取经的辅佐人物，其最大的神通就是力大无穷，最后被封为"大力王菩萨"可谓顺理成章。

《西游记》的故事中，表面上唐僧是取经人，孙悟空是取经人的徒弟，其实，取经团队的核心人物，毫无疑问是孙悟空。每逢遇到一个新妖怪，唐僧总要念叨一次取经艰难，思念故乡。每当此时，孙悟空都会喝止唐僧，劝勉大家不要畏惧，不要倦怠。

正因为贡献不同，在《西游记评话》中，猴妖仅仅是成为菩萨。在《西游记》中，孙悟空则一跃而成佛。

其次是名号的寓意不同。

从名号看，猴妖被称为"大力王菩萨"，自然是赞许他力大无穷。只是，这也仅仅是说力气大而已，还缺乏丰富的内涵。

孙悟空的佛号"斗战胜佛"则不同。

在有的地方，孙悟空也被称为"斗战佛"。"斗""战"二字可谓深得孙悟空之精髓。猴性好动。在车迟国斗法中，虎力大仙提议"云梯显圣"，大家坐在高高的云端，比赛谁坐得久。孙悟空就对师父说，自己这场比赛绝对会输，只因他生性好动，一分钟也坐不住。

在《西游记》中，把猴性好动这点升华为好斗，好战。孙悟空可谓全书中疾恶如仇第一人。只要面对妖魔，他从来都是除恶务尽，杀起来寸草不留。

尤为可贵的是，孙悟空不但好斗，好战，并且战之能胜。

取经路上几乎所有的妖魔都是孙悟空一人降伏。虽然说也有不少妖魔是孙悟空请人来收走的，可那都是因为妖魔手中有顶级法宝，大家的比斗根本不公平。

从真实实力来看，取经一路走来，真正能够在战力上压孙悟空一头的唯有两人——镇元子与九灵元圣。这二位一人一妖，都已经是堪比天尊的强者。而其他群妖群仙，或者与孙悟空战平，或者实力不如孙悟空。

招之即来，来之能战，战之能胜，这才是斗战胜佛的真意。

087 孙悟空三次让龙王下雨为何都没事

西游世界是一个有着繁复规则的世界。不单是人类要受律法的约束，即便你是仙人，也不能为所欲为。

现实世界王法为大，西游世界则天规至尊。

大名鼎鼎的泾河龙王，只因擅自改了下雨的时辰、雨量，结果就被推上了斩龙台。虽然说泾河龙王的死，其实是观音菩萨导演的一场戏，但是就算泾河龙王活着，只能化身井龙王存在，不敢暴露在阳光下。井龙王的真实身份一旦被揭露，就算是观音、玉帝都不能庇护他。

可是，取经路上，孙悟空却一而再，再而三的要求四海龙王给他下雨，龙王也最终答应并且给孙悟空下雨了。这三次下雨没有得到玉帝批准，属于私自下雨行为。可是，不管孙悟空也好，龙王也好，都没有受到惩罚。这是怎么一回事呢？

有人说，谁让泾河龙王没背景呢？人家孙悟空可是大有来历，他乃齐天大圣，官居极品，又是取经人的徒弟，观音菩萨亲自答应了悟空——叫天天应，叫地地灵。下场雨又有什么大不了的？

事情真的是这样吗？

当然不是。

原著中，孙悟空在天庭的地位并不高。不少仙人，比如四大天师，就根本没把孙悟空放在眼里。玉皇大帝就更不在乎孙悟空了。

何况，天条乃天庭至高法令，别说是仙人，就算是太上老君，也不敢公然违抗。

那么，孙悟空三次让龙王下雨都没事，究竟是什么原因呢？

我们先看看泾河龙王那次下雨为何会闯祸。

在原著第九回中，玉皇大帝派出黄巾力士下达圣旨，其中提到："明日辰时布云，巳时发雷，午时下雨，未时雨足，共得水三尺三寸零四十八点。"

在狗头军师的建议下，泾河龙王擅自将下雨改为：巳时方布云，午时发雷，未时落雨，申时雨止，却只得三尺零四十点。

大家注意前后不同，泾河龙王将下雨的时辰延后了一个时辰，减少了三寸八点雨。

之后，魏征就在梦中宣读玉帝圣旨，说泾河龙王违背天条，该当死罪。

也就是说，玉帝在接受人间的请求之后，会下达诏书，让九天应元雷神普化天尊再下教令，安排风雨雷电四部仙人去执行任务。

一般来说，哪里求雨，就派哪里的龙神去下雨。毕竟，龙神也不能自己产生水，他们也要到附近的河水湖泊中吸水，然后才能降雨。只有在特殊情况下，比如下雨量比较大，或者当地过于干旱等等，才会派出四海龙王这样的大龙神出马。

在下达圣旨时，玉帝还是很人性化的。他只是规定了一个相对宽泛的时间、数量。

比如前文说的，辰时布云，巳时发雷，午时下雨，未时雨足。一个时辰是两个小时。午时就是11~13点。只要你是在这段时间开始下雨了，都不算违背圣旨。龙神可以选择11：01降雨，也可以拖到12：59开工。作为司雨的龙神，还是有一定自由权限的。

但是，泾河龙王竟然擅自更改了时辰，大大减少了降雨量，这就是不可饶恕的罪过了。

我们再看孙悟空请龙神下的几场雨。

第一次是在号山，孙悟空去请东海龙王下雨灭三昧真火。

东海龙王是孙悟空的老邻居，两人也算是不打不相识。在孙悟空的朋友圈子中，东海龙王算是颇受孙悟空尊敬的一位。

听闻要下雨，东海龙王一改往日的和善，非常严肃地说："大圣差了，若要求取雨水，不该来问我。"孙悟空不解，东海龙王解释说："我虽司雨，不敢擅专，须得玉帝旨意，吩咐在那地方，要几尺几寸，什么时辰起住，还要三官举笔，太乙移文，会令了雷公电母，风伯云童。俗语云，龙无云而不行哩。"

东海龙王的神通虽然远不如孙悟空，可是对官场规则的领悟却非常老辣。他在话语中强调，如果是正式求雨，肯定要依照规则，否则，老朋友也不给面子。

孙悟空一听，也明白龙王的担忧了。他解释说："我也不用着风云雷电，只是要些雨水灭火。"一听孙悟空这话，东海龙王放心了。

根据孙悟空的介绍，我们可以知道，与正式的求雨不同，孙悟空要求下雨的范围非常小，仅仅是在红孩儿与孙悟空打斗的小小范围内。当红孩儿喷火时，龙王对准打斗场所喷水灭火就可以了。

既然仅仅是超小范围下雨，并且降雨量极小，那东海龙王还是有这个权限的。

不过，东海龙王一向滑头，他提出："大圣不用风云雷电，但我一人也不能助力，着舍弟们同助大圣一功如何？"

和以往一样，这敖广做事总是喜欢拉上其他三兄弟。名义上是四大龙王齐齐出马，以保证雨量，其实，东海龙王是担心下个私雨也惊动玉帝。有功，自然大家一起分享。万一受责罚，也有兄弟一起来扛。

然后，四大龙王就在号山下了一场雨，可是，雨水并没有浇灭三昧真火。原著说："原来龙王私雨，只好泼得凡火，妖精的三昧真火，如何泼得？"

按照原作者的意思，若这场雨是有玉帝圣旨，经过了天庭的正式批准后，四海龙王下的雨就是"公雨"，就可以灭掉三昧真火了。

第二次是在车迟国，孙悟空和虎力大仙斗法求雨。

斗法的结局是孙悟空获得了胜利。其实，仔细推敲起来，孙悟空胜得挺无耻。

那车迟国的虎力大仙精通正统的五雷天心法，烧符文上天，惊动了玉帝。

玉帝亲自批准，发下圣旨，命令九天应元雷神普化天尊派出风雨雷电四部仙人前去降雨。

五雷法乃是三清门下正统道法，修得了此法，就如同获得了天庭认可的资格证书。只要是烧化符文，玉帝就会派出人马去执行任务。当然，玉帝之所以同意，也是因为法师在求雨时答应了种种好处。

这就如同一场交易，人间帝王缴纳多少钱财，玉帝就答应降雨多少。因人间与天庭不能直接沟通，法师（虎力大仙这类修仙者）就充当起中间人。

若孙悟空不打扰，虎力大仙完全可以求到一场好雨。

若等下雨结束，四部仙人走了，孙悟空再来求雨，情况会如何呢？

风神雷神云童雾子和孙悟空没交情，都不会来。孙悟空只能念咒拘来龙王。可是，龙王没有玉帝的圣旨不能下雨。于是，要想降雨，孙悟空还要去求玉帝。而玉帝能不能给面子还两说。

要知道玉皇大帝虽然公开答应支持取经，其实心里根本不想佛派壮大。只要有可能，玉帝很乐意看到取经团队吃瘪。这也是每次孙悟空上天求助，玉帝总是派出渣渣的二十八宿等仙人出马的原因。

九曜以上的神仙基本没动过，更不要说四帝级别了。

那为何斗法是孙悟空获得了胜利呢？

因为孙悟空很好地利用了下雨命令中的漏洞。

虎力大仙连番举牌，都没有效果。在孙悟空和猪八戒的起哄声中，只能下场。原文说："那道士无奈，不敢久占，只得下了台让他。"虎力大仙的求雨时间相当短暂，短到绝对不超过一个时辰。

孙悟空扶持唐僧上场，连番举起金箍棒。天空的风雨雷电四部仙人连忙行动起来。结果"这场雨，自辰时下起，只下到午时前后"。

也就是说，玉帝的圣旨中只是规定在9~11点之间必须开始下雨。至于是在9：01分，还是10：59分，都没有差别。明明是虎力大仙请来的四部仙人，可因为孙悟空的威逼利诱，谁也不敢帮虎力大仙。在不违背玉帝圣旨的前提下，东海龙王的等仙人就帮了一次孙悟空。

第三次是在朱紫国，因孙悟空救治国王需要无根水做药引，于是找来东海龙王。

一听又要下雨，东海龙王的第一反应是推托。他不说自己不想帮忙，而说自己来得匆忙，没有带下雨的雨具，更没有风雨雷电诸神跟随。孙悟空说："如今用不着风云雷电，亦不须多雨，只要些须引药之水便了。"一听孙悟空只是需要一些水作为服药之用，东海龙王说："既如此，待我打两个喷涕，吐些涎津溢，与他吃药罢。"

于是，朱紫国的王宫超小范围内下了一场超小的雨。雨小到何等地步呢？皇宫的所有妃嫔、宫女、太监齐齐出动，拿出各种锅碗瓢盆来接雨，最后汇拢起来，一共得了三盏水。

这场雨只是东海龙王打个喷嚏，自然不算正式降雨。

在唐僧师徒到达凤仙郡的时候，孙悟空曾经正式求雨，结果被东海龙王果断拒绝。最终，孙悟空只能求玉帝。在经历一番波折（倒了米山面山）后，得了玉帝旨意，东海龙王才下雨。

088 虎、羊、鹿三大仙为何斗不过孙悟空

车迟国的虎、羊、鹿三大仙，是《西游记》中罕见的悲剧性人物。之所以说是悲剧性人物，是因为他们有护国济民之大功，最后却落到身死魂灭的悲惨结局。

擅长呼风唤雨，能惊动玉帝的虎、羊、鹿三大仙，为何就斗不过孙悟空呢？西游世界那么多为非作歹的妖魔鬼怪，小妖级别的不算，妖王级别的可没有几个死亡的。究竟是什么原因，让虎、羊、鹿三大仙步了白骨精的后尘呢？

在原著中，通过三人之口，给出了三份答卷。我们一一看来。

见国王泪如泉涌，哭个不停，孙悟空上前大喝：

"你怎么这等昏乱！见放着那道士的尸骸，一个是虎，一个是鹿，那羊力是一个羚羊。不信时，捞上骨头来看，那里人有那样骷髅？他本是成精的山兽，同心到此害你，因见气数还旺，不敢下手。若再过二年，你气数衰败，他就害了你性命，把你江山一股儿尽属他了。幸我等早来，除妖邪救了你命，

你还哭甚？哭甚！急打发关文，送我出去。”

孙悟空认为，虎、羊、鹿三大仙该死。为何该死呢？

其一，他们都是成精的山兽。所谓三位国师，不过都是老虎、山羊、野鹿修炼成精。既然如此，那当然是妖怪。既然是妖怪，就应该打杀。

可是，孙悟空似乎忘记了，他本人也是成精的山兽——猴子成精嘛！猪八戒也是野猪成精。已经加入取经队伍，有了仙界合法身份的孙悟空，对昔日的同类竟然如此狠辣。

其二，断言虎、羊、鹿必然祸害国王。孙悟空说，幸亏他们早来，否则国王性命休矣，甚至连江山都要夺走。孙悟空很明显在说此前乌鸡国中的事情。

可是，明白前因后果的孙悟空，却故意忽略了乌鸡国假国王乃是奉主人之命，下界为妖作乱。而人家虎、羊、鹿三大仙在车迟国已经二十年，在他们的护持下，车迟国一直风调雨顺，国泰民安。

听了孙悟空的话，百官纷纷禀奏：“圣僧之言，不可不听！”他们是真的认为孙悟空说得对吗？根本不是。此前十来分钟，孙悟空比赛油锅洗澡。他故意变成枣核钉儿，好吓吓唐僧、八戒。监斩官于是说孙悟空已死，猪八戒嘲讽说孙悟空惯会耍诈，不相信。孙悟空不好打八戒，却迁怒于监斩官。他也不请示师父，也不告诉国王，抬手一金箍棒，就把监斩官打成了肉泥。百官见了，人人惊惧，一起哀告孙悟空饶命。

对虎、羊、鹿三大仙的死，北海龙王也提出自己的看法。他认为：

“这个孽畜苦修行了一场，脱得本壳，却只是五雷法真受，其余都鬈了旁门，难归仙道。这个是他在小茅山学来的大开剥。那两个已是大圣破了他法，现了本相，这一个也是他自己炼的冷龙，只好哄瞒世俗之人耍子，怎瞒得大圣！小龙如今收了他冷龙，管教他骨碎皮焦，显什么手段。”

比斗油锅洗澡时，孙悟空发现羊力大仙的油锅是冷的，于是唤来北海龙王。一见面，孙悟空训斥说：“我把你这个带角的蚯蚓，有鳞的泥鳅！你怎么助道士冷龙护住锅底，教他显圣赢我！”把北海龙王骂得狗血淋头，完全是一副主子教训奴才的口吻。

在这样的高压威胁下，西海龙王只好为自己辩解。

虽然北海龙王是用贬低虎、羊、鹿三仙的口吻来诉说，但我们依然可以看出，龙王对虎、羊、鹿三仙还是有些敬重的。虎、羊、鹿三仙是钟南山出身的草根妖仙，修习到了道派三清门下的正规五雷天心法。因此，虎力大仙求雨十分灵验，一道檄文上天，玉帝就答应降雨。

不过，虎、羊、鹿三大仙除了五雷法是道门正统仙法，其他却不入真流。虎力大仙的砍头不死，鹿力大仙的破腹如故，都叫做"大开剥"术，这种法术都有严重的缺陷——头颅和肠胃离体时间不能太久。于是，虎力大仙的脑袋被狗叼走，鹿力大仙的肠子被鹰叼走后，呼唤不回来，两位就死了。羊力大仙的油锅洗澡，也并不像孙悟空一样，修习炼体术，而只是借助冷龙效力，掩人耳目罢了。

车迟国国王和虎、羊、鹿三大仙在一起已经二十年，感情很深。当三仙死去，他对三仙死因，也有自己一番见解。他说：

"人身难得果然难，不遇真传莫炼丹。空有驱神咒水术，却无延寿保生丸。

圆明混，怎涅槃，徒用心机命不安。早觉这般轻折挫，何如秘食稳居山！"

在车迟国国王看来，三仙之所以死，主要原因有三个。

其一，非人的出身。虽然三界一直流传"凡有九窍者，皆可修炼成仙"，可事实却是，人类出身的仙人对其他族类异常鄙视，将非人仙人贬斥为妖，甚至随意出手灭杀。

其二，有驱神咒水、呼风唤雨之术，可惜没有修成长生，没有延寿保命的灵药。

其三，好勇斗狠，惹出祸事。若三国师不是坚持要和孙悟空赌赛，而是放孙悟空等人过去，安心修炼，自然可以不死。

车迟国国王也是人中龙凤，看出了斗法的一些端倪。不过，由于身份、眼界的局限，他自然不会明白，即便三国师忍让再忍让，孙悟空也不会放过三人。

只因，三国师乃是孙悟空、猪八戒赢得如来信任的投名状。三国师，非死不可！

虎力大仙求雨时宣称，一声令牌响风来，二声响云起，三声响雷闪齐鸣，四声响雨至，五声响云散雨收。事实上，虎力大仙一点没吹牛。在他的号令下，天庭司雨众仙，诸如风婆婆、巽二郎、云童、雾子、雷公、电母、四海龙王齐齐出现。若无孙悟空出面阻拦，虎力大仙求雨必然成功。

孙悟空凭啥能让天庭众仙听从号令呢？

是因孙悟空本人能打吗？

我们看孙悟空是怎么说的：

"我保护唐朝圣僧西天取经，路过车迟国，与那妖道赌胜祈雨，你怎么不助老孙，反助那道士？我且饶你，把风收了。若有一些风儿，把那道士的胡子吹得动动，各打二十铁棒！"

若孙悟空说，我是齐天大圣孙悟空，在此处和妖道斗法……那么，天庭仙人不给虎力大仙下雨，就是看孙悟空面子。可孙悟空不是这么说的。

孙悟空强调，我是保护唐朝圣僧前往西天取经，因此与妖道赌赛斗法。前文我们已经多次讲过，如来策划的取经行动，是得到玉皇大帝亲自批准的合法的、官方的行为。因此，孙悟空的话，其实就是在说，我这次斗法行动，乃是代表如来，代表天庭的，你们若不支持，在玉帝面前也不好交代。

在司雨众仙中，地位最高的，自然是四海龙王。因此，孙悟空一见四海龙王就说："向日有劳，未曾成功；今日之事，望为助力。"孙悟空在说，上次让你们出手帮忙灭红孩儿的三昧真火，你们不但没灭火，还差点弄死了我。这次你们可要卖力点，别又办砸了。四海龙王一听，都羞红了脸。

可是，四海龙王毕竟不是孙悟空下属，单纯要挟是不行的。孙悟空又对西海龙王说："前日亏令郎缚怪，搭救师父。"孙悟空看似在感谢西海龙王，其实在暗示，你那个外甥可是破坏取经行动的重犯，你若不好好表现，我必然追究。西海龙王聪明，立刻听出了弦外之音，他说："那厮还锁在海中，未敢擅便，正欲请大圣发落。"孙悟空看西海龙王已经表态了，就说："凭你怎么处治了罢，如今且助我一功。"

综合来说，孙悟空号令天庭司雨众仙，一个是抬出如来和玉帝，以势压人；一个是叙旧套交情，以情动人。

在感情与势力的双重威压下，天庭众仙不得不听从号令。下雨后，孙悟空为了显摆，还让四海龙王现出真身，来见车迟国国王。车迟国国王大惊，原文说："那国王见孙行者有呼龙使圣之法，即将关文用了宝印，便要递与唐僧，放行西路。"

国王都看出，孙悟空比国师势力大多了。可惜，当局者迷。虎、羊、鹿三大仙却不依不饶，定要继续比赛。

只是，虎、羊、鹿三大仙拿什么和孙悟空比拼呢？

其一，实力不如孙悟空。虎、羊、鹿三大仙本身修行的只是道家旁门，并没有得到长生不老之术。因此，从仙人等级看，只不过是神仙一流。同样是砍头，他让土地神困住孙悟空头颅，孙悟空也放狗叼走虎力头颅，算是以彼之道还施彼身。可孙悟空七十二变，重新长出头颅，虎力大仙却死翘翘了。

其二，背景不如孙悟空。西游世界也有不少妖怪打不过孙悟空，可是在快死的时候都有大神通的主子出手相救。虎、羊、鹿三大仙乃草根修习，虽然也供奉三清，但只是热脸贴上冷屁股。他们距离三清实在太遥远，关键时无人能救其性命。

其三，奸猾不如孙悟空。鹿力大仙比赛隔板猜物时，每次都是他先猜，唐僧后猜。而在鹿力大仙猜好后，孙悟空就到柜子中做手脚。把昂贵的丝绸衣服变成了破烂百衲衣，把鲜红的桃子吃掉，变成了桃核，把道童头发剃掉变成了小和尚。

其四，狠辣不如孙悟空。虎、羊、鹿三大仙为求胜利，也耍了不少手段，可论起手段狠辣，孙悟空是他们的祖宗。虎力大仙与唐僧比坐禅，鹿力大仙拔根毛变成个臭虫来咬唐僧。被臭虫咬，不过有点痒。孙悟空却变成一只二十厘米长的超大蜈蚣，在虎力大仙脸上狠狠咬了一口。蜈蚣本就是毒虫，这一口咬下，虎力大仙当场翻下云台，差点活活摔死。

其五，变通不如孙悟空。虎力大仙因为头颅被狗叼走，已经死了。当时，国王再次提出放唐僧西去，终止比赛。可是，鹿力大仙不依不饶，还要继续比赛。结果，好戏重演，鹿力大仙的肠子被孙悟空毫毛变成的老鹰叼走，鹿力大仙身死。即便如此，那羊力大仙还不接受教训，继续往坑里跳，要和孙悟空比赛洗澡。

遇到事情只知进而不知退，刚愎自用，不知反思，三大仙之死也算是自寻死路！

089 对猪八戒的几个新认识

在车迟国灭虎、羊、鹿三大仙，几乎都是孙悟空在唱独角戏。不要说唐僧、沙僧，就连一贯的男二号猪八戒，也没有什么闪亮表现。离开车迟国都城，来到通天河畔，八戒的表现顿时精彩起来。猪八戒究竟有何精彩表现呢？

原著第四十七回说的是唐僧师徒住进陈家庄，听闻灵感大王故事，然后孙悟空、猪八戒变成童男童女帮忙解困的故事。在本回中，给读者们展现了一个与以往完全不一样的猪八戒。

第一，丑汉三人组中，猪八戒排第几？

走近陈家庄，唐僧说，你们三个都长得丑，还是我先去聊聊，等人家答应借宿，你们再过来。唐僧和陈老官谈妥了，转头呼唤三位徒弟过来。见到三人，陈老官吓得跌倒在地，口中连连说："妖怪来了！"唐僧连忙扶起，说三人是自己徒弟。陈老官牙齿发抖，说："这般好俊师父，怎么寻这样丑徒弟！"

可见，三人都是丑的。

不过，丑汉三人组中，谁最帅，谁最丑呢？按照读者印象，应当是沙僧最像人，孙悟空最酷，八戒最丑。

原著并非如此。八戒先闯进大院，把念经的和尚全部吓跑了。和尚心惊胆战跑出去，又见到孙悟空和沙僧，更吓得屁滚尿流。书中说：

"观看外来人，嘴长耳朵大。身粗背膊宽，声响如雷咋。

行者与沙僧，容貌更丑陋。厅堂几众僧，无人不害怕。"

原来，师兄弟三人中，竟然是野猪头八戒最帅，孙悟空次之，沙僧最可怕！

第二，猪八戒到底有多能吃？

大家都知道猪八戒能吃。一路走来，猪八戒常常说自己没吃饱。那么，猪八戒放开量来，能吃多少？

准备开饭，陈老官交出八个人来，每两位服侍一个和尚，做些端饭递水的活。猪八戒提出，平均分配不合理，应当按需分配。陈老官问怎么分，猪八戒说："那白面师父，只消一个人；毛脸雷公嘴的，只消两个人；那晦气脸的，要八个人；我得二十个人伏侍方觉。"

猪八戒的言下之意，唐僧只是寻常一个人的饭量；孙悟空比较能吃，堪比两个人的饭量；沙和尚更厉害，有八个人的饭量；至于猪八戒，估计是二十个人的饭量！

吃饭前，唐僧要念《启斋经》。在前面两界山遇上人族猎人刘伯钦的时候提到，唐僧念的经很短，不过是百十个字，一两分钟就念完了。可就在这短短时间，猪八戒已经吃了五六碗了。

原作者写八戒吃饭，相当精彩。

"（八戒）拿过红漆木碗来，把一碗白米饭，扑的丢下口去。那小的们，又端了碗，盛一碗递与八戒。呆子幌一幌，又丢下口去就了了。"

原来，猪八戒吃饭是根本不嚼，一碗饭是"丢"下口去的。陈家家仆看傻了，笑着说："爷爷呀！你是磨砖砌的喉咙，着实又光又溜！"

一会儿，除了八戒，三人都饱了。他们四人吃了多少呢？好家伙，一共吃了一百斤面食，五十斤米饭，还有几桌子素菜。

可八戒还嚷着，再来五斗米饭。哈哈！八戒果然不愧是西游世界第一吃货！

第三，猪八戒是蠢笨如猪的猪，还是博学多闻的猪？

来到通天河畔，因天色朦胧，看不清河水有多宽，猪八戒就提出，看看水有多深。若是比较浅，大家就可以横渡过去。唐僧批评说："悟能，你休乱谈，水之浅深，如何试得？"唐僧也算博览经书，却从不知道如何测试水的深浅。

猪八戒回答："寻一个鹅卵石，抛在当中。若是溅起水泡来是浅，若是骨都都沉下有声是深。"

孙悟空从没有听说过这种说法，有点不信，让八戒试试。沙僧在流沙河中也待了几百年，水性是不错，可关于水的知识却远不如猪八戒。八戒捡起一块石头，往河水中扔去，"只听得骨都都泛起鱼津，沉下水底"。

后来，唐僧师徒看到河边有一块石碑，上面写着"通天河"三个大字，还有"径过八百里，亘古少人行"十个小字。通天河宽八百里，大家都知道，可到底有多深呢？

寻常一条河，有几百米也就算深了。即便是大海沟，最深的也不过一万多米深。通天河有多深呢？在后文三兄弟下河找寻师父，有这样一句：

弟兄们同入通天河内，向水底下行有百十里远近……行了又有百十里远近，忽抬头望见一座楼台。

原来，那灵感大王金鱼精竟然住在距离河面两百多里的深处，即十万多米！事实证明，猪八戒的测试果然准确！

后来，通天河结冰。唐僧再三要求立刻出行，免得耽误时间。沙僧很担心，建议缓行，毕竟通天河才刚刚结冰，忙中出错就不好了。

此时，八戒提出，他有办法测试河水结冰的厚薄。孙悟空不信，训斥说："呆子，前夜试水，你尚能抛石，如今冰冻重漫，怎生试得？"

八戒也不多说，跑到河面上，举起九齿钉钯，尽力一筑。只听得噗地一声，竟然只是留下九个白印，八戒的手都震得生疼。

这就是猪八戒测试冰厚度的方法。

虽然说后来灵感大王作法弄裂冰层抓走唐僧，可却不能否认猪八戒这个测试方法的准确性。冰确实结得很厚！

八戒不但有方法测试水有多深，冰有多厚，还知道如何在冰上行走。

师徒一行人走上冰面。唐僧还坐在白龙马上，走没多远，白马马蹄打滑，差点把唐僧摔下来。沙僧立刻说，太难走了，还是等冰融化吧。唐僧不肯。陈家庄那个地方天气极寒，八月就入冬，要到来年夏天才解冻。若等冰融化，岂不是要在陈家庄住上半年？

八戒提出，没关系，他有办法让白龙马在冰面上行走。他向陈老官讨要了一把稻草，绑在白龙马的马蹄上。此后三四里，白龙马走得相当平稳。

古人知识有限，传播渠道又窄，按照原著中记载，即便是常年生活在通天河附近的陈家庄人，也并不知道在马蹄上绑稻草，可以方便行走呢。

后来，稻草湿透了，增加摩擦、保持平衡的效果差了一些。猪八戒又把行李中的九环锡杖递给唐僧。孙悟空只当八戒偷懒，训斥说："这呆子奸诈，锡杖原来是你负责挑的，如何又叫师父拿着？"

八戒说："你不曾走过冰凌，不晓得。凡是冰冻之上，必有凌眼，倘或踩着凌眼，脱将下去，若没横担之物，骨都的落水，就如一个大锅盖盖住，如何钻得上来！须是如此架住方可。"

唐僧听了，忙把锡杖横端在手中。

即便是一贯爱挑刺的孙悟空听了，也不禁在心中暗暗赞叹："这呆子倒是个积年走冰的！"

若通天河无灵感大王作怪，在猪八戒的帮助下，唐僧师徒定然可以轻轻松松穿过。

090 金鱼精乃变态食人魔，为何陈家庄不请高人降服

唐僧师徒离开车迟国都城后，走了几个月来到了车迟国边境的会元县陈家庄。在陈家庄，唐僧师徒遇上了专吃童男童女的变态食人魔金鱼精。

西游世界的妖怪很多，多数的妖怪都吃人，也有吃小孩的。比丘国的故事中，寿星的坐骑白鹿精就怂恿皇帝，要吃一千一百一十一个小儿心肝，以求长生。

可真正专吃童男童女的，其实就只有金鱼精。

按照我们现在的观点，称金鱼精为变态食人魔也毫不过分。

只是，这里有一个非常奇怪的现象：金鱼精来到通天河九年了，吃了八对童男童女了，可两岸的百姓没有一家试图反对这个邪恶规定。以陈家庄的富庶，他们完全可以拿出钱财，去请高人来降妖伏魔。要知道，通天河的东岸就是车迟国都城，有虎、羊、鹿三大仙。车迟国的西岸是金岘山，金岘山中有强大无比的青牛精。走过金岘山是女儿国，女儿国附近有战斗力堪比八戒、沙僧的如意真仙。

金鱼精水战精通，堪比八戒、沙僧（当然是隐藏实力之后的八戒、沙僧），但陆战被孙悟空三个回合就打得骨软筋麻，落荒而逃。

只要陈家庄拿得出相应的贡品，就可以请来这三方的高人。青牛精自不必说，不用金刚镯也可以轻松战败金鱼精。如意真仙陆战也稳操胜券，虎、羊、鹿三大仙实力弱一些，但三人联手，当不在金鱼精之下。

事实却是通天河沿岸的许多村庄，包括陈家庄，没有一家跑去请高人降妖。

明明是吃人邪神，为何两岸千里百姓依然对灵感大王虔诚供奉呢？

陈家庄的陈澄吟诵了一首诗歌，可以为我们解惑：

"感应一方兴庙宇，威灵千里祐黎民。年年庄上施甘露，岁岁村中落庆云。

虽则恩多还有怨，纵然慈惠却伤人。只因要吃童男女，不是昭彰正直神。"

先看前四句，是说灵感大王金鱼精的好。自从金鱼精到来之后，通天河两岸千里之地，都蒙其庇佑。因为金鱼精的关系，各处村庄年年风调雨顺，五谷丰登。老百姓过上了幸福的生活。

听闻这四句，孙悟空不禁插话说："施甘雨，落庆云，也是好意思，你却这等伤情烦恼，何也？"连孙悟空都奇怪，灵感大王既然这么好，为何老陈还要悲伤落泪呢？

陈澄于是说了后四句。原来，灵感大王之所以答应庇佑通天河千里百姓，是有条件的。这个条件就是每年要吃一对童男童女。

按照常理，听说这等残忍的事情，唐僧师徒应当愤恨不平才对。可是，不单是唐僧沉默，孙悟空更是一脸平静。

他只是说："要吃童男女么？"陈澄说："正是。"

孙悟空为何这么平静呢？因为他在天庭也做了将近二百年的神仙。对于神仙和凡人之间的权利与义务，一清二楚！

神仙和凡人之间有什么权利与义务？

神仙答应凡人的祈求，那是有条件的。

什么条件呢？

就是要有足够的香火！

这神秘的香火是什么东西呢？

既是百姓对神仙的信仰，更是现实的猪、牛、羊等祭品。

灵感大王的势力范围挺大，包括通天河在内的千里之内，沿江许多村庄都在他的庇护之内。陈家庄只是许多村庄之一。

他保佑着千里百姓，自然要有许多本钱消耗——不要以为神仙施法就是无本的买卖。车迟国的虎、羊、鹿三大仙在求雨的时候就答应给玉帝许多好处，在让土地按住孙悟空头颅的时候也许诺为土地修建大庙宇。

灵感大王本人也没有资格降雨，他保佑沿江百姓风调雨顺，也要花钱疏通高层仙人，也要上交给玉帝一笔不小的费用。

可是，灵感大王索取的回报是什么呢？一年一对童男童女。

用我们现在的观点看，吃一对童男童女好残忍，好贪婪。人命无价好不好？

错了！在吴承恩那个时代，在西游的世界中，人命恰恰是有价的。

孙悟空就说，一个男孩五十两银子，一个女孩一百两银子。就算加些杂费，顶多两百两银子就可以买到一对童男童女。

相比车迟国的虎、羊、鹿三大仙，灵感大王的保护费可实在不算高。虎、羊、鹿三大仙保护百姓风调雨顺，可是有大回报的。

在车迟国，三大仙比什么宰相、将军风光多了。就连国王见了他们，也要起身相迎。至于金银财宝更是无数，国王还下令修建了庞大的三清观给三大仙。单单修建三清观，少说也要数十万两银子。

灵感大王呢，只需要两百两就可以对付一年。

正因为金鱼精的保护费收取的不算高，通天河两岸的百姓才会八年都没有反对。挖个河沟，搞个引水渠都需要成百上千的银子，而现在每年只是交出一对童男童女就可以要风得风，要雨得雨。

那陈澄一家为何哭泣呢？

孙悟空一眼就看破了真相。他说："想必轮到你家了？"

原来，只因是事到临头，关乎自家孩子的性命，陈澄才会如此伤心。

这陈澄与其弟陈清都是非常精明人，精明到让我心寒。

为何这么说？

因孙悟空答应变成陈关保，参加献祭，陈清立刻跪地磕头说："老爷果若

慈悲替得，我送白银一千两，与唐老爷做盘缠往西天去。"行者道："就不谢谢
老孙？"老者道："你已替祭，没了你也。"

按照道理，是孙悟空替他家孩子去死，应当感谢孙悟空才对。可是，陈
清没有。他只是感谢唐僧。孙悟空奇怪了，就询问原因。那陈清竟然也没有
丝毫羞愧，十分坦然地回答——你那时候都已经死了，我谢不着你了！

陈家兄弟广有田宅，书中说："水田有四五十顷，旱田有六七十顷，草场
有八九十处，水黄牛有二三百头，驴马有三二十匹，猪羊鸡鹅无数。"古时候
一顷地等于一百亩，一亩地等于六百六十六平方米。这陈家乃是拥有良田万
亩的大地主。古时候一亩地多则二三十两银子，少则五六两银子，我们简单
一点算一亩地十两银子，就是说，这陈家光田产就价值十万两银子。

可是，人家救了他儿子，他只是拿出了一千两作为酬谢，忒小气了！

孙悟空坚信自己不会死，就开玩笑说，此去若是死了，算自己命苦，若
是侥幸活命，是自己造化。无论怎样，都不会赖上陈家。听孙悟空说话这么
爽快，陈清立刻表态，感谢礼金再加五百两。

原来，在陈清心目中，救下儿子性命的大恩人孙悟空，只值一千两银子，
看孙悟空表态以后唐僧师徒绝对不会赖上陈家，才又加了五百两银子。

091　灵感大王为何畏惧猴哥变的童男

陈家庄上，孙悟空变成童男陈关保，猪八戒变成童女一秤金，参加了献
祭。等待人群退去，忽然一阵狂风吹过，灵感大王金鱼精来到。

作为镇守通天河的一方妖王，在自己的辖区上出行，灵感大王本应当安
全感十足。何况，他此次来到自家庙宇，乃是按照与百姓的契约享用祭品。
可是，灵感大王来到庙宇，见到童男童女后的种种举动，却显得非常奇怪。

有哪些奇怪之处呢？看原文——

那怪物拦住庙门问道："今年祭祀的是那家？"行者笑吟吟的答道："承下
问，庄头是陈澄、陈清家。"那怪闻答，心中疑似道："这童男胆大，言谈伶
俐，常来供养受用的，问一声不言语，再问声，唬了魂，用手去捉，已是死

人。怎么今日这童男善能应对？"怪物不敢来拿，又问："童男女叫甚名字？"
行者笑道："童男陈关保，童女一秤金。"怪物道："这祭赛乃上年旧规，如今供
献我，当吃你。"行者道："不敢抗拒，请自在受用。"怪物听说，又不敢动手，
拦住门喝道："你莫顶嘴！我常年先吃童男，今年倒要先吃童女！"八戒慌了
道："大王还照旧罢，不要吃坏例子。"

奇怪之处一，灵感大王仿佛早有预感，知道此行可能危险。于是，他没
有直接走入庙宇，而是"拦住庙门"，即堵在庙门口。如此，他可以观察到庙
宇内部种种情况，万一发现不妥，可以及时逃离。

奇怪之处二，孙悟空的回答竟然让灵感大王害怕。原著中对灵感大王的
心理活动有一番描写。仿佛灵感大王害怕的原因是因为童男胆大，伶牙俐
齿。很明显，这绝非真正的原因。一个人类，再胆大，再伶牙俐齿，还能逃
得脱灵感大王的魔掌？真正原因是什么呢？

奇怪之处三，挑怕自己的下手。听闻童男说"请自在享用"，灵感大王反
倒害怕，不敢下手。见到童女慌张，灵感大王大喜，直接就来抓猪八戒。为
何愿意给他吃的，他不敢吃。不想被他吃的，他偏偏想吃呢？

柿子专挑软的捏？

事情的真相当然不会如此简单！

先说第一点：灵感大王是否预感到了危险？

陈家二老在介绍灵感大王的时候说："他把我们这人家，匙大碗小之事，
他都知道，老幼生时年月，他都记得。"

这妖怪为何叫做"灵感"大王？原来，他拥有一种特殊而强大的神
通——灵感！

通天河附近一千里的地方，有任何大事小情，这灵感大王都能感应。老
百姓想要隐瞒什么，比如换个买来的童男童女献上，根本就不可能。

这灵感神通和如来佛祖、观音菩萨的慧眼神通何其相像！

我的理解，这所谓"灵感"，其实就是慧眼神通的初级版、弱化版。

正因为拥有灵感之能，唐僧师徒来到陈家庄，踏入他的领地，妖怪就已
经知道了。只是，他的神通其实有限，并不能真的感应到千里之内所有人事

的细微变化。

孙悟空在献祭前也特别交代陈家二老："你将好果子与他（一秤金）吃，不可教他哭叫，恐大王一时知觉，走了风讯，等我两人耍子去也！"

也就是说，一方面是陈家二老保密工作做得好，另一方面是妖怪的感应能力相对较弱。他虽然知道唐僧师徒来到了陈家庄，很可能给自己带来危险，但是他并不知道孙悟空、猪八戒已经变成童男童女。

正因为如此，他虽然感应到了危险，但还是前来享用祭品。并且，他此次出行连兵器都没有带。

再说第二点：灵感大王到底怕什么？

既然灵感大王已经感应到了唐僧师徒就在陈家庄，那么他害怕的真正原因就很好理解了。

他怕的，绝非童男童女，而是唐僧的三个徒弟，尤其是孙悟空。

第三点：为何吃童女？

以前的八年，童男童女在他到来时，都会吓破胆，可眼前的童男竟然伶牙俐齿，极有可能是孙悟空等人变化。童女害怕被吃，可能是真的童女。即便不是真的童女，也可以证明，这童女的变化者其实害怕自己。

于是，灵感大王避开了危险的童男，朝软弱的童女下手。

谁曾想，猪八戒虽然一直嚷嚷害怕，但其实都是装傻。见到妖怪伸手来抓，猪八戒现出本相，一钉钯筑破了妖怪铠甲。妖怪受伤，急匆匆逃回通天河。

092　观音菩萨收金鱼精念的神秘咒语啥意思

因灵感大王躲在水下不出战，孙悟空只好去南海请来观音菩萨。观音菩萨匆忙来到通天河，施展法术擒拿妖怪。

施法时，观音菩萨念了一段奇怪的咒语，叫做："死的去，活的住。"还连续念了七遍。

这段咒语的效果极好。念第七遍的时候，观音提起鱼篮，就看到里面有一条金光灿烂的金鱼。

观音菩萨让孙悟空下水去救唐僧，孙悟空还一脸狐疑地表示，妖怪都没抓到，怎么救师父。按照常理，观音施法念咒，一旁的孙悟空应该能够感受到强大的法力波动，事实却是，孙悟空毫无异样感觉。在浑然不觉中，观音菩萨就已经擒获了妖怪。

等到八戒、沙僧下水后，更是惊讶地发现，"原来那里边水怪鱼精，尽皆死烂"。那通天河中灵感大王麾下的虾兵蟹将，竟然全部都死了。整个水鼋之第，只有石头匣子中的唐僧是活的。

观音菩萨所念的咒语到底是什么意思呢？为何河中的小妖会神秘死亡呢？

要想弄清楚咒语的含义，首先让我们来看看观音念咒时的语境。

观音施法后，悟空、八戒、沙僧询问妖怪来历。观音菩萨介绍说："他本是我莲花池里养大的金鱼，每日浮头听经，修成手段。那一柄九瓣铜锤，乃是一枝未开的菡萏，被他运炼成兵。不知是那一日，海潮泛涨，走到此间。我今早扶栏看花，却不见这厮出拜，掐指巡纹，算着他在此成精，害你师父，故此未及梳妆，运神功，织个竹篮儿擒他。"

观音菩萨这番话，前两句是回答三兄弟提问，后两句是主动说明。

八戒、沙僧询问金鱼精的来历。观音毫不隐瞒。

金鱼精为何水下功夫了得？他听了观音讲经说法，故此才能修成如今手段。金鱼精手中的兵器能够和金箍棒、九齿钉钯、降妖杖交锋而不落下分，堪称三界罕见的神兵利器。这兵器竟只是潮音洞莲花池中一朵未开的荷花花苞。

相对而言，后两句话更值得反复咀嚼。

观音主动告诉三人，金鱼精的出走，本人毫不知情。应当是金鱼精趁着海潮，来到了通天河作乱。今早她算出缘由，不及梳妆，立刻出行降妖。

孙悟空在平顶山得知金角、银角乃是老君童子时，异常气愤，责备老君放纵下属。老君立刻表示，不是自己管教不严，是观音菩萨求了三次，自己为了配合取经工作，才放二人下界。

此中深意，孙悟空早已明白，所以听了观音如此讲述，立刻表示理解，并且，请求观音菩萨接见陈家庄百姓，把观音菩萨的慈悲形象永留人间。

只是，观音所讲，都是事实吗？

当然不是！

后文中，通天河中的千年老鼋告诉孙悟空："那妖邪乃九年前海啸波翻，他赶潮头，来于此处。"那金鱼精是在九年前就来到通天河。

观音菩萨自己说，那金鱼精得道，是因为"每日浮头听经"。对于这个每天都来听讲的乖学生，一玩消失就是九年，为何观音菩萨都没发现？

很明显，观音菩萨在撒谎。她早就知道金鱼精在九年前溜走了，甚至可以说，金鱼精的溜走，乃是观音暗中给足条件，放他来到通天河。

而且大家看观音的言语。一方面，她表示自己不知道金鱼精何时离开南海，另一方面她却又说金鱼精是趁着涨潮来到通天河。这不是很矛盾吗？

并且，南海距离通天河有多远？通天河乃是西牛贺洲中部的一条内陆河，金鱼精要趁着涨潮从南海落伽山跑到通天河，这潮水可真大！这路途可远不止十万八千里。若没观音菩萨推波助澜，绝不可能。

通天河故事中，若金鱼精下界是执行公务，那他必然知道唐僧背景强大，可抓不可吃。像金角大王就是先怂恿银角抓人，等抓到唐僧后，又力阻不可吃唐僧。波月洞的黄袍怪也一样，抓到唐僧后就丢在一边。九灵元圣就更好玩了，抓到了孙悟空后根本不看押，孙悟空半夜跑了惊动了小妖，他也不追击。只因为他们都是奉命下界，知道取经团队背景深厚，惹不得。

可金鱼精呢，他抓到唐僧后立刻就要开吃。幸亏一边有一个神秘的鳜鱼婆提醒，他才把唐僧关押了起来，说等孙悟空不闹了，再吃放心肉。

由此可见，这金鱼精并非奉命出差，而是私自逃离南海。

只是，金鱼精自以为逃离行动天衣无缝，他万万没有想到，自己的每一步行动，都在观音菩萨的掌握之中。

他能来到通天河，就是观音菩萨联手西海龙王布置的一个局，目的就是要金鱼精充作一难。（黑水河小鼍龙也是趁着潮水来到黑水河，那潮水也当是西海龙王控制的）

唯有让金鱼精毫不察觉，自以为得计，金鱼精才会放心作恶。

回到开头，再看观音菩萨所念的咒语，就很好理解了。

什么叫做"死的去，活的住"？

古代的"去"，含义和现代不同。现代是表示前往，古代则表示离开。即，若唐僧死了，你就立刻离开吧。

"住"，就是留下。意思是，若唐僧还活着，你就留下吧。

观音菩萨有慧眼神通，只要施法，就可以看遍四大部洲，听遍四大部洲。因此，她自然知道唐僧还活着。

更何况，唐僧身边还有三十九位护法神保护，随时向观音禀报消息。唐僧的一举一动，一言一行，都在观音的监控下。

她之所以要说"死的去，活的住"，是为了向金鱼精施恩——你犯下了种种罪孽，看在往昔的情面上，我留你一命。若唐僧死了，我也救不了你，你就快跑吧。

观音菩萨一共念了七遍咒语。以观音的神通，若真的要抓金鱼精，还需要念七遍咒语吗？直接一伸手，就把金鱼精从通天河中抓出来了。

她念七遍咒语，是为了给金鱼精充分的时间做事情。

做什么事情？

做扫尾工作。在观音念咒的时间中，灵感大王对手下那些虾兵蟹将，尤其是知道自己隐秘的小妖——比如说鳜鱼婆——痛下杀手。

因为九年来金鱼精难保不泄露自己的出身来历。

也正因为是金鱼精自己下手杀死了通天河内的小妖，在半空中的孙悟空才会毫无察觉。

金鱼精用了六遍咒语的时间干掉所有小妖，在第七遍咒语中，跃入了观音的鱼篮。